BASTEI
LÜBBE
TASCHENBUCH

Weitere Titel der Autorin:

Der Duft der Träume

Titel als E-Book und Hörbuch erhältlich

Über die Autorin:

Care Santos wurde 1970 in Mataró bei Barcelona geboren. Mit acht hat sie angefangen zu schreiben und mit vierzehn den ersten Schreibwettbewerb gewonnen. Inzwischen hat sie zahlreiche Romane für Kinder und Erwachsene veröffentlicht, die in über zwanzig Sprachen übersetzt und mit mehreren Preisen ausgezeichnet wurden. Außerdem unterrichtet die dreifache Mutter Kreatives Schreiben und arbeitet als Literaturkritikerin.

CARE SANTOS

Als das Leben
vor uns lag

ROMAN

Aus dem Spanischen von Stefanie Karg

Ausgezeichnet mit dem
Premio Nadal de Novela 2017

BASTEI LÜBBE TASCHENBUCH
Band 17751

Dieser Titel ist auch als E-Book erschienen

Vollständige Taschenbuchausgabe
Deutsche Erstausgabe

Für die Originalausgabe:
Copyright © 2017 by Care Santos
Titel der spanischen Originalausgabe: »Media vida«
Originalverlag: Editorial Planeta, S. A.
Translation Rights arranged by Sandra Bruna Agencia Literaria,
S. L. through SvH Literarische Agentur

Für die deutschsprachige Ausgabe:
Copyright © 2018 by Bastei Lübbe AG, Köln
Textredaktion: Sabine Giersberg, Schwetzingen
Umschlaggestaltung: semper smile, München
Unter Verwendung von Motiven von © Lambert/Archive Photos/
getty-images und © shutterstock: Sarah Marchant I oksanka007
Satz: hanseatenSatz-bremen, Bremen
Gesetzt aus der Granjon LT Std.
Druck und Verarbeitung: CPI books GmbH, Leck – Germany
ISBN 978-3-404-17751-6

5   4   3   2   1

Sie finden uns im Internet unter www.luebbe.de
Bitte beachten Sie auch: www.lesejury.de

Für Deni Olmedo
For every single day of my life

Man kann nur das Unverzeihliche verzeihen.
JOAN-CARLES MÈLICH

1950

DAS PFÄNDERSPIEL

»Komm endlich rein, sonst fangen wir ohne dich an!«

Julia kroch in das Zelt aus Bettlaken, das ihre vier Schulkameradinnen im Schlafraum zwischen den Stockbetten errichtet hatten. In der Mitte flackerte wie zur Begrüßung die Flamme einer Kerze. Julia hielt nach einem freien Plätzchen Ausschau, und Lolita, die stets sehr aufmerksam war, rückte zur Seite. Julia strich ihr Nachthemd glatt, das eigentlich nur ein verschlissener wollweißer Perkalunterrock war. Unauffällig deckte sie mit der Hand das Loch zu, das sie knapp über dem Saum entdeckt hatte. Sie schämte sich, denn es war ihr einziges Nachtgewand. Ihre Schulkameradinnen hingegen trugen hübsche Nachthemden aus feinen Stoffen, mit Mustern oder in bunten Farben, die mit Spitzeneinsätzen oder Bändern verziert waren. Die Kleidung reicher Mädchen eben. Doch Julia war nicht reich. Sie versuchte, ruhig zu atmen, und die anderen sahen sie erwartungsvoll an.

»Es ist doch immer das Gleiche mit dir, du Tranfunzel!«, zischte Olga verärgert. »Das war wirklich das letzte Mal, dass wir auf dich gewartet haben!«

Immer wenn Olga jemanden zurechtwies, zitterte ihr Doppelkinn wie Wackelpudding, selbst wenn sie flüsterte. Die anderen Mädchen mussten ein Lachen unterdrücken. Sie waren von dieser theatralischen Feierlichkeit durchdrungen, die das Spiel erforderte. Julia betrachtete sie aus den Augenwinkeln. Auch sie hätte gern gelacht.

Olgas Doppelkinn begann wieder zu beben.

»Und, Julia? Willst du uns nicht begrüßen? Oder ist da etwa ein Hündchen zu uns gekommen?«

Diesen Satz hatte Olga von den Nonnen übernommen, die in mancher Hinsicht sehr inspirierend sein konnten.

»Guten Abend«, sagte Julia.

Olga erwiderte eisig: »Bist du bereit, oder sollen wir auf den nächsten Vollmond warten?«

»Nein, nein. Ich bin bereit.«

»Ob du für deine Verspätung bestraft wirst oder nicht, überleg ich mir noch«, brummte Olga.

Wie immer kam Lolita Julia zu Hilfe. Sie war die große Menschenfreundin, die Seelentrösterin, die Vertraute, die mit sanften Worten Trost spendete und an die sich alle wandten, wenn sie traurig waren oder Probleme hatten. Obwohl Lolita aus Angst, entdeckt zu werden, nur flüsterte, sagte sie bestimmt:

»Es ist nicht ihre Schuld, Gordi. Bestimmt hat Sor Antonina sie nicht gehen lassen.«

»Sag nicht Gordi zu mir«, beschwerte sich Olga. Die Zornesfalte auf ihrer Stirn war nicht zu übersehen.

»Entschuldige«, stammelte Lolita.

»Stimmt, Sor Antonina ist schuld«, rechtfertigte sich Julia schüchtern, denn sie hatte weder den Mut noch Lust, zu erzählen, was sie alles erledigt hatte, nachdem die zahlenden Klosterschülerinnen ihr Abendessen beendet und den Speisesaal verlassen hatten. Es war Samstag, und da stand immer die gründliche Reinigung von Tischen und Stühlen auf dem Programm. Zuerst musste sie das Geschirr abräumen und den Abwasch machen. Dann waren die Stühle an der Reihe, auf denen sie Tag für Tag saßen. Jeden Samstag hatte Julia die Sitzflächen und Rückenlehnen mit Wasser und reichlich Seife zu schrubben und mit einem trockenen Tuch zu polieren, bis sie glänzten. Sie musste auf Knien den Fußboden wischen und dabei notgedrungen den Anblick der widerlichen Zehennägel von Sor Antonina ertragen, die unter dem Habit hervorlugten.

Die ganze Zeit wartete sie nur darauf, dass die Nonne endlich verkündete, sie habe alles gut gemacht und könne nun gehen.

Tagaus, tagein, immer dasselbe. Während des Schuljahrs bediente sie die zahlenden Schülerinnen, im Sommer die Nonnen. Sie putzte mechanisch, befolgte die Anweisungen und stellte keine Fragen. Sie wusste, was von ihr erwartet wurde, und war den Nonnen dankbar dafür, dass sie am Unterricht teilnehmen durfte, denn Lernen war für Julia das Größte.

»Das ist aber gar nicht nett, immer den Nonnen die Schuld zu geben«, schimpfte Olga, »und das ausgerechnet von dir, Julia.«

Julia senkte beschämt den Kopf, obwohl es ihr nicht leidtat.

»Lass sie in Ruhe, Gor... Ich meine, Olga«, mischte sich Lolita wieder ein. »Los, lasst uns anfangen.«

Marta und Nina wurden allmählich ungeduldig. In dem improvisierten Zelt saßen Nina Borrás, Lolita Puncel und Julia Salas den Viñó-Zwillingen Olga und Marta gegenüber. Die Zwillinge glichen sich wie ein Ei dem anderen – braune Augen, lockiges Haar, mittelgroße Statur –, nur dass Olga dreimal so dick war wie ihre Schwester. Alle fünf waren barfuß, weil sie die angenehm kühlen Bodenfliesen unter den nackten Fußsohlen spüren wollten. Es war Ende Juli, und an der Mittelmeerküste herrschte eine drückende Hitze.

Lolita hatte ihr dunkelblondes Haar gelöst. Lang und glatt fiel es über ihr gelbes Blümchennachthemd bis zur Hüfte. Ninas Haar war zu zwei Zöpfen geflochten. Die anderen fanden diese Frisur etwas kindlich für eine Dreizehneinhalbjährige, aber Nina gab sich keine Mühe, älter zu wirken, vielleicht hatte sie sich einfach in ihr Schicksal gefügt, die Jüngste in der Clique zu sein. Sie hatte im Dezember Geburtstag und war die Einzige, die noch nicht vierzehn war, und die Einzige, die ihre Regel noch nicht bekommen hatte. Lolita hingegen war im Februar geboren und hatte ihre erste Menstruation schon mit elf

Jahren gehabt. Sie war den anderen Mädchen in der Entwicklung deutlich voraus, und natürlich wurde sie von allen beneidet. Wenn man schon seine Menstruation hatte, war man wer, es war ein Zeichen von Erfahrung und Erwachsensein. Das war natürlich allen bestens bekannt.

Sor Presentación, eine neue Nonne mit aufbrausendem Charakter, nötigte Lolita, die Brust mit einer Bandage zu umwickeln und im Nachthemd zu duschen. Sie hatte auch schon Marta im Blick, deren Körper immer mehr Rundungen bekam. Sor Presentación selbst war flach wie ein Brett, sie war die Nichte eines Priesters und ziemlich verbittert. Sie war bei ihrem Onkel aufgewachsen, bis ihre Anwesenheit im Pfarrhaushalt unschicklich wurde und er sie ins Kloster gesteckt hatte. Damit war ihr Schicksal besiegelt, und daran, wie sie andere für ihren Gram und ihre Enttäuschung büßen ließ, konnte man ablesen, wie sehr sie damit haderte. Hätten die Mädchen sie nicht so sehr gehasst, hätten sie wohl Mitleid mit ihr gehabt. Selbstverständlich duschten sie nackt, sobald Sor Presentación ihnen den Rücken kehrte. Bis auf Olga.

Olga gestattete niemandem einen Blick auf ihren unförmigen Körper. Wenn einer fragte, warum sie sich nicht auszog, antwortete sie: »Ich bin nicht so wie ihr, ich halte mich an die Regeln.« Die anderen ließen sie gewähren, solange Olga sie nicht verpetzte – auch wenn man sich bei ihr nie ganz sicher sein konnte.

In den heißen Sommermonaten blieben nur wenige Schülerinnen im Kloster, die meisten fuhren am Ende des Schuljahres nach Hause zu ihren Familien. Nicht so die fünf. Sie waren die Ausnahme von der Regel. Mädchen, die keine Eltern hatten oder deren Eltern zu beschäftigt waren und ihre Töchter lieber ins Internat schickten, auch wenn sie dafür ein kleines Vermögen hinblättern mussten. Nur bei Julia war das anders. Julia hatte niemanden, nur die Nonnen.

Dieser Abend war für die Viñó-Zwillinge von besonderer Bedeutung. Es war nicht nur ihr Geburtstag, der 29. Juli, sondern auch ihr letzter Abend im Internat. Am Morgen hatte ihnen ihre Mutter am Telefon verkündet, sie würde sie am nächsten Tag, gemeinsam mit dem neuen Stiefvater, »nach Hause« holen. Vor ihnen lag eine spannende Zukunft voller Veränderungen, weit weg. Ihr Stiefvater war ein hässlicher Mann mit Glatze, den sie nur vom Foto kannten. Und ihr neues Zuhause, von dem sie keinerlei Vorstellung hatten, war nicht mehr die dunkle Wohnung im dritten Stock in der Calle Pérez Galdós, in der sie aufgewachsen waren, sondern lag in der ersten Etage in der Calle Laforja, Ecke Vía Augusta. Olga frohlockte, denn sie liebte Veränderungen und setzte große Hoffnungen auf das neue Leben. Marta hingegen sprach kein Wort. Dafür schrieb sie täglich Seite um Seite in ihr Tagebuch, nur für sich.

»Beginnen wir mit dem Schwur«, sagte Olga bestimmt.

Julia verzog resigniert das Gesicht. Es war immer das Gleiche. Olga gab die Zeremonienmeisterin. Theoretisch wäre jede mal an der Reihe gewesen, doch die Mädchen wählten stets Olga für die Aufgabe aus, weil sie eine überbordende und perverse Fantasie hatte. Keiner anderen fielen schwierigere Mutproben und grausamere Strafen ein. Mit Olga als Zeremonienmeisterin war der Nervenkitzel garantiert. Zudem war sie so dick, dass sie im Nachthemd wie eine Wahrsagerin aus dem Comic aussah, ein Eindruck, den der schwarze Samtturban voller Glitzersternchen, den sie aus der Kommode ihrer Mutter entliehen hatte, noch verstärkte.

Hinter ihrem Rücken war Olga für die anderen »la Gorda«, die Dicke, aber das hätte keine laut ausgesprochen. Wenn sie gut gelaunt war, ließ Olga ihnen gerade noch den liebevollen Spitznamen »Gordi« durchgehen, auch wenn bei der ein oder anderen bei dem Spitznamen schon eine gewisse Boshaftigkeit mitschwang. Sonst ließ Olga keine Anspielungen auf ihre Körperfülle zu. Sie tat so, als wäre das kein Problem für sie oder ihr noch gar nicht aufgefallen. Aber von Marta wussten die anderen, dass Olga in Wahrheit große Komplexe deswegen hatte – »und zwar immer mehr«, wie Marta versicherte – und dass sie nachts über ihr Unglück weinte und die schlanken Mädchen verfluchte.

»Kein Wunder, dass ihr zum Heulen zumute ist«, sagte Julia einmal. »Sie sieht aus wie ein Kloß.«

»Komm ja nicht auf die Idee, ihr das zu sagen«, warnten sie die anderen.

Aber Julia schlug die Warnung in den Wind. Nach einer von Olgas Grausamkeiten schleuderte sie es ihr direkt ins Gesicht, einfach so. Manch eine freute sich insgeheim, dass endlich jemand der Anführerin die Stirn bot. Andere lächelten verstohlen, als Olga vor Wut und Scham puterrot wurde. Dabei hatten sich Julia und Olga bis zu jenem Tag gut verstanden. Julia stibitzte regelmäßig für Olga Kekse und Käse aus der Vorratskammer der Nonnen. Olga hatte Julia einmal ein Satinband für die Haare geschenkt. Aber seit das Wort »Kloß« gefallen war, war alles anders. Zwischen ihnen entwickelte sich ein Groll, der noch etwas Kindliches hatte, in dem sich aber schon etwas von den komplizierten Beziehungen der Erwachsenen widerspiegelte. Olga hätte beim Anblick von Julia, die so schmächtig und schlank war, wie sie selbst es niemals sein würde, am liebsten losgeheult. Und sobald Olga auftauchte, war Julia angespannt und lauerte nur darauf, dass Olga wieder eine ihrer Spitzen losließ. Leider wurden ihre Erwartungen nie enttäuscht.

»Spielen wir jetzt endlich Wahrheit oder Pflicht?«, drängte Nina.

»Alles zu seiner Zeit«, sagte Olga. »Wir sind noch beim Schwur. Reicht euch die Hände.«

Sie reichten sich die Hände. Alle setzten eine feierliche Miene auf, wie Olga es ihnen vormachte.

»Wir schwören, allen Befehlen der Zeremonienmeisterin zu gehorchen«, flüsterte Olga mit der Würde einer Priesterin.

»Wir schwören, allen Befehlen der Zeremonienmeisterin zu gehorchen«, wiederholten die anderen im Chor, und sie gaben sich Mühe, besonders leise zu sprechen.

»Wir schwören, die Wahrheit zu sagen und nichts als die Wahrheit.«

»Wir schwören, die Wahrheit zu sagen und nichts als die Wahrheit.« Während sie die Litanei nachsprachen, dachte Julia, dass Olga ihr Angst machte, Olga war einfach böse.

»Wenn wir uns nicht an die Regeln halten, akzeptieren wir jede Strafe, so hart sie auch sein mag.«

»Wenn wir uns nicht an die Regeln halten …«

»Wenn wir entdeckt werden, schwören wir bei Gott, dass wir nichts wissen, um unsere Kameradinnen zu schützen.«

»… schwören wir bei Gott …« Diesen Teil sprachen sie besonders ehrfürchtig aus, denn falsch bei Gott zu schwören war eine Sünde, und jede malte sich aus, wie sie heldenhaft ein Verhör der Nonnen überstehen würden.

»Schön«, sagte Olga, und sie lösten die Hände. »Nun zu den Pfändern. Du fängst an, Marta. Was hast du zu bieten?«

Marta legte ihren Füllfederhalter in die Mitte des Kreises neben die Kerze, einen blauen Parker, der seit zwei Jahren ihr ständiger Begleiter war. Sie hatte ihn zu ihrem zwölften Geburtstag bekommen, es war das letzte Geschenk ihres Vaters vor seinem Tod gewesen. Ihr Name war in die Spange eingraviert. Marta wollte Schriftstellerin werden, und der Füller war für sie der Beweis, dass sie auf dem richtigen Weg war.

»Jetzt du, Nina«, befahl Olga.

Nina legte ein abgegriffenes Buch über die Kunst des Handlesens in die Mitte, ein wahrer Schatz für sie. Auf dem Deckel war eine grüne Hand vor einem gelben Hintergrund abgebildet, und darüber stand der Titel: *Die Linien des Schick-*

sals. Diese Ausgabe war nahezu vergriffen, sie stammte noch aus den Vorkriegsjahren, und die Nonnen hielten das Werk für ketzerisch. Deshalb versteckte Nina es zwischen Bettlaken und Matratze vor fremden Blicken, immer dicht neben ihrem Kopf. Mithilfe des Buches hatte Nina gelernt, die Zukunft zu lesen, weshalb sie im Internat eine der beliebtesten Schülerinnen war. Ihr Wissen ließ sie sich teuer bezahlen: Von den Freundinnen verlangte sie drei Reales, von den anderen Mädchen zwei Pesetes.

»Lolita, du bist an der Reihe«, verkündete Olga.

In der Kreismitte landete das recht verknitterte Porträt eines jungen Mannes. Er war etwas über zwanzig und saß an einem Klavier, mit einem Notenheft in der Hand. Auf dem Deckblatt stand zu lesen: *Fantaisie Impromptu. Chopin.* Der Mann trug einen hellen Anzug mit Weste. Der gestärkte weiße Kragen passte zu dem Einstecktuch in der Brusttasche, die Krawatte war genauso schwarz wie sein mit Brillantine nach hinten gekämmtes Haar. Unter dem Foto stand: *Gaspar Puncel.*

Keines der Mädchen stellte Fragen, denn alle wussten, wer der elegante Pianist war. Lolita hatte ihnen Tausende Male von ihrem Vater erzählt, den »die Roten« zu Kriegsbeginn erschossen hatten. Er war auf dem Weg zur Hochzeit des Erben einer der vornehmsten Familien Barcelonas gewesen, für die man ihn gemeinsam mit Lolitas Mutter, einer Opernsängerin, engagiert hatte. Mit nur wenigen Monaten wurde Lolita zur Vollwaise. Sie hatte keine Geschwister und kam zunächst zu Verwandten in San Sebastián, die sie, wie sie betonte, irgendwann wieder aus dem Internat abholen würden. Es war nicht weiter verwunderlich, dass Lolita, wie viele andere auch, die Roten für alles Übel in der Welt verantwortlich machte.

»Jetzt bist nur noch du übrig, Julia«, sagte Olga am Ende.

Julia zögerte. »Ich habe nichts dabei, ich gehe schnell meine Stoffpuppe holen.«

»Weggehen ist verboten«, sagte Olga harsch, »das weißt du genau.«

»Ich hatte vorher keine Zeit, etwas zu holen. Lass mich gehen, ich bin doch gleich zurück.«

»Nein!«, sagte Olga bestimmt, und ihr Doppelkinn zitterte. »Regeln sind dazu da, befolgt zu werden.«

Julia ging in Gedanken ihre bescheidenen Möglichkeiten durch. Wenn sie ein Nachthemd wie die anderen hätte, könnte sie ein Zierband oder einen schönen Knopf davon lösen, doch ihres hatte nur fadenscheinige Stellen und lose Säume.

»Ich hab's«, sagte sie plötzlich. »Wie wär's mit einem Haar? Ich könnte mir ein Haar ausreißen und ...«

Sie griff schon nach ihrem halblangen schwarzen Haar, als Olga ihr mit der Geste eines Weltenrichters bedeutete, innezuhalten.

»Ein Haar ist doch kein Pfand. Leuchtet dir das nicht ein? Sieh dir an, was die anderen mitgebracht haben. Das sind wertvolle Gegenstände, für die man bereitwillig ein Risiko eingeht, um sie wiederzubekommen. Wer will denn schon ein Haar wiederhaben?«

Julia sah sich auf verlorenem Posten.

»Ich kann dir was leihen«, bot Lolita an.

Olga schüttelte entschieden den Kopf und sagte: »Es muss etwas Eigenes sein.«

»Dann kann ich nicht mitspielen«, gab Julia sich geschlagen.

»Tja, leider«, sagte die Zeremonienmeisterin, und die anderen pflichteten ihr bei. Lolita missfiel, dass man Julia so erniedrigte. »Es sei denn ...«, ein boshaftes Lächeln huschte über Olgas Gesicht, »es sei denn, du kannst dich von etwas Intimem trennen.«

Julia wurde puterrot. Die anderen waren wie versteinert. Olga genoss die Wirkung ihrer Worte. Die Kunst, Spannung zu erzeugen, beherrschte sie wie keine Zweite.

»Was meinst du?«, hakte Julia nach.

»Deinen Schlüpfer«, erklärte Olga. »Hast du einen Schlüpfer an, oder war dafür auch keine Zeit?«

Leises Glucksen und betretene Blicke. Wie konnte Olga es wagen? Wenn das die Nonnen wüssten, würden sie Olga direkt in die Kapelle schicken und dem Erzbischof schreiben – er war der Cousin von Madre Rufina –, um ihre Exkommunikation zu fordern. Nur Lolita widersprach der wahnwitzigen Idee.

»Schämst du dich nicht, so etwas von ihr zu verlangen, Olga? Hör auf! Lass Julia gehen, damit sie ein normales Pfand holen kann.«

»Wie bitte? Was ist denn an einem Schlüpfer nicht normal, Lolita? Was trägst du denn? Etwa nur einen Unterrock?«

Es wurde wieder gekichert, diesmal vernehmlich.

»Wir stimmen ab«, schlug Olga kurzerhand vor. »Hebt die Hand, wenn ihr dafür seid, dass Julia ihren Schlüpfer auszieht und als Pfand abgibt.«

Marta und Nina mussten an sich halten, um nicht loszuprusten, und hoben die Hand. Olga verkündete: »Wir sind in der Mehrheit. Entweder der Schlüpfer, oder das war's für dich.«

»Julia, hör nicht auf sie, die machen nur Spaß«, flehte Lolita ihre Freundin an.

Doch Julia hatte auch ihren Stolz, und sie hatte entschieden, sich auf das Spiel einzulassen.

»Sollen sie doch, es ist mir egal«, antwortete sie und zog etwas umständlich den Saum ihres Nachthemdes hoch. Der Baumwollschlüpfer war genauso schlicht wie die übrige Kleidung und wurde nur von einem Band gehalten, denn das Gummi war schon seit Ewigkeiten ausgeleiert, aber eine andere Unterhose hatte sie nicht.

Ein paar flinke Bewegungen, und der Schlüpfer lag auf dem Boden. Julia hob ihn auf und warf ihn Olga auf die nackten Füße. Die hob ihn mit Zeigefinger und Daumen hoch und verzog angeekelt das Gesicht. Einem der Mädchen entfuhr ein »Das ist ja widerlich!«, als Olga den Schlüpfer in die Mitte schob, natürlich in gebührender Entfernung zu dem Foto von Lolitas Vater.

»Jetzt können wir anfangen«, verkündete Olga. »Ich als Zeremonienmeisterin gebe natürlich kein Pfand ab. Seid ihr bereit?«

Die Mädchen warteten wie immer voller Spannung darauf, dass Olga kundtat, welche Spielvariante sie an dem Abend spielen würden.

Das Spiel hieß »Wahrheit oder Pflicht«. »Wahrheit« bedeutete, dass Olga höchst heikle oder sehr unangenehme Fragen stellte, etwa »Wen hasst du am meisten auf der Welt?« oder »Welche der sieben Todsünden würdest du am liebsten begehen?« Theoretisch war es nicht erlaubt zu lügen, aber wenn man eine Information nicht preisgab, passierte erst mal nichts. Es hing ohnehin alles vom Urteil der Zeremonienmeisterin ab, die meistens zu dem Schluss kam, dass man nicht die Wahrheit sprach, wenn man nichts Schockierendes sagte. Das Spiel bestand also darin, unaussprechliche Dinge zu offenbaren, die einem die Schamesröte ins Gesicht trieben oder einen in die Hölle brachten. Es war ausgesprochen amüsant und aufregend.

Bei »Pflicht« hingegen wurde die Sache noch riskanter. Da fielen Olga die schlimmsten Dinge ein: Man sollte den Klausurbereich betreten und einer Nonne einen Schuh entwenden, im Nachthemd in den Brunnen steigen, mit entblößten Beinen an dem Kämmerchen vorbeigehen, in dem Vicente schlief, den alle nur den Klosterdepp nannten. Die Mädchen betrachteten es als eine Art Initiationsritual. Die einzige Art von Abenteuer, die sie sich an dem langweiligen, grauen Ort erlauben konnten, der ihnen allen verhasst war.

»Heute spielen wir Pflicht«, verkündete Olga und fügte gleich hinzu: »Ich warne euch! Die Mutprobe heute hat es in sich. Aber wenn ihr abspringen wollt, ist es dafür leider zu spät. Wenn ihr die Aufgabe nicht schafft oder einen Fehler macht, verliert ihr euer Pfand. Vielleicht behalten meine Schwester und ich es als Geburtstagsgeschenk. Oder als Abschiedsgeschenk. Ihr wisst ja, dass wir morgen für immer verschwinden«, verkündete sie freudestrahlend, und die anderen beneideten die beiden.

Olga zog etwas unter ihren kräftigen Oberschenkeln hervor: eine zierliche vergoldete Stickschere, deren Griff mit wunderschönen floralen Motiven verziert war.

»Das hier ist die Tatwaffe«, sagte sie mit einem boshaften Lächeln und zischte: »Das ist meine Schere, also passt gut drauf auf, ich will sie wiederhaben. Ihr geht nacheinander. Die Mutprobe ist für alle gleich. Hört gut zu, denn ich werde die Regeln nur ein einziges Mal erklären. Verstanden?«

»Ja«, flüsterten alle wie aus einem Munde. Sie rückten näher zusammen, um Olga besser hören zu können und ja nichts zu verpassen.

Olga verkündete großspurig: »Ihr müsst in einen Raum gehen, eine Haarsträhne abschneiden und wieder hierherkommen. Dafür habt ihr allerhöchstens sechs Minuten Zeit.«

Lolita unterdrückte einen Schrei und hielt sich eine Hand vor den Mund. Das war nicht das erste Mal, dass Olga von ihnen verlangte, den Klausurbereich zu betreten, aber so weit war sie noch nie gegangen. Was sie forderte, schien unmöglich.

»Wie sollen wir einer Nonne eine Haarsträhne abschneiden, wenn alle beim Schlafen ihre Haube anbehalten?«, fragte Lolita und sprach damit aus, was alle dachten.

»Ich habe nicht gesagt, dass ihr in die Zelle einer Nonne

gehen sollt«, stellte Olga lächelnd klar, und ihr Doppelkinn bebte. »Das haben wir schon so oft gemacht, das ist doch langweilig.« Sie schüttelte den Kopf.

Allgemeine Verwirrung machte sich breit.

»Wo sollen wir dann hingehen?«

»Zum Klosterdepp.«

Olga grinste triumphierend. Ihren Kameradinnen waren Verwirrung und Furcht ins Gesicht geschrieben. Das war eine echte Mutprobe! Kaum zu bestehen!

»Wir sollen uns in die Kammer von Vicente schleichen? Das ist doch Sünde!«, entfuhr es Marta.

»Jemandem eine Haarsträhne abzuschneiden ist meines Wissens keine Sünde«, entgegnete Olga.

»Aber mit einem Mann allein in einem Raum zu sein schon.«

»Blödsinn!«, beendete die Zeremonienmeisterin die Diskussion. »Der Klosterdepp ist kein richtiger Mann.«

Die Nonnen ließen Vicente in der Kammer neben dem Holzlager schlafen. In dem Verschlag, der bei den Mädchen eine verbotene Neugierde weckte, befanden sich nur eine Pritsche, die dicht an der verdreckten Wand stand, und eine umgedrehte kaputte Orangenkiste, die als Tisch diente. Auf einem Brett befand sich eine seltsame Ansammlung von Gegenständen, die der junge Mann im Freien gefunden hatte: Kiefernzapfen, Steine, Glasscherben, Schraubenmuttern, Knöpfe, tote Insekten und sogar eine vertrocknete Maus.

Vicente verdankte seine Anwesenheit der Nächstenliebe der Nonnen. Er war der einzige junge Mann, mit dem die Internatsschülerinnen außer ihren Familienangehörigen Umgang haben durften. Er war ein Riese mit dunklen Haaren, schwarzen Augen und unberechenbar. Mit seinen neunzehn Jahren war er gerade mal fünf Jahre älter als die Mädchen, durch seine hünenhafte Statur wirkte er jedoch älter. Sie beobachteten ihn heimlich, wenn er schweißgebadet Brennholz herbeikarrte oder das Hemd auszog, um sich am Waschbecken im Patio zu erfrischen. Vicente wäre ein schöner Mann, wenn er nur nicht so einfältig wäre, sagten die Mädchen. Er könnte sogar mit Lolitas Cousin mithalten, den sie nur von einem alten Foto kannten. Lolitas Cousin sah blendend aus, und er war noch dazu sehr klug, aber unerreichbar, denn er lebte in San Sebastián.

Die Nonnen erzählten, dass sie Vicente in der Drehlade gefunden hatten, zu einer Zeit, als es im Kloster noch eine Drehlade gab. Die diensthabende Nonne damals war uralt, taub und zu langsam, um einen Blick auf die Person zu erhaschen, die ihnen das unerwünschte Geschenk hinterlassen hatte. Madre Rufina hatte sich mit dem Pfarrer und auch mit ihrem Cousin, dem Erzbischof, beraten, und alle waren einhellig der Meinung gewesen, Gott hätte ihnen den armen Tropf gesandt, um ihre Güte und ihre Barmherzigkeit auf die Probe zu stellen, und nun erwarte Gott von ihnen, dass sie das Kind aufzögen und es vor der Welt versteckten. Dass der Junge so anders als alle anderen Kinder sei, wäre gewiss die Strafe für das liederliche Leben irgendeines gefallenen Mädchens. Also blieb den Nonnen nichts anderes übrig, als sich des Neugeborenen anzunehmen, dessen Gesicht das Stigma einer Sünde trug, die sich die Nonnen nicht vorzustellen wagten.

Zu Ehren des Heiligen, der ihren Orden gegründet hatte, nannten sie ihn Vicente, und einige Jahre lang war er das Lieblingsspielzeug der jüngeren Nonnen, die ihn abwechselnd fütterten. Als es an der Zeit war, lehrten sie ihn die Gebete, das kleine Einmaleins und das Alphabet. Mit sechs steckten sie ihn zu den Mädchen in die Vorschulklasse. Bis zur zweiten Klasse hielt er wacker durch, doch in der dritten Klasse kam er einfach nicht mehr mit, da war Hopfen und Malz verloren. Er wiederholte die Klasse fünfmal, bis man entschied, ihn von den

Mädchen zu trennen und ihm andere Pflichten aufzuerlegen. Am besten konnte er sich Gebete merken, ein Beweis dafür, dass er offenbar Gott näherstand als den Menschen. Er konnte das Vaterunser auswendig aufsagen, das Ave-Maria, das Glaubensbekenntnis, das Schuldbekenntnis, das Salve-Regina, die Seligpreisungen und sogar die Novene zur Mutter Gottes, noch dazu in schwindelerregendem Tempo und ohne einen einzigen Versprecher. Nachts dröhnte seine tiefe Stimme durch die dumpfen, leeren Hallen des Klostergebäudes, und zwar so schnell, dass man die Worte kaum verstand: »Dir Himmelsfürstin heilige Jungfrau María biete ich Seele und Leben und Herz schenke mir dein Mitleid und verlasse mich nicht heilige Mutter Amen.«

Die Nonnen überkam stets ein Anflug von Stolz, wenn sie Vicente zuhörten. Die nützlichen Unterweisungen bezahlte er mit seiner Arbeitskraft. Er kümmerte sich um die Beete im Gemüsegarten und jätete Unkraut. Er half beim Gottesdienst, wenn der Dorfpfarrer ins Kloster kam, ein kleiner rundlicher Mann, der hoch zu Vicente aufblicken musste. Er karrte das Feuerholz herbei und half den Nonnen bei allen Aufgaben, die mehr Kraft als Verstand erforderten. Er hatte ein schlichtes Gemüt und ein Lächeln, das allen zu Herzen ging.

Mehr oder weniger zu der Zeit, in der sie ihn aus dem Unterricht nahmen und in der sich bei ihm ein erster Bartflaum und der Stimmbruch bemerkbar machten, hatten die Nonnen ihm auch die Kammer neben dem Holzlager zugewiesen. Er konnte unmöglich in ihrer Nähe bleiben, geschweige denn in der Nähe der Mädchen. Es war schon kurios genug, den Riesen in einem Mädchen-Internat wohnen zu lassen, auch wenn sie damit nur die Anweisungen des Erzbischofs befolgten. Der kleine Vicentín hatte sich zur Überraschung der Klostergemeinschaft zu einem beeindruckenden Hünen gemausert, dessen schwielige, behaarte Füße beim Schlafen über die

Pritsche hinausragten. Für die Landarbeiter im Dorf war er einfach »der Klosterdepp«, aber im Kloster bevorzugten sie die Bezeichnung »Junge«. Nur die älteren, boshaften Schülerinnen nannten ihn »Trottel« oder auch »Klosterdepp«. Die Nonnen versuchten, ihn von den Schülerinnen fernzuhalten, denn ihnen war nicht entgangen, dass er die Beine und Brüste der Mädchen anglotzte, auch wenn sie diese sorgsam verhüllten, wie es ihnen Sor Presentación aufgetragen hatte. Dennoch blieb Vicente für die Nonnen ihr Spielzeug – ein besonderer Junge, der nur ihnen gehörte und den Gott nicht erwachsen werden ließ.

»Was soll das heißen, er ist kein richtiger Mann?«, wollte Nina wissen. »Willst du damit sagen, dass er nicht …?«

Olga schüttelte bestimmt den Kopf.

»Was passiert, wenn er aufwacht, wenn wir ihn berühren?«, fragte Marta. »Und wenn er uns bei den Nonnen verpetzt?«

Bei dem Wort »berühren« kicherten die Mädchen erneut.

»Dann behaupten wir einfach, dass er lügt«, sagte Olga entschieden. »Alle wie aus einem Mund. Wem werden sie wohl eher glauben? Einem armen Trottel oder fünf braven Mädchen, die ihre Sinne beisammenhaben?«

Das war ein schlagendes Argument.

»Keine Sorge! Er wird schon nicht aufwachen«, meinte Julia. »Die Nonnen geben ihm Schlaftabletten.«

»Woher weißt du das denn schon wieder?«, fragte Olga.

»Weil ich manchmal dabei helfe, sie zu richten. Ich weiß alles, was die Nonnen machen.«

»Können wir auch zu zweit gehen?«, wagte Nina zu fragen.

»Nein. Diese Mutprobe muss jede allein bestehen«, erwiderte Olga. Furcht machte sich breit. »Noch Fragen?«

Keine sagte ein Wort.

»Gut, dann fängst du jetzt an.« Olga zeigte auf Nina. »Aber lasst uns vorher noch für einen guten Ausgang beten.«

Wieder hielten sie sich an den Händen, während sie leise und feierlich ein Vaterunser auf Latein sprachen. Beim Amen übergab Olga die Stickschere an Nina, die das Zelt verließ und sich auf den Weg machte.

Die übrigen Mädchen schlossen den Kreis und begannen wie Märtyrer die Sekunden rückwärts zu zählen. »Dreihundertsechzig, dreihundertneunundfünfzig, dreihundertachtundfünfzig …«

Die Luft knisterte förmlich vor Spannung, bis Nina triumphierend zurückkehrte, als gerade noch achtundfünfzig Sekunden übrig waren, die struppige dunkle Haarsträhne wie eine Trophäe in die Luft gereckt. Dann hielt sie sie ihren Kameradinnen vors Gesicht. Eine nach der anderen berührte die Haare.

»Möchtest du uns etwas sagen?«, fragte die Zeremonienmeisterin.

Der Bericht der ersten Heldin der Nacht fiel knapp aus: »Er schnarcht.«

Als Nächste war Lolita dran. Zitternd nahm sie die Schere von ihrer Vorgängerin entgegen. Doch diesmal endete das Abenteuer mit einer Enttäuschung: Schon bei »einhundertzweiundvierzig« kehrte Lolita zurück. Kreidebleich, nach Luft schnappend und mit leeren Händen.

»Ich kann das nicht«, sagte sie. »Ich hab Angst vor ihm.«

»Das solltest du dir gut überlegen«, warnte Olga. »Wenn du die Aufgabe nicht erfüllst, gehört dein Pfand mir. Vielleicht gebe ich es dir wieder, wenn du Buße tust, aber das wird dann richtig hart. Ich gebe dir eine zweite Chance, aber diesmal hast du nur fünf Minuten Zeit.«

»Nein. Lieber eine Strafe«, sagte Lolita und setzte sich wieder an ihren Platz.

Die Strafen, die Olga sich als Buße ausdachte, waren fürchterlich, aber nichts konnte schlimmer sein als diese Mutprobe, dachte Lolita. Mal durfte man mitten im Winter eine ganze Woche lang den Patio nur ohne Mantel betreten, mal musste man drei Tage lang die Treppe zu den Schlafräumen auf den Knien hochrutschen und dergleichen Dinge mehr. Lolita war bereit, alles zu tun, um das Foto ihres Vaters wiederzuerlangen. Alles, außer noch einmal die Kammer des Riesen zu betreten.

Nun war Marta an der Reihe. Olga überreichte ihrer Schwester die Schere und wünschte ihr Glück. Der Countdown begann von Neuem, und alle waren so beklommen wie beim ersten Mal.

»Dreihundertsechzig, dreihundertneunundfünfzig, dreihundertachtundfünfzig …«

Nur noch zehn Sekunden, aber Marta tauchte einfach nicht wieder auf. Als alle schon dachten, sie hätte es nicht geschafft, erschien sie mit triumphierender Miene und präsentierte eine Haarsträhne, die sogar noch dicker war als die von Nina erbeutete.

»Er hat mich am Nachthemd gepackt! Ich wäre vor Angst fast gestorben«, sagte sie, vielleicht auch, um den Erfolg ihrer Mission aufzuwerten.

»Im Schlaf?«, fragte Lolita.

»Ich weiß es nicht, ich war in Gedanken schon draußen.« Marta rümpfte die Nase. »Diese Schlafkammer ist einfach nur eklig.«

»Aber das kriegt er doch gar nicht mit, du Dummchen, du weißt doch, dass er nicht alle Tassen im Schrank hat«, sagte Nina.

»Aber das muss ihm doch auffallen«, flüsterte Marta. »Eigentlich dürfte kein Mensch an so einem Ort schlafen müssen.«

»Das geht dich nichts an, das ist Sache der Nonnen«, meinte Olga. Sie deutete auf die Haarsträhne: »Gib sie mir.«

Marta überreichte sie ihr widerwillig. Olga hielt sie sich unter die Nase und schnupperte ausgiebig daran. Sie war entzückt.

»Sie riecht nach Stall«, befand sie, ehe sie die Haare in die Mitte legte, neben die Kerze.

»Darf ich auch mal?«, fragte Lolita.

»Nein. Du hast es dir nicht verdient.«

Nun war Julia an der Reihe. Marta übergab ihr die Schere, so wie Nina sie an Lolita weitergereicht hatte: von der Eingeweihten zur Novizin.

»Viel Glück, Julita!«, wünschte Marta.

»Danke.« Julia versagte beinahe die Stimme. Sie richtete den Blick fest auf die Schere, als hätte man ihr gerade eine echte Waffe übergeben.

»Das wird nicht leicht für dich, Julia«, sagte Olga von oben herab. »Enttäusch uns nicht. Auch ich wünsche dir Glück.«

Julia stahl sich mit der Schere in der Hand aus dem Zelt, das Herz pochte ihr bis zum Hals.

Wieder begannen sie, die Sekunden hinunterzuzählen – »dreihundertsechzig, dreihundertneunundfünfzig ...« –, und kaum ein Laut war zu hören, als Julia auf bloßen Füßen die Treppe hinunterhuschte. Keine Tür knarrte. Jetzt musste Julia die Kammer schon betreten haben und zum Lager des schlafenden Riesen schleichen – »dreihundertzwanzig, dreihundertneunzehn ...«. Sie malten sich aus, wie sie nach seiner dichten Mähne tastete und dabei vor Angst fast umkam.

Es schien, als vergingen die Sekunden diesmal viel langsamer – »dreihundert, zweihundertneunundneunzig ...«. Die Mädchen warfen sich bange Blicke zu – »zweihundertfünfzehn, zweihundertvierzehn ...« –, und die Kerzenflamme flackerte im Takt ihrer kurzen Atemzüge – »einhundertdreizehn, einhundertzwölf ...«. Die Unruhe wuchs, wie schon zuvor bei Marta – »fünfzehn, vierzehn ...«. Sie lauschten angespannt – »neun, acht …« –, doch es war absolut nichts zu hören, obwohl die Zeit ablief – »fünf, vier …«. Hoffnungslos.

»Drei, zwei, eins, null«, flüsterten sie weiter und sahen einander an. Schweigend hielten sie sich an den Händen, in Erwartung dessen, was nun geschehen würde. Ein Schauder lief ihnen über den Rücken.

»Julia hat verloren«, meinte Olga.

Weitere Sekunden verstrichen, aber nichts war zu hören. Die Flamme bewegte sich nicht mehr. Olgas Doppelkinn auch nicht.

»Lasst uns ein Vaterunser für sie beten«, schlug die Zeremonienmeisterin vor.

Sie beteten ein Vaterunser und ein Ave-Maria.

»Wir sollten sie suchen gehen«, schlug Lolita vor und wollte schon aufstehen.

Olga hob eine Hand und befahl: »Sitzen bleiben! Hört ihr das?«

Sie hielten den Atem an und lauschten. Zuerst vernahmen sie nur einen undeutlichen Laut. Eine kaum merkliche Störung der nächtlichen Ruhe. Eher eine Warnung als eine Bedrohung. Es folgten das dumpfe Krachen einer Tür und eine Art tierisches Grunzen. Seit dem Countdown waren mehr als drei Minuten verstrichen, da hörten sie einen Knall und schließlich ein Getöse, als würden unzählige Dinge zu Boden stürzen – womöglich die ekligen Fundstücke des Klosterdeppen?

Plötzlich schrie Julia so laut auf, dass ihnen das Blut in den Adern gefror. Noch nie hatten sie solch einen Schrei vernommen. Als hätte ihr jemand Schmerzen zugefügt oder einen furchtbaren Schrecken eingejagt. Alle blickten erschrocken drein. Das war Julias Stimme gewesen, kein Zweifel. Ihr musste etwas Schreckliches widerfahren sein.

»Rückzug!«, befahl Olga. »Marsch ins Bett!«

In weniger als fünf Sekunden war das Zelt zwischen den Etagenbetten abgeschlagen, und alle Laken lagen wieder an Ort und Stelle. Olga nahm die Pfandgegenstände und die Haarsträhnen an sich, steckte alles in eine Holzschachtel und schob sie unters Bett.

Ein weiterer markerschütternder Schrei hallte durch das leere Treppenhaus, dann noch einer und schließlich ein dritter. Die Mädchen hatten Angst, entdeckt zu werden. Sie verzogen sich in ihre Betten, deckten sich zu und schlossen die Augen. Aber es war unmöglich, ruhig zu atmen, geschweige denn sich schlafend zu stellen.

Als alle in ihren Betten lagen, hatte Olga wieder mal einen ihrer Geistesblitze. Aus der Holzschachtel unter ihrem Bett zog sie Julias verschlissenen Schlüpfer hervor, huschte zur Tür und warf ihn ins Treppenhaus. Sie wusste nicht, wohin er fiel, doch eine Sekunde lang sah sie ihn wie einen riesigen Schmetterling in der Luft schweben. Sie war erleichtert, das Kleidungsstück nicht mehr in ihrer Nähe zu haben, und lief so schnell zum Bett zurück, wie es ihre Leibesfülle zuließ. Dort wartete sie gespannt. Das Ganze hatte sich unerwartet zu einem Abenteuer entwickelt.

Stöhnen, Stimmen und Schritte waren zu hören. Keines der Mädchen hätte sagen können, ob die Geräusche Traum oder Wirklichkeit waren, vielleicht auch beides zugleich. Sie hörten, wie die Tür zum Klausurbereich aufging. Die Schritte der Nonnen. Zwei. Vielleicht drei. Eine von ihnen war Madre Rufina, die mit schriller Stimme Anweisungen erteilte. Die Mädchen spürten, dass jemand den Schlafsaal betreten hatte, obwohl sie nicht wagten, die Augen zu öffnen. Eine Nonne war hereingekommen, um zu überprüfen, ob alles mit rechten Dingen zuging. Sie hörten das Rascheln ihres Habits, ihre leisen Schritte auf den Fliesen.

Wenige Sekunden später hörten sie die Stimme von Madre

Rufina aus Vicentes Schlafkammer: »Bringt den Jungen an die frische Luft!«

»Das hier hab ich im Treppenhaus gefunden.« Das war eindeutig Sor Antoninas Stimme.

Darauf wieder Madre Rufina: »Fragt Julia, ob das ihrer ist.«

Olga sah schon vor sich, wie die Nonne mit dem Schlüpfer in der Hand dessen Besitzerin befragte. Einen Moment lang verspürte sie einen Hauch von Schuld und Mitleid, doch sie verdrängte diese Gefühle sofort. Was kann ich dafür. Sie hat einfach zu lange gebraucht, sagte sie sich.

Rasch kehrte wieder Ruhe ein. Die übliche Internatsstille, nur vom Zirpen der Grillen im Garten durchbrochen. Erschöpft nach dem aufregenden Abend, waren alle eingeschlafen.

Nur Olga lag wach und lauschte. Sie wollte wissen, was vor sich ging und was keiner außer ihr erfahren würde. Als sie sicher war, dass die anderen schliefen – die langsamen, gleichmäßigen Atemzüge waren ein untrügliches Zeichen –, stand sie auf und schlich auf den Flur. In der Nähe der Treppe versteckte sie sich in einer Nische. Zuerst lehnte sie sich an die gefliese Wand. Dann ließ sie sich auf den Boden gleiten und harrte dort so lange aus, bis ihre Beine einschliefen.

Erschrocken vernahm sie Julias Schluchzer, einige davon sehr laut, dann von unten das Hin und Her von Schritten, Madre Rufinas durchdringende Stimme und ihre harschen Worte.

»Jetzt hab dich nicht so und steh auf! Du brauchst gar nicht um Mitleid heischen! Nur dass du's weißt, für Mädchen wie dich habe ich keinerlei Mitgefühl. Und wasch dich, um Himmels willen, wie du aussiehst! Du sagst mir jetzt auf der Stelle, was passiert ist, haarklein. Vor allem wirst du mir erklären, was du um diese Zeit in der Kammer von Vicente verloren hattest. Noch dazu ohne Schlüpfer, Heilige Jungfrau!«

Nun war Julias Stimme zu vernehmen. Sie schluchzte weiter. Es waren noch andere Stimmen zu hören, die so leise waren, dass Olga kein Wort verstand. Von Zeit zu Zeit schaltete sich die Oberin ein, die bestens zu verstehen war.

»Was sagst du? Sprich laut und deutlich! … Putz dir die Nase! … Nimm dieses Wort nie wieder in den Mund! Das ist alles deine Schuld, du hast ihn provoziert. Was hast du dir bloß dabei gedacht?«

Olga verfolgte mit einem Kloß im Hals das Verhör der armen Julia. Sie wollte sichergehen, dass ihre Kameradin nicht verpetzte, welches Spiel sie gespielt hatten, und schon gar nicht wessen Idee es gewesen war. Sonst gäbe es eine Katastrophe. Dann wäre Olga nicht länger ein Vorbild an Wohlverhalten, und die Nonnen würden ihrer Mutter alles brühwarm erzählen. Sie wäre nicht mehr die allseits geschätzte Lieblingsschülerin. Dann wäre sie einfach nur noch »die Dicke«. Das wollte sie sich gar nicht erst ausmalen. Olga versuchte sich zu beruhigen. Julia würde die anderen nicht verraten. Sie hatten einen heiligen Eid geschworen, und niemand würde es wagen, einen heiligen Eid zu brechen.

Julia verriet ihre Kameradinnen nicht. Olga konnte nur noch ein paar Wortfetzen aus dem Gespräch aufschnappen, denn Madre Rufina sprach inzwischen leiser, wenngleich nicht weniger streng. Selbst auf die Entfernung konnte sie einem Angst machen. Sie eröffnete Julia, dass sie nicht länger im Internat bleiben könne, man würde sie woanders hinschicken. Man müsse das Übel bei der Wurzel packen und ausreißen, damit es die Ernte nicht gefährde.

»Du hast eine schwere Sünde begangen, Julia. Schwerer, als du dir vorstellen kannst. Ich werde es dir erklären, damit du begreifst, warum du dafür büßen musst«, sagte die Oberin. Ihre Predigt war knapp und schrecklich. Olga hörte alles mit. Vom Anfang bis zum Ende.

Olga erschrak, sie bereute es inzwischen, gelauscht zu haben. Ihr wurde klar, dass die Kenntnis bestimmter Geheimnisse einen in eine unangenehme Lage bringen konnte.

Vielleicht hab ich es auch nicht richtig verstanden, versuchte sie sich zu besänftigen. Schließlich war es von ihrem Versteck aus fast unmöglich herauszufinden, was dort unten, neben dem Holzlager, tatsächlich vor sich ging. Wenn keiner erfährt, dass ich es weiß, dann ist es so, als wüsste ich es gar nicht, dachte sie. Aber wenn ich es richtig verstanden habe, komme ich dafür in die Hölle.

Zu ihrem eigenen Wohl wollte sie auf der Stelle alles vergessen. Vorsichtshalber bekreuzigte sie sich drei Mal.

Zu später Stunde kehrte sie in ihr Bett zurück. Sie hatte genug davon, zu lauschen und kein Wort zu verstehen. Die Nonnen waren noch nicht hinaufgekommen, sie hatten sich zur Klausur zurückgezogen und beteten den Rosenkranz. Es hörte sich an wie summende Insekten in der Nacht.

Ehe Olga vom Schlaf übermannt wurde, musste sie an die vergoldete Stickschere mit der filigranen Verzierung denken, das Geschenk ihrer Mutter. Sie hätte sie niemals aus der Hand geben dürfen. Ihr neues Leben wollte sie nicht ohne die Schere anfangen. Deshalb war ihr letzter Gedanke vor dem Einschlafen: Bitte, Herr, mach, dass ich meine kostbare Stickschere wiederbekomme.

1981

MONOPOLE BLANCO

OLGA

Schon bevor Olga Viñó das geheime Telefon im Schlafzimmerschrank entdeckt hatte, hatte das Telefonieren in ihrem Leben eine große Rolle gespielt.

Ihr Ehemann, der angesehene Dermatologieprofessor Benito Pardo, auf Kongressen, Konferenzen und akademischen Preisverleihungen zu Hause und folglich meist abwesend, machte gern Witze über die große Leidenschaft seiner Gattin.

»Ich mag mir gar nicht vorstellen, was aus dir geworden wäre, wenn du vor Graham Bell auf die Welt gekommen wärst, Liebling.«

Für Olga war das Telefon lebensnotwendig, es war für sie so etwas wie ein Familienmitglied. Insgesamt gab es in der geräumigen Wohnung vier Telefone in unterschiedlichen Ausführungen, das verborgene nicht mitgerechnet. Eines stand im Arbeitszimmer ihres Ehemannes. Es wurde allerdings kaum benutzt, denn Dr. Pardo ging nur dann persönlich an den Apparat, wenn am anderen Ende der Leitung jemand mit dem Tode rang. Ein weiteres Telefon, mit einem zwei Meter langen Kabel, war in der Küche installiert, damit die Hausangestellte in Olgas Abwesenheit Nachrichten entgegennehmen konnte. Ein drittes stand im Schlafzimmer, es war für Krankheitsfälle oder andere Notlagen gedacht, und für private Gespräche. Von dort aus rief Olga sonntagmorgens, nach dem Frühstück im Bett, ihre beiden erwachsenen, verheirateten Töchter an und erkundigte sich, was sie den Tag über so machten und was es bei ihnen zu essen gab. Ihre beiden ebenfalls verheirateten Söhne rief sie seltener an, nur wenn es einen triftigen Grund gab, wie einen Geburtstag, denn sie schien sie immer bei irgendetwas zu stören, und zudem hatte sie keine Lust, sich mit ihren Schwiegertöchtern zu unterhalten. Das cremefarbene Telefon, dessen Form an eine venezianische Gondel erinnerte, lag gut in der Hand und schien Olga für vertrauliche Gespräche bestens geeignet. Es unterschied sich von dem schwarzen Bakelit-Telefon im Wohnzimmer, das düster und würdevoll aussah und von allen Apparaten am meisten benutzt wurde. Von diesem Telefon aus herrschte Olga über ihr Reich: Sie nahm berufliche Anrufe für ihren Ehemann entgegen, gab im Supermarkt in der Calle Guillermo Tell ihre Bestellungen auf, vereinbarte die Termine mit der Kosmetikerin, ließ ihren Freundinnen zu deren Geburtstagen Blumensträuße liefern, kondolierte und gratulierte und kam ohne jede Hektik allen Verpflichtungen nach, die ihre gesellschaftliche Stellung mit sich brachte. Selbstverständlich schlug sich das in schwindelerregend hohen Telefonrechnungen nieder, die sich die Familie Pardo jedoch leisten konnte.

Olgas Leidenschaft für das Telefonieren hatte sich erst in den letzten zehn Jahren entwickelt. Früher hatten ihr die Kinder keine Zeit für derartige Zerstreuungen gelassen. Olga hatte sich selbst um ihre Kinder gekümmert. Sie hatte großen Wert darauf gelegt, sie zu stillen, anstatt sich auf Pelargon zu verlassen, die beste und teuerste Sorte der erst vor Kurzem entwickelten Säuglingsnahrung. Sie hatte keinen Zweifel an den Vorzügen des Muttermilchersatzes, aber so etwas kam für sie schlichtweg nicht infrage. Das Stillen befriedigte ihr Bedürfnis, sich unersetzlich zu fühlen, und es erlaubte ihr zugleich, sich in aller Intensität ihrer Mutterliebe hinzugeben und mit dem Säugling an der übervollen Brust alles um sich herum zu vergessen. Doch sobald das Kind laufen lernte und Olga nicht mehr im Zentrum seines Interesses stand, überließ sie es der Obhut von Kindermädchen, die aufgrund ihrer Jugend und

Robustheit ausgewählt wurden. Ihre einzige Aufgabe bestand darin, dafür zu sorgen, dass die Kinder gesund und munter das Kindergartenalter erreichten. Olga war derweil damit beschäftigt, das nächste Kind auf die Welt zu bringen und zu stillen, um es dann wieder einem Kindermädchen zu überlassen. So ging es immer weiter, bis sie mit allen fünf Kindern durch war. Ihr jüngster Spross, siebzehn Jahre alt, Schlagzeuger und Songschreiber einer Garagenrockband und seit Kurzem für ein Philosophiestudium eingeschrieben, war der Einzige, der ihr noch das Gefühl gab, gebraucht zu werden.

Der Junge war ihr schwarzes Schaf, denn er hatte so große Ähnlichkeit mit ihrem Schwager, dass es sogar ihrem Mann auffiel. Das Erbgut ist wie eine Lotterie, man weiß nie, welches Los gezogen wird. Genau wie Damián in jungen Jahren besaß ihr Nachzügler viel Fantasie, kreatives Talent, einen besorgniserregenden Hang zur Tragik und eine außergewöhnliche Sensibilität, die es ihm ermöglichte, seine Talente bei unendlich vielen Gelegenheiten zu entfalten.

Aus einer gewissen Distanz betrachtet, wirkten Typen wie er faszinierend, doch sie bedurften großer Aufmerksamkeit. Mit einer Weitsicht, die auf Erfahrung beruhte, spürte Olga, dass sich die Menschen von ihrem Jüngsten genauso abwenden würden, wie sie sich selbst damals bei der erstbesten Gelegenheit von Damián abgewandt hatte. Und genauso würde es jemanden geben, der das später bereute. Zuweilen ertappte Olga sich dabei, dass sie an Damián dachte, und sie fragte sich, was wohl aus ihrem Leben geworden wäre, wenn sie ihn statt Benito geheiratet hätte, welches Auto sie fahren würden, auf welche Schule sie ihre Kinder geschickt hätten, wie ihre Nächte wären, was er ihr wohl beim Aufwachen ins Ohr flüstern würde. Manchmal träumte sie von ihrem Schwager, als könnte sie das trösten. Zuweilen war der Traum so schön, dass sie sich den gesamten folgenden Tag über die realen Gegebenheiten ärgerte, bis sie sich wieder damit abfand, dass alles so war, wie es war, dass sie ein Leben führte, das trotz aller Anstrengung enttäuschend verlief. Diese Träume waren nur flüchtig und deshalb aus ihrer Sicht harmlos. Sie kamen und gingen, wie kurze Sommergewitter. Sobald wieder Ruhe eingekehrt war, schminkte Olga sich sorgfältig, um sich selbst davon zu überzeugen, dass nichts Schlimmes passiert war. Sie hatte einen Grad an Zufriedenheit erreicht, der sich nur halten ließ, wenn man gewisse Dinge ausblendete.

Das geheime Telefon hingegen belastete ihr Gewissen nicht, schließlich war es nicht ihre Idee gewesen. Ein Handwerker hatte es während der Renovierungsarbeiten entdeckt, als er im Schlafzimmer mit ordentlichem Radau den großen Kleiderschrank abschlug.

»Señora, was sollen wir damit machen?«, hatte er gefragt und auf das Telefon gezeigt, das Olga nie zuvor gesehen hatte.

Es handelte sich um ein altes Wandgerät ohne Wählscheibe. Es war in die Seitenwand des Kleiderschranks montiert, sehr weit unten und noch dazu unter einem Regalbrett, sodass es kaum zu sehen war. Es hätte sie nicht gewundert, wenn es nicht funktioniert hätte. Umso überraschter musste sie feststellen, dass es angeschlossen und in einem guten Zustand war. Sie wies den Handwerker an, es an Ort und Stelle zu belassen, und nahm sich vor, das Geheimnis zu lüften. Selbstverständlich erzählte sie ihrem Mann nichts davon, und auch sonst niemandem. Es gehörte nicht zu Olgas Gewohnheiten, anderen Personen Rechenschaft über ihre Aktivitäten abzulegen, und Dr. Pardo zeigte auch kein übermäßiges Interesse an häuslichen Bagatellen.

Olga hatte die Renovierung der Wohnung überwacht – ein frischer Anstrich für die Wände, die Einrichtung eines Ankleidezimmers für ihre umfangreiche Garderobe – und sich folglich im Recht gefühlt, nach Lust und Laune überall herumzuschnüffeln, wo sie vorher keinen Zutritt hatte. Zudem verfügte sie über alle Zeit der Welt. Nach der Entdeckung des Telefons im Kleiderschrank stellte sie sich natürlich einige Fragen. Die Wohnung an der Calle Laforja, Ecke Vía Augusta, die über dreihundert Quadratmeter Wohnfläche verfügte, hatte sich seit jeher im Besitz der Familie ihres Stiefvaters befunden. Nach der zweiten Eheschließung ihrer Mutter, sie und ihre Zwillingsschwester waren gerade vierzehn geworden, waren sie dort eingezogen. Olga war bis zu ihrer Heirat mit Dr. Pardo in der Wohnung geblieben, ohne das versteckte Telefon bemerkt zu haben. Marta war ein paar Jahre nach ihr ausgezogen und hatte, zumindest soweit Olga wusste, auch keine merkwürdige Entdeckung gemacht. Folglich musste dieser Telefonapparat aus der Zeit nach 1962 stammen, dem Jahr von Martas Heirat mit Álex, wenngleich natürlich auch die Möglichkeit bestand, dass er sich schon früher im Kleiderschrank befunden hatte und einfach niemandem aufgefallen war. Die große Frage lautete weniger, seit wann das Telefon installiert war, als vielmehr, wer den Auftrag dafür erteilt hatte und warum. Jedenfalls war es so etwas wie ein Familiengeheimnis, und das sollte es für Olga auch bleiben.

Nach einigen Tagen fand Olga heraus, dass das Telefon nicht läutete, weil jemand wohl vor langer Zeit die Klingel ausgebaut hatte. Der Apparat war auch an keine Leitung in ihrer Wohnung angeschlossen, sondern an das Ladenlokal im Erdgeschoss. Dort hatte ihr Stiefvater, der als einziges Hobby den Ankauf von schrottreifen Oldtimern pflegte, die er in aller Ruhe reparierte, eine Garage mit Werkstatt eingerichtet. Die Räume waren voller Dreck, Gerümpel, Staub und Ölflecken, und weder Olga noch ihre Schwester hatten sie zu seinen Lebzeiten jemals betreten. In seinem Testament hatte der Stiefvater Olga die Wohnung vererbt, immerhin war sie die Erstgeborene, auch wenn es nur um sieben Minuten ging, und

Marta hatte das Ladenlokal bekommen. Zweifellos eine gute Entscheidung. Marta hätte niemals inmitten ihrer Jugenderinnerungen leben können, denn mit dieser Zeit hatte sie keinen Frieden schließen können. Olga hingegen hätte gar nicht gewusst, was sie mit der alten Werkstatt hätte anfangen sollen, außer, sie unter Wert zu verkaufen. Das Erbe war die letzte Wohltat, die ihnen der Mann angedeihen ließ, der ihnen, trotz der vielen Jahre, die sie unter einem Dach gelebt hatten, immer fremd geblieben war.

Dr. Benito Pardo war zwölf Jahre älter als Olga. Der Bürgerkrieg hatte ihm seine Jugend gestohlen, seine Ausbildung verzögert und ihn vorzeitig erwachsen werden lassen. Mediziner war er aus Familientradition geworden, und aus Bewunderung für seinen Vater, der mit Kugelsplittern in den Beinen und einem Orden auf der Brust von der Front heimgekehrt war.

Olgas Leben wurde, wie das von allen anderen, durch den Krieg völlig auf den Kopf gestellt, auch wenn sie das nicht mitbekam, denn sie war im ersten Kriegssommer auf die Welt gekommen, während das Heer der Aufständischen den Lauf der Geschichte für die kommenden Jahrzehnte nach seinen Vorstellungen prägte. Ohne das Erstarken der Rechten wäre Olgas Leben – genau wie das Leben aller jungen Leute ihrer Generation – ganz anders verlaufen. Es hätte keine Vormunde und keine Nonnen gegeben, die sich alles erlauben konnten, keine Beichten, keine Handarbeitsstunden und abendlichen Rosenkranzgebete. Die Franquisten-Hymne *Cara al Sol* wäre nicht gesungen und all die Filme, die keiner verstand, wären nicht geschaut worden. Aber eigentlich war das alles gar nicht so wichtig, keiner vermisst etwas, was er niemals gekannt hat.

Die Geschichte von Olgas Verlobungszeit, und gewissermaßen die ihres Lebens, begann am 17. November 1950, als sie mit der ganzen Familie eine Nachmittagsvorstellung von

Vom Winde verweht im *Windsor-Palace*-Kino besuchte. Es war das erste und letzte Mal, dass sie alle vier zusammen ausgingen, und es war ein ganz besonderer Anlass. Nach diversen Verboten durch die Zensur erlebte der berühmte amerikanische Film, auf den die Damen des Hauses sehnsüchtig gewartet hatten, mit elf Jahren Verspätung endlich seine Premiere in Spanien. Der Stiefvater ließ seine Beziehungen spielen, um vier Eintrittskarten für eine Loge zu ergattern, und so verließen sie stolz das Haus, um von der Vía Augusta zur Calle Diagonal zu gehen, die inzwischen Avenida del Generalísimo hieß. Die Mädchen waren, laut Aussage ihrer Mutter, zwei »Backfische«, was bedeutete, dass sie sich durchaus allein bewegen konnten, dies aber nicht schicklich gewesen wäre. Und noch weniger hätte es sich geschickt, ohne Begleitung die Vorstellung eines Filmes zu besuchen, den die Zensur mit 3-R bewertet hatte. Genau genommen war er zwischen 3 (nur für Erwachsene) und 4 (sehr gefährdend) eingeordnet worden, und das R stand für *con reparos*, unter Vorbehalt – den allerdings nur der Zensor hatte.

Bereits 1947 hatten sich diese Vorbehalte in einem Zensurbericht niedergeschlagen: Scarlett O'Hara wirke nach ihrer Hochzeitsnacht mit Rhett Butler allzu glücklich, sie zeige ein offenkundig »wollüstiges Entzücken«. So etwas wie »Entzücken«, und noch dazu ein »wollüstiges«, durften sich spanische Frauen nicht einmal in ihren kühnsten Träumen ausmalen. Für das Regime hatten sie anständig, folgsam, keusch, hager und katholisch zu sein. Drei Jahre später ließ ein anderer Zensor – oder vielleicht auch derselbe – sich erweichen und gestattete die Vorführung des Films, obwohl Scarlett noch immer vor Wollust strotzte und sich an den Vorbehalten nichts geändert hatte.

Für den Sturm der Gefühle hatte sich die Familie in Schale geworfen. Der Stiefvater zeigte sich im Smoking, die Mutter im langen Kleid, zu dem sie ihre neue Nerzstola trug. Die Mädchen weigerten sich inzwischen, gleich gekleidet aufzutreten, unter anderem weil Olga immer noch dreimal so dick war wie Marta. Beide trugen Couture-Kleider aus dem Atelier in der Calle Santa Eulalia, die unterschiedlicher nicht hätten sein können: Martas betonte die Figur und vor allem die Taille, Olgas Kleid hingegen sollte sie schlanker wirken lassen und ihre Speckfalten kaschieren. Olga war voller Groll – über ihre Schwester, über den Samtstoff des Kleides, über ihr Spiegelbild im Schaufenster, über die Weigerung, am Kiosk gebrannte Mandeln zu kaufen –, bis es im Kinosaal dunkel wurde, die Filmmusik erklang und Scarlett O'Hara in einem weißen Kleid mit Reifrock auf der Veranda von Tara erschien, mit einer Chuzpe, mit der sie allen Widrigkeiten des Schicksals trotzte. Olga bangte zwei Stunden lang mit ihr, zu gern hätte sie selbst die Verwundeten im Lazarett gepflegt. Sie zitterte beim feindlichen Angriff auf Atlanta und weinte vor Rührung, als Scarlett bei Gott schwor, nie wieder Hunger zu leiden. Während auf der Leinwand das Wort *Pause* erschien und der Stiefvater doch tatsächlich erwog, seine Begleiterinnen zu einer Erfrischung einzuladen, verharrte Olga in einer Art katatonischem Zustand. Sie blieb auf ihrem Platz sitzen, starrte weiter auf die Leinwand und ließ die Ereignisse nachwirken. Dieser Film hatte sie tief in ihrem Inneren berührt. Und das hatte bislang nichts und niemand geschafft.

»Sieh mal«, sagte Marta und deutete auf das Programmheft, »hier steht, dass Scarlett im Verlauf des Films insgesamt vierundvierzig Kleider und neun Hüte trägt. Hast du gewusst, dass Vivien Leigh Engländerin ist? Das schreiben sie hier, als ob das von Bedeutung wäre.«

Olga hörte gar nicht hin. Scarlett O'Hara vor Augen, entschied die ältere der Viñó-Zwillinge an diesem Nachmittag, dass sie auf die Welt gekommen war, um begehrt zu werden und Heroisches zu leisten. Tara konnte sie zwar nicht retten, aber sich selbst schon!

Den Heimweg legte die Familie schweigend zurück, sie hatten sich einfach nichts zu sagen, und während Marta weiterhin im Programmheft blätterte, begann Olga ihre Verwandlung zu planen. Sie würde aufhören zu essen. Dann würde sie alles daransetzen, einen interessanten Mann zu finden, der älter war als sie, einen Mann von Welt, einen spanischen Rhett Butler, der sie begehrte. In der dunklen Vía Augusta, durch die die Straßenbahnen rumpelten, schwor sie bei Gott, dass sie von nun an den schlimmsten Hunger leiden würde. Und sie erfüllte ihren Schwur. Die neue Olga O'Hara hatte endlich erkannt, wer sie sein wollte, und sie verfolgte dieses Ziel mit der Kraft eines Eisbrechers.

Von all diesen Ideen beseelt, brachte Olga im Jahr 1954 ihren Stiefvater dazu, ihr das erste Studienjahr an der Medizinischen Fakultät zu finanzieren. Marta trug mittlerweile weitere Kleider als sie und schrieb an ihrem ersten Roman. Von diesem Zeitpunkt an trennten sich die Lebenswege der beiden Schwestern rasant. Eine Universität zu besuchen war für eine Frau in der damaligen Zeit ein derart heroisches Unterfangen, dass sich die neue Olga dafür interessierte. In ihrem Jahrgang hatte nur noch ein anderes, ebenso verrücktes Mädchen den gleichen Entschluss gefasst. Die männlichen Kommilitonen waren von ihrer Überlegenheit absolut überzeugt und mokierten sich über die jungen Frauen, die ihnen nacheifern wollten – sofern das tatsächlich ihre Absicht war. Bot doch die Fakultät genügend Möglichkeiten, bewundert zu werden, und sei es nur als Exotinnen.

Knapp zwei Wochen nach Studienbeginn besuchte ein Journalist der falangistischen Zeitschrift *El Español – Semanario de los españoles para los españoles*, der »Wochenzeitung von Spaniern für Spanier« – die Hörsäle und interviewte die beiden zukünftigen Medizinerinnen. Auf seine Frage, warum sie sich für das Studium entschieden habe, antwortete Olga: »Es ist mein sehnlichster Wunsch, anderen Menschen zu helfen.«

Der Journalist, typisch Mann, fragte daraufhin, ob sie nicht zu heiraten gedenke, und Olga antwortete freimütig: »Wenn mir ein junger intelligenter Mann begegnet, der nach meinem Geschmack ist, dann heirate ich ihn natürlich. Keine Frau will berufstätig sein, wenn sie stattdessen wie eine Königin mit ihrem Ehegatten und ihren Kindern im trauten Heim leben könnte. Das ist schließlich die wahre Bestimmung der Frau.«

Wenn Pilar Primo de Rivera, die der Frauenorganisation der Falange vorstand, das gehört hätte, wäre sie auf der Stelle vor patriotischem Stolz in Tränen ausgebrochen. Das tat sie dann später in ihrem Büro im Castillo de la Moto, als sie den Artikel las, den ihre Sekretärin dem Pressespiegel beigefügt hatte. Der Journalist hatte noch ergänzt, dass die junge Frau *trotz allem* eine *Aura exquisiter Weiblichkeit* umgebe. Und Doña Pilar, deren Realitätssinn so stark ausgebildet war wie ihr Pflichtgefühl, meinte: »Dann wird sie nicht lange an der Universität bleiben.«

Doch das Beste hatte der Artikel ausgespart: den Sezierkurs. Olga stellte fest, dass sie den Kurs mit mehr Fassung ertragen konnte als die meisten ihrer männlichen Kommilitonen. Bei einigen führte der Anblick von wie Hühnchen tranchierten menschlichen Körpern zu der Erkenntnis, dass sie nicht zum Mediziner berufen waren, und sie flüchteten für immer aus den Hörsälen. Doch nicht für alle war das so klar oder so einfach. Manch einer schlug sich halbwegs wacker vor den Becken mit Formaldehyd, betrachtete entsetzt die darin liegenden Leichen und bemühte sich, nicht ohnmächtig zu werden. Einer von ihnen, der schmächtigste und bleichste von allen, wurde nach einem Ohnmachtsanfall Olgas bester Freund.

Der Vorfall ereignete sich in einer der ersten Stunden. Der

Anatomieprofessor hatte bereits mit seinem Vortrag begonnen, und die stummen Toten wurden vom Pedell aus den Becken gehoben. Plötzlich brach einer der Studenten direkt vor Olgas Füßen zusammen. Die Brille des jungen Mannes flog zwischen die Bänke des Hörsaals, und er selbst streifte mit seiner rechten Schläfe Olgas linken Fuß, ehe er auf dem Boden aufschlug. Der dumpfe Aufprall ließ die Umstehenden erschaudern. Nach einer flüchtigen Untersuchung urteilte der Professor gleichgültig, dass niemand zu Schaden gekommen sei, und ordnete an, die Beine des Ohnmächtigen hochzulegen. Dann beauftragte er Olga – das einzige weibliche Wesen im Saal –, sich um den jungen Mann zu kümmern.

Der Arme kam schnell wieder zu sich. Er öffnete seine kurzsichtigen Augen und tastete nach seiner Brille. Olga fand sie mit einem zerbrochenen Glas unter einer der Bänke und reichte sie ihm.

»Herrje, was für eine Katastrophe!«, sagte er und schien den Tränen nahe. »Ich bin ohnmächtig geworden, nicht wahr?« Olga nickte. »Ich hab's gewusst, ich bin einfach nicht für den Arztberuf geschaffen.«

Sie flüsterten, um die anderen bei ihrem grausamen Tun nicht zu stören.

»Warum studieren Sie dann Medizin?«, fragte sie.

Der junge Mann seufzte, als hätte er keine Kraft, eine solch schwierige Frage zu beantworten. »Das würde ich dir gern woanders erzählen, wenn es dir recht ist. Wir können doch du sagen, oder? Meinst du, wir können einfach gehen?«

»Ich denke, wir sind entschuldigt.« Sie schenkte ihm ein Lächeln.

»Dann lade ich dich zu einem Kaffee ein, und wir erzählen uns unsere Lebensgeschichten«, schlug er vor.

Olga zögerte einen Moment und zeigte ihre schauspielerischen Qualitäten. Sie schürzte die Lippen, blickte zur Seite und rang die Hände. Sie wollte und wieder nicht. Sollte sie das wirklich tun? Dann entschied sie, dass es besser war, sich mit diesem mickrigen Bürschchen nicht in der Öffentlichkeit blicken zu lassen. Vielleicht lag ja noch ein besserer Kandidat auf der Lauer.

»Wollen wir uns im Patio auf eine Bank setzen?«, schlug sie vor.

Seine Lebensgeister waren schon wieder zurückgekehrt, als sie den von der Sonne beschienenen Winkel erreichten. Auf der Bank reichte er ihr die Hand.

»Ich bin übrigens Damián Pardo.«

»Olga Viñó.«

»Olga!« Er blickte gen Himmel, als vernähme er eine wunderschöne Melodie. »Die Heilige, die Unverwundbare.«

»Was redest du da?«

»Na, die Bedeutung deines Namens. Hast du das nicht gewusst?«

Olga kicherte. Das passte wunderbar. »Nein, aber es gefällt mir. Du hast recht, ich fühle mich tatsächlich unverwundbar.«

»Das hab ich gleich gemerkt. Möchtest du meine Freundin sein?«

»Wenn du frech wirst, gehe ich auf der Stelle.«

»Pardon! Gewiss hast du einen Freund. Eine Schönheit wie du kann gar nicht ohne persönlichen Beschützer unterwegs sein. Wenn dein Freund mich entdeckt, vierteilt er mich und wirft mich zu den anderen. Gib es zu: Die Herren in den Becken sind allesamt Verehrer, die deinen Namen wissen wollten.«

»Was für eine absurde Idee!«, erwiderte Olga und tat schockiert. »Ich habe keinen Freund, und ich will auch keinen, noch nicht. Aber das ist auch egal, du kämst sowieso nicht infrage.«

»Und warum nicht?«

»Weil du mir zu jung bist.«

»Aber wir sind doch gleichaltrig.«

»Von wegen! In welchem Monat bist du geboren?«

»Im November.«

»Siehst du! Ich im Juli. Das geht nicht.«

»Was kann ich tun?«

»Nichts. Ich will einen reifen Mann.«

»Ich kann mich ja in die Sonne legen, um zu reifen. Und wenn ich dabei verfaule, kannst du Marmelade aus mir kochen.«

Olga lachte, dass ihre Schultern bebten, und sie hielt sich eine Hand vor den Mund.

»Du bist ein komischer Kauz. Und jetzt erzähl mir deine Lebensgeschichte, deshalb sind wir ja hier.«

Damián wirkte nachdenklich, und seine Miene verdüsterte sich. »Ich weiß nicht, wo ich anfangen soll.«

»Vielleicht damit, warum du Medizin studierst, wenn du nicht Arzt werden willst.«

»Ach so. Damit mein Vater mich nicht enterbt.«

»Dein Vater will, dass du Arzt wirst?«

»Alle in meiner Familie wollen, dass ich Arzt werde.«

»Wer sind alle?«

»Mein Vater, mein Großvater, mein älterer Bruder. Alle sind Mediziner. Weißt du, wer mein älterer Bruder ist?«

»Keine Ahnung.«

»Der neue Assistent von Professor Gil Vernet. Er wurde gerade als Dermatologe promoviert. Nächstes Jahr wird er dein Dozent sein. Er strebt einen eigenen Lehrstuhl an, weißt du? Alle in meiner Familie sind bedeutende Persönlichkeiten, nur ich nicht. Ich bin ein Versager.«

»Und, was möchtest *du* werden?«

Damián nahm allen Mut zusammen. »Ich bin Sonettdichter.«

Olga brach in Gelächter aus. »Und was macht man da so?«

»Na, Sonette dichten.«

»Was für ein Beruf!«

»Die Medizin macht mich traurig. Dich nicht?«

»Ehrlich gesagt, Damián Pardo, denke ich genau wie deine Familie.«

»Siehst du, du musst meine Freundin werden! Du würdest mich zur Vernunft bringen.«

»Ich habe dich gewarnt.« Olga stand auf. »Du wirst schon wieder frech. Ich gehe.«

Sie machte auf dem Absatz kehrt und ließ ihren Glockenrock schwingen, erhaben wie eine Südstaatenschönheit vor dem Sezessionskrieg.

Natürlich trafen sie sich wieder, und Olga gab Damián noch eine Chance, die er zu nutzen wusste. Er hielt sich zurück und verehrte sie nur noch im Stillen. Er hatte den Sezierkurs aufgegeben, kam aber nach wie vor in die Fakultät, nur um Olga zu sehen. Sie wusste das und war entzückt, sie suchte seine Nähe, gab aber vor, ihn zu verachten. In nicht einmal zwei Wochen hatte Damián 527 Sonette für sie gedichtet. Er brachte Stunden damit zu, sie aus den Augenwinkeln zu beobachten und nach passenden Reimen zu suchen, während er so tat, als würde er den Vorlesungen folgen. Olga wiederum tat so, als würde sie sein Interesse nicht bemerken, und sprach so oft mit ihm, wie es ihr beliebte. Für beide konnte es nicht besser laufen.

Für Olga war es mehr als praktisch, im Minenfeld der Fakultät einen Verbündeten zu haben. Mit Damián an ihrer Seite sprach niemand sie an oder fragte sie gar, warum sie einen Beruf ausüben wollte, für den Gott die Männer auserkoren hatte. Die meisten Studenten behandelten ihre Kommilitoninnen von oben herab oder kränkend, sie hielten sie für dumme Gänse, die sehr bald des Studiums überdrüssig werden würden, oder für Mannweiber, bei denen man nach weiblichen Attributen suchen musste.

Manchmal spielten die Studenten ihnen Streiche, die fast schon kriminell waren. So hatte eine Kommilitonin von Olga auf der Heimfahrt im Bus in ihrer Handtasche nach dem Lippenstift gekramt und plötzlich ein Paar Hoden in den Händen gehalten, härter als getrocknete Feigen und fein säuberlich einem Leichnam abgeschnitten. In der letzten Reihe saß eine Gruppe von Studenten aus dem Sezierkurs, sodass der jungen Dame sofort klar war, woher das seltsame Relikt stammte. Sie ließ sich nichts anmerken und zog sich zur Verblüffung der Schelme in aller Seelenruhe die Lippen nach, verstaute den roten Lippenstift wieder an Ort und Stelle und blieb wie üblich bis zu ihrer Haltestelle sitzen. Kurz vor dem Ziel ging sie lässig auf die jungen Männer zu, griff in ihre Handtasche und warf ihnen das kleine Souvenir vor die Füße. »Das hat wohl einer von euch verloren«, sagte sie und stieg aus.

Es war zwar kein angenehmes Erlebnis gewesen, doch die junge Frau hatte sich damit bei den männlichen Kollegen Respekt verschafft.

Mit den Professoren lief es nicht viel besser. Es gab einzelne liberale Dozenten, die die Studentinnen tolerierten, in Schutz nahmen und sogar förderten, doch die Mehrheit hatte ihre Zweifel und sah das Ganze skeptisch. Einige beharrten darauf, dass die Medizinerinnen am Ende des Studiums lediglich einen Ehrentitel erhalten sollten, der es ihnen nicht gestattete, auch zu praktizieren. Andere hielten es mit jenen berühmten Professoren aus Madrid, die ein Jahrhundert zuvor einer jungen Frau die Doktorwürde hatten verleihen müssen und unter die Akte schrieben: »Möge es ein Einzelfall bleiben.« Und dann war die Überraschung groß, als in einem Jahrgang vier Medizinerinnen promoviert wurden, die praktizieren und nebenbei heiraten, Kinder bekommen und sich die Nägel lackieren wollten. Als Medizinstudentin galt es also, viel Mut, viel Überzeugungskraft und viel Geduld aufzubringen, um weiterzukommen, zumindest in den anstrengenden 1950er-Jahren.

»Meine Eltern veranstalten am Samstag eine Feier anlässlich der Promotion und der Assistentenstelle meines Bruders. Ich darf einladen, wen ich will. Würdest du kommen?«

Damián sprach die Einladung mit so hoffnungsvoller Miene aus, dass Olga kaum Nein sagen konnte. Warum sollte sie auch. Es war eine großartige Gelegenheit, sich in ihrem neuen Kleid zu präsentieren.

»Gut, aber ich muss meine Schwester mitbringen. Meine Eltern werden mich nicht allein gehen lassen.«

»Klar. Ist sie genauso hübsch wie du?«

»Sie ist meine Zwillingsschwester«, erwiderte Olga und ergänzte: »Allerdings ist sie ein wenig pummeliger als ich.« Sie kostete jede Silbe aus.

»Dann bring sie mit! Vielleicht können wir sie ja mit Benito verkuppeln.«

»Benito?«

»Mein Bruder, der Einsiedler. Er verlässt nie sein Zimmer. Er lernt den lieben langen Tag.«

»Herrje, da kriegt man ja klaustrophobische Anfälle!«

Doch ihrer Mutter war die Begleitung durch die Schwester nicht genug. Sie war der Ansicht, auf einem solchen Fest lauerten so viele Gefahren, dass sie persönlich ein Auge auf ihre Töchter haben müsse. Der Stiefvater, ein leidenschaftlicher Verfechter der guten Sitten, stimmte ihr zu, hielt sich selbst aber vornehm zurück.

Das vermeintliche Fest erwies sich als langweiliger Empfang mit vielen feinen Herren, die sich über Leberzirrhosen, Schilddrüsenhormone und Magengeschwüre unterhielten, und man hörte Zungenbrecher wie »Thrombophlebitis« oder »Splenomegalie«. Ein Streichquartett versuchte, die Gäste mit

Beethoven und Haydn zu erfreuen, doch niemand wusste die Anstrengung zu würdigen. Sich den männlichen Gesprächsrunden anzuschließen, war kein sonderlich attraktiver Plan, und unter den Frauen betrug das Durchschnittsalter etwa siebzig Jahre, und das Lieblingsthema waren die eigenen Wehwehchen, von denen mit größter Begeisterung und in unzähligen Details berichtet wurde. Olga und Marta konnten nichts beitragen außer ihrer Jugend und ihrem Charme, die nicht unbeachtet blieben. Damián bemühte sich, die beiden jungen Frauen aufzuheitern, indem er ihnen Kanapees und Punsch reichte, doch die beiden Schwestern hatten nur einen einzigen Wunsch: die Feier so schnell wie möglich zu verlassen. Olga verstand, was ihr Freund mit Einsiedler gemeint hatte, als ein großer Mann mit lockigem Haar und Hornbrille auf sie zukam und sagte: »Da mein Bruder, die wandelnde Katastrophe, uns nicht bekannt gemacht hat, übernehme ich das selbst. Ich bin Benito Pardo.«

»Ich bin Olga Viñó. Das ist meine Schwester Marta, und das ist unsere Mutter.«

Dr. Pardo – jetzt Arzt mit Doktortitel – schenkte der Schwester ein Lächeln und verneigte sich vor der Mutter, die keine Anstalten machte, aufzustehen oder etwas zu erwidern.

»Wem verdanken wir denn den glücklichen Umstand Ihres Besuches?«, fragte der frischgebackene Doktor.

»Ich bin eine Kommilitonin von Damián«, erklärte Olga und deutete mit dem Kopf in Richtung ihres Verehrers, der gerade am Büffet stand und für sie einen Teller mit Obst zusammenstellte.

»Kommilitonin?« Überrascht zog er eine Augenbraue hoch.

»Ja, an der Medizinischen Fakultät.«

Nun war Dr. Pardo baff. Er trat sogar einen Schritt zurück, um Olga in voller Größe betrachten zu können.

»Sie wollen Ärztin werden?«

Olga nahm die Pose der Heldin ein, die sie perfekt einstudiert hatte, und sagte: »Es ist mein sehnlichster Wunsch, anderen Menschen zu helfen.«

»Ich bin überzeugt, dass Ihnen das gelingen wird, keine Frage. Und Sie?« Dr. Pardo wandte sich nun an Marta. »Studieren Sie auch Medizin?«

»Nein, nein«, erwiderte Marta.

»Meine Schwester möchte Schriftstellerin werden«, sagte Olga.

Dr. Pardo sah sie verwundert an.

»Schriftstellerin. Wie interessant. Und was schreiben Sie so?«

»Ich beende gerade einen Roman.« Martas giftiger Blick entging zwar dem Mediziner, nicht aber Olga.

»Ah, einen Roman! Darf ich fragen, worum es darin geht?«, erkundigte sich Dr. Pardo.

»Nein«, sagte Marta kategorisch.

Unbehagen breitete sich aus wie eine Welle. Olga sah erst zu ihrer Schwester, dann zu Dr. Pardo und suchte nach den richtigen Worten. Sie wollte sich schon für Marta entschuldigen, aber der Doktor kam ihr zuvor.

»Pardon, es war keineswegs meine Absicht, Sie zu belästigen.«

Marta, die inzwischen begriffen hatte, dass sie sich danebenbenommen hatte, schob eine Erklärung hinterher:

»Ich rede nicht gern über unfertige Dinge.«

»Das verstehe ich nur zu gut«, sagte Dr. Pardo und fügte etwas umständlich hinzu: »Freunde von mir besitzen einen Verlag. Vielleicht könnte ich Sie miteinander bekannt machen. Nur, wenn es Ihnen recht ist. Und selbstverständlich erst, wenn Sie Ihren Roman abgeschlossen haben.«

Nun kam Olga richtig in Fahrt. »Ist das nicht reizend,

Marta? Das ist sehr aufmerksam von Ihnen, Dr. Pardo. Meine Schwester ist Ihnen sehr verbunden. Wir werden Sie sofort benachrichtigen, sobald der Roman fertig ist.«

»Falls er je fertig wird«, murmelte Marta.

Die Faszination, die dieses widerspenstige Geschöpf auf den Gelehrten ausübte, war nicht zu übersehen, und Olga griff sofort ein.

»Dr. Pardo.« Kokett neigte sie den Kopf und setzte ihr bezauberndstes Lächeln auf. »Stimmt es, dass ich nächstes Jahr Ihre Schülerin sein werde?«

»Dafür müssen Sie zunächst das erste Studienjahr bestehen. Schaffen Sie das?«

»Das hoffe ich.«

»In dem Fall ist es sehr wahrscheinlich.«

»Und darf ich aufgrund der Tatsache, dass ich eine Freundin Ihres Bruders bin, mit einer bevorzugten Behandlung rechnen?« Aus Olgas vornehmem Lächeln wurde ein charmantes Strahlen.

»Ich fürchte, der Umgang mit meinem Bruder kann Ihnen höchstens zum Nachteil gereichen.«

»Es schmerzt mich, dass Sie beide nicht gut miteinander auskommen«, sagte Olga. Auch das vorgetäuschte feine Gespür für zwischenmenschliche Beziehungen gehörte zu ihrer Rolle.

»Wie sollten wir miteinander auskommen? Hat er Ihnen schon berichtet, dass er das Studium abbricht? Er wird nach fünf Generationen der erste Pardo sein, der nicht Arzt wird. Und weshalb? Er will Dichter werden! Sonette will er dichten! Hat man schon einmal eine solche Dummheit vernommen? Unser Vater ist so entrüstet, dass er nicht mehr mit ihm spricht.« Dr. Pardo deutete auf seinen Vater, der mit ein paar anderen Herren gerade angeregt über Fälle von akuter Pankreatitis diskutierte.

Just in dem Moment stieß Damián zu ihnen. Er balancierte zwei Gläser und einen Obstteller und sagte ohne Umschweife: »Wie ich sehe, hast du meinen verehrten Bruder bereits kennengelernt.«

Dr. Pardo nahm Haltung an, hüstelte und verabschiedete sich mit einer Verbeugung vor Señora Viñó. »Meine Damen, es war mir eine große Ehre, Sie kennenzulernen. Ich erwarte Sie dann im nächsten Studienjahr in meiner Vorlesung«, fügte er an Olga gewandt hinzu. »Und Ihnen wünsche ich, dass Sie viel Muße zum Schreiben und wenig Anlass zu Verärgerung haben«, sagte er zu Marta. »Möge ja keine von Ihnen auf die Idee kommen, meinen Bruder zu ehelichen. Guten Abend!« Er entfernte sich, und seine Körperhaltung war elegant, wenngleich ein wenig unbeholfen, was wohl den vielen Stunden am Schreibtisch geschuldet war, und das unterschied ihn von allen Männern, die die Schwestern bislang kennengelernt hatten.

Wie zu erwarten, hatte Olga das zweite Studienjahr gar nicht erst begonnen. Noch vor Ende des ersten Jahres begann der Doktor ihr den Hof zu machen, und sie ließ ihn gewähren, ohne ihrem alten Verehrer gegenüber auch nur ein Sterbenswörtchen darüber zu verlieren. Damián ersann noch immer wohlklingende Verse für Olga und besuchte sie weiterhin, um sie ihr vorzutragen – zum Missfallen ihrer Mutter. Und da er ein überaus produktiver Dichter war, war er häufiger zu Gast, als es allen lieb war. Olga tat so, als würde sie nicht bemerken, dass die wohlfeilen Verse allein ihr gewidmet waren, und nicht selten fiel ihr Urteil nach seinem Vortrag vernichtend aus.

»Gestern haben sich die Verse aber besser gereimt.«

»Klar, das heute ist ja auch ein freies Versmaß.«

»Das meine ich ja. Die von gestern waren schöner.«

Sie ergänzten sich perfekt: Olga wünschte sich, Damián möge nie aufhören, sie anzumachen, und Damián war der unglücklichste Verehrer auf dem ganzen Erdball. Leider funkte Benito dazwischen.

Denn parallel zu den Diskussionen über Reime und Metrik begann der ältere Bruder ebenso methodisch wie diskret sein Werben um Olga. Jeden Dienstag-, Donnerstag- und Samstagnachmittag hob er für ein paar Stunden den Kopf von seinen Büchern, um seiner Angebeteten einen Besuch abzustatten, die er bereits als seine Braut ansah. Er brachte der Mutter, die seine Absichten durchschaute, Pralinen mit und plauderte ein wenig mit dem Stiefvater über belanglose Sachen, meist über Fußball, der ihre gemeinsame Leidenschaft war. Danach flanierte er mit den Zwillingen zur Confiserie Mora, wo er beide je nach Jahreszeit zu einem Glas Limonade oder einer Tasse Schokolade einlud. Marta war meist in Gedanken versunken und schwieg. Olga hingegen war keine Sekunde still. Manchmal wünschte Dr. Pardo, Marta wäre seine Braut, da ein Zusammenleben mit ihr sehr viel mehr Ruhe verhieß. Doch Olgas Lebendigkeit, neben der Marta wie eine graue Maus wirkte, bestärkte ihn immer wieder im Glauben, die richtige Wahl getroffen zu haben.

Das doppelte Spiel zog sich über zweiundzwanzig Monate hin. Dann wurde Benito an den Lehrstuhl für Dermatologie an der Universität Barcelona berufen und hielt in einer ziemlich faden Zeremonie in der Familie um Olgas Hand an. Am selben Abend zitierte Olga mit höchster Dringlichkeit ihren Sonettdichter zu sich, um ihn ins Bild zu setzen und sich von ihm zu verabschieden. In einem Anfall von Schwermut schüttete sie ihm ihr Herz aus und gestand ihm alles: dass sie sich an seine Schmeicheleien und seine Verrücktheiten gewöhnt habe, dass es ihr unendlich schwerfalle, darauf zu verzichten, aber dass sie aus Gründen des Anstandes und der Loyalität diese Entscheidung treffen müsse. Sie spielte die Märtyrerin – was Damián ihr nicht verzieh. Er marschierte wutentbrannt von dannen, so tief verletzt, dass er sie nicht einmal ausreden ließ.

Olga weinte die ganze Nacht. Einen Moment lang hatte sie gehofft, das Spiel könnte so weitergehen, vielleicht sogar über die Hochzeit hinaus, natürlich unter der Bedingung, dass ihr Verhältnis platonisch und auf Gedichte beschränkt blieb. Sie ahnte wohl, dass Benito ein sicherer Hafen war, dass er aber niemals ihr Bedürfnis nach Bewunderung befriedigen, und sie Damián schon bald vermissen würde. Ihre Befürchtungen wurden bei Weitem übertroffen.

Die Hochzeit von Olga und dem frisch bestallten Professor fand am dritten Sonntag im Wonnemonat Mai des Jahres 1957 im Kloster von Pedralbes mit dreihundert Gästen statt. Damián war selbstredend nicht dabei, aber das fiel nur den allernächsten Angehörigen auf. Keiner wusste, wohin er verschwunden war, er hatte sich weder von den Brautleuten verabschiedet noch an einer der Feiern teilgenommen, die der Eheschließung vorausgingen. Olga wusste es zu schätzen, dass er ihr keine Vorwürfe machte. Weder Dr. Pardo noch sie selbst ließen sich am Hochzeitstag durch seine Abwesenheit die Laune verderben. Jede Liebe fordert Opfer, und das war nicht das einzige: Olgas Zukunft als Ärztin war ebenfalls begraben. Aber nicht einmal sie bedauerte diesen Verlust.

Von der großen Hochzeit war ein Album mit vergilbten Fotografien geblieben, die niemand mehr betrachtete. Olga pflegte das mangelnde Interesse mit Wehmut zu entschuldigen. »Zu viele Tote«, sagte sie zuweilen. In Wirklichkeit wollte sie ihre eigene Veränderung nicht wahrhaben. Die junge Frau von damals mit dem Brautschleier hatte nichts mit der Fünfundvierzigjährigen von heute gemeinsam. Dabei ging es nicht um die ersten grauen Haare oder die Altersflecken auf ihrer Haut. Es war der Ausdruck, das Glück früherer Jahre, das auf den Fotos ebenso leuchtete wie der Hochzeitsstrauß. Wenn Olga ihr eigenes Bildnis betrachtete, sah sie ihre Freude, ihre Wünsche, ihre Hoffnungen und auch ihren

Schneid von damals. Wenn sie im Gegensatz dazu ihr gegenwärtiges Leben betrachtete, verspürte sie den gleichen Drang, sich aufzulehnen wie an jenem Abend im *Windsor Palace*, als sie zum ersten Mal Scarlett O'Hara gesehen hatte. Nur mit dem Unterschied, dass die Revolution, die sie liebend gern angezettelt hätte, unmöglich war. Das war der wahre Grund, warum sie in den letzten vierundzwanzig Jahren das Album mit den Hochzeitsfotos insgesamt nur drei Mal aufgeschlagen hatte, und auch nur auf Bitten einer ihrer Töchter. Sie hatte nur einen kurzen Blick hineingeworfen, es sofort wieder zurückgelegt und vergessen.

Manche Dinge lässt man lieber dort, wo sie sind.

Für Olga war das Geheimtelefon eine willkommene Ablenkung, vor allem, als sie nach der Renovierung damit begann, die Telefonate ihrer Schwester zu belauschen. Es war ganz einfach. Wenn sie sich im vorderen Teil der Wohnung aufhielt, der zur Straße hinausging, und aufmerksam lauschte, konnte sie hören, wenn Marta unten nach ihrer Ankunft den alten Rollladen hochzog. Dann wartete Olga neben dem verborgenen Apparat, bis ein kaum hörbares Knacken ein Telefongespräch anzeigte. Sie nahm den Hörer ab, hielt ihn sich ans Ohr und deckte die Sprechmuschel mit einem Taschentuch ab, das sie eigens für diesen Zweck auf dem Fensterbrett aufbewahrte. Sie musste sich dazu hinkauern, und manchmal hatte sie das Gefühl, im Kleiderschrank förmlich festzustecken, doch die Geheimnisse, die sie erfuhr, entschädigten sie für diese Unannehmlichkeiten. Einmal wäre Olga beinahe von der Haushälterin entdeckt worden, eine wahre Schrecksekunde, doch sie konnte sich damit herausreden, wie schwierig es doch sei, die neuen Möbel auf Holzwurmlöcher zu untersuchen.

Olga interessierte sich brennend für Martas Leben. Seit über zehn Jahren hatten sie kein echtes Gespräch mehr miteinander geführt, falls das überhaupt jemals der Fall gewesen sein sollte. Marta war schon immer wortkarg und introvertiert gewesen, und Olga vermutete, dass sie die Letzte wäre, der sie sich anvertrauen würde, wenn es etwas zu bereden gäbe. Ihre Beziehung war nie ungezwungen geschweige denn vertrauensvoll gewesen. Olga fragte sich oft, wie Zwillinge so unterschiedlich sein konnten. Keine von ihnen hatte je diese geschwisterliche Verbundenheit verspürt, die der Volksglaube insbesondere Geschwistern zuspricht, die sich eine Fruchtblase geteilt haben. Ganz im Gegenteil. Allein der Gedanke an Marta bereitete Olga Unbehagen. Äußerlich gab es durchaus Ähnlichkeiten, auch wenn ihre Schwester kräftige Farben, Schmuck und auch sonst alles ablehnte, was ihre hartnäckig verteidigte »Natürlichkeit« beeinträchtigte, die Olga als »Verwahrlosung« bezeichnete. Wenn man die beiden Schwestern nebeneinander sah, wirkte Marta wie die unkolorierte Version von Olga, wie ein Prototyp.

Wenn Olga ihre Schwester am Telefon belauschte, hatte sie den Eindruck, einer Fremden zuzuhören, und sie erging sich in unzähligen Vergleichen: Martas Leben war so viel besser als ihr eigenes, sie führte eine so viel glücklichere Ehe. Was hatte ihre Schwester nur, was ihr selbst fehlte? Olga fand es nicht heraus, auch weil ihr Martas Verhalten ein Rätsel blieb, egal was sie tat oder sagte.

Olga freute sich, als sie mitbekam, dass Marta einen Entrümpler damit beauftragte, das Ladenlokal im Erdgeschoss zu leeren. Mit großem Interesse verfolgte sie die Arbeiten, die sich über mehrere Tage hinzogen. Unbefangen beschrieb ihre Schwester dem Verantwortlichen der Sanierungsfirma den desolaten Zustand der ehemaligen Werkstatt. Doch Olga musste zugeben, dass der Handwerker sehr vertrauenerweckend wirkte, selbstsicher wie ein Elefantenjäger, der ein Kaninchen fangen soll. Binnen einer Woche verwandelte sich die heruntergekommene, ölverschmierte ehemalige Autowerkstatt in einen sauberen, einladenden Ort. Zwei Wochen später wurde eine Decke mit Rokoko-Voluten eingezogen und ein grauer Fliesenboden verlegt, über den ihre Schwester noch einen bordeauxroten Teppich legen wollte. Marta hatte beschlossen, das frühere Büro ihres Stiefvaters zu behalten, eine hölzerne Kabine hinten an der Wand, in der sich das Telefon befand. Von dort aus führte sie ihre Gespräche, Olga konnte sie förmlich vor sich sehen. Die Viñó-Zwillinge hatten wirklich eine besondere Beziehung zum Telefon.

Olga rätselte, wohin die umfänglichen Renovierungsarbeiten und der große Aufwand führen sollten. Schließlich ließ Marta sogar den lärmenden verrosteten Rollladen entfernen, sodass Olga sie morgens nicht mehr hören würde, und eine schwere Eichentür mit Milchglasscheibe einsetzen. Dann bestellte Marta aus dem Katalog zwei Sofas von Roche Bobois (das gleiche Modell, einmal in Gelb und einmal in Blau), verabredete sich mit einem Antiquitätenhändler und hinterließ einer renommierten Innenarchitektin eine Nachricht auf dem Anrufbeantworter mit der Bitte um einen »Termin für einen Kostenvoranschlag«.

Martas berufliche Telefonate fand Olga fast genauso spannend. Einmal in der Woche riefen Mitarbeiter der Zeitschrift *Lecturas* an, um die Schreibweise von Zutaten, die Mengenangaben von Rezepten und andere Kleinigkeiten zu klären. Ihre Schwester beantwortete solche Anfragen mit professioneller Geduld. Zuweilen rief auch der Chef des Radiosenders an und beglückwünschte sie zu ihrer Koch-Sendung, die eine große Hörerschaft erreichte. Einmal berichtete er begeistert, dass ein bekannter Hersteller von Hühnerbrühwürfeln der neue Sponsor sein würde, und lobte Marta überschwänglich für ihre Arbeit. Olga teilte das Lob, denn sie verfolgte die Sendung täglich mit einer Mischung aus Eifersucht und Stolz, die sie sich nicht erklären konnte. Martas Küchentipps hatten für sie den Status absoluter, allseits bekannter Wahrheiten, und sie nutzte sie gern, um die Hausangestellten zu schikanieren.

»Hat man dir denn nicht beigebracht, dass man für die Tortilla die Kartoffeln zum Ei gibt, bevor es stockt? Und dass man eine Prise Backpulver hinzufügt? Mein Gott, ich weiß wirklich nicht, wo ihr Mädchen heutzutage kochen lernt!«

Die Frage, wer das Geheimtelefon installiert hatte, blieb ein ungeklärtes Rätsel. Olga hatte verschiedene Theorien, eine abstruser als die andere. Falls das Telefon eine Idee ihrer Mutter gewesen war, um ihren Stiefvater unten in seiner Werkstatt auszuspionieren, musste sie wohl den Verdacht gehabt haben, dass ihr Ehemann ein Doppelleben führte. Das passte absolut nicht zu dem apathischen Mann, den Olga in Erinnerung hatte. Um sich eine Geliebte zu halten, hätte ihr Stiefvater eine gewisse Lebenslust an den Tag legen müssen und nicht dieses chronische Phlegma. Und ihrer Mutter ein Geheimleben anzudichten erschien Olga noch abwegiger, denn sie erinnerte sich sehr gut daran, dass diese nur zwei Sorgen gekannt hatte: Ihre Pelzmäntel könnten von Motten befallen werden, und sie müsste ohne Hauspersonal auskommen.

Da sie das Rätsel allein nicht entschlüsseln konnte, fragte Olga ihren Mann, ob er es für möglich halte, dass ihr Stiefvater als Spion in Francos Diensten gestanden haben könnte. Sie war plötzlich von der fixen Idee besessen, dass seine Zugehörigkeit zum Militär alles erklären würde, auch warum ihre Mutter sich ausgerechnet einen so langweiligen Mann ausgewählt hatte, um ein neues Leben zu beginnen. Bestimmt hatten sie abends nur darauf gewartet, dass die Mädchen schliefen, um gefährliche und aufregende Dinge zu besprechen. Dr. Pardo machte Olgas Fantasien jedoch zunichte und holte sie auf den Boden der Tatsachen zurück.

»Ein Spion? Dein Stiefvater? Der hat vielleicht die Teppichfalten kontrolliert.«

Schließlich verwarf auch Olga diese Theorie. Das war schade, denn sie hatte sich prächtig dabei amüsiert. Dr. Pardo wusste es zu schätzen, wenn sich seine Frau amüsierte, und sei es über Banalitäten.

Weil sie unbedingt herausfinden wollte, was ihre Schwester ausheckte, investierte Olga noch mehr Zeit als sonst in die Telefonüberwachung. Natürlich hätte es auch andere Möglichkeiten gegeben, etwa Marta einen Besuch abzustatten und einfach nachzufragen, aber auf die Idee kam Olga erst gar nicht. Ein überraschender Besuch wäre verdächtig gewesen. Seit der Testamentseröffnung beim Notar vor ein paar Monaten hatten sie sich nicht mehr gesehen. Bis zu diesem Tag hatte es drei Jahre lang keinen Anlass für eine Begegnung gegeben. Gelegentlich hatten sie miteinander telefoniert, an ihren Geburtstagen, an den Geburtstagen ihrer Ehemänner und auch an Weihnachten und Neujahr. Aber alle Telefonate verliefen nach einem festgelegten Schema. Olga dachte nach wie vor mit Entsetzen daran, wie sie sich einmal zufällig in der Haushaltsabteilung eines großen Kaufhauses über den Weg gelaufen waren und wie unwohl sie sich in Martas Gegenwart gefühlt hatte, die sie mit ihrem kritischen Blick und ihrem Schweigen einschüchterte. Mit der eigenen Zwillingsschwester partout kein Gesprächsthema zu finden war eine schlimme Erfahrung gewesen, die sie auf keinen Fall wiederholen wollte. Mit einem Geheimtelefon im Kleiderschrank ließen sich derartige Unannehmlichkeiten vermeiden.

Nach einiger Zeit wurde Olga schließlich für ihre Beharrlichkeit belohnt: Sie wurde Zeugin eines überaus interessanten Telefonats. Es war ein kurzer Anruf ihres Schwagers Álex aus seinem Büro. Sein Ton war so eisig, dass Olga auf der Stelle klar war, dass zwischen den beiden etwas gründlich schieflief. Álex warf Marta vor, nie zu Hause zu sein und sich immer weniger für gemeinsame Dinge zu interessieren. Marta verteidigte sich.

»Ich bin gerade sehr beschäftigt.«

»Mit etwas, was ich nicht gutheiße. Das weißt du genau.«

Betretenes Schweigen, das selbst Olga unangenehm war.

»Wir haben schon hunderttausend Mal darüber gesprochen.« Marta klang müde. »Lass uns das Thema vertagen.«

»Marta, ehrlich, ich weiß nicht, was es da zu vertagen gibt. Erklär mir doch einfach, warum du dich in dieses Chaos stürzt. Wir brauchen kein Restaurant. Du verdienst genug, um …«

»*Du* brauchst es nicht.«

»Hast du dir wirklich überlegt, was das für uns bedeutet?«

Olga hatte nur eines gehört: »Restaurant«. Oh, wie aufregend, was für eine tolle Idee!

»Ja, ich habe mir das alles sehr gut überlegt«, erwiderte Marta. »Besser, als du denkst. Seit Jahren denke ich über nichts anderes nach.«

Es war klar, dass Álex davon sprach, was die Idee mit dem Restaurant für *ihn* an Einschränkungen bedeutete. Es entsprach nicht seiner Lebensplanung, das hörte man sofort heraus. Er hatte keinen Einfluss auf das Geschehen, und er gehörte zu der Sorte Mann, die so etwas nicht verkraftet. Das kannte er so nicht, und er war offenbar nicht bereit, mit einer Marta zusammenzuleben, die ihren eigenen Kopf hatte. Für ihn war seine Frau eine Art Trophäe, wie ein Gemälde oder ein exquisites Möbelstück. Und ihr Ehealltag bestand, wie bei vielen anderen Paaren auch, aus Routine, und das wollte er liebend gern beibehalten.

»Jetzt mach doch nicht so ein Drama daraus!«, sagte Álex.

»Ach, tue ich das? Das war nicht meine Absicht.«

»Und nach reiflicher Überlegung hast du beschlossen, deinen Plan in die Tat umzusetzen. Verstehe ich dich richtig?«

»Genau. Ich habe die Hälfte meines Lebens hinter mir, jetzt ist die Zeit dafür reif.

»Was hast du gesagt?«

»Vergiss es, ist egal.«

»Aha, meine Meinung ist dir also egal.«

»Genauso wie dir meine Meinung egal ist.«

»Nicht schon wieder!« Aus dem müden Tonfall ihres Schwagers hörte Olga das Echo dutzender vorausgegangener Diskussionen heraus, die Resignation, die Nächte ohne Schlaf oder in fremden Betten. Den Überdruss des Vorhersehbaren.

Wieder entstand angespanntes Schweigen, bis schließlich noch einmal Álex' Stimme zu hören war.

»War's das? Ist das Gespräch damit beendet?«

»Ich weiß nicht, was ich noch sagen soll«, antwortete Marta.

»Das ist ja das Problem. Was du sagst, ist immer ungenügend.«

Olga stimmte ihm insgeheim zu. Sie verstand Álex viel besser, als er jemals erfahren würde, und sie stand voll und ganz auf seiner Seite.

»*Adiós*, Marta. Mach doch, was du willst. Aber eins sage ich dir, ich werde das Gleiche machen.«

»Hast du das nicht schon …?«

Doch Álex hatte längst aufgelegt.

Olga wartete ab. Sie hörte Marta weinen, leise, so wie sie alles machte. Dann legte sie auf. Olga ebenfalls.

Ein Restaurant. Wer hätte das gedacht! Das war beinahe so erstaunlich wie die Entdeckung, dass die Ehe ihrer Schwester offenbar in die Brüche ging. Olga fühlte sich wie eine Siegerin. Sie hatte das Gefühl, ihr Leben sei so viel besser als das von Marta. Was für eine Genugtuung!

Für einige Tage war das Interesse an dem Geheimtelefon im Kleiderschrank erloschen.

Olga war eine einsame und unausgelastete Frau, die viel Zeit in ihren Körper investierte. Sie probierte alle möglichen Schönheitsbehandlungen aus, ging jeden Dienstag zum Friseur und stand morgens früh auf, um vor dem Fernsehgerät das Aerobic-Programm mitzumachen. Sie quälte die Schneiderin mit immer neuen Schnittmustern aus Modezeitschriften und bestellte für jeden Freitag – komme, was wolle – pünktlich um Viertel vor fünf die Maniküre ins Haus. Eine Zeit lang war sie auch Mitglied im Tennisclub, dabei wusste sie nicht mal, wie man einen Schläger hält, und sie hatte auch nicht die Absicht, Tennisstunden zu nehmen. Sie liebte es einfach, sich am Pool in einstudierten Posen zu zeigen, mit Sonnenbrille, Hut und elegantem Modeschmuck, und als Einzige in ihrem Alter im Bikini. Von ihrem Aussichtspunkt aus verfolgte sie jede Bewegung der muskulösen Tennislehrer in den kurzen weißen Hosen und hoffte, dass einer der Männer auf sie aufmerksam wurde.

Als ein besonders attraktiver Tennislehrer sie fragte, ob er sich zu ihr setzen könne, antwortete sie: »Aber ja, warum denn nicht?«

Der Mann – behaarte Beine, kurze Hose, knallenges Polohemd – nahm am Nachbartisch Platz und las seine Zeitung. Olga fühlte sich leicht beklommen, während er langsam die Seiten umblätterte, wagte aber nicht, sich zu rühren. Schließlich faltete er die Zeitung zusammen, legte sie auf den Tisch und lud sie zu einem Getränk ein.

»Ich bin verheiratet«, sagte sie und blickte dabei wie ein Lamm, das man zur Schlachtbank führt. »Sie können sich nicht vorstellen, wie sehr ich das bedaure.«

»Sie bedauern es, verheiratet zu sein?«, fragte der Mann.

»Nein, natürlich nicht. Ich bedaure, dass ich Ihre Einladung nicht annehmen kann.«

»Keine Sorge, ich werde schon jemand anders finden«, sagte er, stand auf und ging.

Sie wechselten nie wieder ein Wort, und der attraktive Mann ließ sich mit seiner Zeitung von da an am anderen Ende des Pools nieder. Doch Olga beobachtete ihn weiter. Er lud ständig irgendwelche Frauen ein, und sie verfolgte jede seiner Bewegungen. Ebenso wie die der übrigen Bewohner dieses Mikrokosmos der Reichen und Gelangweilten. Wenn die Tennislehrer die Kleidung ablegten und nur noch eine knappe Badehose trugen, wandte sie verwirrt den Blick ab. Ihr waren Männer in Anzug und Krawatte lieber als entblößte, wie sie zu sagen pflegte.

Olga selbst ging selten ins Wasser. Und wenn, dann im vollen Ornat mit Schmuck und Sonnenbrille. Sie machte ein paar Schwimmzüge, reckte den Hals in die Luft wie ein Strauß, damit die Frisur nicht nass wurde, und stieg gleich darauf wieder aus dem Becken. Ihre Lieblingsbeschäftigung war das Sonnenbaden. Das betrieb sie mit Leidenschaft, wie alles, was sie tat. Drei Mal pro Woche, von Kopf bis Fuß mit Lancaster Ultra eingecremt, die Bikiniträger abgestreift und den Bauch straff eingezogen. So hielt sie es den ganzen Sommer über, von Mai bis September, obwohl ihre Haut bereits Anfang Juni eine dunkle, bronzefarbene Bräune angenommen hatte. Nie mehr kam ein Mann auf sie zu. Alle hatten ihren festen Freundeskreis und genug Frauen um sich herum, mit denen sie flirten konnten. Olga schenkte niemand Beachtung. Wohl, weil sie kein Tennis spielte, schlussfolgerte sie, und am Ende wurde ihr die Sache zu langweilig, und sie kündigte ihre Mitgliedschaft.

Als Dr. Pardo sie ein halbes Jahr später fragte, ob sie nicht mehr in den Tennisclub gehe, lautete Olgas Antwort: »Das war kein Ort für eine Frau wie mich.«

»Warum?«

»Ich wurde von Männern belagert.«

»Ach so«, antwortete Dr. Pardo mit dem ihm eigenen Desinteresse.

Diese Reaktion löste in Olga eine Tristesse aus, die mehrere Wochen anhielt. Sie kurierte sich mit Träumen von Damián, reichlich Bourbon-Whisky und neuen Strähnen im Farbton *rouge intense*.

Die Mitgliedschaft in dem vornehmen Tennisclub hatte sie aufgegeben, aber nicht ihre Obsession für das Sonnenbaden. In der kommenden Saison verlagerte sie den Liegestuhl auf die heimische Dachterrasse. Sie kaufte einen Paravent, um sich gegen die neugierigen Blicke der Dienstmädchen abzuschirmen, die auf den umliegenden Dächern Wäsche aufhängten, und ließ einen Liegestuhl und einen Beistelltisch für ihren Martini hinaufbringen. Alles andere, Lancaster Ultra, Schmuck, Sonnenhut, Sonnenbrille und Bikini, blieb unverändert.

Obwohl sie so beschäftigt war, verfiel Olga zuweilen in eine unheilbare Melancholie, die meist darin gipfelte, dass sie dem zerstreuten Dr. Pardo an allem die Schuld gab. Sie aß kaum, war unerträglich und trank zu viel. Und nicht einmal der berühmte Doktor vermochte ihr zu helfen.

Eines Tages, als sie in Anwesenheit ihres Ehemannes eine Abendrobe anprobierte und die Schneiderin, den Mund voller Stecknadeln, zu ihren Füßen hockte, sagte Olga: »Ach, wenn mich doch nur meine alten Schulkameradinnen so sehen könnten!«

Dr. Pardo horchte auf. »Warum triffst du dich nicht mit ihnen auf einen Cocktail oder zum Abendessen oder unternimmst sonst etwas mit ihnen?«

»Mit meinen alten Schulkameradinnen?«

»Warum nicht? Hast du keine Telefonnummern von ihnen?« Das war natürlich die entscheidende Frage.

»Ich denke, ich könnte sie herausfinden«, überlegte Olga.

»Dann weiß ich nicht, worauf du noch wartest.«

In den nächsten Tagen glühten die Drähte. Olga kam auf die Idee, das Colegio de las Hijas de la Caridad de San Vicente de Paúl anzurufen, das Internat, in dem sie einen Großteil ihrer Kindheit und Jugend verbracht hatte. Als Erstes versuchte sie es über die Auskunft, doch die junge Frau vom Amt konnte die Telefonnummer nicht finden. Olga wiederholte mehrfach den Namen der kleinen Ortschaft bei Barcelona, in der sich das Internat befand, doch auch das führte zu keinem Erfolg. Die Frau riet ihr schließlich, im Rathaus des Ortes nachzufragen, und leierte sofort die Telefonnummer herunter.

Eine Rathausmitarbeiterin teilte Olga mit, die Nonnen hätten das Kloster vor etwa einem Jahr aufgegeben und das Gebäude befände sich inzwischen im Besitz der Gemeinde. Es beherberge jetzt einen Kindergarten, der zum Gedenken an die letzte Oberin des Nonnenklosters den Namen Madre Presentación Yuste trage. Olga erkundigte sich nach dem Archiv der Nonnen und erklärte, sie sei auf der Suche nach einer Liste mit den Kontaktdaten ihrer Schulkameradinnen, nach irgendeinem Hinweis, um sie ausfindig machen zu können. Man stellte sie zum Gemeindearchiv durch, wo eine zuvorkommende Angestellte ihr mitteilte, dass Ordensgemeinschaften ihre Akten üblicherweise mitnehmen. Sie riet Olga, sich direkt beim Mutterhaus der Vinzentinerinnen in Barcelona zu erkundigen. Das tat Olga, aber das Ergebnis war ernüchternd: Wenn sich eine Klostergemeinschaft auflöste, so erfuhr sie, wurden alle Unterlagen vernichtet.

»Das ist seit jeher eine ungeschriebene Regel, zum Schutz«, sagte die junge Frau am Telefon, vielleicht selbst eine Nonne.

»Zum Schutz vor was?«

»Ich weiß es nicht. Um alles, was nicht für die Öffentlichkeit bestimmt ist, geheim zu halten.«

»Herrje, und was soll das sein?«, hakte Olga nach, denn sie glaubte fest an die unendliche Güte von Ordensgemeinschaften.

»Ich weiß es nicht«, sagte die junge Frau.

Nach diesem Telefonmarathon tröstete Olga sich mit dem Gedanken, dass es sinnlos war, gleich die ganze Klasse versammeln zu wollen. Sie konnte sich kaum daran erinnern, wie viele Schülerinnen sie damals insgesamt gewesen waren, die Externen, die Internen und dann auch noch die Fabrikarbeiterinnen, die abends ins Kloster kamen, um wenigstens Lesen und Schreiben zu lernen. Doch an die vier Kameradinnen, mit denen sie den Schlafraum geteilt hatte, konnte sie sich sehr genau erinnern. Sieben Jahre hatten sie miteinander verbracht, und einige Mädchen waren schon länger im Internat, so wie Julia. Ihre Wege hatten sich getrennt, als sie vierzehn Jahre alt waren, Ende Juli, in dem Sommer, als ihre Mutter sich wiederverheiratete, um sie aus dem Elend zu retten.

Die Sommer waren bei Weitem die intensivste Zeit gewesen und hatten sich tief in Olgas Erinnerung eingebrannt. Das Internat war nahezu menschenleer, außer ihnen blieben nur die Nonnen und der arme Vicentín zurück. Die Nonnen zogen sich tagelang in den Klausurbereich zurück, um sich ein wenig zu erholen, nachdem die Schülerinnen weg waren. Wenn sie verreisten, dann in der Regel nur für einen kurzen Besuch bei der Familie, meist weil ein Familienangehöriger schwer erkrankt war.

»Ich habe immer gedacht, Nonnen hätten keine Familie, nur Gott«, sagte Olga einmal.

»Du Spatzenhirn! Natürlich haben sie auch Vater und Mutter, wie alle. Aber Gott ist ihnen wichtiger«, hatte Nina erklärt.

Alle hatten Vater und Mutter, außer Lolita, die Kriegswaise war. Und außer Julia, die ebenfalls verwaist war, auch wenn niemand wusste, warum. Ninas Eltern besaßen eine Soda- und Limonadenfabrik und brachten bei ihren seltenen Besuchen Wasser und Limonade für alle mit. Olga hatte den Eindruck, dass es auch unter den Waisen verschiedene Kategorien gab, wie bei allem im Leben: Man war jedenfalls eine bessere Waise, wenn man seine Herkunft kannte. Deshalb war Lolitas Waisendasein wertvoller als das von Julia. Manchmal, wenn Olga besonders traurig zumute war, hatte sie das Gefühl, es wäre besser, ein Waisenkind zu sein, als eine Mutter zu haben, die einen im Stich lässt, um mit einem glatzköpfigen Mann auf Reisen zu gehen. Olga verspürte fast immer eine gewisse Traurigkeit, aber richtig traurig war sie nur selten. Denn auch bei der Traurigkeit gab es verschiedene Kategorien.

Am Boden zerstört war Olga an dem Tag, an dem ihre Mutter Marta und ihr verkündet hatte, sie habe einen »sehr netten und sehr reichen« Herrn kennengelernt, der sie eingeladen habe, den Sommer an der Côte d'Azur zu verbringen. Olga war außer sich vor Freude, aber ihre Begeisterung war nur von kurzer Dauer, bis ihr die Bedeutung der Worte klar wurde.

»Ihr könnt nicht mitkommen«, sagte die Mutter. »Er möchte mit mir allein sein, um mich besser kennenzulernen.«

Sie zeigte ihnen ein Foto des netten, reichen Herrn. Sein Gesicht war lang und bleich, wie auf einem Gemälde von El Greco. Und er war hässlich. Hässlich wie die Nacht. »Ihr werdet ihn mögen, ihr werdet schon sehen«, sagte die Mutter.

Olga hätte zu gern gefragt, ob sie ihn auch liebe, ob sie ihn mehr liebe als ihre Töchter oder ihren vor zwei Jahren verstorbenen Ehemann. Hatte sie ihren verstorbenen Mann tatsächlich schon vergessen, oder tat sie nur so?

Die Mutter ahnte wohl, was Olga umtrieb. »Ich mache das alles für euch«, erklärte sie. »Eines Tages werdet ihr verstehen, wie schwierig das Leben ist.«

Also verbrachten sie die Sommerferien im Internat, zusammen mit den Nonnen, den anderen zurückgelassenen Mädchen und dem Klosterdeppen.

Der Klosterdepp sprach, als hätte er eine heiße Kartoffel im Mund, wie Nina meinte. Er brachte die Mädchen oft zum

Lachen, denn er benahm sich immer wie ein Kind, obwohl er längst erwachsen war. Manchmal forderten sie ihn auf, eines der Mädchen hochzuheben, wenn die Nonnen es nicht mitbekamen. Er schaffte es ohne jede Kraftanstrengung. Außer bei Olga natürlich, den Brocken konnte niemand hochheben, nicht einmal Vicente. Immer wieder kam es mit Vicente zu lustigen Situationen, und die Mädchen mochten ihn, auch wenn sie sich ihm überlegen fühlten. Im letzten Jahr jedoch war auf einmal alles anders. Vicente war verändert und benahm sich anders als sonst. Er sah den Mädchen nach. Fast schon penetrant. Manchmal fühlten sie sich in seiner Gegenwart regelrecht unbehaglich. Er brachte sie noch immer oft zum Lachen, aber manchmal flößte er ihnen auch Angst ein, denn er war nicht zu bremsen. Die Nonnen bekamen davon meistens nichts mit.

Oft rief Vicente begeistert: »Schön schön schön schön schöne Mädchen!«

Sie prusteten los und taten zugleich so, als würden sie mit ihm schimpfen. »Kümmer dich um deinen eigenen Kram, du Tölpel, sonst schlagen dich die Nonnen mit dem Rohrstock!«

Dann lachte auch Vicente. »Egal. Sollen sie mich doch schlagen. Schön schön schön schön schöne Mädchen!«

Die Nonnen bestraften Vicente oft: wenn ihm das Feuerholz herunterfiel, wenn er etwas vergaß, wenn er einen seiner Anfälle bekam und ständig alles wiederholte, wenn er verrücktspielte oder wenn er die Mädchen zu lange ansah. Dann strichen sie ihm das Abendessen, und manchmal sperrten sie ihn auch in seiner Kammer ein und hängten ein Schloss vor die Tür. Doch das kam selten vor, denn der Klosterdepp hatte ein lautes Organ und viel Kraft, und wenn man ihn einsperrte, schlug er die ganze Nacht brüllend auf die Tür ein und versetzte das ganze Haus in Angst und Schrecken.

Deshalb schlugen ihn einige der Nonnen stattdessen mit dem Stock.

»Böse Nonne!«, sagte Vicente manchmal, doch sein Ärger verflog so schnell, wie er gekommen war, und er gab wieder seine Litanei an Komplimenten zum Besten: »Schön schön schön schön schöne Mädchen!«

»Glotz uns nicht so an, Vicente! Lass uns in Frieden«, protestierten die Mädchen.

»Aber das ist so schwer«, antwortete er und blickte beschämt zu Boden.

»Jetzt hör auf damit, oder wir rufen Sor Rufina!«, drohten die Mädchen.

»Aber ihr seid so schön. Es ist so schwer so schwer.«

»Findest du uns alle schön?«, fragte Nina manchmal boshaft.

»Ja, alle alle alle.«

»Olga auch?«

»Ja ja ja, Olga auch.«

Nina schüttelte den Kopf, als sei es hoffnungslos, und flüsterte: »Dir ist nicht zu helfen, Vicentín. Du bist völlig verrückt.«

Wenn Olga mitbekam, dass ihre Kameradinnen sich über sie lustig machten, loderte ein Feuer in ihr auf. Eines Tages, schwor sie sich, würde sie sich rächen. Wie in guten Theaterstücken, in denen Ehrabschneidungen stets mit Blut vergolten werden. Mit viel Blut.

»Es will mir, ehrlich gesagt, nicht in den Kopf, wie die Nonnen zulassen können, dass dieser Schwachkopf mit uns zusammenlebt«, sagte sie bei einer Gelegenheit.

»Sie sind eben sehr gütig«, erwiderte Lolita. »Außerdem, wo soll er denn sonst hin.«

»Der Klosterdepp gehört ins Irrenhaus«, meinte Olga. »Oder er sollte tot sein, das wäre auch egal. Einen wie den würde doch keiner vermissen.«

»Aber dich schon?«, meinte Lolita spitz.

Diese Bemerkung traf Olga mehr als alle anderen Kränkungen. Sie mochte ihr Gift versprühen, wie eine böse Hexe, aber sie war nicht blöd. Sie wusste genau, dass Vicente und sie aus dem gleichen Grund bei den Nonnen lebten: Die Menschen, die sie hätten lieben und sich um sie kümmern sollen, waren mit anderen Dingen beschäftigt.

Eine von Olgas Lieblingsbeschäftigungen während der Internatszeit war es, Kontrolle über ihre Mitmenschen auszuüben. Mit größtem Geschick manipulierte sie ihre Mitschülerinnen, und nicht nur bei den nächtlichen Spielen setzte sie ihren Kopf durch. So brachte sie Julia dazu, aus der Speisekammer der Nonnen Kekse und Käse zu stehlen, die sie in schlaflosen Nächten unter der Bettdecke verschlang, während sie an ihre Mutter und den fremden Mann dachte, die ihren Urlaub in einem Hotel in Monte-Carlo oder Saint-Tropez verbrachten. Ihre Mutter, mondän gekleidet, wie später Grace Kelly, auf einer Yacht. Ihre Mutter in einem seidenen roten Morgenmantel mit grüner Drachenstickerei beim Frühstück. Und ihr gegenüber ein potthässlicher Mann, der bald ihr Stiefvater sein würde.

»Eines Tages werden wir vor lauter Langeweile noch als Nonnen aufwachen«, meinte Olga, wenn die Nonnen sie nicht hören konnten.

Das Lachen und die Zustimmung der anderen waren Olgas Rettung. Lachen war das einzige Mittel gegen ihre Einsamkeit und ihre Wut. Sie lachte über jede Kleinigkeit, auch über die Missgeschicke der anderen, die nicht zum Lachen waren. Lachen bereitete ihr Trost, wie das Essen. Man kann unmöglich gleichzeitig essen und weinen. Mit der Traurigkeit kam der Hunger. Ein unbändiger Hunger, der durch nichts zu stillen war, so viel sie auch aß. Sie wurde dick und rund wie ein Ballon oder ein Zeppelin, und eines Tages würde sie platzen.

Aus den Jahren im Internat gab es keine Fotos. Die Nonnen waren für solche Eitelkeiten nicht zu haben. Doch Olgas Gedächtnis hatte einige Augenblicke erstaunlich präzise festgehalten. Das Buch mit der grünen Hand auf dem Deckel, aus dem Nina die Kunst des Handlesens lernte. Die Notizbücher ihrer Schwester, voller Kritzeleien in ihrer winzigen Schrift. Martas Füllfederhalter, der nachts über das Papier kratzte, was Olga vor Neid den Schlaf raubte. Die Nonnen, die im Sommer unter den Bäumen dösten, während der Wind mit ihren Hauben spielte. »Madre, ist Ihnen mit dem Ding auf dem Kopf nicht zu warm?« Die Nonne, die nur mit einem Seufzen antwortete. Das Zelt, das sie heimlich aus Bettlaken errichteten, die Kerzenflamme, die Schatten über ihre Gesichter tanzen ließ, die Geheimnisse, die Fragen, die Aufgaben, die Fehler, die Strafen. Scheinbar unschuldige Spiele. Mit vierzehn sind Mädchen keine Kinder mehr, auch wenn sie noch so aussehen, auch wenn sie selbst es noch nicht bemerkt haben.

Olga konnte sich noch gut an ihren letzten Morgen im Kloster erinnern, als Madre Rufina im Schlafraum auftauchte und Marta und ihr verkündete, »ihre Eltern« seien gekommen. Sie forderte die Schwestern auf, ihre Sachen zu packen. Olga holte die Holzschachtel hervor, die sie unter dem Bett aufbewahrte. Darin befanden sich die Pfänder der letzten Nacht. Feierlich, wie es sich für eine Abschiedszeremonie gehört, gab sie Nina das Buch mit den Weissagungen zurück. Marta überreichte sie den blauen Parker-Füller. Lolita war die Einzige, die kein Anrecht auf ihr Pfand hatte, doch Olga beschloss, es ihr dennoch zurückzugeben. Was sollte sie schon mit dem Foto eines fremden Vaters anfangen?

Nun waren nur noch ein paar Kekse in der Schachtel, Reste der Vorräte, die Julia für sie gestohlen hatte. Olga musste an ihre Klassenkameradin denken, die nicht in ihrem Bett geschlafen hatte, und fragte sich, wo sie wohl steckte. Aber ihr

Kopf war so voll und ihre Zukunft so ungewiss, dass sie es vorzog, Julia zu vergessen. Und mit ihr alles, was sie in der Nacht gehört hatte. Sie teilte die Kekse unter den Mädchen auf und verabschiedete sich mit einer herzlichen Umarmung von ihnen. Marta war längst die Treppe hinuntergegangen und starrte wie versteinert ihre Mutter und den neuen Mann an ihrer Seite an.

»Ihr dürft niemals mit ihm über euren Vater sprechen. Niemals«, raunte die Mutter ihnen zu, während sie flüchtige Küsse auf ihre Wangen hauchte.

Dann wandte sie sich an Olga: »Du siehst ja furchtbar aus, Kind. Wie eine Tonne.«

Olga unterdrückte die Tränen.

Lolita kam nach unten, um sich an der Tür von ihnen zu verabschieden. Vielleicht war sie aber auch nur neugierig auf den neuen Stiefvater. Oder sie wollte Olga ein letztes Mal trösten. Doch trotz der beruhigenden Anwesenheit ihrer Mitschülerin würde Olga niemals das angewiderte Gesicht ihres Stiefvaters vergessen, als sie ihm zum ersten Mal gegenüberstand. Und ebenso wenig den ängstlichen, wachsamen Blick der Mutter, die jeden Augenblick damit zu rechnen schien, dass etwas passierte. Mit der Zeit würde Olga vergessen, dass der Blick ihrer Mutter nicht immer so gewesen war.

Mit all diesen Erinnerungen, unberechenbar und flüchtig wie Gespenster, beschwor Olga weiter die Vergangenheit. Sie benötigte noch mehr Daten. Lolita Puncel Farrús. Die mit dem Pianistenvater. Die Mutter hatte irgendetwas mit der Weberei Hilados Farrús zu tun. Die Telefonnummer einer so bekannten Firma herauszufinden, war bestimmt ein Kinderspiel. Am Vormittag, nach Martas Radiosendung, rief sie dort an. Sie musste ihr Anliegen nacheinander drei Sekretärinnen erklären und versuchte dabei freundlich zu bleiben, um nicht als Irre abgetan zu werden. Endlich hatte sie Emilio Farrús am Apparat, Lolitas Cousin, der für die Mädchen damals so unerreichbar und geheimnisvoll war, weil er in San Sebastián lebte.

»Guten Tag, Señora Pardo. Man hat mir gesagt, Sie suchen María Dolores«, sagte er.

»Ja. Lolita. Gestatten Sie, dass ich mich vorstelle. Ich bin Olga Viñó de Pardo, eine frühere Schulkameradin von Loli… von María Dolores. Wir waren damals zusammen im Internat der Vinzentinerinnen, erinnern Sie sich?«

»Durchaus. Ich bin einmal dort gewesen.«

Diese Information verwirrte Olga. Sie konnte sich an keinen Besuch erinnern. Der hatte wohl stattgefunden, als sie schon nicht mehr im Internat war.

»Aber ich weiß, wer Sie sind«, erwiderte er. »Ich bin ein guter Freund von Damián, Ihrem Schwager.«

Das erwartungsvolle Schweigen wurde unbehaglich. Unzählige Fragen, die keiner ausspricht und auf die erst recht keiner antworten will.

»Was für ein Zufall«, improvisierte Olga. »Stehen Sie mit ihm in Kontakt?«

»Ja, wir sehen uns häufig.«

»Dann richten Sie ihm bitte meine Grüße aus. Und an seine Frau Gemahlin, falls es sie geben sollte.«

»Die gibt es nicht.«

»Ach. Merkwürdig.« Wieder Schweigen. »Bitte richten Sie ihm natürlich auch die Grüße meines Mannes aus.«

»Selbstverständlich, selbstverständlich. Um auf meine Cousine zurückzukommen, meine Sekretärin kann Ihnen gleich die Telefonnummer geben. Es hat mich gefreut, mit Ihnen zu sprechen, Señora Pardo.«

Kurz darauf bat Olga die Sekretärin um Lolitas Adresse, da sie lieber eine Einladung schicken wollte, und notierte die Daten auf einem Rezeptblock von Dr. Pardo. Dann fragte sie kühn: »Wären Sie vielleicht so liebenswürdig, mir ferner noch die Telefonnummer von Señor Damián Pardo zu geben?«

Wenn Olga jemanden beeindrucken wollte, drückte sie sich sehr gewählt aus. Sie wusste aus Erfahrung, dass sich mit »ferner« Eindruck schinden ließ. So auch diesmal.

Endlich hatte sie einen triftigen Grund, ihre Schwester anzurufen. Sie dachte einen Moment nach, doch dann überkam sie eine Mischung aus Trägheit und Angst, und sie verwarf die Idee. Sie rief stattdessen Damián an. Ihr Verhalten war oft unberechenbar, auch für sie selbst. Sie liebte Überraschungen, Kehrtwenden, unvorhergesehene Dinge. Über Nacht verschwinden, einfach im Leben anderer wieder auftauchen, dramatische Effekte, die üblicherweise nur im Film vorkommen oder im Leben von Menschen, denen allzu langweilig ist. Während sie es klingeln ließ, fand sie das alles wahnsinnig aufregend. Sie überlegte, ob sie vielleicht der Grund dafür war, dass Damián unverheiratet geblieben war – was geradezu rührend gewesen wäre –, und sie musste sich eingestehen, dass sie lieber hin und wieder an ihn dachte anstatt das herausfinden zu wollen.

Ein Anrufbeantworter sprang an: »Dies ist der Anschluss von Damián Pardo. Ich bin zurzeit nicht zu Hause, bitte hinterlassen Sie eine Nachricht auf Band. Danke.« Ihr Herz pochte – was war sie doch für ein Dummchen –, als sie die Stimme ihres Sonettdichters wiedererkannte, aber nur weil sie etwas Verbotenes tat, was sie ihrem Mann tunlichst verschweigen würde. Sie legte auf, ohne eine Nachricht auf das Band zu sprechen. Dann wählte sie die Telefonnummer der ehemaligen Werkstatt. Marta ging sofort dran.

»Ich bin's.«

»Ach du, hallo.«

Olgas Stimme zitterte anfangs ein wenig, dann verfiel sie in einen vorgeblich natürlichen Tonfall. Wie bei dem alten

Seiltänzertrick: Immer nach vorne blicken und niemals in die Tiefe, wo der Fall droht.

Olga erzählte ihrer Schwester von ihrem Plan, ein Abendessen mit den alten Schulkameradinnen aus dem Internat zu veranstalten, sie berichtete ihr, was sie bei ihren Recherchen herausgefunden hatte, und meinte zum Abschluss triumphierend:

»Ich habe sogar Lolitas Adresse.«

Marta gab sich erst gar keine Mühe natürlich oder entspannt zu wirken.

»Du bist wirklich großartig im Zeitverschwenden!«, befand sie.

Olga redete weiter. Sie wollte sich nicht ärgern. Und schon gar nicht geschlagen geben. Sie hatte bislang bei keiner der großen Herausforderungen ihres Lebens klein beigegeben, sie hatte vierzig Kilo abgenommen, Dr. Pardo erobert und im dreizehnten Anlauf den Führerschein bestanden, also würde sie sich nicht von ihrer unhöflichen Schwester beirren lassen.

»Ich hätte gern einen besonderen Ort dafür, ein Nebenzimmer in einem Lokal, in dem wir ganz für uns sind und es uns gemütlich machen können. Es gibt bestimmt viel zu erzählen, nach den einunddreißig Jahren, in denen wir uns nicht gesehen haben. Ich dachte, du kannst mir vielleicht ein paar Tipps geben. Für das Restaurant und für das Essen.«

Insiderwissen ist manchmal Gold wert. Olga spürte sofort, dass sich Marta von ihren Worten erweichen ließ.

»Denkst du, Julia kommt auch?«

»Na klar.«

»Weißt du, dass sie Abgeordnete ist?«

»Wie bitte, Abgeordnete?« Natürlich hatte sie keine Ahnung. Im Fernsehen sah Olga nur die Aerobic-Sendung. Und manchmal noch eine amerikanische Familienserie, während sie sich die Nägel lackierte.

»Anscheinend war sie bei den Juventudes Socialistas im Untergrund. Sie ist Anwältin und hat sich später auf Frauenrecht spezialisiert, an der Sorbonne, stell dir vor. Sie ist eine der Urheberinnen des neuen Scheidungsrechtes.«

»Bist du sicher, dass wir von derselben Julia sprechen?«

»Ganz sicher. Sie hat mir geschrieben«, gestand Marta, ohne zu verraten, wann das gewesen war.

»Sie hat dir geschrieben?«

»Ja, an den Sender. Sie hat mir zu meinem Programm gratuliert.«

»Du hast ihre Adresse?«

Olga hatte das Gefühl, dass Marta kurz zögerte, ehe sie antwortete:

»Kann sein.«

»Großartig! Ich werde eine schöne Einladung entwerfen, *comme il faut*, du wirst sehen. Jetzt müssen wir nur noch herausfinden, wo Nina steckt.«

»Du willst die Einladung auch an Julia schicken?«

»Ja, klar.«

»Was ist, wenn sie nicht kommen will?«

»Warum sollte sie denn nicht kommen wollen?«

»Weißt du nicht mehr, wie damals alles endete?«

»Also, eigentlich weiß keine von uns, wie es endete. Außer, dass die Nonnen sie in ein anderes Internat geschickt haben und dass sie danach nicht mehr gesehen ward. Sie werden Julia wohl kaum auf die Galeere geschickt haben. Das waren Klosterfrauen, nicht die Inquisition. Außerdem ist das Ganze jetzt dreißig Jahre her!«

»Mag sein. Du gehörst also zu den Leuten, die meinen, die Zeit heile alle Wunden.«

»Irrtum, Schwesterherz, das denke ich nicht. Aber ich gehöre zu den Menschen, die lieber gar nicht über die Zeit nachdenken.«

Marta schwieg, so als dächte sie über ihr eigenes Verhältnis zum Lauf der Zeit nach. Schließlich rückte sie mit der Sprache heraus.

»Ich werde ein Restaurant eröffnen.«

Olga tat überrascht.

»Ein Restaurant? Das ist ja großartig! Und wo?«

»Hier, in der alten Werkstatt.«

»Hier? Wahnsinn!« Ihre Freude war so ungestüm, dass sie einen Moment lang fürchtete, Marta könnte ihr etwas anmerken. »Und wann?«

»Ich bin derzeit noch mit der Planung der Inneneinrichtung beschäftigt. Vielleicht in einem Monat.«

»An unserem Geburtstag?« Die Freude wurde noch größer.

»Vielleicht.«

»Was für eine gute Wahl!«

»Zufall.«

»Im Internat konnten wir ja unseren Geburtstag nie richtig feiern. Schön, dass wir das jetzt nachholen können.«

»Olga, fang bloß nicht an, mein Leben verplanen zu wollen.«

»Ach, egal. Herzlichen Glückwunsch zum Restaurant! Du bist bestimmt sehr glücklich.«

»Derzeit bin ich einfach nur sehr beschäftigt.«

»Könnten wir das Abendessen nicht in deinem Restaurant abhalten?« Olga ließ die Frage fallen wie ein Bomber seine Fracht. »Das wäre doch etwas ganz Besonderes, oder? Stell dir das einmal vor! Den anderen würde das bestimmt gefallen. Komm mir bloß nicht damit, dass dir das nicht passt.«

»Im Moment geht es ja wohl erst einmal darum, ob du alle kontaktieren kannst und ob sie überhaupt kommen wollen.«

»Also ja!«

»Meinetwegen, wir können darüber reden, wenn's so weit ist.«

»Das ist schon mehr als ein Nein.«

»Aber noch kein Ja! Komm, schreib dir die Postadresse vom Parlament auf. Julia musst du dahin schreiben.«

»Ans Parlament? Herr im Himmel! Bist du sicher, dass die Einladung sie dort auch erreicht?«

»Ich schreibe ihr dahin«, log Marta.

»Gut, dann gib mir die Adresse.«

Olga hatte die Einladungen schon vorbereitet. Sie liebte es, Briefe zu schreiben. Sie erledigte auch die Korrespondenz ihres Mannes, überladen mit Wendungen wie *Meine sehr verehrten Herren* und *mit vorzüglicher Hochachtung*. Dabei vergaß sie nie, das Kohlepapier für den Durchschlag einzulegen, den sie dann nach dem Anfangsbuchstaben des Empfängernamens in einem Ordner abheftete. Sie war begeistert, endlich einmal selbst ein Schreiben nach ihrem Gusto gestalten zu dürfen, und machte sich an die Arbeit. Sie begann mit *Meine treuen Gefährtinnen aus Kinderzeiten!*, gefolgt von drei melancholischen, etwas geschraubten Zeilen und dem Hinweis auf die verfliegende Zeit. Der Kern der Einladung stand im zweiten Absatz, hier schrieb sie von ihrer *außerordentlichen Freude*, die ehemaligen Schulkameradinnen bei einem *informellen Abendessen* zu treffen, das in *kleinem Kreis* im neuen Restaurant ihrer Schwester Marta stattfinden würde, *noch vor der offiziellen Eröffnung*. Sie bat um Antwort, schrieb ihre Telefonnummer dazu und gab noch ihrer *sehnsuchtsvollen Erwartung, bald alle wiederzusehen*, Ausdruck.

Sie tippte drei Kopien auf das Büttenpapier mit Dr. Pardos Briefkopf und seiner Mitgliedsnummer bei der Ärztekammer. Sie überprüfte die selbstverständlich fehlerfreien drei Absätze, die durch Leerzeilen voneinander getrennt waren, wie von Feuerschneisen. Zum krönenden Abschluss verzierte sie ihre

Unterschrift noch mit verschnörkelten Arabesken: Olga Viñó de Pardo.

Sie adressierte die Briefumschläge und steckte die Einladungen für Julia und Lolita hinein, doch plötzlich kam ihr eine Idee: Sie öffnete die Umschläge wieder, griff zum Füller und schrieb ein Postskriptum: *Wenn du zufälligerweise Ninas Telefonnummer oder Adresse kennst, wäre ich dir sehr verbunden, wenn du sie mir so bald wie möglich zukommen lassen würdest.* Sie überlegte, ob sie noch ein *Fühl dich umarmt* oder *Küsschen* anhängen sollte, entschied sich aber für *Herzliche Grüße.* Dann steckte sie die Einladungen zurück in die Umschläge, befeuchtete die Lasche mit einem Schwämmchen und verschloss sie. Sie klingelte mit dem goldenen Glöckchen auf dem Schreibtisch, und kurz darauf stand das Dienstmädchen vor ihr.

»Zieh dir was über und bring das hier zum Postamt«, trug sie dem Mädchen auf.

Ein paar Tage später wählte Olga in der nachmittäglichen Langeweile vor ihrem einsamen Abendessen erneut Damiáns Nummer. Dr. Pardo war zu einem Dermatologenkongress zum Thema Psoriasis gereist und würde erst in drei Tagen wieder zu Hause sein. Das Fernsehprogramm bot nichts, was sie interessierte. Ihr Jüngster war nicht da und hatte ihr auch nicht gesagt, wann er heimkommen würde, wie immer.

Sie rechnete damit, dass wieder der Anrufbeantworter ansprang. Für den Fall hatte sie sich eine Nachricht überlegt, sehr theatralisch natürlich, die sie mit warmer Stimme auf Band sprechen wollte. Als sich eine energische Stimme meldete, war sie völlig überrumpelt.

»Ja, bitte?« Olga wusste nicht, wie sie darauf reagieren sollte. Die Stimme rief noch einmal: »Ja, bitte?«

»Hallo«, flüsterte Olga, und ihr Herz raste. »Damián?«

»Am Apparat«, bellte die herrische Stimme.

Sie fragte in dem Tonfall, den sie so oft geprobt hatte:
»Weißt du, wer ich bin?«

Zögern am anderen Ende.

»Lidia?« Die Freude, die sie bei Damián heraushörte,
nahm ihr den Wind aus den Segeln.

»Kalt, ganz kalt«, säuselte sie.

»Wer ist denn da?«, fragte Damián kühl.

»Die Unverwundbare«, antwortete Olga.

»Wer?«

Olga bereute es schon, angerufen zu haben.

»Na, deine Schwägerin.«

»Olga!« Die Stimme am anderen Ende der Leitung klang
überrascht, aber alles andere als freudig. »Ist Benito gestorben?«

»Was soll das?«, erwiderte sie. »Natürlich nicht. Warum
sagst du so was?«

»Weil ich davon ausging, dass du mich nur anrufen wirst,
um mir mitzuteilen, dass mein Bruder gestorben ist.«

»Also, ich kann dich ja wohl auch aus anderen Gründen anrufen.«

»Mir fällt keiner ein.«

»Ich wollte einfach nur wissen, was du so machst, das ist
alles.«

»Aha, sonst noch was?«

»Bist du sauer auf mich? Hab ich dir etwas getan?«, fragte
sie honigsüß.

»Olga, bitte« – Damiáns Stimme klang müde –, »sag mir,
was du willst. Ich habe zu tun.«

Olga war wie gelähmt, ihr fiel keine Antwort ein. Eigentlich wollte sie ja gar nichts. Oder das, was sie wollte, war so
absurd, dass sie das sogar selbst spürte.

»Einfach nur reden. Ich habe mich halt gefragt, wie es dir so geht, das ist alles.«

Jetzt war Damián nicht mehr zu bremsen. Er machte sich Luft.

»Ach, ist es Penelope ohne ihren Odysseus zu langweilig? Schenkt dir mein Bruder, der tolle Herr Doktor, nicht genügend Aufmerksamkeit? Komisch. Und ausgesprochen schade. Also, hast du mir jetzt was zu sagen oder nicht?«

»Ich langweile mich überhaupt nicht. Und dein Bruder kümmert sich rührend um mich«, log sie. »Ich verstehe dich nicht, Damián.«

»Ich dich aber schon. Du verkraftest die Vorstellung nicht, dass ich trotz allem glücklich bin, oder? Hast du etwa gedacht, du brauchst nur ein Wort zu sagen, und schon schmelze ich vor Liebe dahin? Du führst dich auf wie ein albernes kleines Mädchen. Aber das ist ja nichts Neues.«

»Das verletzt mich. Ich weiß nicht, wovon du sprichst.«

Olga hatte das Gefühl, als stiege ein Kloß in ihrer Kehle hoch. Sie unterdrückte die Tränen. Sie nahm alle Kraft zusammen, ihre Würde zu bewahren.

»Da täuschst du dich gewaltig. Ob du es glaubst oder nicht, es freut mich sehr, dass du glücklich bist. Und hoffentlich freut es dich auch zu wissen, dass ich mit deinem Bruder sehr glücklich bin. Und wenn ich dich eines Tages anrufe, um dir zu sagen, dass Benito gestorben ist, hoffe ich sehr, dass du mich etwas freundlicher behandelst. *Adiós.*« Sie legte auf.

Den Rest des Nachmittags weinte sie. Auf das Abendessen verzichtete sie.

Um Punkt zehn nahm sie ein Optalidon und legte sich mit einer Gurkenscheibe auf jedem Auge ins Bett.

Wenige Tage später sagte Lolita ihre Teilnahme an dem Abendessen zu. Sie rief an, doch Olga war nicht zu Hause. Die Hausangestellte notierte kurz die Nachricht: *Señora Lolita Puncel Farrús bedankt sich und nimmt die Einladung an.*

Von Julia kam keine Reaktion. Marta meinte, das wäre normal. Sie habe viel zu tun und erhalte bergeweise Post. Sie brauche manchmal lange, um all die Briefe durchzusehen, und noch länger, um zu antworten. Vielleicht habe Julia die Einladung noch gar nicht geöffnet.

Marta hatte nicht vor, Olga zu erzählen, dass Julia die Einladung erhalten und sogar gelesen hatte und unschlüssig war, ob sie zusagen sollte oder nicht. Julia fiel die Entscheidung nicht leicht.

Das Geheimtelefon blieb mehrere Tage beunruhigend still. Musste Marta denn keine Bestellungen mehr tätigen oder irgendwelche Dinge besprechen? Stritt sie nicht mehr mit ihrem Ehemann? Hatten die Mitarbeiter der Zeitschrift keine dringenden Nachfragen mehr?

Nachmittags setzte sich Olga vor das Bakelit-Telefon und dachte nach. Sie presste ihr Hirn aus wie andere Leute Zitronen. Sie hatte keinen Schimmer, wie sie Nina erreichen konnte, da meinte der ansonsten so zerstreute Dr. Pardo beiläufig:

»Hast du schon im Telefonbuch nachgesehen?«

»Was?«

»Man sollte immer mit dem Naheliegenden anfangen.«

Und in der Tat: Nina – Ana María Borrás Truyol – stand im Telefonbuch. Sie wohnte in der Calle Hospital. Olga rief Nina noch am selben Nachmittag an, pünktlich um vier – der Anstand gebot, während der Siestazeit keine Telefonate zu tätigen –, und Nina war gleich selbst am Apparat.

»Olga Viñó? Bist du das wirklich? Schätzchen, was für eine Überraschung! Was verschafft mir die Ehre? Wie lang liegt das jetzt zurück? … Einunddreißig Jahre? Nicht zu fassen! Wie schön, eine Stimme aus alter Zeit zu hören! … Ein Abendessen, großartig! War das deine Idee? Super! … Was,

Marta macht ein Restaurant auf? He, du bringst mir ja nur gute Neuigkeiten! Ich liebe ihre Sendung, ich höre sie jeden Tag. Kochen ist zwar nicht so meins, aber die Chicas aus dem Büro verpassen auch keine ihrer Sendungen. ... Ich arbeite, klar doch! Du nicht? Langweilst du dich nicht zu Tode? Ich würde durchdrehen, wenn ich den ganzen Tag zu Hause rumsitzen müsste. Mein Eheleben, darüber reden wir ein anderes Mal, das ist eine lange Geschichte. ... Echt, Marta wird selbst für uns kochen? Das ist ja Luxus pur! Was haben wir für ein Glück! Wenn ich das meinen Kolleginnen erzähle! Die fallen vor Neid in Ohnmacht. Natürlich komme ich, ich habe euch viel zu erzählen. Na, wir alle haben uns viel zu erzählen, oder? Stell dir mal vor, was in einunddreißig Jahren alles passiert ist. Das wird bestimmt aufregend. Warte, ich schreibe schnell die Adresse auf. ... Am neunundzwanzigsten Juli? Hm, da war doch was, oder? ... Ach, stimmt, das ist ja euer Geburtstag. Nein, aber das meinte ich nicht. Ich hab's! Da ist die königliche Hochzeit in England! Charles und Diana, du weißt doch? ... Sicher, die beiden kennt ja wohl jeder, bei dem Wirbel. Welche Uhrzeit sagst du? ... Okay, okay, schick mir noch die Einladung, wenn dir das Freude bereitet, aber ich hab schon alles aufgeschrieben. ... Wie, du siehst jetzt völlig anders aus? ... Was, fünfundvierzig Kilo? *Wow!* He, vielleicht erkenne ich dich gar nicht wieder. ... Wie ich aussehe? Na ja, älter halt, wie alle. Zum Glück können meine Brüste nicht schlaff werden, ich hab ja keine, aber sonst ... Hör mal, kommt Julia auch? Du ahnst nicht, wie ich mich freuen würde, sie zu sehen. Ich bewundere ihre Arbeit, die hat vielleicht Eier in der Hose! Immer, wenn sie auf dem Bildschirm zu sehen ist, gebe ich damit an, dass ich ihre Schulfreundin gewesen bin, als wir noch dumme kleine Mädchen waren. Hast du mitgekriegt, wie sie beim Putschversuch reagiert hat? Echt beeindruckend. Ganz schön mutig, so ist es richtig. Hör mal, weißt du, ob sie wirklich lesbisch ist? … Ach, das wird behauptet, keine Ahnung. Du weißt nichts davon? Merkwürdig. He, das ist sooooo aufregend! Ich kann es gar nicht abwarten, Schätzchen. Danke für deinen Anruf, Liebes! Küsschen, Küsschen.«

Die letzten Tage vor dem Abendessen verliefen so hektisch, als würde Olga selbst eine königliche Hochzeit organisieren. Maniküre, Friseur, Massagen, Kosmetikerin, Kleideranprobe, Handtasche und Schuhe auswählen, Hektik, Nervosität, Anfälle von Unwohlsein, Bauchgrimmen – alles der Aufregung geschuldet – und drei unvermittelte Wutausbrüche: der erste, ganz früh, wegen eines roten Pickels, der direkt auf Olgas Nasenspitze spross. »Das sind die Nerven«, meinte die Kosmetikerin. »Das ist normal.«

Der zweite, am Tag vor dem großen Ereignis, als sie die Tür des Kleiderschranks öffnete, um kurz am Geheimtelefon zu lauschen, und dort nur noch einen Fleck an der Wand und herausgerissene Kabel entdeckte. Der Telefonapparat war verschwunden! Und damit alle Ablenkung aus ihrem Leben.

Der dritte ereignete sich am Tag der Einladung selbst, nachmittags um fünf. Sie sah sich gelangweilt die Übertragung aus dem Buckingham Palace an. Die Menschenmenge wartete auf dem Platz vor dem imposanten Gebäude darauf, dass das frisch vermählte Paar endlich auf den Balkon trat. Olga hatte sich schon am Morgen bei den Hochzeitsbildern im Ersten gelangweilt, und nun hatte sie einfach keine Lust mehr. Sie fragte sich, was sie bis sieben Uhr noch anfangen sollte. Dann wollte sie sich unter dem Vorwand, Marta ein wenig zur Hand gehen zu wollen, ins Restaurant begeben, um sich umzusehen. Sie hielt es nicht mehr länger aus, sie musste endlich die beiden Sofas von Roche Bobois sehen, den neuen Teppichboden und die zwanzig Tische in verschiedenen Formen und Größen, das Ergebnis der zahlreichen Besuche des Antiquitätenhändlers und der Innenarchitektin. Sie kontrollierte ein letztes Mal ihre Fingernägel, als das Telefon klingelte. Marta hatte schlechte Nachrichten:

»Olga, ruf die anderen an. Der Damenabend ist abgesagt.«

Erst in dem Moment blickte Olga zum Fenster und bemerkte den Regen, der so schnell nicht aufhören würde.

Nachdem die Tür ins Schloss gefallen war, blieb Marta noch einige Minuten reglos sitzen, als berührte sie das alles überhaupt nicht, so wie sie einen Großteil seines Redeschwalls über sich hatte ergehen lassen. Sie starrte auf die Milchglasscheibe und sehnte etwas herbei, was nicht geschehen würde. Marta hatte ihn reden lassen, so wie es ihr Mann von seinem Gegenüber erwartete, und sich aufmerksam seine Argumente (es waren nie mehr als sechs, diesmal nur vier) angehört, die in logischer Abfolge auf die geplante, überaus relevante Schlussfolgerung hinausliefen: 1. Sie lebten seit Langem nebeneinanderher wie zwei Fremde. 2. Ihr Sexualleben war unbefriedigend. 3. Sie beide waren noch jung genug, um ein neues Glück zu wagen. 4. Er hatte eine andere Frau kennengelernt.

Marta hätte das natürlich anders formuliert und höchstwahrscheinlich das ein oder andere gestrichen. Aber sie hatte die meiste Zeit einfach dagesessen wie eine Statue, ohne ihn zu unterbrechen, ohne irgendeine Regung zu zeigen. Am Ende sagte er etwas im Sinne von »Ich bin froh über dein Verständnis, mir ist das alles nicht leichtgefallen« und ging zur Tür. Da fiel ihm auf, dass es regnete. Er drehte sich um und fragte, als sei nichts geschehen:

»Kannst du mir einen Schirm leihen? Du bekommst ihn selbstverständlich zurück.«

Natürlich lieh sie ihm einen Schirm, keine Frage, einen hässlichen schwarzen Taschenschirm mit rosa Punkten, an dem zwei Speichen gebrochen waren. Sie wusste nicht, woher er stammte. Bestimmt hatte ihn jemand vergessen, vielleicht

Lidia oder einer der Handwerker. Jetzt hielt ihn nichts mehr zurück. Sein Jackett saß perfekt an den breiten Schultern, die sie so liebte. Eine ungelenke Handbewegung, der alberne Schirm sprang auf, und schon fiel die Tür krachend ins Schloss, und eine Stille breitete sich aus, die, so kam es Marta vor, fortan ihr Leben bestimmen würde.

Ihr schossen so viele Gedanken durch den Kopf, dass sie sich auf einen einfachen konzentrierte: Ich muss den Wein in den Kühlschrank stellen. Doch noch bevor sie dazu kam, drängte sich ein anderer Gedanke in den Vordergrund: Hoffentlich ändert er seine Meinung.

Er, das war Álex Baudet – oder war er nun wieder Alejandro für sie? Neunundvierzig Jahre alt, ein Meter vierundachtzig groß, charmant, brillant, egoistisch, Uniabschluss in Geisteswissenschaften, mit eigenem Verlag, Mittelpunkt aller Versammlungen, Schwadroneur, notorischer Fremdgänger, die Liebe ihres Lebens und seit fast zwei Jahrzehnten ihr Ehemann.

Sie saß an einem Tisch für zwei Personen im leeren, spärlich beleuchteten Restaurant. Auf dem Tisch lagen ihr Terminkalender, aufgeschlagen auf der Seite, auf der sie das Menü für den Abend notiert hatte, ihr blauer Parker-Füller, die Autoschlüssel, und auf einer Untertasse stand in einer Kaffeepfütze ein Glas ohne Löffel mit dem sichtbaren Abdruck seiner Lippen. Daneben, wie ein Satellit oder ein Irrläufer, ein Fleck. Sie würde die Tischdecke waschen müssen. Der Stuhl, auf den sich Álex für seine Abschiedsrede gesetzt hatte, stand jetzt leicht schräg. Er war ein Zeichen seiner Flucht und zugleich seiner Anwesenheit. Vielleicht gehörte auch Álex zu den Menschen, die noch lange präsent blieben, nachdem sie gegangen waren. Vielleicht war der Stuhl noch warm. Wenn die Wärme geschwunden war, würde etwas Neues anfangen. Das würde ihm nicht gefallen.

Marta hatte bewusst diesen Tisch gewählt, noch bevor er mit seinem Plädoyer begonnen hatte, weil man von dort einen guten Überblick über das Lokal hatte. Bevor sie die einzelnen Gerichte des Menüs durchging, hatte sie noch einmal voller Freude alle Details betrachtet: die fliederfarbenen Tischdecken, die Lampenschirme mit den Fransen, die Vitrine im englischen Stil, den dunklen Teppichboden, die beiden Sofas von Roche Bobois im Eingangsbereich, die einen schönen Kontrast zu dem imposanten Kristalllüster bildeten. Dem Antiquitätenhändler, bei dem sie den Kronleuchter erstanden hatte, hatte sie nicht verraten, welch kühne Absicht sie verfolgte. Die Einrichtung unterwarf sich nicht der aktuellen Mode, stellte sie aber auch nicht infrage. Es war ihr großes Projekt, das nun endlich Form annahm.

Marta fragte sich, ob sie sich nicht besser fühlen würde, wenn sie weinte. Sie verwarf die Idee. Das ist weder der richtige Ort noch der richtige Zeitpunkt, sagte sie sich. Vielleicht später. Stattdessen sollte sie sich an die Arbeit machen und um das Menü kümmern: Glasaal-Salat, Auberginen-Flan, Crêpes mit Ragout fin vom Seeteufel und Sauce Velouté, Ente mit Birnen sowie als Dessert Profiteroles mit Sahne und Schokolade. Es war ein geniales Menü, zum Abheben. Wie immer, wenn etwas ihr Leben erschütterte, hatte Marta das Gefühl, als würde sie es aus sicherer Entfernung betrachten, wie aus einem Zuschauerraum.

Sie nahm die Untertasse mit der Kaffeepfütze und dem Glas und brachte beides in die Küche. Nie wieder ein Mann, der Kaffee verschüttet, sagte sie sich, während sie mit dem Gesäß einen Flügel der Schwingtür aufdrückte. Und sogleich folgte der nächste sarkastische Gedanke: Am besten gar keiner. Marta warf einen Blick in den Ofen. Die Profiteroles warteten auf dem Backblech, wie eine Flotte kurz vor dem Auslaufen. Sie hatte das Gebäck im ausgeschalteten Ofen gelassen und einen Löffel in die Tür geklemmt, damit die Hitze abzog. Die Profiteroles waren inzwischen erkaltet, und sie nahm das Blech heraus und schnitt das Gebäck auf. Sie versuchte, an nichts zu denken, sich von der Routine treiben zu lassen. Bis sie zum letzten Stück kam. In dem Moment, als die Stücke der Fertigstellung harrten, spürte sie, wie die Wirklichkeit mit voller Wucht auf sie einstürzte.

Zielstrebig, aber ohne jede Hektik, verließ sie die Küche und ging ins Büro am Ende des Lokals. Der Schreibtisch war unter einem Berg von Rechnungen begraben, die sie alle noch begleichen musste. Sie griff zum Telefon, das so alt war wie die hölzerne Bürokabine. Marta zögerte einen Moment, ehe sie die Telefonnummer des Schlossers wählte, der erst vor wenigen Tagen das Restaurant mit einer neuen Schließanlage ausgestattet hatte.

»Sie müssen mir einen Gefallen tun, es eilt«, bat sie ihn. »Es geht um meine Privatwohnung. Ginge das noch heute Nachmittag? Könnten Sie hier im Restaurant vorbeikommen und die Schlüssel abholen? Die Adresse gebe ich Ihnen.«

Er sagte direkt zu. Er versprach, in einer knappen halben Stunde bei ihr zu sein. Noch vor dem Abend wäre alles erledigt. Zum Glück stellte er keine Fragen. Der Mann war ein Profi.

Dann wählte Marta die Nummer ihrer Schwester. Als sich diese meldete, sagte sie ohne Umschweife:

»Olga, ruf die anderen an. Der Damenabend ist abgesagt.«

Marta konnte es auf den Tod nicht ausstehen, wenn andere sie in einer verzweifelten Lage erlebten. Mitgefühl konnte sie nicht ertragen. Inzwischen bereute sie ein paar Dinge, die sie Álex während der Unterredung an den Kopf geworfen hatte.

»Hättest du dir keinen besseren Tag aussuchen können? Musste das ausgerechnet an meinem Geburtstag sein?«

Álex war aufgesprungen und hatte müde erklärt:

»Bitte, Marta, spielt das jetzt noch eine Rolle? Wann haben wir das letzte Mal deinen Geburtstag gefeiert? Wann waren uns solche Dinge je wichtig? Wir sollten uns verhalten wie erwachsene Menschen. Du hast doch für heute Abend schon eine Feier geplant.«

»Wir sollten uns verhalten wie erwachsene Menschen.« Der Satz hallte in ihren Ohren nach. Es widerstrebte ihr zutiefst, aber Álex' Worte ließen sie nicht los. Meinte er das mit erwachsen? Sie für eine Frau sitzen zu lassen, die bestimmt zwanzig oder fünfundzwanzig Jahre jünger war? Einerseits hätte sie es gern gewusst, andererseits auch wieder nicht. Er hatte sich diesbezüglich bedeckt gehalten.

»Ist die Frau, wegen der du mich verlässt, denn wenigstens erwachsen?« Für diese Frage hatte sie allen Mut zusammengenommen.

»Ich will ja nicht unhöflich sein, aber das geht dich nichts an«, unterbrach er sie. Er merkte, dass er entgegen seiner Absicht zu barsch geklungen hatte, und erklärte: »Es wäre nicht gut, dir von ihr zu erzählen, das gilt auch umgekehrt, da könnt ihr mich löchern, wie ihr wollt.«

Immerhin hat er etwas gelernt, dachte Marta, dabei ärgerte sie sich darüber, dass Álex sie in die gleiche Schublade steckte wie die andere, wie all die anderen Frauen, wohl ein gutes Dutzend, mit denen sie ihn geteilt hatte, seitdem sie ihn an einem unglücklichen Tag im Jahr 1962 geheiratet hatte.

»Sie fragt nach mir?«

»Darauf werde ich dir keine Antwort geben, Marta.«

»Also ja. Das tun wir doch alle, oder? So sind wir Frauen nun mal. Neugierig. Destruktiv.« Es folgte ein Schweigen, das die Gemüter beschwichtigen sollte, was nicht gelang. »Bei ihr gibst du dich bestimmt nicht so zugeknöpft.«

»Jetzt sei doch nicht kindisch. Sie kennt nicht einmal deinen Namen.«

»Mir wirst du ihren sicher auch nicht verraten. Und wohl auch nicht, woher du sie kennst.«

»Ich habe sie zufällig kennengelernt, so etwas plant man doch nicht.«

»Ich habe ja schon immer gestaunt, wie gut du jede Gelegenheit zu nutzen verstehst.«

»Lass bitte diese Ironie.«

»Ist doch wahr. Ich wüsste ja nicht einmal, wie ich sowas anfangen sollte.«

»Lass es besser.«

»Jedenfalls freut es mich, dass sie nichts über mich weiß. Und ich will, dass es dabei bleibt.«

»Wird es.«

»Das beruhigt mich.«

»Kann ich mir denken.«

Der letzte Satz klang so herablassend, dass Marta am liebsten aufgestanden wäre und ihm eine Ohrfeige verpasst hätte. Doch dann überfiel sie bei dem Gedanken, noch am selben Tag, an dem sich das Ende ankündigte, wieder von vorn anfangen zu müssen, eine bleierne Müdigkeit.

»Hast du deinen Koffer schon gepackt?«

»Ja.«

»Und, was nimmst du diesmal mit?«

»Wozu willst du das wissen? Du stellst vielleicht Fragen.«

»Ich versuche nur herauszufinden, für wie lange du diesmal wegbleibst. Tage? Wochen? Monate? Vermutlich hattest du auch Abenteuer, die nur ein paar Stunden gedauert haben, aber davon habe ich wohl nichts mitbekommen. Stimmt's?«

»Marta …«

»Ich schwöre dir, ich wüsste zu gern, warum du immer wieder zurückkommst. Haben sie dich so schnell über? Vermisst du die Katze? Fehlt dir dein eigenes Bett?«

»Marta, es reicht.«

»Oder geht es dir nur darum, dass ich dir keine Vorwürfe machen kann? Kommen und gehen bedeutet schließlich nicht, dass du unser Zuhause verlässt, oder? Bestimmt weißt du, was du tust, wahrscheinlich hast du vorher noch genau den Gesetzestext studiert.«

»Wir reden später darüber, wenn du dich wieder beruhigt hast.«

»Typisch. Du entscheidest wieder mal, wann und wie, oder? So wie damals, als du über meinen Kopf hinweg entschieden hast, dass aus mir keine Schriftstellerin wird.«

»Was redest du? Du bist doch eine Schriftstellerin!«

»Red doch keinen Unsinn. Du glaubst deine eigenen Machenschaften.«

»Du bist eine Autorin mit tausenden Fans. Auf der Buchmesse hast du mehr Bücher signiert als alle anderen. Kannst du dich nicht mehr an die Schlangen vor dem Stand erinnern? Die Leute verehren dich! Sie tun alles, nur um dich kennenzulernen! Deine Bücher erscheinen in hohen Auflagen. Es sind Meisterwerke. Alle sagen das.«

»Schade nur, dass ein Brathähnchen als Hauptfigur wenig hermacht.«

Álex schnaubte wütend, völlig entnervt. Wie oft hatten sie dieses Gespräch schon geführt, er hätte die Sätze herunterbeten können. Aber jetzt ergab alles einen Sinn. Er war kurz davor, einen neuen Aspekt einzubringen, der die Sachlage grundlegend verändern würde und dessen Folgen unabsehbar waren. Gerade hatte er noch überlegt, die Sache zu vertagen, doch nun beschloss er, reinen Tisch zu machen.

»Dein ganzes Leben denkst du darüber nach, was du nicht erreicht hast. Du bist eine Erfolgsautorin, viele Frauen würden gerne mit dir tauschen.«

»Ich schreibe Kochbücher! Früher war ich Romanschriftstellerin!«

»Du warst eine miese Romanschriftstellerin, und ich habe aus dir eine gute Kochbuchautorin gemacht.«

Das ferne Donnergrollen war wie ein Kommentar. Überrascht sahen beide auf. Dies war der Wendepunkt, die erforderliche Zäsur, damit er endlich den Mut aufbrachte, das auszusprechen, was er bislang zurückgehalten hatte.

»Dieses Mal ist es anders, Marta. Es gibt einen Punkt, über den wir uns einigen sollten.«

»Muss das unbedingt heute sein?« Manchmal fragte sich Marta, warum bei Männern das Gespür für die passende Gelegenheit so unterentwickelt war. Warum waren Männer und Frauen diesbezüglich so unterschiedlich?

Álex stand auf und strich sein Jackett glatt. Er richtete Hemd, Krawatte und Gürtel. Dann meinte er seelenruhig:

»Ich sage es dir heute, damit du darüber nachdenken kannst. Nimm dir Zeit. Ich will, dass wir uns scheiden lassen.«

Dieses Wort war in ihren Auseinandersetzungen noch nie gefallen. Es war etwas Neues, für das es keine Gebrauchsanweisung gab.

Marta kicherte nervös.

»Ist das dein Ernst?«

»Ja, das ist mein völliger Ernst«, bestätigte Álex und ging zum Schlussplädoyer über.

Sie wusste nicht, wie sie darauf reagieren sollte. In letzter Zeit war oft von dem Scheidungsgesetz die Rede gewesen, das vom Parlament im Juli verabschiedet wurde. Man hatte die Befürchtung, dass hunderttausende von Paaren das für Spanien neue Recht auf Scheidung nun für sich in Anspruch nehmen würden, sobald es in Kraft träte. In den Kirchen betete man, dass dieser Kelch an Spanien vorüberginge. Marta hätte nicht im Traum daran gedacht, dass sie selbst von dem Gesetz betroffen sein könnte.

»Ich werde darüber nachdenken«, brachte sie nur hervor.

Álex drückte ihr einen Kuss auf die Stirn, dem sie nicht rechtzeitig ausweichen konnte, und verließ das Lokal. Er musste zu Fuß gehen, denn sie hatte sich geweigert, ihm den Autoschlüssel auszuhändigen. Der Golf gehörte ihr, und es gab keinen Grund, ihm das Auto zu leihen oder gar ganz zu überlassen. Sie hatte den Wagen ausgesucht und bezahlt, da spielte es keine Rolle, dass das Auto auf seinen Namen zugelassen war. Sollte er es doch gerichtlich einfordern! Falls ihm nach seinen sexuellen Aktivitäten mit einer Zwanzigjährigen dafür noch die Kraft blieb.

Da machte er kehrt und sprach die letzten profanen Worte aus. Manchmal zerstört das Leben binnen zwei Sekunden das beste Drehbuch.

»Kannst du mir einen Schirm leihen? Du bekommst ihn auch bestimmt zurück.«

Auf der Straße war es plötzlich dunkel geworden, und auf der nassen Fahrbahn spiegelten sich die Scheinwerferlichter der vorbeifahrenden Autos. Der Regen war dichter geworden und drohte in einen Gewittersturm auszuarten. Möge die Sintflut kommen, dachte Marta, denn die schwüle Sommerhitze war unerträglich.

Nachdenklich stellte sich Marta Álex' jämmerlichen Abgang vor. Wie er im Freien im Wind mit dem lächerlichen Regenschirm kämpfte, seine Ungeschicklichkeit, die kaputten Speichen des Schirmes. Ein groteskes Schlussbild.

»Für was mag wohl der Regenschirm stehen?«, grübelte Marta.

Sie tat sich selbst leid.

Marta hatte also durchaus triftige Gründe, als sie sagte:

»Olga, ruf die anderen an. Der Damenabend ist abgesagt.«

Ebenso wie Olga Anlass genug hatte, zu denken: Nein. Auf gar keinen Fall. Doch sie blieb freundlich und erkundigte sich:

»Warum? Was ist los?«

»Nichts. Du sollst nur die anderen anrufen, bevor es zu spät ist.«

Kein Wort zu viel, keine Erklärungen, das war der übliche Umgangston zwischen den Schwestern. Wenn sie überhaupt miteinander kommunizierten.

»Es ist doch etwas passiert!«, sagte Olga.

Marta hielt sich bedeckt.

»Egal.«

»Hm. Es ist wegen Álex, oder? Mal wieder.«

Ob es Marta nun passte oder nicht, die Affären ihres Mannes waren Teil ihres Lebens, und ihr Umfeld wusste davon. Álex und Dr. Pardo verband, über ihre familiäre Beziehung hinaus, nach wie vor eine enge Freundschaft. Manchmal trafen sie sich, um gemeinsam ein Fußballspiel im Fernsehen anzusehen. Sie tranken etwas zusammen, unterhielten sich. Sie verstanden sich einfach gut.

»Ja, schon.«

»Ist er wieder abgehauen?«

»Anscheinend.« Es schmerzte Marta, das zugeben zu müssen.

»Wer ist es diesmal? Wieder eine Sekretärin aus dem Verlag? Oder die nächste zwanzigjährige Debütautorin?«

Marta zeigte mit ihrem Schweigen, dass es ihr elend ging und dass sie nicht beabsichtigte, das Thema zu vertiefen. Zu ihrem Leidwesen ließ Olga nicht locker.

»Wie die Mutter, so der Sohn!«

»Spar dir die Anspielungen«, erwiderte Marta. »Das passt nicht zu dir.«

»Wenn du schon die Form wahren willst, dann richte bitte auch das Abendessen aus. Ich glaube nicht, dass du ihn vermissen wirst.«

Marta musste ihrer Schwester recht geben, auch wenn das für sie komisch war.

»Ich will niemanden sehen.«

»Das kann ich mir denken, aber du musst. Ich komme jetzt runter, und wir reden.«

»Besser nicht, Olga. Das ist gerade kein guter Moment.«

»Ein Gespräch ist immer gut.«

»Du irrst dich.«

»Ich will dir doch nur helfen. Du bist immer so abweisend.« Olga hatte die nervige Angewohnheit, andere ständig mit der Nase auf ihre Fehler zu stoßen. Oder zumindest auf das, was sie dafür hielt. »In drei Minuten bin ich bei dir.«

»Olga, ich will nicht, da…«

»Hör zu!«, fiel Olga ihrer Schwester ins Wort. »Jetzt lass das Grübeln, vertage die Entscheidungen auf morgen und genehmige dir erstmal einen Whisky.«

Dann legte sie einfach auf.

Marta fand nur den letzten Ratschlag nützlich. Sie ging zur Theke, griff nach dem achtzehn Jahre alten Chivas Regal und füllte zwei Gläser fast bis zum Rand. Dann schaltete sie das Radio ein. Ein hohler Schlager ertönte, über Liebe, Zweisamkeit und gemeinsame glückliche Tage.

Sie schaltete das Radio wieder aus. Es gibt einfach Momente, in denen es für das eigene Überleben notwendig ist, das Glück von schlichten Gemütern auszublenden. Sie nahm einen kräftigen Schluck und blickte zur anderen Tür des Lokals, die zum Treppenhaus führte und durch die Olga gleich hereinrauschen würde.

Olga wollte endlich die Veränderungen sehen. Sie hatte das Ladenlokal zuletzt vor der Renovierung betreten, direkt nach dem Notartermin.

»He! Diese Sofas? Sind die von Roche Bobois?«

»Du kennst die Marke?«

»Natürlich! Die kennt man doch. Bei dem Anblick hätte unseren werten Stiefvater bestimmt der Schlag getroffen.«

Olga rückte den Stuhl gerade, auf dem ihr Schwager eben noch gesessen hatte, und nahm Platz.

»Es gibt nicht viele Leute, die solche Dinge zu schätzen wissen«, sagte Marta. »Für Álex ist es die reinste Geldverschwendung.«

»Ich finde, du hast das sehr gut gemacht. Die Leute lieben es, wenn sie sich auf Möbel setzen dürfen, die sie sich selbst nicht leisten können. Nur eine Sache gefällt mir nicht, dieser dunkle Teppich. Aber alles andere … Eine glatte Eins plus! Es ist wirklich großartig. Hast du dich selbst um die Inneneinrichtung gekümmert oder hast du jemanden dafür engagiert?«

»Das habe ich ganz allein gemacht.«

»Das sieht aus, als wäre ein Profi am Werk gewesen, wirklich!« Olga blickte auf die Gläser und tat schockiert. »Ich fürchte, um diese Tageszeit verkrafte ich keinen Whisky.«

Marta wusste, dass ihre Schwester, trotz ihres Gehabes, sehr wohl einen Whisky verkraftete (oder auch zwei oder ein halbes Dutzend), und das zu jeder Tageszeit. Olga schlug die Beine übereinander und legte eine sorgfältig manikürte Hand auf den Tisch, am Handgelenk ein goldenes Sammelarmband, an dem die Anhänger mit den eingravierten Namen ihrer Kinder klimperten. Für ihren Auftritt als Trostspenderin hatte sie sich für legere Kleidung entschieden: schwarze, enge Hose, weiße Bluse und einen dazu passenden Turban. Und Ballerinas, um das Ganze aufzulockern.

»Lass uns anstoßen!«, sagte Olga plötzlich und hob ihr Glas.

Marta sah ihre Schwester fassungslos an.

»Findest du, ich hätte heute einen Grund zum Feiern?«

»Wir stoßen natürlich auf unseren Geburtstag an! Man wird schließlich nicht alle Tage fünfundvierzig, oder?« Ein philosophischer Gedanke ließ ihr Lächeln gefrieren. »Merkwürdig, ich fühle mich gar nicht wie eine Fünfundvierzigjährige. Und du?«

Marta stieß etwas zögerlich mit ihrer Schwester an.

»Ich fühle mich wie eine Neunzigjährige.«

»He! Sei nicht so negativ. Lass dir doch die Laune nicht verderben! Denk nicht mehr an Álex. Er ist weg, oder? Also. Das Schlimmste ist jetzt vorbei. Wir werden einen grandiosen Abend verbringen. Hast du dir die königliche Hochzeit angesehen?«

»Nein.«

»Ich schon. Furchtbar langweilig.«

Marta öffnete den Mund. Sie wollte etwas sagen, aber sie wusste nicht, wo sie anfangen sollte. So erging es ihr meistens mit Olga. Wenn sie ihr tatsächlich alles sagen wollte, was sich in ihr angestaut hatte, dann würde sie zu Lebzeiten nicht damit fertig werden. Sie entschied sich für eine Kurzfassung.

»Manchmal erschreckt mich dein einfaches Gemüt, für dich ist alles banal.«

»Die meisten Dinge im Leben sind banal«, philosophierte Olga.

Tatsächlich hätte das Ganze banaler nicht sein können. Álex hatte sich aus dem Staub gemacht, sie selbst war zurückgeblieben, ihr stand ein Abendessen mit Menschen bevor, die sie nicht sehen wollte, und sie saß nun ihrer Schwester gegenüber, für die immer alles einfach war. »Das Schlimmste ist jetzt vorbei«, hatte Olga gesagt. Marta sah das völlig anders.

Das Schlimmste für Marta war der Gedanke, dass es keine gemeinsame Zukunft geben würde. Das war schließlich das Einzige, was ihr blieb, wenn Álex ihr schon die Gegenwart vermieste. Nun musste sie sich schlagartig damit abfinden, dass sie nicht in Ruhe und Frieden gemeinsam alt würden. Sie musste sich von der Vorstellung verabschieden, dass sie ihre goldene Hochzeit gemeinsam an einem exotischen Ort verbringen würden. Wie oft hatte sie sich ausgemalt, dass Álex seine Vergangenheit voller Lug und Trug bereute, und dass sie ihm verzieh. Dazu würde es nie kommen. Es würde keinen Frieden geben, keine Freundschaft und keine Aussöhnung. Keine harmonische Liebe und keine erlösenden Worte am Totenbett. Keine zärtlich hingehauchten Worte in frühen Morgenstunden. Nie mehr würde er ihr Wegbegleiter sein, nicht einmal am Ende. Von jetzt an war er für immer ihr Feind. Das war das Schlimmste. Der Verzicht auf das einzig Gute, das ihr geblieben war. Sich mit der Einsamkeit im Alter arrangieren zu müssen, damit hatte sie nicht gerechnet. Eine verbissene Miene, wenn jemand nachfragte. Ein Schicksal, das sie nicht freiwillig gewählt hatte. Eine Erniedrigung, die sie nicht verkraften konnte und die nur um das neue Wort kreiste, das derzeit in aller Munde war: »Scheidung«.

»Soll Benito mal mit ihm reden?«, bot Olga großherzig an.

Marta schüttelte energisch den Kopf.

»Er sagt, er will die Scheidung«, platzte es aus ihr heraus.

»Herrje, die Scheidung.« Olga lachte laut auf. »Der Herr geht mit der Zeit. Der spinnt doch. Lass ihn. Er kommt zurück, wie ein reuiger Sünder, wie immer.«

»Er kommt nie wie ein reuiger Sünder zurück.«

»Aber er kommt zurück. Das zählt.«

»Meinst du?«

»Natürlich. Ich schenke dir noch Whisky nach.« Olga begab sich zur Theke. Beim Anblick der zahlreichen Etiketten verdrehte sie die Augen und entschied sich intuitiv für eine Flasche. Sie kippte eine ordentliche Menge Whisky auf die Eiswürfel und servierte ihn mit einem ihrer kategorischen Urteile.

»Diese Sache mit der Scheidung, das gilt doch nur für Ausländer, Marta. Das geht vorüber.«

»Olga, das Gesetz wurde gerade vom Parlament verabschiedet.« Marta schnupperte an dem Glas, bevor sie sich einen ordentlichen Schluck genehmigte. »Danke für den Whisky.«

Auf einmal stieß jemand die Eingangstür auf, und Lidia trat ein, Martas Küchenangestellte. Trotz des Regenschirms war sie ziemlich durchnässt, und sie brachte eine große Schüssel Schlagsahne mit. Sie war keine fünfundzwanzig Jahre alt und hatte diese gesunde Frische, die man gemeinhin den Mädchen vom Land zuschreibt. Ihre üppige, rundliche Figur schien wie dazu gemacht, Felder zu bestellen und Kühe zu melken. Marta liebte sie wie eine eigene Tochter, dabei wusste sie gar nicht, wie sich das anfühlte, denn Álex und sie waren kinderlos geblieben.

»Was für ein Wetter!«, schnaubte Lidia zur Begrüßung und überlegte, was sie mit dem Regenschirm machen sollte. In der Garderobe gab es keinen Schirmständer, also legte sie ihn neben der Tür auf dem Fußboden ab, damit der Teppich nicht nass wurde. Dann kam sie mit großen Schritten herein und redete ohne Punkt und Komma. »Wir haben keinen Schirmständer, Marta. Wir müssen unbedingt einen kaufen. Vielleicht liegt aber auch einer in den Paketen, die wir noch nicht ausgepackt haben. Wenn die Sonne scheint, denkt man nicht an schlechtes Wetter, das hat schon meine Großmutter gesagt. Mein Gott, die Sahne duftet himmlisch, die könnte ich gleich aus der Schüssel löffeln. Die Frau vom Milchladen hat gesagt, dass sie frisch geschlagen ist und in den Kühlschrank muss. Ich bin völlig durchnässt, ich muss mich unbedingt abtrocknen. Aber zuerst kümmere ich mich um die Sahne, sonst …« Abrupt brach sie ab, als sie bemerkte, dass zwei Augenpaare auf sie gerichtet waren. »Huch! Entschuldigung! Ich wusste nicht, dass jemand bei dir ist. Guten Tag, wie man so schön sagt.«

»Darf ich dir meine Schwester Olga vorstellen«, unterbrach Marta sie. »Lidia, meine Mitarbeiterin.«

»Ihr seht euch ziemlich ähnlich«, bemerkte Lidia.

»Wirklich?« Olga zog ihre feinsäuberlich gezupften Augenbrauen hoch.

»Wir sind Zwillinge«, erklärte Marta.

»Ja, das sieht man.«

»Also, ich finde, dass wir uns gar nicht so ähneln«, konterte Olga und nippte an ihrem Whisky.

»Womit soll ich anfangen, Chefin?«

Marta hätte auch liebend gern jemanden gehabt, der ihr sagte, womit sie anfangen sollte. Wenn auch nicht gerade in Bezug auf das Abendessen.

»Stell die Sahne in den Kühlschrank und geh nach Hause«, sagte Marta.

»Was?«

»Bei dem Wetter liegst du bestimmt lieber mit deiner Katze auf dem Sofa, oder?«

»Ja, schon, aber was ist mit dem Abendessen?«

»Das ist abgesagt.«

»Hör nicht auf sie, Lidia. Marta macht nur Spaß«, schaltete Olga sich ein.

»Genau, weil mir heute so nach Scherzen zumute ist. Geh nach Hause. Ich meine das ernst.«

»Hör mal, Lidia.« Olga gab sich honigsüß und teilnahmsvoll. »Du hast es doch nicht eilig, oder? Kannst du noch einen Moment bleiben, bis Marta sich gesammelt hat?« Mit klimperndem Armband wandte sie sich an Marta: »Dann kann die Ärmste ein wenig trocknen. Vielleicht hat der Regen dann schon aufgehört. Siehst du? So hat jede was davon.«

»Ich muss mich nicht erst sammeln.« Marta schüttelte den Kopf. »Die Entscheidung steht fest.«

Olga wandte sich an Lidia.

»Lidia, sei so gut, stell doch schon mal die Sahne in den Kühlschrank. Die wird bei dem schwülen Wetter sonst noch sauer.«

Lidia blickte fragend zu Marta.

»Ja, stell sie rein.«

»Alles klar, Chefin«, sagte die junge Frau und eilte in Richtung Küche, erleichtert, zu entkommen.

»Sie nennt dich Chefin, wie süß«, sagte Olga.

»Ruf die anderen an, sonst wird alles nur noch schlimmer.«

Auf einmal donnerte es gewaltig, und die Lichter flackerten. Lidia tauchte wieder auf.

»Soll ich die Profiteroles füllen?«

»Ja, eine ausgezeichnete Idee. Kümmere dich um die Profiteroles«, sagte Olga schnell.

Am anderen Ende des Restaurants klingelte das Telefon. Marta dachte: Vielleicht ist das Álex. Sie schoss hoch und lief zum Telefon. Lidia zog sich in die Küche zurück. Olga blieb allein mit übergeschlagenen Beinen sitzen, das Glas schwebte in der Luft, sie schüttelte den Kopf und dachte: Die Ärmste, sie ist völlig durcheinander, als wäre sie selbst die Ausgeglichenheit in Person.

Auf der Wanduhr verstrichen achtzig Sekunden, was Olga wie ein Notar registrierte.

Marta kam etwas ruhiger aus dem Büro zurück, oder vielleicht auch nur resignierter. Sie öffnete einen Flügel der Schwingtür zur Küche und sagte:

»Wenn du mit den Profiteroles fertig bist, stell sie in den Kühlschrank. Ah, und heiz den Ofen vor. Wir machen uns gleich an die Ente. Danke, dass du nicht auf mich gehört hast.«

»Gern geschehen, Chefin.«

Olga sah sie erwartungsvoll an.

»Das war María, Julias Sekretärin. Sie sagt, die Frau Abgeordnete habe heute Nachmittag noch eine Sitzung und komme womöglich ein wenig später zum Abendessen. Ihr Terminkalender sei prall gefüllt, und manchmal sei es schwierig, alles unter einen Hut zu bekommen.«

»Wie, wann hat Julia denn zugesagt?«

»Vor ein paar Tagen. Entschuldige, ich habe ganz vergessen, es dir zu auszurichten.«

»Schon gut. Du hast das Abendessen also doch nicht abgesagt?«

»Ich hielt das nicht für angebracht.«

»Ein Hoch auf den Anruf!« Olga hob theatralisch die Hände, als wollte sie sich bei den Telefongöttern bedanken, und brachte wieder ihr Armband zum Klimpern. »Also, nichts wie hinein in die Küche, oder? Wobei kann ich dir helfen?«

»Du?«

»Je eher wir anfangen, umso früher können wir uns umziehen.«

»Umziehen?«

»Na, etwas anderes anziehen. Ich habe mir extra ein gelbes Taftkleid schneidern lassen, ganz im Stil von Fürstin Gracia Patricia. Es ist traumhaft, du wirst sehen. Es hat mich ein Vermögen gekostet.«

»Ich wollte eigentlich so bleiben«, sagte Marta.

»*So?*« Olgas Entsetzen schlug in Mitleid um. »Gut, alle werden nachvollziehen können, dass es dir gerade nicht gut geht. Was soll's.«

Ein drohender Zeigefinger wirbelte direkt vor Olgas Gesicht herum.

»Niemand wird hier irgendetwas nachvollziehen können. Das ist meine Bedingung: Kein Wort über Álex. Kein Wort! Selbst wenn sie fragen. Hast du verstanden?«

»Ja, ja, beruhige dich.«

»Verdammt, um Gottes willen!« Marta schrak auf. »Ich hab ganz vergessen, den Weißwein in den Kühlschrank zu stellen!«

Sie stand auf und stürmte durch die Schwingtür wie ein Bandit mit gezogener Waffe in den Saloon.

Marta wusste, dass auf Olga kein Verlass war, im Internat hatte sie sie dabei ertappt, als sie in ihrem Tagebuch las. Olga hatte es aus ihrer Holzschachtel gestohlen – jede Schülerin hatte eine unter ihrem Bett stehen – und sich, zu nachtschlafender Zeit, Schokolade mampfend auf der Toilette daran ergötzt. Um diesen Moment unerlaubten Eindringens in die Privatsphäre voll auskosten zu können, hatte Olga eine Durchfallerkrankung vorgetäuscht. Marta war jedoch misstrauisch geworden und ihrer Schwester nach einiger Zeit gefolgt. Auch sie hatte eine Ausrede parat: Sie sei so sehr in Sorge um ihre Schwester, dass sie nicht schlafen könne. Geräuschlos betrat sie die Toilettenräume, kletterte auf eine Toilettenschüssel und lugte über die Trennwand, die nicht ganz bis zu der hohen Decke reichte. Da war die Diebin, die Schnüfflerin, die böse Schwester, die sich an ihren Geheimnissen ergötzte. Wutentbrannt passte sie Olga später in einer Nische im Flur ab und gab ihr ohne weitere Erklärungen eine so kräftige Ohrfeige, dass Olga trotz ihrer Körperfülle ins Taumeln geriet. Weder ihre Schmerzenstränen noch das Versprechen, so etwas nie wieder zu tun, halfen ihr.

»Ich werde dir nie wieder vertrauen«, sagte Marta.

Und so kam es auch.

Olga fühlte sich von den Geheimnissen der anderen magisch angezogen. Sie las deren Briefe, schnüffelte in Schubladen und Koffern und belauschte bei jeder sich ihr bietenden Gelegenheit Gespräche. Im Internat nutzte sie alle möglichen Vorwände, um sich im Treppenhaus in der Nische neben dem Telefonapparat zu verstecken und die ein oder andere glückliche Mitschülerin zu belauschen, die einen Anruf von zu Hause erhielt. Das Internat war, was das anging, eine großartige Schule für sie.

Später, als sie in der Wohnung des Stiefvaters das Zimmer teilten, verdoppelte Marta ihre Vorsichtsmaßnahmen. Sie bewahrte ihre Tagebücher in einer verschließbaren Schublade im Kleiderschrank auf. Den Schlüssel dazu trug sie stets an einer Halskette bei sich, wie Hauslehrerinnen im Film, die schreckliche Geheimnisse zu verbergen haben. Nicht im Traum hätte sie daran gedacht, dass Olga sich für die Rohfassung des Romans interessierte, den Marta in eng geschriebenen Zeilen auf Papierbögen notierte, die sie ihrem Stiefvater entwendet und zusammengeheftet hatte.

Als sie das Werk nach diversen Überarbeitungen abgeschlossen hatte und das Manuskript aus einer Ansammlung durchgestrichener Zeilen bestand, die nicht einmal sie selbst mehr überblickte, beschloss sie, es abzutippen. Der Stiefvater überließ Marta zwar die alte Hispano Olivetti, doch sie musste sich die Nächte um die Ohren schlagen, um an ihrem Meisterwerk arbeiten zu können, da die Schreibmaschine tagsüber in seinem Büro benötigt wurde. In ihrem Zimmer durfte sie nicht arbeiten, weil der Krach Olga geweckt hätte. Im Wohnzimmer stellte sich das Problem nicht, doch dort war es kalt und dunkel, was sie abschreckte. Die größten Fortschritte machte sie an den Wochenenden, doch dann musste sie die Klagen der Mutter über sich ergehen lassen, die das Ganze für reine Zeitverschwendung hielt.

»Schade, dass dir die Schreibmaschine keinen Antrag machen kann, denn die würdest du bestimmt heiraten«, bekam sie oft zu hören.

Trotz der vielen Mühen war Marta mit dem Ergebnis nicht zufrieden. Sie beschloss, die Abschrift in der Schublade unter ihren Geheimnissen zu begraben, bis sie in der Lage war, eine Entscheidung zu treffen. Entweder sie vergaß den Roman und gab ihren großen Traum auf, oder sie erkannte ihre Grenzen an und versuchte mit aller Kraft, diese zu überwinden. Und das bedeutete, noch einmal von vorn anfangen zu müssen. Marta war noch zu jung, um zu wissen, dass Genialität meistens das Ergebnis harter Arbeit ist. Und dass das wahre Genie nicht um seine Genialität weiß.

Sie war noch zu keiner endgültigen Entscheidung gelangt, als sie die Einladung eines bedeutenden Verlages zu einem *Austausch über Ihren Roman* erhielt. Marta musste den Brief zwei Mal lesen, um zu begreifen, dass es sich nicht um einen Irrtum handelte. Der genannte Titel entsprach tatsächlich dem ihres Romans, war aber natürlich nur ein Arbeitstitel. Und der Brief war an sie als Autorin adressiert. Der einzige Haken bestand darin, dass sie das Manuskript nie an irgendeinen Verleger gesandt hatte. Sie überprüfte die Schublade im Kleiderschrank, in der sie das Ergebnis ihrer Anstrengungen begraben wähnte, und sah ihren Verdacht bestätigt. Marta musste nicht einmal nach Olga Ausschau halten. Die Schwester stand direkt hinter ihr und beobachtete sie mit einem hinterlistigen Lächeln. Seit Wochen hatte Olga auf diesen Moment gewartet, und nun war sie höchst zufrieden mit sich und dem Lauf der Dinge.

»Warst du das?« Marta fuchtelte mit dem Brief vor Olgas Gesicht herum.

»Was denkst du?«

»Aber warum? Er war doch noch gar nicht fertig.«

»Blödsinn. Der war längst fertig. Vielleicht kommt das Ende ein bisschen plötzlich.«

»Du hast ihn gelesen!«

»Natürlich! Ich hätte dich ja sonst kaum empfehlen können, oder?«

»Ich wollte aber nicht, dass du mich empfiehlst.«

»Eigentlich habe ich dich nicht selbst empfohlen, sondern mein Verlobter.«

»Er hat ihn auch gelesen?«

»Er?« Olga kicherte. »Nein, der liest keine Romane. Er vertraut mir.«

»Aber wie hast du die Schublade aufbekommen? Stiehlst du jetzt auch noch Schlüssel?«

»Marta, ich bitte dich! Die Schublade kriegst du mit jeder Haarnadel auf.«

In der Schublade befanden sich auch ihre Tagebücher, einige Fotos sowie mehrere Briefe. Alles Dinge, die ihrer Schwester keinesfalls in die Hände fallen sollten. Marta wurde noch wütender, sie fühlte sich verwundbarer denn je.

»Am liebsten würde ich dir eine Ohrfeige verpassen.«

»Ja? Merkwürdige Art, Danke zu sagen.«

»Wofür sollte ich mich bedanken?«

»Für die Empfehlung. Anscheinend wollen sie deinen Roman veröffentlichen.«

»Ich will nichts veröffentlichen.«

»Du lügst! Alle Schriftsteller wollen ihre Werke veröffentlichen. Wofür hast du den Roman sonst geschrieben? Du hast doch nur Angst.« Olga machte eine Pause, so als müsse sie ihre Worte genau abwägen, dann sagte sie: »Wie immer.«

»Lass mich in Frieden. Ich werde nicht hingehen. Das kannst du deinem Verlobten ruhig sagen.«

»Du bist dumm.«

»Und du eine Klatschbase.«

Marta hätte am liebsten vor Wut geheult, aber dies war nicht der passende Moment, um Schwäche zu zeigen. Es endete in einem Duell von Kränkungen. Während des Mittagessens sprachen die Schwestern kein Wort miteinander, auch wenn das keinem sonderlich auffiel. Bei ihnen zu Hause wurde meistens geschwiegen, wie im Klausurbereich eines Klosters, als dürften sie nur bei Todesgefahr einen Laut von sich geben.

Am Abend hatte Marta immer noch keine Entscheidung getroffen. Widerwillig musste sie sich eingestehen, dass ihre Schwester in vielen Dingen recht hatte. Sie sehnte den Termin geradezu herbei, selbstverständlich würde sie ihn wahrnehmen. Sie hatte in der Tat Angst davor, was man ihr sagen würde. Und es war ihr Herzenswunsch, ihr Werk zu veröffentlichen. Olga hatte sich nicht getäuscht.

Marta hätte ihre Schwester gern um Rat gefragt. Was sollte sie nun tun? Wie sollte sie sich verhalten? Was sollte sie anziehen? Olga war stets so stilsicher gekleidet, sie hatte ein gutes Händchen bei der Auswahl ihrer Garderobe. Marta hingegen gehörte zu den jungen Frauen, für die Kleidung keinerlei Bedeutung hatte, sie war für sie eine reine Notwendigkeit, und die sich stets falsch angezogen fühlten. Für Marta waren Mode und Kosmetik zu banal, um sich damit zu beschäftigen. Doch jetzt, da sie unbedingt einen guten Eindruck hinterlassen wollte, hätte sie gern die Vorzüge der verschmähten Dinge genossen, und wäre es auch nur dieses eine Mal. Zu gern hätte sie sich von einer Expertin wie Olga beraten lassen. Doch das tat sie nicht. Noch überwog ihre Wut. Das Bedürfnis ihrer Schwester, immer die Hauptrolle zu spielen, die Strippen zu ziehen oder die Wohltäterin zu geben, am besten alles gleichzeitig, das brachte Marta um den Verstand.

Was tun, wenn dem Verlag der Roman gar nicht gefallen hatte? Wenn der Termin nur aus Höflichkeit gegenüber ihrem Fürsprecher, dem berühmten Doktor, vereinbart worden war, um ihr zu sagen, das sei das Schlechteste, was sie je gelesen hatten? Dann war es zweifellos besser, schlicht gekleidet aufzutreten, als den Eindruck zu erwecken, sich extra in Schale geworfen zu haben. Im Grunde müsste sie ja zustimmen, wenn man ihr mitteilte, ihr Roman sei furchtbar, aber andererseits könnte sie es nicht ertragen. Und wenn man ihr Werk nur lobte, um Dr. Pardo einen Gefallen zu tun? Marta vertraute lieber auf ihr Talent als auf gute Beziehungen. Ja, Olga hatte recht: Sie war dumm. Die größte Idiotin der abendländischen Literaturgeschichte. Zu dieser Erkenntnis kam sie am frühen Morgen vor ihrem Termin im Verlag. Nicht gerade rühmlich, aber die Wahrheit.

Endlich war der große Tag gekommen. Sie wurde von einem jungen Mann empfangen, der sich als »Alejandro Baudet, Sohn des Verlagsinhabers, ein Mitarbeiter unter vielen« vorstellte. Und der von der ersten Sekunde an zweifelsfrei klarstellte, dass sie ihren Roman veröffentlichen wollten.

»Selbstverständlich nur unter der Voraussetzung, dass wir zu einer Einigung kommen, was das Finanzielle angeht. Haben Sie mit Ihrem Vater darüber gesprochen?«

»Ehrlich gesagt, nein.«

Es war nicht üblich, dass eine Frau einen solchen Termin allein wahrnahm, geschweige denn dass sie überhaupt einen Termin mit einem Verleger hatte. Schriftstellerinnen waren nicht alltäglich, die Spezies war erst kürzlich entstanden und wagte sich zur allgemeinen Verwunderung – auch ihrer eigenen – gerade erst aus der Deckung.

»Und Ihr Vater ist damit einverstanden, dass wir uns hier treffen, um die Einzelheiten zu besprechen?«

»Mein Stiefvater.«

»Oh, Entschuldigung. Ihr Stiefvater. Wird er damit einverstanden sein?«

»Es wäre mir lieber, den Roman nicht zu veröffentlichen. Noch nicht.«

Der junge Verleger lehnte sich in dem bequemen Ledersessel zurück. Selbstredend war das nicht der Sessel eines Mitarbeiters unter vielen, ebenso wenig wie das nüchtern eingerichtete Büro, ein Luxus, den sich nur wenige Menschen leisten können. Ein riesiges Fenster umrahmte die Silhouette des jungen Verlegers. Er war ein eleganter, attraktiver, selbstbewusst lächelnder Mann, für den Anzug und Krawatte eine Selbstverständlichkeit waren. Auf dem Tisch befanden sich nur eine alte, aber funktionstüchtige Underwood, mehrere edle Füllfederhalter sowie einige fein säuberlich ausgerichtete Manuskriptstapel. Der Verleger lächelte ungläubig. Er war Widerspruch nicht gewohnt.

»Noch nicht?«

»Ich würde gern noch ein wenig daran feilen. Ich glaube, man kann noch einiges verbessern.«

»Dürfte ich Sie fragen, warum Sie ihn bei uns eingereicht haben, wenn Sie ihn noch nicht abgeschlossen haben?«

»Es tut mir leid, wenn Sie meinetwegen Ihre wertvolle Zeit vergeudet haben.« Marta lächelte freundlich, aber bestimmt. »Aber ich habe das Manuskript nicht an Sie geschickt.«

»Ach.« Álex schüttelte verständnislos den Kopf. »Wollen Sie damit sagen, dass uns jemand das Manuskript ohne Ihr Einverständnis zugesandt hat?«

»Genau. Meine Schwester.«

»Sie wussten nichts davon?«

»Genau.«

»Anscheinend mag Ihre Schwester Sie sehr. Und sie hält große Stücke auf Sie.«

»Ja.«

»Ich kann mir Ihre Überraschung vorstellen, als Sie unser Schreiben erhielten.«

»Ja, und die war noch größer, als ich las, dass Sie um eine persönliche Vorsprache bitten. Damit habe ich wirklich nicht gerechnet. Ich bin Ihnen sehr dankbar.«

»Viele Debütautoren wären gern an Ihrer Stelle.«

»Das kann ich mir denken«, sagte Marta und senkte unbehaglich den Blick.

»Was meinen Sie, wären Sie eventuell bereit, Ihre Absage noch einmal zu überdenken?«

»Es ist doch nur eine kleine Terminverschiebung.«

»Ich möchte Sie darauf hinweisen, dass die Chancen im Verlagswesen gewöhnlich nicht allzu langlebig sind.«

»Aber Bücher überdauern. Ich will nicht, dass mein Beitrag für die Nachwelt mittelmäßig ausfällt.«

Der Verleger lachte schallend.

»Für die Nachwelt?«

»Für wen auch immer.«

»Allmählich fange ich an ihre Charakterstärke zu bewundern. Können Sie abschätzen, wann Sie Ihren Beitrag für die Nachwelt vollendet haben werden?«

»Nein, leider nicht.« Marta tat so, als hätte sie den ironischen Unterton überhört. »Das ist ein langwieriger Prozess.«

»Wäre es Ihnen zumindest möglich, mich während dieses Prozesses auf dem Laufenden zu halten?«

»Wenn Sie es wünschen.«

»Ich würde Ihnen gern einen Rat geben. Lassen Sie nicht zu, dass Ihr Wunsch, Schriftstellerin zu werden, von ihrem Perfektionismus erstickt wird. Manchmal sind zu hohe Erwartungen an sich selbst ein Hemmschuh.«

Die Selbstsicherheit, die der Verlegersohn ausstrahlte, schüchterte sie ein. Sie nickte beklommen.

»Ich werde Ihren Rat beherzigen, danke.«

»Eine letzte Frage. Würden Sie andere Aufträge annehmen, wenn sie keine zu große Ablenkung darstellen?«

»Was für Aufträge?«

»Korrektur lesen, kleinere Texte lektorieren, die eine oder andere Übersetzung anfertigen. Sprechen Sie Französisch?«

»Ja. Mein Vater war Franzose.«

»Es wäre großartig, wenn wir Sie als Mitarbeiterin für unseren Verlag gewinnen könnten. Sie könnten zu Hause arbeiten, in dem zeitlichen Rahmen, der Ihnen zusagt.«

Marta überlegte einen Moment. Ein eigener Verdienst wäre ein schöner Gedanke. Zumindest solange sie keine anderen konkreten Pläne hatte.

»Ich werde das mit meinem Stiefvater besprechen.«

»Da bin ich aber sehr erleichtert.« Der junge Mann lächelte charmant. »Ich hatte schon befürchtet, eine weitere Abfuhr von Ihnen zu erhalten. Lässt sich denn eine Prognose wagen, wie die Antwort Ihres Stiefvaters ausfallen wird?«

»Ich denke, er wird seine Zustimmung erteilen.« Nun lächelte Marta. Ein Lächeln! Endlich! Der junge Mann mochte es kaum glauben. »Normalerweise verlässt er sich auf meine Meinung. Und wenn ich zu Hause arbeiten kann …«

»Gut.« Der Verleger stand auf und strich sein Jackett glatt. Marta vermutete, dass dies ein Ausdruck seiner Eitelkeit war. »Sie können sich nicht vorstellen, wie sehr ich mich darüber freue, wenigstens in diesem Punkt mit Ihnen einig zu sein. Ich konnte Sie nicht einfach so gehen lassen. Das hätte ich mir nie verziehen.«

»Machen Sie allen Schriftstellern, die Ihnen ihren Erstlingsroman einsenden, solche Komplimente?«

»Nein, nur solchen wie Ihnen.«

»Den weiblichen?«

»Den guten.«

Marta senkte den Blick, sie fühlte sich wieder unbehaglich.

»Ich hoffe, ich habe Sie nicht enttäuscht«, sagte der Verleger und drückte entschlossen ihre Hand.

»Nein, nein … Ganz im Gegenteil.«

Marta war schon auf dem Weg nach draußen, da blieb sie plötzlich an der Tür stehen und sagte ein wenig gezwungen:

»Ich weiß, dass ich nicht besonders ausdrucksstark bin. Ich möchte nur deutlich machen, dass ich mich durch Ihr Angebot sehr geschmeichelt fühle. Ich werde versuchen, es so gut zu machen, wie ich kann. Guten Tag.«

»Ich freue mich«, erwiderte der Verleger, verblüfft über ihren plötzlichen Redeschwall.

Alejandro würde dieses Bild zeit seines Lebens nicht vergessen: Marta, wie sie in der Tür seines Büros stand, die Knie durchgedrückt, die Handtasche umklammert, im weißen Angorastrickjäckchen und einem sittsam langen Rock. Marta, die mit sichtlicher Anstrengung diese Worte hervorbrachte, vielleicht die aufrichtigsten, die sie jemals einem Fremden gegenüber geäußert hatte.

Zeit seines Lebens würde er darin das Bild der perfekten Unschuld und Aufrichtigkeit sehen und genau diese Eigenschaften in all den jungen Frauen suchen, die an seine Tür klopften. Marta hatte er niemals so tief in seine Seele blicken lassen, denn er war sich sicher, dass sie ihm nicht glauben würde, aber abgesehen von ihrer Unsicherheit und Schüchternheit hatte sie etwas, das ihn seit ihrer ersten Begegnung magnetisch anzog. Die Überzeugung, mit der sie ihre Meinung vertrat – auch wenn sie mal irrte –, die Art, auf unliebsame Weise anders zu sein. Marta erinnerte ihn an die Katzen seiner Mutter. Am Anfang begegneten sie einem nur mit Misstrauen und Fauchen, doch wenn man ihnen Zeit ließ und die Freiheit, den Moment selbst zu bestimmen, konnten sie ausgesprochen zärtlich sein.

Als sein Vater sich an dem Tag nach der Autorin erkundigte, die Dr. Pardo empfohlen hatte, sagte Alejandro:

»Ich bin noch dabei, mir ein Bild zu machen.«

Wenn Álex an dem Morgen Marta gefolgt wäre, hätte er eine noch ungewöhnlichere Beobachtung gemacht. Die junge Frau trat leicht benommen aus dem Verlagshaus und ging mit unsicheren Schritten über den Bürgersteig, bis sie nicht mehr konnte und im nächsten Hauseingang Zuflucht suchte. Genau drei Minuten lang ließ sie ihren Tränen freien Lauf. Als sie sich ausgeweint hatte, tupfte sie die Tränen ab, putzte sich die Nase und setzte ihren Weg fort. Normalerweise gestattete sie sich keine Tränen, aber die Anspannung, die sich an diesem Vormittag aufgebaut hatte, rechtfertigte eine Ausnahme.

Wie nicht anders zu erwarten, wurde Olga fuchsteufelswild, als sie die Neuigkeiten hörte.

»Wie bitte? Du hast ihm eine Abfuhr erteilt? Kannst du dir vorstellen, in was für eine Lage du meinen Verlobten bringst? Er hat schließlich seine Hand für dich ins Feuer gelegt!«

Marta ließ sich nicht erweichen.

»Das hätte er nicht tun sollen. Ich habe ihn nicht darum gebeten.«

»Natürlich nicht, aber ich!«

»Du hättest das nicht tun dürfen.«

Olga steigerte sich in ihre Hysterie hinein.

»Du bist so was von undankbar! Denk ja nicht, dass ich je wieder auch nur einen Finger für dich rühren werde.«

»Das habe ich nie von dir erwartet.«

Der Termin im Verlag hatte zwar nicht zu dem von Olga erhofften Ergebnis geführt, aber er veränderte Martas Leben. Schon drei Tage später rief eine Verlagssekretärin mit der Frage an, an welche Adresse man ihr, auf Wunsch von Señor Baudet, einige Manuskripte schicken könne. Marta las nun jeden Monat zwei bis drei Bücher Korrektur. Der Kontakt mit dem Verlag erfolgte telefonisch, über Álex' Sekretärin, doch den Manuskripten war stets eine handschriftliche Notiz beigefügt, in der er niemals vergaß, ihr sein Lob auszusprechen oder *Grüße an den werten Stiefvater* auszurichten. Mit der Zeit übernahm sie auch kleinere Lektoratsaufträge. Alejandro Baudet lobte ihren Stil als *zurückhaltend und prägnant*. Immer wieder betonte er, wie zufrieden er mit ihrer Zusammenarbeit war.

»Schreiben ist, wie alle anderen Dinge, eine Frage des guten Geschmacks«, sagte er gern. »Aber guter Geschmack lässt sich nicht erlernen, entweder man hat ihn oder man hat ihn nicht.«

Álex bot ihr schließlich an, sie als feste Mitarbeiterin anzustellen. Sie würde im Verlag einen eigenen Arbeitsplatz erhalten, und sie würden sich täglich sehen. Dieses letzte Detail hob er besonders hervor. Bevor sie das Angebot annahm, besprach Marta sich mit ihrem Stiefvater, der keine Einwände hatte, den

Verleger persönlich kennenzulernen und den Vertrag in Martas Namen zu unterzeichnen.

»Eine Arbeit zu haben ist in Ordnung, solange du nicht verheiratet bist«, meinte die Mutter. »Aber, Mädchen, wenn du so weitermachst, dann heiratest du am Ende noch ein Wörterbuch.«

Die tägliche Arbeit im Verlag war die erste große Veränderung in Martas Leben. Ihr Schreibtisch stand im Großraumbüro hinten bei den anderen Mitarbeiterinnen, mit Blick durch die Glasscheibe auf Alejandro Baudets Büro. Natürlich hatte er selbst genau diesen Platz ausgesucht und deshalb eine der Sekretärinnen aus der Buchhaltung von ihrem angestammten Platz verwiesen. Der junge Verleger schenkte Marta immer ein Lächeln, wenn er sein Büro betrat oder verließ, manchmal sogar, wenn er sich in Besprechungen mit den bedeutendsten Autoren des Verlages befand, die ihr meist den Rücken zugewandt hatten und die so in die Kokons ihrer Egos eingesponnen waren, dass ihnen das Mienenspiel ihres Verlegers gar nicht auffiel. Marta konnte nicht fassen, wie dreist Álex war. Sie errötete, manchmal kicherte sie in sich hinein, dann senkte sie den Blick und versuchte sich wieder auf das Manuskript auf ihrem Schreibtisch zu konzentrieren. Es war ein Spiel, nur zwischen ihnen beiden, bei dem alle anderen ausgeschlossen waren. Allmählich bestätigte sich Álex' Theorie von den Katzen. Marta war gar nicht so spröde. Doch sie war ganz anders als die anderen jungen Frauen im Verlag, als alle Frauen auf der Welt.

Das Spiel auf Distanz lief schon einige Monate, als das nächste Angebot kam: Würde Marta sich die Pressearbeit des Verlages zutrauen? Sie würde Autoren auf Lesereisen begleiten und sich um die Gattinnen kümmern müssen, während die Männer die obligatorischen Signierstunden absolvierten, sie sollte Empfänge und Essen organisieren – und allmählich zur rechten Hand ihres Chefs werden. Marta nahm auch dieses Angebot an, ohne zu zögern oder sich mit der Familie zu beraten. Das war ihr Traumjob und der Beginn der glücklichsten Zeit ihres Lebens. Marta war ein Organisationstalent, sie richtete große Dinner und kleinere Essen aus, die Journalisten schätzten ihre aufrichtige Art und ihre Zurückhaltung, sie behandelte die Autoren wie Könige, hatte immer alles im Blick, wahrte die richtige Distanz und achtete darauf, dass den Ehefrauen der Autoren nicht langweilig wurde.

Marta war einfach perfekt, und Álex war inzwischen völlig abhängig von ihr. Ohne Marta wurde nichts organisiert, ohne Marta ging er nirgendwohin. Für alles und jedes suchte er ihren Rat. Oft sagte er, dass niemand ihn so gut kannte wie Marta, was allmählich der Wahrheit entsprach. Manchmal bekam er seltsame Eifersuchtsattacken, wenn sie sich zu intensiv um einen Autor kümmerte oder einem ausländischen Verleger zu viel Aufmerksamkeit schenkte.

Der Verlag erlebte einen Aufschwung, was vor allem dem hervorragenden Gespann zu verdanken war, das der Verlegersohn und seine effiziente Assistentin bildeten. Doch damit war es an dem Morgen vorbei, als Marta, nach einer schier endlosen Autogrammstunde mit dem Bestsellerautor des Verlages, einem ausgedehnten Dinner in einem Luxusrestaurant und der anschließenden Wallfahrt durch drei Bars in Madrid im Hotel *Palace* neben ihrem Chef in einem Bett aufwachte.

Das war ein Ausrutscher, ein einziger, und sie erinnerte sich daran wie man sich an Träume erinnert, die man zu Beginn einer Nacht hat. Sie hatte an dem Morgen einen furchtbaren Kater und sah noch furchtbarer aus, aber sie war geistesgegenwärtig genug, die Konsequenzen zu ziehen. Sie kündigte, noch bevor sie angezogen war. Álex erging es nicht viel besser, aber auch er reagierte schlagfertig, während er darum kämpfte, die Augen aufzubekommen.

»Was ist, wenn ich dir ein Angebot unterbreite, das du nicht ablehnen kannst?«

»Nach diesem Absturz kann mich kein Angebot mehr locken«, sagte sie würdevoll wie Marie-Antoinette auf dem Schafott.

»Heirate mich.«

Eins musste man ihm lassen: Auch in extremen Situationen bewies Álex größtes Verhandlungsgeschick.

Die Hochzeit sollte acht Monate später stattfinden, musste jedoch wegen des ebenso plötzlichen wie schmerzlichen Todes der Mutter des Bräutigams verschoben werden. Erneut überhörte das Schicksal Martas Wünsche. Die Verlobungszeit verlängerte sich ungeplant um fast zwei Jahre, die Marta darauf verwendete, wieder einmal ein neues Leben zu beginnen: Sie arbeitete ihre Nachfolgerin im Verlag ein, eine äußerst attraktive junge Frau, frisch von der Universität, die vier Sprachen beherrschte. Marta übernahm wieder ihre anfänglichen Aufgaben Korrekturlesen und Lektorat, die sie zu Hause erledigte.

Sie nahm auch ihren vergessenen Roman erneut in Angriff, doch nach der langen Zeit hatte sie das Gefühl, er stamme nicht aus ihrer Feder. Sie fand ihn miserabel, der Veröffentlichung nicht würdig, er hatte die Bezeichnung Roman nicht verdient, und sie beschloss, ihn komplett neu zu schreiben. Diesmal waren die Arbeitsbedingungen deutlich besser, sie hatte eine eigene Schreibmaschine, die sie von ihrem eigenen Gehalt bezahlt hatte, und es gab keine Diskussionen darüber, wann sie arbeitete oder ob sie zur Schriftstellerei berufen war. Nachdem Olga geheiratet hatte, konnte sie in ihrem Zimmer nach Belieben schalten und walten. Nur, je länger sie die Worte schliff, desto glanzloser wurden sie, als verblassten sie nach jedem Durchgang immer mehr. An manchen Tagen glich das Schreiben einem Kampf gegen ihre eigenen Grenzen und ihre Frustration. An anderen hatte sie das Gefühl, ihre Figuren führten ein Eigenleben und träfen selbstständige Entscheidungen. So als hätten sie die Macht über ihren Roman an sich gerissen und würden ihn nun selbst fortsetzen, ohne sie als Autorin um ihre Meinung zu fragen.

Trotz allem gelang es Marta, den Roman wenige Tage vor der Hochzeit abzuschließen. Sie wollte ihn unbedingt dem Bräutigam schenken, als Präsent mit einer besonderen Bedeutung für sie beide, und dafür hatte sie in den letzten Wochen Tag und Nacht gearbeitet. Tags für den Verlag. Nachts an dem verdammten Roman. Mit der Hochzeit hatte sie nichts zu tun, denn Álex' Familie kümmerte sich um alles und informierte ihre Mutter und ihren Stiefvater wöchentlich über den Stand der Planungen, und die waren stets mit allem einverstanden.

Die einzigen Entscheidungen, die sie selbst treffen musste, betrafen ihr Kleid. Ihre Mutter hatte ihr eine Bahn Guipure-Spitzenstoff geschenkt, und die Schneiderin wollte das Kleid als Muster nehmen, das Prinzessin Sofia bei ihrer Hochzeit mit Prinz Juan Carlos vor ein paar Monaten getragen hatte. Die Schneiderin in die Schranken zu weisen und ihre Mutter außen vor zu lassen hätte von Marta entschlossenes Auftreten und Durchhaltevermögen verlangt. Doch das war ihr viel zu anstrengend, um darauf ihre Zeit zu verschwenden. Dann würde sie bei der Trauung eben eine schlechte Kopie des Hochzeitskleides von Prinzessin Sofia tragen, bei dem Festbankett wären so viele Gäste anwesend, wie es die angeheiratete Familie wünschte, und alles nähme seinen Lauf, als gäbe es keine Alternative.

Bis ...

Manchmal zeigt sich das Leben gerade dann von seiner besten Seite, wenn Kursänderungen es in eine bestimmte Richtung lenken.

Wenige Tage vor der Hochzeit kam Álex zu ihr. Er wirkte

sichtlich zerknirscht, als er ihr gestand, er habe einen »unverzeihlichen Fehler« begangen. Marta, die auch in diesen Dingen eine Anfängerin war, brauchte eine Weile, bis sie begriff, dass dieser Fehler einen weiblichen Vornamen trug – nämlich den ihrer jungen polyglotten Nachfolgerin – und sich in Geld umrechnen ließ: nämlich den Betrag, den ihr zukünftiger Schwiegervater bezahlt hatte, um die junge Frau aus dem Verlag und dem angestrebten Glück seines Sohnes zu entfernen. Er würde verstehen, sagte er, wenn sie ihn »angesichts der Umstände« nicht mehr heiraten wolle. Demütig würde er vor ihrer Mutter und ihrem Stiefvater jegliche Schuld auf sich nehmen und ihr die beschämenden Erklärungen ersparen. Um sie nicht noch unglücklicher zu machen, sagte er. Wenn sie ihm trotz seines schamlosen Verhaltens dennoch eine Chance gäbe, dann würde er ihr hoch und heilig versprechen, dass er das alles aufrichtig bereue und dass er seine Lektion gelernt habe. Für immer, sagte er. Das wiederholte er noch einige Male, als müsste er sich selbst davon überzeugen.

Marta hatte das reuevolle Geständnis nur ein einziges Mal unterbrochen und mit belegter Stimme gefragt:

»Liebst du mich noch?«

Worauf Álex überschwänglich antwortete:

»Mehr als je zuvor.«

Marta hörte ihm mitleidig zu, tröstete ihn, glaubte ihm und ließ ihn vierundzwanzig Stunden leiden. Sie hätte ihn gern länger schmoren lassen, doch der Hochzeitstermin stand kurz bevor. Sie genoss seine Bußbereitschaft, und am Ende verzieh sie ihm von ganzem Herzen, für immer, zumindest glaubte sie das. Dabei beherzigte sie den Rat ihrer Mutter.

»Wenn du ihm nicht verzeihen kannst, dann heirate ihn nicht. Aber wenn du ihm verzeihst, dann von Herzen.«

Der Hochzeitstag verlief ohne weitere Vorkommnisse, mit ein paar Ausnahmen. Der Schwiegervater dankte ihr unter

Tränen für ihren »unglaublichen Großmut«, und Álex benahm sich ihr gegenüber wie ein ungezogener Junge, der es faustdick hinter den Ohren hat. Beim Hochzeitstanz stolperte Álex und versetzte Marta dabei aus Versehen einen heftigen Fußtritt. Einer der vielen Mediziner unter den Hochzeitsgästen musste sie verarzten.

Wie so oft, wurde die Grundlage der Ehe bereits am Hochzeitstag gelegt.

Martas Roman wurde nie veröffentlicht. Álex las ihn, oder er gab ihn jemandem zu lesen, wer weiß. Einige Monate später verkündete er sein Urteil.

»Die erste Fassung hat mir besser gefallen.«

Inzwischen hatte Marta wieder erfolgreich Einzug in die literarischen Zirkel von Barcelona gehalten, diesmal in ihrer Rolle als Ehegattin. Sie war die perfekte Gastgeberin, sei es für Autoren oder für ausländische Verlegerkollegen. Manchmal reservierten sie in einem Restaurant, doch Álex lud gern nach Hause ein, und Marta begann die Gäste selbst zu bewirten. Kurioserweise gelang ihr das sehr gut, dabei hatte sie bislang nie Gelegenheit gehabt, selbst ein Menü zuzubereiten. Ihr Können beruhte auf Beobachtung. Als Mädchen hatte sie oft den Köchinnen ihrer Mutter zugesehen, sie hatte viele Stunden in der Küche totgeschlagen, wo sie ein gern gesehener Gast war. Aber sie hatte auch Talent, sie entdeckte gern Neues und entwickelte es weiter.

»Eigentlich ist kochen wie schreiben«, sagte sie einmal. »Alles ist eine Frage des guten Geschmacks.«

Manche Gäste im Hause Baudet scherzten, die Gerichte habe ein Profi gekocht, den das Paar in seiner Küche versteckte. Manche hielten gar die junge Aushilfe, deren Anwesenheit bei einer großen Gesellschaft unverzichtbar war, für die wahre Urheberin des Menüs. Einige der treuen Bewunderer von Martas

Talent wagten es sogar, im Voraus kulinarische Wünsche zu äußern. Einer von ihnen war der italienische Verleger Mario Spagnol. Er schrieb zwei Wochen vor seiner Abreise aus Mailand einen freundschaftlichen und vertrauensvollen Brief, in dem er ohne Umschweife um Drachenkopfpastete, Kroketten und Meeresfrüchtesuppe bat. Und es war auch Mario Spagnol, der eines Abends, als sie beim Kaffee zusammensaßen, am exzellenten Cognac nippten und fachsimpelten, wer von ihnen den nächsten Bestseller landen würde, den Vorschlag machte.

»Du musst die Rezepte deiner Frau veröffentlichen! *Ascoltami, amico mio. So bene di cosa sto parlando.*«

Mario Spagnol wusste, wovon er sprach, hatte er doch selbst die großartigen, leicht nachzukochenden Rezepte seiner Frau Elena als Buch veröffentlicht, das in Italien sofort zu einem Verkaufsschlager avanciert war. Das Vorbild vor Augen und dem Rat seines Freundes folgend, beschloss Álex, das Erfolgsrezept auszuprobieren. Er war gerade dabei, im Verlag mehr Verantwortung zu übernehmen, und er musste einen Weg finden, um seinem Vater zu beweisen, dass er dem auch gewachsen war.

Die Veröffentlichung von Marta Viñós erstem Buch, natürlich ohne preiszugeben, dass die Autorin seine Frau war, war einer seiner ersten Erfolge. Der Titel lautete *Was gibt's heute zu essen?* Das Kochbuch war als einfaches Nachschlagewerk für unerfahrene Hausfrauen konzipiert. Es bot traditionelle Gerichte, nichts Exotisches oder Kompliziertes, aber modern und pädagogisch aufgezogen. Das Besondere daran war, dass die neuartigen elektrischen Haushaltsgeräte Verwendung fanden: Stabmixer, Rührgerät, Zerkleinerer … Die ganze ausgeklügelte Technik! Das Buch wurde mit dem Slogan *Rezepte, die immer gelingen* beworben und erschien kurz vor der Madrider Buchmesse 1966. Es eroberte sofort den Markt. Binnen zwei Wochen musste nachgedruckt werden, und ein Jahr später waren sie bei der zwanzigsten Auflage. Marta, die ungern im Rampenlicht stand, war auf einmal eine Berühmtheit, die man im ganzen Land kannte. Keine Hausfrau kam ohne ihr Kochbuch und ihre Küchentipps aus.

Sogar Francos Frau erwarb mehrere Exemplare, die sie den drei Männern von der Guardia Civil schenkte, die für ihre Familie im Palast El Pardo kochten. Vielleicht würden die Männer ja daraus lernen und dem Generalísimo etwas anderes als Brot und Käse servieren. Es muss wohl funktioniert haben, denn wenig später luden die Francos Marta zu einem kleinen Essen ein, sie wollten *die Autorin kennenlernen, die sie so bewunderten*, stand in dem Schreiben mit dem offiziellen Briefkopf. Marta lehnte die Einladung sofort ab, weil sie es hasste, als Kochbuchautorin zu gelten, so erfolgreich sie auch sein mochte. Hätte man sie als Romanschriftstellerin eingeladen, was natürlich undenkbar war, wäre sie der Einladung gefolgt, keine Frage. Doch mit Franco konnte man sich zugegebenermaßen wohl eher über Tomatensauce als über Literatur unterhalten.

Marta bekochte ihre Gäste weiterhin, nur mit dem Unterschied, dass Álex jetzt triumphierte.

»Da reise ich um die halbe Welt, um das Huhn zu finden, das goldene Eier legt, dabei sitzt es bei mir zu Hause.«

Für das zweite Buch musste sie sich mehr anstrengen. Sie war keine gelernte Köchin, ihre Tugenden waren ihre Sorgfalt und ihre Lernbereitschaft, aber ihr gingen bald die narrensicheren Rezepte aus. Álex gelang es, seine Frau zu beruhigen, indem er mehrere Dozenten der Hotelfachschule von Madrid damit beauftragte, ihr bei der Auswahl und Zubereitung der Gerichte zu assistieren. Wenige Monate später erschien der Titel *Was gibt's noch Leckeres zu essen? Neue Rezepte, die immer gelingen*. Wie nicht anders zu erwarten, war das zweite Kochbuch genauso erfolgreich wie das erste.

Marta besuchte Buchmessen und signierte. Überall warteten Hausfrauen in langen Schlangen darauf, sie kennenzulernen und sich bei ihr für die einfachen Rezepte zu bedanken, für die kleinen Tipps zur Resteverwertung und dafür, dass sie ihnen die Angst vor den neuen elektrischen Haushaltsgeräten genommen hatte. Viele kamen in Begleitung ihrer Ehemänner, die freudig bestätigten, dass sie dank Marta zu Hause gut bekocht wurden. Die Regale mit ihren Büchern waren überall leer gekauft. So etwas hatte es nicht gegeben, seit Marquesa de Parabere einige Jahre vor dem Krieg das legendäre enzyklopädische Kochbuch *La cocina completa* über die gehobene spanische Küche herausgebracht hatte, das immer wieder neu aufgelegt wurde.

Martas dritter Bestseller, *Was gibt's zum Nachtisch? Dessertrezepte, die immer gelingen*, entstand mit Unterstützung renommierter Konditoren, die sich gut dafür bezahlen ließen, dass sie unerwähnt blieben. Leider konnte Marta diesmal bei der Redaktion kaum mitwirken, da sie mit ihren Vorträgen und Präsentationen beschäftigt war. Es kam, wie es kommen musste: Die Leute rissen sich auch um dieses Kochbuch, kaum dass es in den Buchhandlungen auslag.

Wie nicht anders zu erwarten, verwandelte sich auch Marta schließlich in die Person, für die alle Welt sie hielt, und während die Presse bei ihr anklopfte, schrieb ein Team von Köchen die nächsten künftigen Bestseller, die sich aber immer weiter von Martas ursprünglichen Werken entfernten, von denen ein Kritiker mit einem gewissen Hang zur Übertreibung einmal behauptet hatte, sie hätten *die Spanier von dem täglichen Eintopf erlöst*. Zu der Zeit begann ihre Zusammenarbeit mit der Zeitschrift *Lecturas*, in der sie jede Woche ein neues Rezept vorstellte, und mit *Radio Barcelona*, wo sie sogar eine eigene Sendung erhielt: »Marta Viñó: die erste kulinarische Sprechstunde im spanischen Radio.«

Bei der Arbeit für den Radiosender fand Marta wieder zu sich selbst zurück. Hier entschied sie allein, auf welche Zuhörerfragen sie mit Tipps und Tricks antworten wollte. Die Redaktion schickte ihr jede Woche die Zuschriften zu – es waren hunderte! –, und Marta wählte für ihre Sendung sieben aus. Verzweifelte Hausfrauen, die kein Spiegelei hinbekamen, denen beim Braten die Kroketten aufplatzten oder die rätselten, wie viel Salz man zum Stockfisch geben sollte. Marta hatte Lösungen parat, wobei sie nicht nur das kulinarische Problem ernst nahm, sondern auch die Hörerinnen.

Liebe Küchenfreundin, man darf das Ei immer erst nach dem Braten salzen. Im Öl spritzt das Salz auf, und Sie könnten sich verbrennen. Außerdem lässt sich das Salz so besser dosieren. Aber das Wichtigste ist, dass Sie keine Angst haben. Ich bin mir sicher, dass Ihnen schon bald ein perfektes Spiegelei gelingt, mit knusprigem Rand, gestocktem Eiweiß und noch dünnflüssigem Eigelb. Jeder, der es sieht und kostet, wird es in höchsten Tönen loben.

Alles ganz professionell, mit Respekt gegenüber der Zuhörerschaft und einer Fürsorglichkeit, die fast schon etwas Mütterliches hatte. Auch die Anfragen, auf die in der Radiosendung nicht eingegangen werden konnte, wurden beantwortet. Dafür gab es eigens zwei Redakteurinnen mit Vollzeitstellen, die Marta von Fall zu Fall beriet.

Es schien, als wäre Marta Viñó in dem Punkt eine Erfindung von Álex. Er hatte aus ihr keine Romanschriftstellerin gemacht, sondern eine Kochbuchautorin. Und zwar nicht irgendeine, sondern einen richtigen Star, eine Institution, eine Autorität in Sachen Tomatensauce, Gazpacho oder Hackfleischfüllungen. Eine Rolle, die ein für alle Mal festgeschrieben war. Praktisch veranlagt, wie sie war, fügte sie sich in ihr

Schicksal und nutzte die Chance, sich weiterzubilden. Sie hasste die Vorstellung, sich mit fremden Federn zu schmücken, was ihrem Ehemann überhaupt nichts auszumachen schien. Doch sie wollte ihre Ziele aus eigener Kraft erreichen.

Fortan belegte Marta Kurse bei den Besten der damaligen Zeit, und Álex chauffierte sie persönlich nach Lausanne zur Hotelfachschule und nach Paris zum Institut Le Cordon Bleu, er sah es als eine Investition in die Zukunft. Gleich im ersten Jahr schrieb sie sich in der neu gegründeten Escuela de Hosteleria in Gerona ein, sie unterhielt Briefwechsel mit den berühmten Brüdern Troisgros, mit dem großartigen Paul Bocuse und anderen Mitstreitern der Generation, die in ihren Küchen die gastronomische Revolution ausriefen, wie Juan Mari Arzak. Besonders fruchtbar war ihre Korrespondenz mit Elena Spagnol, mit der sie Anekdoten und Küchengeheimnisse austauschte, mit der sie aber vor allem eine tiefe Freundschaft verband. Marta lernte, so viel sie nur konnte, sie arbeitete hart und holte für sich aus allem das Beste heraus.

Auch nachdem sie eine berühmte Köchin geworden war, blieb für Marta die Verbindung zu ihrer Zuhörerschaft das Wichtigste. Der Zuspruch ihres Publikums war für sie ein ungeheurer Ansporn, der ihr die Sicherheit gab, die sie nie besessen hatte. Die Art und Weise, wie ihre Anhänger sie wahrnahmen und ihr vertrauten, stärkte nach und nach ihr Selbstbewusstsein. Für andere da zu sein, daraus schien sie unerwartet große Kraft zu schöpfen. Eines schönen Tages hatte Marta die Courage, noch einen Schritt weiterzugehen und endlich etwas zu tun, was Álex weder organisiert noch geplant hatte und was er nicht einmal billigte: Sie wollte ein eigenes Restaurant eröffnen. Sie war bereit, den Schritt zu wagen und hart dafür zu arbeiten. Wenn sie scheiterte, könnte sie immer noch um Hilfe bitten. Wenn nicht, hätte sie endlich ein Projekt, das nur ihr allein gehörte, so wie ihr längst gestorbener Roman. Doch diesmal war sie entschlossen, den Weg bis zum Ende zu gehen und nicht aufzugeben. Es galt nur noch, die richtige Gelegenheit und den geeigneten Moment abzupassen. Marta konnte nicht ahnen, dass die Chance bald durch die Erbschaft kommen würde. Und schon gar nicht, dass ausgerechnet die verdreckte Autowerkstatt, die sie sich als Mädchen nicht zu betreten traute, der Ort sein würde, an dem sie ihren Traum verwirklichte.

Marta legte gerade die drei Flaschen Monopole in den Kühlschrank, als ein heftiger Donnerschlag das Himmelsgewölbe erschütterte. Die Lampe flackerte einige Sekunden.

»Apropos, haben wir Kerzen?«, fragte Lidia, die die gefüllten Profiteroles in Reih und Glied auf einer Platte anrichtete.

»Ich hoffe, die brauchen wir nicht«, sagte Marta, während sie einen prüfenden Blick auf die beiden Enten warf, die angebraten, mit Küchengarn fixiert, mit Salz und Pfeffer gewürzt und mit Schweineschmalz eingerieben darauf warteten, in den Ofen geschoben zu werden. »Sobald du kannst, schäl bitte die Birnen und setz sie mit Wasser und Zitrone auf. Aber nur fünf Minuten kochen, sonst werden sie zu weich.«

»Ja, Chefin.«

Der nächste Donnerschlag. Die Lampen flackerten, gingen aber nicht aus. Es war kurz vor sieben.

Olga hasste Gewitter. Sie reckte ihren inzwischen perfekt frisierten Kopf über die Küchentür.

»Kann ich jetzt was helfen?«

»Kannst du Birnen schälen?«

»Natürlich.«

»Dann komm.« Marta reichte ihr das Obst und ein Messer. »Aber pass auf, es ist scharf.«

Olga nahm die erste Birne und schälte sie mit einer Geschicklichkeit, die ihr niemand zugetraut hätte. Die Anhänger an ihrem Armband klimperten. Sie zog die Stirn in Falten und streckte die Zungenspitze heraus.

»Wie aufregend! Ich koche!« Der nächste Donner dröhnte, und Olga zuckte zusammen und flüsterte: »Heilige Jungfrau!«

Marta meinte ihren Augen nicht zu trauen. Sie hatte das Gefühl, ihre Mutter vor sich zu sehen. Die gleiche kastanienbraune, ondulierte Frisur, das gleiche aristokratische Gehabe, weshalb sie an Orten, an denen gearbeitet wurde, stets fehl am Platz wirkten. Keine der beiden war dazu geboren, sich ihre manikürten Hände schmutzig zu machen. Marta, die eigentlich die übrigen Birnen schälen wollte, erstarrte beim Anblick ihrer Schwester. Mit einem Schlag spürte sie die Last ihrer gemeinsamen Geschichte.

Ihr Vater, der Künstler, der Spinner, über den man nicht sprechen durfte. Die Wohnung in der Calle Pérez Galdós, die sie nie wieder betreten hatten. Die geheimen Treffen der politischen Freunde – alle Bergsteiger, alle mit linker Gesinnung –, bei denen die Republik gepriesen, Franco verflucht und Konspiratives geplant wurde. Marta konnte sich gut an die Treffen erinnern. Ihre Mutter hatte mit den anderen Frauen gelacht, es gab keine Streitigkeiten, sie hatten Wein getrunken und sich blendend verstanden. In den Gesprächen, die stets auf Französisch geführt wurden, ging es um Russland, um Kunst, um Musik, es wurde über Dinge gesprochen, die sonst niemand auszusprechen wagte und von denen sie zwei Sekunden später behauptet hätten, das hätten sie nie gesagt. Sie waren glücklich.

Dann geschah der Unfall. Eine Bergtour wie viele andere, ein defektes Seil, und sie endete in einer Tragödie. Drei Männer, dahingerafft in der Blüte ihres Lebens, drei Witwen, fünf Kinder ohne Väter. Die restliche Gruppe zerbrach, es gab nichts mehr zu feiern, und zu sagen hatten sie sich noch weniger. Die Träume, Kämpfe, Verschwörungen lösten sich im Nichts auf. Die schwärzesten Jahre der Diktatur. Es gab nichts zu tun, niemanden, zu dem man gehen konnte. Für die Viñó-Zwillinge war das der Anfang eines Weges durch ein finsteres Tal. Sie waren zwölf Jahre alt, die Mutter erst vierunddreißig und nicht für das Witwendasein geschaffen. Sie war eine pragmatische Frau, doch nicht in der Lage, aus eigener Kraft zu überleben. Die verschlissenen Kleider, die kaputten Schuhe, der Hunger. Die Versprechen im Kerzenlicht.

»Ich hole euch hier raus, Mädchen. Wir werden wieder schöne Kleider tragen, wir werden wieder eine Köchin haben, das verspreche ich euch.«

Ihre Mutter wechselte die Freunde, das Stadtviertel und ihre Gesinnung, sie häutete sich wie eine Schlange. Die Schwestern hatten nie gefragt, wo sie den Stiefvater kennengelernt hatte. In ihrer Generation war man es nicht gewohnt, Fragen zu stellen. Die Dinge geschahen einfach so, da bedurfte es keiner Erklärung. Manchmal kam einem das, was geschah, sinnlos vor, oder es widersprach jeder Logik, aber das war unerheblich.

Plötzlich die häufige Abwesenheit der Mutter, die Sommerferien im Internat, die Reisen, zu denen sie nicht mitgenommen wurden, und schließlich dieser kahlköpfige, fade Mann, der wenig sprach und der sie behandelte, als lebten sie nicht unter seinem Dach.

Immer wenn es an der Tür klopfte, schrak ihre Mutter zusammen, genauso wie Olga gerade beim Gewitter. Unruhig wartete sie ab, wen das Dienstmädchen melden würde. Den Kassierer, den Briefträger, der sein Weihnachtsgeld haben wollte, den Concierge, der den Müll abholte …

»Ein Herr, der sich in der Tür geirrt hat«, sagte das Mädchen einmal.

»Wohin ist er gegangen? Wie sah er aus? Was hat er gesagt? Wie lauteten seine Worte genau?« Die Mutter horchte das Mädchen aus, sie war den ganzen Tag unruhig und nahm kaum einen Bissen zu sich.

»Seit wann sind Sie eigentlich bei der Falange?«, fragte eines Tages ein Nachbar sie vor ihren Töchtern.

»Ich? Schon immer!«, verteidigte sich die Mutter wie aus der Pistole geschossen.

Der Stiefvater war Falangist, Militärangehöriger und Kriegsheld, er hinkte, er war kahlköpfig, hässlich, und er war reich. Ein Mann, der wenig sagte und selten zuhörte. Aber er beobachtete alles mit Argusaugen. Es gab nichts zu reden, die Linie war klar in jener Zeit. Wozu brauchte man Ideen? Wichtig war, dass das tägliche Brot auf den Tisch kam und dass man sich ab und an ein kleines Vergnügen leisten konnte. Auf einmal fragten sich alle, gegen wen die Sieger des Krieges eigentlich gekämpft hatten. Es gab doch keine Roten mehr. Vielleicht noch ein paar wenige.

Einmal begegneten sie auf der Straße der Witwe eines anderen Bergsteigers, der auch bei dem verhängnisvollen Unfall ums Leben gekommen war.

»Mädchen, wir nehmen die andere Straßenseite«, sagte ihre Mutter.

Doch die Frau hatte sie längst gesehen und rief ihren Namen. Ihre Mutter legte einen Schritt zu und tat so, als würde sie die Frau nicht kennen.

»Sagt eurem Stiefvater nichts davon«, flehte sie mit zitternder Stimme. »Das müsst ihr mir versprechen.«

Von der Hochzeit ihrer Mutter mit dem Glatzkopf existierte nur eine einzige Fotografie, auf der beide sehr ernst dreinblickten: sie im weißen Kostüm, und er in Uniform. Es gab keine Gäste, keine Feier und, wie Marta mutmaßte, auch keine Hochzeitsnacht. Für beide war es eine Vernunftehe, ohne Liebe, ohne Begehren, ohne Zärtlichkeit, ohne gemeinsames Bett, ohne Worte, ohne alles, was zählte. Im Zusammenleben zählte nur das Praktische. Sie herrschte über den Haushalt, er beschützte sie. Sie war eine gute Verwalterin, er hatte Geld. Ein perfektes Gespann für ein tristes Leben.

Marta hasste es, über diese Zeit zu sprechen. Und über ihren Stiefvater. Aber das zeigte sie nicht. Die Schwestern verhielten sich so, als gäbe es keine schmerzhaften Erinnerungen. Das war besser so, einfach pragmatisch. Was nutzt es, sich mit der Erinnerung aufzuhalten, wenn das Leben weitergeht? Das hatten die beiden von ihrer Mutter gelernt, und es hatte etwas Beruhigendes. Darin waren sich die Schwestern immerhin einig.

Ein Blitz. Lidia zählte die Sekunden bis zum Donner.

»Das Gewitter kommt immer näher.«

»Ich seh mal nach, welchen Tisch wir eindecken«, sagte Marta und ließ die Küche und die Erinnerungen hinter sich.

Selbst jetzt, kurz vor der offiziellen Eröffnung, erschien ihr das Restaurant immer noch wie ein Traum. Wenn sie die moderne Einrichtung betrachtete, die Tische, die Sofas im Eingangsbereich ... Bei dem Anblick durchströmte Marta ein ungekanntes, angenehmes Gefühl, sie war selig! Das alles gehörte ihr, von der Speisekarte, die raffinierte Gerichte mit bodenständiger Küche vereinte, bis zum allerletzten Dessertlöffelchen. Zum ersten Mal in ihrem Leben wusste sie genau, dass sie glücklich sein würde.

Plötzlich erschrak sie. Mitten im Restaurant stand eine Frau. Es war nicht zu übersehen, dass die Frau hochschwanger war, denn ihr Bauch wölbte sich, als stünde die Geburt kurz bevor. Üppige rote Mähne, langer, gemusterter Rock, ein Tuch in der einen, einen Regenmantel in der anderen Hand, über der Schulter eine riesige Tasche. Sie schwitzte und musste sich anscheinend dringend setzen.

»Den Regenschirm habe ich an der Tür gelassen. Ich hab keinen Schirmständer gesehen«, sagte sie.

Marta wollte sie gerade darauf hinweisen, dass das Restaurant geschlossen war, da sagte die Frau:

»Ich weiß, ich bin ein bisschen zu früh dran.«

Marta dämmerte es. Aber das Bild passte nicht zu ihrer Erinnerung, und auch nicht zu ihren Erwartungen.

Die andere bemerkte ihre Verwirrung.

»Marta, ich bin's, Lola. Erkennst du mich nicht wieder? Damals habt ihr mich Lolita genannt.«

Ja, klar, der Blick ist immer noch der gleiche!, dachte Marta und sagte:

»Wie soll ich dich wiedererkennen? Mit den roten Haaren!«

»Du gehst schon?«, fragte Andrés aus dem Wohnzimmer. Im Fernsehen flimmerte das bunte Testbild zur Musik von Johnny Miranda, eine Störung aufgrund des Gewitters. »Soll ich dich begleiten?«

Lola warf einen Blick durch das Fenster im Flur. Es war sieben Uhr, und draußen schüttete es. Mit solch einem Wetter hatte sie nicht gerechnet, aber sie konnte noch ein wenig warten, sie hatte noch Zeit. In dem Moment ließ ein Donner die Scheiben erbeben.

»Ich warte noch, vielleicht verzieht sich das Gewitter ja«, sagte sie.

»Soll ich dich fahren?« Andrés blieb hartnäckig.

»Nein, ich gehe lieber zu Fuß.«

»Zu Fuß, bei dem Wetter?«

»Vielleicht nehme ich auch unterwegs ein Taxi.«

»Genierst du dich, mit mir gesehen zu werden?«

»Sei nicht albern.«

»Dann hör auf, mich wie ein Kind zu behandeln.«

»Schon gut.«

»Ich bin kein Kind mehr. Ich bin neunzehn.«

»Du hast ja recht.«

María Dolores Puncel Farrús beschloss, im Musikzimmer zu warten, in dem sie sonst ihre Schüler empfing. Sie setzte sich auf den Klavierhocker und legte Tasche und Regenschirm auf den Boden. Der Klavierdeckel war hochgeklappt, und auf dem Notenpult stand aufgeschlagen Chopins *Fantaisie Impromptu*, wie für ein Bühnenbild drapiert. Das Klavier war ein altes deutsches Fabrikat, aus schwarz lackiertem Holz mit Kerzenleuchtern. Das Klavier ihres Vaters.

Fang nicht schon wieder damit an. Lass es, du drehst dich im Kreis. Es ist noch nicht lange her. Du kannst nicht klar denken, haderte sie mit sich selbst. Die unverhoffte Ruhepause brachte sie zum Grübeln, und das tat ihr nicht gut. Sie konnte nachts nicht mehr schlafen, und das lag nicht allein an dem Gedankenkarussell. Nachts schienen alle Probleme größer zu sein. Und die Hitze und die Schwangerschaft taten das Ihrige.

Sie wollte sich nicht mit all dem auseinandersetzen, was ihr durch den Kopf ging. Manchmal dachte sie, es sei zu früh, manchmal dachte sie, es sei zu spät. Sie spürte Tag und Nacht einen Druck auf der Brust und wusste nicht, wie sie ihn lindern könnte. Vielleicht doch Schuldgefühle, dachte sie, dabei glaubte sie schon seit Jahren keine Angst mehr vor der Sünde zu haben, vor der Strafe, dem Jüngsten Gericht und all dem drastischen Rache-Unsinn, den man ihrer Generation von klein auf eingetrichtert hatte. Die Schlange, die einem in den Mund kriecht, um die Sünde zu verschlingen, die man nicht gebeichtet hat.

Als hätte sie nicht schon genug Probleme, trieb sie seit Tagen noch etwas anderes um, eigentlich eine Nichtigkeit: ein Brief. Sie hatte ihn am Dienstag erhalten, zwischen der Post versteckt, die ihr die Concierge mit müdem Schritt hochgebracht hatte.

»Heute mal nicht nur Rechnungen«, hatte die gutmütige Frau, noch im Morgenrock, gesagt. Außer Atem war sie auf der vorletzten Stufe stehen geblieben und hatte sich mit einer Hand auf dem Knie abgestützt. Als Lola den Brief gelesen hatte, fand sie ihn so absurd, dass sie ihn schon in den Papierkorb werfen wollte. Das hätte sie auch besser getan.

Er war von Hand geschrieben, mit schwarzer Tinte, in einer ordentlichen Handschrift. Vielleicht zu ordentlich. Die

Handschrift einer Person, die sich anstrengen muss, ordentlich zu schreiben. Wie ein strebsamer Schüler. Als Absender nur ein Anfangsbuchstabe: *S.*

Sie hatte den Brief in die Tasche gesteckt, weil sie nicht wollte, dass Andrés ihn sah. Sie zog ihn heraus und las ihn noch einmal, sie wusste nicht, wie oft sie ihn schon gelesen hatte.

Liebe Lolita,
zuallererst bitte ich dich um Verzeihung, dass ich dir diesen
Brief sende, den ich nun schon seit zwanzig Jahren schreibe.
Vorher habe ich ihn immer wieder in den Papierkorb geworfen.
Ich hoffe, diesmal bringe ich den Mut auf, ihn in die Post zu
geben. Mal sehen.

Lolita. Weder Lola noch Dolores und schon gar nicht María Dolores, die Namen ihrer verschiedenen Lebensphasen oder vielleicht auch der verschiedenen Persönlichkeiten, die sie im Lauf der Jahre angenommen hatte. Lolita. Damals hatten ihr noch alle Wege offen gestanden.

Das letzte Mal haben wir bei der Hochzeit deiner Freundin
Nina miteinander gesprochen, am 7. November 1953. Danach
sind wir uns noch zwei Mal begegnet, zufällig, einmal bei einer
Krippenausstellung in der Kathedrale und einmal bei dem
Beatles-Konzert. Diese Begegnungen waren nur scheinbar
zufällig. Deine Freundin Nina hatte mich dabei unterstützt,
ich glaube, sie hatte Mitleid mit mir. Bis sie mir half einzuse-
hen, dass ich mit dir meine Zeit vergeudete, denn du warst nicht
in mich verliebt und wirst es vermutlich auch niemals sein. Ich
kann mich noch gut an das Beatles-Konzert in der Monumen-
tal-Arena erinnern. Wie sollte man das je vergessen können.
Ein historisches Ereignis. Der 3. Juli 1965. Da habe ich dich
das letzte Mal gesehen. Ihr hattet andere Pläne, und ich war ein

Idiot. Ich hatte nicht den Mut zu bleiben. Ganz schön albern, nicht wahr? Etwas zu bereuen, das man vor sechzehn Jahren versäumt hat. Wer weiß, was ich erreicht hätte, wenn ich nicht gegangen wäre.

Das Beatles-Konzert in Barcelona. Noch nie hatte ein Ereignis so viel Erwartungen, Kritik und Ängste hervorgerufen. Die Fachpresse – die das natürlich mitnichten war – bezeichnete die Beatles als die »Zotteligen« oder die »Langhaarigen«. Über ihre Musik sprach niemand, wie auch. In Spanien hielt man das Dúo Dínamico für modern. Auf der Pressekonferenz vor dem Konzert stellten die Journalisten nur dumme Fragen: »Mögt ihr Spaniens Sonne?« »Würdet ihr eine Spanierin heiraten?« »Warum lasst ihr euch nicht die Haare schneiden, habt ihr keine Lust oder kein Geld?«

»Dieses Land ist einfach nur peinlich«, hatte Nina gesagt und geseufzt.

Ein paar Jahre zuvor hatten die Behörden den Auftritt von Bill Haley & His Comets – Amerikaner aus Pennsylvania, Rockmusiker im Stil von Elvis – in Barcelona verboten, weil es bei dem Konzert in Madrid zu »Auswüchsen jugendlicher Rebellion« im Publikum gekommen war. Alle erwarteten bei dem Auftritt der Beatles das Gleiche. Eine Woche vor der Ankunft der Band lag die Genehmigung immer noch nicht vor. Die Konzertagentur konnte weder Plakate aufhängen noch Werbung im Radio machen, und es hing am seidenen Faden, ob das Ereignis überhaupt stattfinden konnte. Der Konzertveranstalter verbrachte schlaflose Nächte, wenn er an die Verluste im Fall einer Absage dachte.

Doch dann passierte etwas Unglaubliches: Königin Elisabeth II. entschied, die vier Bandmitglieder mit dem Order of the British Empire zu ehren, was der Öffentlichkeit am 12. Juni 1965 bekannt gegeben wurde, drei Wochen vor den

Konzerten in Spanien. Die britischen Lords waren über die Auszeichnung empört, die bis dato grauhaarigen Orchesterdirigenten, berühmten Tenören oder ehrwürdigen Komponisten vorbehalten war, doch für die Spanier war sie ein Geschenk des Himmels. Nun erschien es den spanischen Behörden unklug, die Freunde der englischen Königin gering zu schätzen. Um einen diplomatischen Konflikt zu vermeiden, gestattete man eine Woche vor den Konzertterminen zähneknirschend die Einreise der Musiker. Die Beatles traten in den beiden wichtigsten spanischen Städten auf, sie besichtigten die andalusische Stadt Jerez in Begleitung ihres Managers Brian Epstein – einem Freund und Bewunderer des Stierkämpferidols El Cordobés –, sie genossen ihre triumphalen Auftritte in den Stierkampfarenen in Madrid und in Barcelona, sie amüsierten sich prächtig, sie reisten in ihr Land zurück und hatten vermutlich viel zu erzählen.

Nina war involviert, denn der spanische Tourneeveranstalter war ihr Chef, und sie selbst hatte den Aufenthalt des Quartetts weitgehend organisiert. Das Konzert in Madrid konnte sie nicht besuchen, doch für den Auftritt in Barcelona beschaffte sie Eintrittskarten der teuersten Preiskategorie. Da sie gerade solo war, lud sie Lolita ein, mit ihr das Konzert zu besuchen.

»Das wird ein toller Abend, da gibt's keine Ausrede«, sagte Nina am Telefon.

»Aber ich kenne ihre Lieder nicht. Solche Musik höre ich eigentlich nicht«, versuchte Lola sich herauszureden. Sie war davon überzeugt, dass Nina eine bessere Begleitung finden würde.

»Ja, aber Liszt und Beethoven standen gerade nicht auf dem Programm«, spöttelte Nina. »Komm, um acht treffen wir uns am Eingang der Arena. Wir sind schon seit Ewigkeiten nicht mehr zusammen ausgegangen!«

In der Tat. Es war ewig her.

In der Arena La Monumental herrschte Ausnahmezustand, irgendwie befremdlich. Überall war Polizei, man munkelte, sogar im Publikum wären Polizisten in Zivil. Das Publikum schrie wie verrückt. Es war laut, die Bands, die im ersten Teil des Konzerts auftraten, wurden mit Buhrufen und Pfiffen begrüßt, und ihre Musik war kaum zu hören.

Die Veranstaltung wurde von dem Showmaster Torrebruno moderiert, den viele für fehl am Platz hielten – vielleicht dachte er das sogar selbst. Zu Beginn wurde er vom Publikum beschimpft, doch schließlich lachten sie doch zu seinen Witzen. Der Auftritt des Orquesta Florida ging im Lärm unter. Als sich der Sänger Michel auch noch an dem Lied *Granada* versuchte, brach ein Tumult aus. Doch die Band Los Shakers wurde am lautesten ausgebuht.

»Warum regen die sich so auf?«, fragte Lola, die den ganzen Aufruhr nicht verstehen konnte.

»Vermutlich weil sie aus Madrid kommen.« Nina zuckte die Achseln. »Es ist doch immer dasselbe.«

Bei der Ansage der weiblichen Band The Beat Chics aus London musste Torrebruno schon schreien, und die Stimmung wurde besser. Die Band Los Sírex wurde mit viel Begeisterung und Applaus aufgenommen.

»Natürlich, die kommen ja auch aus Katalonien«, erklärte Nina. »Der Sänger heißt Antonio Miquel Cervero, aber hier nennen alle ihn den Anxoveta.«

Nach einer zwanzigminütigen Pause kam der große Moment. Es herrschte eine knisternde Spannung. Einige weibliche Fans waren so aufgeregt, dass sie in Ohnmacht fielen, als die Beatles die Bühne betraten: Paul, John, George und Ringo. Ihr erster Song war *Twist and Shout*. Paul McCartney sagte einige wenige Worte auf Spanisch, um die Songs vorzustellen. Bei den bekanntesten Stücken gerieten die Leute völlig aus dem Häuschen, obwohl niemand die Texte verstand. Außer Nina.

Nina sprach Englisch und übersetzte die Songtexte, während das Publikum nur *»yeah, yeah, yeah«* mitsingen konnte. Ein merkwürdiges Phänomen, in dem sich bereits das Spanien der Zukunft andeutete.

»Hast du gewusst, dass die Beatles in Spanien mehr Schallplatten verkaufen, als es Plattenspieler gibt?«, fragte Nina ihre Freundin. »Angeblich gibt es in Spanien etwa zweitausend Plattenspieler, aber sie haben hier dreitausendfünfhundert Platten verkauft. Witzig, oder? Wir sind schon ein Land voller Verrückter!«

Die beiden jungen Frauen waren angeheitert. Sie hatten jede drei Bier getrunken und ununterbrochen getanzt. Während des gesamten Konzertes hatten sie das Gefühl, sich auf einem anderen Planeten zu befinden. Nach zweiundvierzig Minuten und zwölf Songs traten die Musiker auf der Bühne einen Schritt zurück und verbeugten sich vor ihrem Publikum.

»Komm, wir sagen ihnen noch Hallo!«, schlug Nina vor.

Die Leute riefen die Namen von Paul und von John, sie wollten noch mehr Songs hören. Sie applaudierten und pfiffen unablässig. Die Polizisten wurden nervös.

»Vielleicht spielen sie noch ein Lied«, meinte Lola naiv. »Die Leute wollen noch eine Zugabe.«

»Es gibt keine«, sagte Nina überzeugt, denn sie kannte den Vertrag, den Epstein mit ihrem Chef unterzeichnet hatte. »Lass uns gehen. Und sag bitte dieser Nervensäge, dass er dir nicht ständig hinterherdackeln soll.«

Die Nervensäge war Sebas. Seit einiger Zeit kreiste er wie ein Satellit um die beiden jungen Frauen. Er war ein Grünschnabel, der auf dem Gebiet der Verführung noch einiges lernen musste.

»Es wäre besser, wenn ihr mit mir mitkommt«, sagte der junge Mann gehetzt, während er sich nach allen Seiten umsah. »Ein Polizist hat mir gesagt, dass es bestimmt Krawalle gibt.

Ich begleite euch besser nach Hause. Das ist ein gefährliches Pflaster für euch Mädchen.«

»Sebas, Mann, wir ›Mädchen‹ sind achtundzwanzig. Wir rasieren uns schon seit einiger Zeit die Achseln«, spottete Nina.

Lola musste lachen. Nina nannte die Dinge beim Namen, aber manchmal war sie auch so rüde, dass man sich ihrer schämen musste. Dabei war Nina neben Mercedes ihre einzige Freundin, und zudem der Mensch in ihrem Leben, den sie am längsten kannte, von ihrem Onkel mal abgesehen.

»Du gehst also lieber mit deiner Freundin, statt dich von mir nach Hause begleiten zu lassen?«, meinte Sebas verzweifelt.

Lola versuchte so aufrichtig wie möglich zu sein.

»Wir können uns ja ein anderes Mal treffen.« Sie setzte ein Lächeln auf, das alles bedeuten konnte: Abschied, Ausrede oder Trost. Dabei hatte Lola überhaupt kein Interesse, den jungen Mann wiederzusehen. Und es kam auch nicht dazu. Sie waren sich nie wieder begegnet.

»Komm schon, Lola. Worauf wartest du?«, drängte Nina.

Lola lächelte und folgte ihr.

Francisco Bermúdez, der Konzertmanager, gewährte ihnen Zutritt zum Backstage-Bereich, den man in der Krankenstation der Stierkampfarena La Monumental eingerichtet hatte. Auf einem Tisch war ein Büffet vorbereitet, auf einem anderen standen Getränke. Es gab vor allem Coca-Cola, doch auch die eine oder andere Flasche Likör. Eigentlich sollten nur geladene Gäste Zutritt haben, doch es herrschte ein großes Gedränge. Personal, Mitarbeiter von La Monumental und der Konzertagentur sowie Familienangehörige und Bekannte, die ihr Glück kaum fassen konnten. Lola und Nina vertrieben sich das Warten, indem sie sich am Büffet bedienten. Bermúdez war begeistert, der Auftritt war noch besser verlaufen als erhofft. Plötzlich tauchte Paul auf, mit Ministrantenfrisur, großen Augen und breitem Lächeln. Lola fand ihn auf Anhieb sympathisch. Nina sprach jeden mit Namen an: »*Hello, Paul, how are you? Ringo, come here, you have another photo shoot! Is everything okay in the hotel? What about the catering? The rooms? Please let me know if not. John, please, please, come here with me!*«

Sie stellte den vier Musikern ihre Freundin vor.

»*This is Lola, my friend. She's a pianist*«, sagte Nina und wandte sich an Lola. »Ich habe ihnen gerade gesagt, dass du Pianistin bist.«

»Mensch, halt den Mund, das ist ja peinlich«, flüsterte Lola.

Doch dann amüsierte Lola sich prächtig. Sie fand Paul besonders angenehm, John kam ihr intelligenter, vielleicht auch schüchterner vor als die anderen. Sie empfand ihn als distanziert, so als hielte er sich für etwas Besseres oder als wäre er mit seinen Gedanken woanders. Mit einer weißen Mütze auf dem Kopf ließ er das Fotoshooting mit ernster Miene über sich ergehen und legte dabei den beiden jungen Frauen die Arme eng um die Taille. Leute kamen und gingen, und alle sahen zu ihnen. Sie waren glücklich, relaxed, ganz bei sich. Über die Jahre kam Lola das alles vor wie ein Traum, die Art Wunder, die Nina mit ihrer Lockerheit zustande brachte, wo auch immer sie war. In solchen Situationen bewunderte Lola sie mehr denn je. Meistens bewundert man das, was einem selbst fehlt.

»*I can read palms*«, erzählte Nina Paul McCartney mit der ihr eigenen Freimütigkeit. »*Would you …?*«

»*Really?*«, gab sich der Beatle interessiert und hielt ihr eine Hand hin. »*Go ahead!*«

»Was hat er gesagt?«, fragte Lola. »Willst du ihm wirklich aus der Hand lesen?«

»Ja«, antwortete Nina. »*Wow! My God! You have the longest life line I've ever seen!*« Sie schien sehr beeindruckt. »*You'll live, at least, to the age of eighty or ninety. Trust me!*«

»Ich habe ihm gerade gesagt, dass er mindestens achtzig

oder neunzig Jahre alt wird und dass ich noch nie eine so lange Lebenslinie gesehen habe«, sagte sie an Lola gewandt.

In dem Moment kam John wieder und Paul rief ihm zu:

»*Hey man, come here. This girl can read your palm. Let's have a look at your future!*«

Doch John verzog nur verächtlich das Gesicht und ging weiter. Lachend beendete Nina ihre Prophezeiung. Die Stars wollten sich in ihr Hotel in der Gran Vía zurückziehen, um ihre Ruhe zu haben – oder was auch immer.

Die beiden Freundinnen blieben noch ein Weilchen, doch dann wollten auch sie nach Hause gehen. Bermúdez kam auf sie zu, verschwitzt und über das ganze Gesicht strahlend.

»Möchten Sie noch eine Coca-Cola?«, bot er Nina an. »Sie sind eingeladen.«

»Ich hasse Coca-Cola. Fragen Sie mich nicht warum.«

Nina beeilte sich, die beiden miteinander bekannt zu machen.

»Das ist Lolita, meine Freundin. Sie ist Pianistin. Lolita, das ist mein Chef.«

»Besser Lola«, berichtigte ihre Freundin sie. Seit einigen Jahren lehnte sie die Koseform ihres Rufnamens ab, den sie mit zwanzig Jahren noch zutiefst verabscheut hatte.

»Ja, Lola klingt besser«, stimmte Bermúdez zu, ehe er aufmerksam fragte: »Sie sind Pianistin? Geben Sie auch Konzerte?«

»Nein, eigentlich bin ich Klavierlehrerin. Ich gebe Einzelunterricht.«

»Aha.« Bermúdez' Interesse erlosch. »Wenn Sie keine Cola trinken, nehmen Sie etwas anderes. Schade, dass so viel übrig bleibt.«

Bermúdez hatte noch etwas zu erledigen, er musste die Musiker unauffällig aus der Arena schmuggeln. An anderen Orten war es zu Vorfällen gekommen, zu Übergriffen von

Fans und anderen unerfreulichen Vorkommnissen. Er wollte mit solchen Dingen nicht in Verbindung gebracht werden und war entschlossen, alles dafür zu tun, dass die beiden Beatles-Konzerte in Spanien seinen guten Ruf als Konzertveranstalter zementierten.

Bermúdez hatte zwei identische Cadillacs gemietet. Einen hatte er direkt neben dem Haupteingang der Stierkampfarena geparkt, wo sich eine Menschenmenge versammelt hatte und die Polizei durchzugreifen begann. Der andere stand am Hinterausgang, wo niemand mit den Musikern rechnete. Es war die Strategie des alten Hasen. In wenigen Minuten hatte die Band heimlich die Arena verlassen, war in den Wagen gestiegen und in der Nacht verschwunden.

Die Fotos. Lola musste die Fotos wiederfinden. Nina hatte sie ihr wenige Wochen nach dem Abend geschickt, in einem Briefumschlag der Konzertagentur und mit einer Notiz versehen: *Beim nächsten Mal Beethoven und Liszt.* Sie hatte keine Ahnung, wo sie den Umschlag gelassen hatte. Sie war sicher, dass sie die Fotos noch nie jemandem gezeigt hatte, vielleicht weil sie ihnen keine große Bedeutung zumaß. Plötzlich hatte sie das Bedürfnis, bei Andrés damit angeben zu wollen. Seine Stiefmutter, die langweilige Gesangs- und Klavierlehrerin, mit den Beatles! Das Foto war seit seiner Aufnahme ein historisches Dokument und seit John Lennons Tod vor ein paar Monaten erst recht. Bestimmt würde Andrés es sich genau ansehen und fragen, ob es sich um eine Fotomontage handele. Und dann wäre er sprachlos, wenn Lola ihm sagte, dass es echt ist.

Einem Neunzehnjährigen imponieren zu wollen, das waren gerade ihre Gedanken. Schäm dich, schalt sie sich.

Ich habe ein knappes Jahr nach dem Konzert geheiratet, wir haben eine wunderbare Tochter bekommen und uns irgendwann getrennt. Meine Ehe konnte nicht glücklich werden. Ich

habe immerzu an dich gedacht. Du warst, bist und bleibst die
große Liebe meines Lebens. Ach, es fällt so schwer, all das nie-
derzuschreiben und dabei nicht lächerlich zu wirken. Aber es
ist, wie es ist, und inzwischen bin ich für Heucheleien und Kin-
dereien zu alt. Über andere habe ich erfahren, wie dein Leben
verlaufen ist. Ich weiß, dass du vor fünf Jahren geheiratet hast,
und habe mich sehr gefreut. Vor Kurzem habe ich gehört, dass
dein Mann gestorben ist, und das hat mir das Herz gebrochen.
Ich kann dir versichern, niemand bedauert deinen Schmerz
und dein Leid so wie ich. Ich wollte ein wenig warten, ehe ich
dir schreibe. Ich möchte nicht ungelegen kommen. Eigentlich
erhoffe ich mir nichts. Es gibt Menschen, wer wüsste das besser
als ich, die unersetzlich sind. Ich stelle keine großen Ansprü-
che. Deshalb wage ich dich zu bitten, mir zu erlauben, dich
wiederzusehen. Dürfte ich dich demnächst einmal zu einem
Kaffee einladen, wenn du nichts Besseres vorhast? Ich wäre der
glücklichste Mann der Welt.

Was für eine vertrackte Situation, stellte Lola fest, schon wieder. Dabei wusste sie nicht einmal, warum sie das Ganze so
aufwühlte. Vielleicht war es die Schwangerschaft, die ihre
Gefühle durcheinanderbrachte. Trotzdem nahm sie sich vor,
ihm zu antworten. Sie fühlte sich dazu verpflichtet. Wenn ein
Mensch einem seine Seele öffnet, sollte man ihm wenigstens
Aufmerksamkeit schenken, dachte sie.

Lola musste mehrmals Anlauf nehmen. Die erste Version
fiel zu hart aus.

Lieber Sebas,
ich fürchte, du bist dein Leben lang in ein Gespenst verliebt
gewesen. Ich bin schon lange nicht mehr die junge Frau, von
der du mir schreibst. Die Jahre und das Leben haben aus mir
eine andere gemacht.

Grauenhaft.

Sie nahm einen neuen Anlauf. Der zweite Versuch entsprach eher ihrem Wesen, doch er klang ein wenig zu melodramatisch.

Lieber Sebas,
wenn du wüsstest, wie viele Erinnerungen dein Brief in mir
aufgewühlt und welch seltsame Gefühle er ausgelöst hat. Wie
kann es sein, dass ich all die Jahre nichts davon geahnt habe?

Nein, nein, nein. Das klang nach *Ama Rosa*, diese Radio-Schmonzette von Sautier-Casaseca. Weitere zerrissene Blätter landeten im Papierkorb.

Lola verbrachte mehrere Tage in Unruhe, bekam kaum einen Bissen hinunter und suchte nach dem treffenden Ton, den richtigen Worten. Es gab so viele Möglichkeiten, und sie musste die finden, die am besten zu ihr passte.

Ein paar Tage vor dem Abendessen mit den alten Schulkameradinnen war sie früh aufgewacht. Sie war aufgestanden, um einen Schluck Wasser zu trinken, und einen Moment am Fenster stehen geblieben. Draußen fegte der Wind durch die Baumkronen, ein Sommergewitter kündigte sich an. Sie trat in Andrés' Zimmer, um den Ventilator abzustellen. Der Junge wird sich noch erkälten, dachte sie. Bei dem Wort Junge, das ihr Unterbewusstsein nach oben katapultiert hatte, war sie mit einem Schlag hellwach.

Sie beschloss, endlich die vergessenen Fotoalben zu suchen, die in den Tiefen der Abstellkammer verborgen waren. Auf dem Pappkarton stand: *Aufheben*. Lola fragte sich, warum manchmal etwas auf einmal nicht mehr zu unserem Leben gehört, warum wir bestimmte Dinge, bestimmte Ereignisse, bestimmte Personen aussortieren.

Fotos von den vier Kameradinnen aus dem Internat, die

ihrer Erinnerung auf die Sprünge geholfen hätten, fand sie nicht. Aber plötzlich hielt sie die Fotos von dem Konzert in der Monumental-Arena in Händen. John Lennon, gerade fünfundzwanzig, mit weißer Mütze und weißer Jacke, der seinen Arm um Ninas und ihre Taille geschlungen hatte. Er war größer als sie, er wirkte ernst, aber zugleich ruhig und entspannt. Er war so jung! Nina mit Kurzhaarfrisur und Minirock, sie hatte schöne Beine und keine Hemmungen, sie auch zu zeigen. Lola selbst war damals noch dunkelblond und trug einen ihrer geliebten Röcke mit Blumenmuster, ganz im Hippie-Look. Sie sahen aus wie drei Freunde, die auf ein Fest gehen wollten. Es war ein wunderbares Foto, und sie freute sich, es zu haben. Sie betrachtete es lange und brach irgendwann in Tränen aus. Nicht wegen Andrés' Tod, sondern wegen Johns. Sie konnte sich noch an das Foto des Mörders in den Zeitungen erinnern, an die vielen Rosenblätter, mit denen die Fans die Blutlachen auf der Straße in New York bedeckt hatten. Sie war untröstlich. Ihr Blick fiel wieder auf das Foto. Was für ein einzigartiges Bild. Sie sagte zu sich: Das ganze Leben ist ein einzigartiges Bild.

Sie legte es beiseite, sie würde es Andrés am nächsten Tag zeigen. Schau mal, ich bin schon so alt, dass es sogar ein Foto mit den Beatles und mir gibt.

Unten in dem Karton entdeckte sie auch noch die Fotos von Ninas Hochzeit, die waren noch älter, aus dem Jahr 1953. Sie beide so jung, noch keine achtzehn, Arm in Arm. Nina strahlend schön im weißen Brautkleid, wie im Bilderbuch, bereits schwanger und mit herausforderndem Blick. Die Lippen knallrot. Nina hatte als Erste von all ihren Freundinnen geheiratet. Neben ihr der Bräutigam, im Anzug, mit einer Blume im Knopfloch. Wie hieß er doch gleich?

Nina sprach von ihrem Ehemann immer als »Vollidiot«, und Lola versuchte vergeblich sich an seinen Vornamen zu erinnern. Sie selbst war in Begleitung von Sebastián zur Hochzeit gekommen, Sebas. Der Briefeschreiber! Damals, vor so vielen Jahren. Wie überraschend wirkt die Jugend, wenn man alles hat altern sehen, Wahnsinn! Er war höchstens dreiundzwanzig oder vierundzwanzig Jahre alt gewesen. Sie hatte keine Ahnung, was er beruflich machte. Sie hatte überhaupt fast alle Einzelheiten vergessen. Außer, dass sie mit ihm geflirtet hatte. Wie man damals eben so flirtete. Natürlich hielten sie sich an die Regeln, kein Sex, keine Unternehmungen ohne Anstandswächter, rein gar nichts. Hände, die einander suchten, und ein paar Küsse in der Dunkelheit des Kinos. Der Film hieß *Die größte Schau der Welt*. Der Rest blieb dunkel, aus ihrem Gedächtnis getilgt. Das Leben ist zu lang, um sich an alles zu erinnern.

Es war noch immer früh am Morgen, sie konnte einfach nicht mehr einschlafen und griff zum Papier. Diesmal schrieb sie: *Lieber Sebastián*. Sie dachte nach, gefangen in ihren Erinnerungen, und wusste nicht, wie sie weiterschreiben sollte. Sie ging zurück ins Bett und blieb vor Andrés' Zimmer stehen, um ihn beim Schlafen zu betrachten und seinen gleichmäßigen Atem zu hören. Sie versuchte, nicht nachzudenken.

Die Fassung, die sie letztlich guthieß, schrieb sie wenige Stunden vor dem Essen, während sie im Ersten die Übertragung der königlichen Hochzeit ansah. Es war eine mehrdeutige, wohlüberlegte Botschaft, die ihr eigentlich nicht entsprach, aber sie dachte, sie müsse es tun. Zwei Absätze lang beschrieb sie lang und breit die *Überraschung*, den *Schreck* und die *Rührung*, die der Brief bei ihr ausgelöst hatte. Poetische und philosophische Zeilen über die wahre Liebe und das Recht, sich zu irren. Einige beiläufige Worte über die wechselhafte menschliche Natur, ohne dabei auf sich einzugehen. Abschließend eine einzige knappe Zeile, in der sie die Einladung zum Kaffee annahm. *Hier meine Telefonnummer, ruf mich an, wenn es dir passt*, schrieb sie und kritzelte die sieben Ziffern hin. Zu keinem Zeitpunkt ihres Lebens hätte sie solch einen Brief geschrieben. Nicht einmal jetzt, wenn die Dinge anders lägen.

Den Rest des Tages war sie irgendwie betrübt. Andrés meinte, das läge am Regen. Sie schob es auf die Hochzeit. Sie selbst hatte keinerlei Ähnlichkeit mit Diana Spencer im Brautkleid, doch als sie die Prinzessin in die Kirche einziehen sah, musste sie an ihren Vater denken, den sie nie kennengelernt hatte.

Ihr Onkel hatte gesagt, ihr Vater habe sie Lolita gerufen, obwohl er sie nach ihrer Großmutter María Dolores benannt hatte. Ihre Eltern waren offenbar davon ausgegangen, noch mehr Kinder zu bekommen, einen ganzen Stall voll. Und sie hatten auch gehofft, als Musiker erfolgreich zu sein. Er als Pianist, sie als Sängerin. Ihre Mutter war Altistin und hatte über drei Spielzeiten im Chor des Liceo gesungen. Nach Lolas Geburt musste sie damit aufhören. Dann war der Krieg ausgebrochen, und ihre Eltern wurden ermordet. Fatale Ereignisse, die alles zunichtemachten.

Die Todesumstände ihrer Eltern kannte sie nur durch die Erzählungen ihres Onkels. Sie wusste, dass es eine grundlose, feige Tat war, denn ihre Eltern hatten sich nie für Politik interessiert, und nichts lag ihnen ferner. Die Familie Puncel war rechts – »auf Ordnung bedacht«, wie sie selbst gern sagte, denn für sie war das Wohl der Welt gesichert, solange bestimmte Dinge nicht verändert wurden. Bei den Wahlen 1936 hatten sie den Frente Nacional gewählt und waren später entsetzt gewesen, als die Milizionäre begannen, Geistliche umzubringen und Klöster in Brand zu setzen. Inmitten des antiklerikalen Wahnsinns in Barcelona hatten sie sich für die Hochzeit eines der reichsten Erben aus der uralten Aristokratie engagieren lassen. Lolas Eltern wollten ein wunderbares Programm mit Werken von Schubert und Berlioz darbieten. Am Eingang der Kapelle richtete ein Milizionär einen Revolver auf sie. Er fragte, wer sie seien und wohin sie gingen. Er forderte sie auf, die *Internationale* zu singen. Die Eheleute Puncel Farrús sagten wahrheitsgemäß, dass sie das Lied nicht kannten.

»Wacht auf, Verdammte dieser Erde, die stets man noch zum Hungern zwingt ...«, begann der Milizionär, um ihnen den Einstieg zu erleichtern, doch die beiden stimmten nicht ein. »He! Ihr sollt singen! Entweder ihr singt jetzt, oder ich schieße!«, drohte er.

Sie sangen nicht.

Er streckte beide mit je zwei Schüssen nieder und ging. Es hieß, derselbe Barbar habe auch den Pfarrer der kleinen Kapelle umgebracht, in der die Trauung stattfinden sollte, sowie den Küster und zwei Ministranten, ehe er alles in Brand steckte. Die Ortschaft hieß Torrentbó, ihre Kapelle war der Patronin der Musik geweiht, der heiligen Cäcilie. Es war ein wunderschöner Frühlingstag 1937. Nach dem Krieg stellte sich heraus, dass ihre Eltern auf der Siegerseite gestanden hatten.

Während sich das englische Prinzenpaar das Jawort gab, musste Lola an Andrés und an ihre eigene Hochzeit denken. Es war eine Feier im engsten Kreis gewesen. Der kleine Andresito hatte ihnen die Trauringe gebracht. Der Pfarrer hatte sie nicht mit Lola angesprochen, obwohl sie ihn darum gebeten hatte. Vielleicht dachte er, die Mater Dolorosa sei eine zu ernste Figur, um ihr einen Kosenamen zu verpassen. Während der gesamten Trauzeremonie hatte er sie mit María Dolores angesprochen, mit ihrem offiziellen Vornamen, der religiöser klang und somit besser zu einer Trauung passte.

»Andrés, ich frage dich vor Gottes Angesicht. Nimmst du deine Braut María Dolores zur Frau, und versprichst du, ihr die Treue zu halten, in guten und in schlechten Tagen, in Gesundheit und Krankheit, und sie zu lieben und zu ehren, bis der Tod euch scheidet?«

Andrés sah sie strahlend an und sagte:

»Ja, María Dolores.«

Woraufhin der Priester ihn irritiert zurechtwies.

»Das müssen Sie zu mir sagen. Und die Antwort lautet: ›Ja, ich will.‹«

Verlegen wiederholte Andrés die Antwort, diesmal korrekt, und die wenigen Gäste versuchten sich nicht anmerken zu lassen, dass sie sich insgeheim vor Lachen kringelten. Diese Anekdote brachte Lola selbst in den traurigsten Momenten immer noch zum Lachen. Dabei hatte man sie doch schon hunderte Male erzählt.

Die Hochzeit von Lady Di mit dem steifen Prinzen war wunderschön, doch kein Vergleich zu der Spontaneität und Fröhlichkeit ihrer eigenen.

Als der Regen eine Pause einlegte, befand Lola, dass es an der Zeit sei loszugehen.

»Mein Lieber, ich mache mich jetzt auf den Weg. Gehst du heute Abend aus?«, fragte sie Andrés.

»Bei dem Wetter? Ich bin doch nicht verrückt!«

»Gut. Im Kühlschrank steht etwas zum Abendessen.«

»Danke. Viel Spaß!« Bevor er sie ziehen ließ, wiederholte er sein Angebot: »Bist du sicher, dass ich dich nicht fahren soll?«

»Ganz sicher. Mach dir keine Sorgen.«

»Na schön.«

Andrés hatte die Gelassenheit und den Charme von seinem Vater geerbt. Er ähnelte ihm auch äußerlich, aber er hatte auch viel von seiner Mutter. Die Augenpartie, das stilvolle Auftreten, vielleicht auch die Vernunft. Zuweilen fragte Lola sich, was sie am meisten an ihm liebte, was er mit seinem Vater gemein hatte oder was ihn von ihm unterschied. Manchmal warf sie sich vor, dass sie ständig Vergleiche anstellte, andauernd nach Gründen suchte.

Wie immer blieb sie beim Rausgehen vor dem Foto des anderen Andrés stehen, dem Vater, ihrem verstorbenen Ehemann. Jahrelang hatten sie wegen der Koseform diskutiert. Der Sohn war »Andresito«. Vor zwei Wochen waren die Nachsilben bedeutungslos geworden. Andresito war nun Andrés, und der Andrés auf dem Foto war tot.

Es hatte keine öffentliche Trauerfeier gegeben, genauso wenig wie bei John Lennon. Wie bei dem Musiker auf ausdrücklichen Wunsch des Verstorbenen. Ihr war es auch lieber so. Lola küsste ihren Zeigefinger und berührte damit sanft seine Lippen unter dem Glas des Fotorahmens.

»Bis später, Liebling, ich treffe mich mit meinen Schulkameradinnen aus dem Internat zum Abendessen, mal sehen, was das wird. Ich bleibe nicht lange«, flüsterte sie in Richtung Foto.

Als sie das Haus verließ, lagen die beiden Briefe, der erhaltene sowie ihre Antwort, in ihrer riesigen Tasche, und sie begab sich zu dem Briefkasten an der Calle Balmes, Ecke Vía Augusta. Dort blieb sie mit durchnässten Schuhen unter dem Regenschirm stehen und betrachtete eine Weile den Briefumschlag.

Sie bereute jedes Wort, das sie geschrieben hatte, doch sie hatte das Gefühl, dies sei der einzige Ausweg aus dem Labyrinth, zu dem ihr Leben geworden war. Mit fünfundvierzig boten sich einem nicht mehr so viele Chancen, und Sebas war immerhin ein guter Mann.

Sie schob den Brief kraftvoll in den Schlitz, damit er nach unten fiel und nicht irgendwo hängen blieb. Sofort verspürte sie den unbändigen Wunsch, ihn wieder herauszufischen und zu zerreißen. Ja, das hätte sie tun sollen. Sie machte sich Vorwürfe, dass sie nach einer Vernunftlösung suchte, anstatt die Wirklichkeit zu akzeptieren. Vernünftig? Für wen?, überlegte sie und musste wieder an Andresito denken. Ich habe richtig gehandelt, wir werden sehen, wie es jetzt weitergeht. Das Leben hatte sie gelehrt, dass manche Wünsche in Erfüllung gehen. Abzuwarten, was geschieht, ist auch eine Form, die Welt zu gestalten.

Lola ging weiter. Sie war schon in der Nähe des Restaurants, es fehlten nur noch wenige hundert Meter. Schließlich blieb sie erschöpft im Eingang stehen und betrachtete die vor Kurzem installierte, derzeit ausgeschaltete Leuchtschrift: *Media Vida*. Wäre sie in ihren Gedanken nicht ganz woanders gewesen, der Name hätte ihr gefallen, *Mitten im Leben*. Ich habe keine Lust, irgendjemanden zu treffen. Ich habe keine Lust, über die Vergangenheit zu reden. Ich hätte die Einladung nicht annehmen sollen, dachte sie und ermahnte sich: Hör auf zu jammern, Julia wird noch viel größere Bedenken haben.

Sie waren zu fünft gewesen in dem letzten Sommer, ehe Julia ging. Ehe man sie abholte. Niemand wusste wohin.

Nur ein Mal hatte sie den Mut aufgebracht und Madre Rufina gefragt, wohin Julia gegangen war und ob sie wiederkommen würde.

Madre Rufina hatte mit einem geheimnisvollen Lächeln erwidert:

»Sie ist an dem Ort, den sie verdient, und sie wird nicht wiederkommen.«

Bei den Vinzentinerinnen, das wurde Lola später klar, mussten alle für die Sünden anderer büßen.

Mit einer Hand auf der Klinke dachte sie: Ich kann immer noch umdrehen.

Sie musste sich dringend setzen. Es schüttete wieder. Die anderen würden beim Anblick ihres Babybauchs überrascht sein. Was die für Gesichter machen würden, wenn sie ihnen eröffnete, dass der Geburtstermin in drei Tagen war. In ihrem Alter! Noch eine Verrücktheit in ihrem Leben. Verrücktheiten, die sich hinter verschlossenen Türen abspielten, von denen kaum jemand erfuhr. Manche Menschen stellen ihr Privatleben aus, als wäre es ein dressiertes Hündchen, und andere verstecken es, als wäre es ein Ungeheuer.

In dem Moment war in der Nähe ein ohrenbetäubender Donner zu hören. Das versprach ein ereignisreicher Abend zu werden.

Lolita, Lola, Dolores, María Dolores. Sie löste den Knoten des Kopftuchs, schüttelte ihre rote Mähne und stieß die Tür auf. Alle Frauen, die sie in ihrem Leben gewesen war, betraten gemeinsam in einer Gestalt Martas Restaurant.

Nina kam vierzig Minuten zu spät auf klackernden Absätzen in das *Media Vida*. Sie blieb mit dem Regenschirm in der Hand im Eingang stehen, warf einen verzückten Blick auf die Roche-Bobois-Sofas und schüttelte vor dem Spiegel ihre Haare wie ein kleiner nasser Hund. Dann hielt sie mit großen Schritten Einzug.

»Wo seid ihr denn, meine Königinnen?«

Nina gehörte zu den Frauen, die unter dem Älterwerden litten, und das merkte man ihr an. Kaum hatte sie das Ungemach ihres vierzigsten Geburtstags überwunden, da dachte sie schon über den fünfzigsten nach. Der vierundvierzigste Geburtstag war ihr so übel aufgestoßen, dass sie ihn einfach ignoriert hatte. Sie wollte die Zeit anhalten. Das Schlimmste am Altern waren die neuen Falten, die sie jeden Morgen entdeckte. Oder wenn ihr ein noch gar nicht so altes Foto in die Hände fiel, auf dem sie erheblich jünger aussah. Sie versuchte diese Unannehmlichkeiten zu kompensieren, indem sie sich wie eine Zwanzigjährige kleidete und benahm. Ihre Röcke waren zu kurz, ihre Absätze zu hoch, ihre Sprache zu ungezügelt und ihr Lachen zu laut. In allen Lebensbereichen – auch in der Liebe – herrschte wilder Aktionismus.

»Ihr müsst mir dankbar sein«, begrüßte sie eine nach der anderen mit schmatzenden Wangenküssen, »ich bin nur für euch aufgestanden.«

»Was ist denn? Bist du krank?«, fragte Lola besorgt.

»Ja!« Nina lachte schallend. »Krank vor Leidenschaft! Aber besser spät als nie, oder? Fast hätte ich ihn mitgebracht, weil ich mich einfach nicht losreißen konnte. Ich erzähle euch gar nicht erst, was ich die letzten Stunden getrieben habe, sonst platzt ihr noch vor Neid. Scheiße, Lola! Du bist ja hochschwanger! Und so was von fett! Und superhübsch! Wann ist es so weit?«

»In drei Tagen.«

»Mensch, in drei Tagen. Hat eine von euch Erfahrungen als Hebamme?«

»Das wird nicht nötig sein, mein Krankenhaus ist ganz in der Nähe, die Pilar-Klinik.«

»Dann könnten wir dich ja zur Not huckepack rübertragen!«, rief Nina. »He, wie lange haben wir uns nicht gesehen?«

»Ich will gar nicht nachrechnen«, erwiderte Lola.

Die Frauen hatten dafür gesorgt, dass sie sich hinsetzte und die Beine hochlegte. Man reichte ihr frische Limonade, und ihre Hitzewallung ließ nach, als Marta die Klimaanlage einschaltete. Olga hatte sich inzwischen umgezogen und sah nun aus wie eine knackige gelbe Knospe. Die Zwillingsschwestern waren beim Whisky geblieben, verdünnten ihn nun aber mit Coca-Cola. Lidia war in der Küche beschäftigt. Das Abendessen nahm Form an, die ersten beiden Gerichte waren fast fertig.

Nina trippelte vor ihnen auf und ab, wie auf einem Laufsteg.

»Und? Wie sehe ich aus? Also, falls ihr es noch nicht erraten habt: Ich hab einen Liebhaber.« Allein das Wort auszusprechen war für sie wie eine Verjüngungskur. »Mal sehen, ob es hält … Er ist so süß! Endlich mal einer, der nicht jünger ist als ich. In letzter Zeit hatte ich immer ganz junge. Aber der ist ein richtiger Mann! Zum Glück muss ich ihm nichts mehr beibringen! Allerdings hat er ein bisschen Rost angesetzt. Seine liebe Frau hat ihn wohl nicht mehr rangelassen.«

»Er ist verheiratet?«, fragte Olga mit schlecht gespielter Unbefangenheit.

»Ja, Chicas. *Nobody is perfect.*«

»Was hast du gesagt?«

»Niemand ist vollkommen. Zumindest kein Mann.«

Lola war wieder die Hitze ins Gesicht gestiegen, und sie versteckte sich hinter dem Limonadenglas. Ninas Kommentare waren wie immer peinlich. Nina war einfach zu direkt, zu fröhlich, zu vulgär, zu freimütig. Außerdem sprach sie zu laut. Vor allem das war es. Olga hörte mit gerunzelter Stirn zu. Aber Nina war schlau, sie erfasste sofort, wie andere über sie dachten.

»Olga! Was für eine Wahnsinnsfigur! Und so was von elegant!«, lobte sie Nina. »Als wärst du beim diplomatischen Korps! Ist die Haarfarbe echt? Gordi, wirklich, du siehst ganz anders aus als früher. Ich hätte dich nicht wiedererkannt, ihr?«

»Gordi … Ich hatte völlig vergessen, dass ihr mich so genannt habt«, log Olga. »Aber der Name passt ja auch nicht mehr.«

Lola fächelte sich mit einer Speisekarte Luft zu und gab Nina recht.

»Ich hätte dich auch nicht wiedererkannt.«

»Übrigens«, riss Nina das Wort wieder an sich, »könnte mir eine gute Seele wohl ein Gläschen von dem Chivas dort drüben einschenken?«

Beflissen sprang Marta in ihrer Rolle als perfekte Gastgeberin auf.

»Ja, natürlich, entschuldige. Mit Eis und Wasser?«

»Einen doppelten, alles andere ist mir egal.«

»Bin schon unterwegs.«

»Komm schon, Olga, erzähl uns, wie hast du's geschafft, so auszusehen?«

Nina setzte sich auf die Tischkante, malte mit dem zehn Zentimeter hohen Absatz der Sandale Kreise in die Luft und ließ dabei, ob absichtlich oder nicht, ihr schwarzes Höschen blitzen.

»Ach, das ist schon so lange her, dass ich mich gar nicht mehr daran erinnern kann. Ich glaube, mein Stoffwechsel hat sich umgestellt.« Etwas herunterzuspielen konnte einer Sache durchaus Bedeutung verleihen.

Marta stellte das Glas mit dem Whisky vor Nina, die sofort danach griff und erstmal einen kräftigen Schluck nahm, bevor sie fragte:

»Kennt ihr den Diät-Trick von Liz Taylor? Sie hat im Kühlschrank ein Foto von sich hängen, auf dem sie dick ist. Wenn sie sich so sieht, vergeht ihr der Appetit.«

»Ist Liz Taylor denn mal dick gewesen?«, fragte Marta verwundert.

»Ich denke, wie wir alle, oder?«, meinte Lola.

»Vielleicht geht sie ja nicht vor die Tür, wenn sie zugenommen hat. Außerdem sind ja nicht alle dick. Sieh dir Audrey Hepburn an«, überlegte Olga.

»Die ist wirklich dünn wie eine Bohnenstange«, entfuhr es Lola. »Mir war Marilyn Monroe lieber.«

»Die Arme«, befand Nina mitleidig. »Die wurde immer dann dick, wenn sie traurig war.«

»Ich finde, wenn man zugenommen hat, versteckt man sich am besten zu Hause, bis man wieder vorzeigbar ist«, meinte Olga, die über Elizabeth Taylors Trick nachdachte.

»Marilyns Diät war eine absolute Katastrophe«, gab Nina zum Besten. »Wisst ihr, woraus ihr Frühstück bestand? Milch mit rohen Eiern. Sie hat nie zu Mittag gegessen. Zum Abendessen gab es gekochte Leber mit rohen Karotten. Und nachmittags eine große Portion Eis mit Trockenfrüchten und wahrscheinlich keinen Sex. Was für eine Scheiße. Man muss schon ein echter Kerl sein, um sich das zu greifen, was alle haben wollen.«

»Ach, die Ärmste. Meinst du, sie hat keusch gelebt?« Lola war zu Späßen aufgelegt, wie schon lange nicht mehr.

»Keusch!« Nina prustete vor Lachen. »Es würde mich nicht wundern, wenn sie Jungfrau gewesen wäre.«

Olga überlegte, als müsse sie sich für eine Position entscheiden. Dann sagte sie:

»Jungfrau? Das glaube ich nicht.«

»Vertraut mir«, begann Nina und lachte, »die allerbeste Methode zum Abnehmen ist und bleibt … Sex. Drei oder vier Stunden täglich, und du nimmst kein Gramm zu. He, seht mich an!« Sie hob ihre Arme, zeigte dabei ihre enthaarten Achseln, und warf sich in Positur. »Jetzt wisst ihr, was ihr euren Männern heute Abend sagt, wenn ihr wieder zu Hause seid. Na, die werden begeistert sein!«

Marta verkraftete die unverfrorene Zurschaustellung des fremden Glücks nicht länger. Sie verschanzte sich hinter ihrer Rolle als Gastgeberin, um sich nicht an der Unterhaltung beteiligen zu müssen. Sie hörte aufmerksam zu, aber ihr war nicht nach Späßen zumute. Sie befürchtete, dass es noch schlimmer würde.

Ihre Schwester war immer noch nachdenklich.

»Nina, woher weißt du eigentlich so viel über berühmte Schauspielerinnen?«

»Ich habe früher stapelweise ausländische Zeitschriften gelesen. Und zwar alle, die uns Paca la Culona hier verboten hat.«

»Wer?«

»Sie meint Franco«, erklärte Lola.

»Natürlich, du Dummchen. Francisco, der Zwerg! Spaniens Arschloch von Gottes Gnaden!«, setzte Nina noch eins drauf. »Der hat bestimmt nie zum Vergnügen mit seiner Frau geschlafen. Nur einmal, um der ehelichen Pflicht Genüge zu tun, und dann kam eine Kröte dabei heraus.«

»Eine Kröte?«

»Ein Mädchen. Ein Diktator muss männliche Nachfahren zeugen! Mädchen sind was für Schwuchteln.«

»Spinnst du? Halt den Mund, nicht dass dich noch einer denunziert«, schalt Olga.

Nina lachte schallend.

»Denunzieren? Wer denn? Liebes, falls du es noch nicht mitbekommen haben solltest: Er ist tot! Und zwar schon seit sechs Jahren. Seither können wir über alles offen reden. Ist das nicht herrlich!«

»Ja, er ist tot, der Ärmste.« Olgas Bedauern klang aufrichtig.

»Wie, der Ärmste?« Nina starrte Olga an.

»Er hat mir am Ende so leidgetan, wenn er zitternd auf den Balkon des Palacio de Oriente trat. Mit dieser dünnen Stimme, wie ein krankes Vögelchen.«

Nina grinste.

»Ach, hätte ihn doch nur jemand runter geschubst, dann wäre er auf der Erde gelandet, wie Taubenscheiße.«

»Gütiger Himmel!« Olga bekreuzigte sich.

»Viele hätten sich gefreut, wenn aus ihm ein Stück Scheiße geworden wäre.«

»Ja, die, die Blut an den Händen haben.«

»Was redest du da?« Nina rang um Fassung.

»So hat es doch immer geheißen. Dass nur die bestraft wurden, die Blut an den Händen hatten.«

»Olgacita, in welchem Land hast du all die Jahre gelebt?« Die Falten auf Ninas Stirn waren unübersehbar. »Hast du das alles wirklich geglaubt?«

Olga wandte den Blick ab.

»Ich hatte nichts damit zu tun. Ich wiederhole nur, was man so gesagt hat.«

»Am Ende waren wir doch alle Franco-Anhänger, ob aktiv oder passiv«, stellte Marta fest.

»Oder wie sah das bei euch aus?« Marta blickte neugierig in die Runde.

»Wer war kein Franco-Anhänger«, sagte Lola.

»Aus Überzeugung oder um den eigenen Arsch zu retten, oder?«, fuhr Nina fort.

»Was ist mit deiner Familie, Nina?«, fragte Lola lächelnd.

»Natürlich waren die dabei. Die Familie Borrás Truyol war fanatischer als Francos Frau! Deshalb bin ich so geworden, wie ich bin, rot wie das Blut!«, sagte Nina und bekam einen Lachanfall.

»Leute, vergesst die Politik, lasst uns über wichtigere Dinge reden«, meinte Lola versöhnlich.

»Ich finde, die Toten verdienen unseren Respekt«, sagte Olga, ohne eine der Frauen in der Runde konkret anzublicken.

»Wir wechseln wohl besser das Thema!«, konterte Nina.

Gelassen spielte Lola die Rolle als neutrale Moderatorin weiter. Sie machte sich gut.

»Worüber sprachen wir gerade?«

»Über die ausländischen Zeitschriften mit den Diättipps der Stars«, nahm Nina den Faden wieder auf.

»Stimmt. Du wolltest doch gerade von deiner Arbeit in der Konzertagentur erzählen«, sagte Lola, um das Gespräch auf weniger vermintes Terrain zu lenken.

»Was für eine Agentur?«, fragte Olga.

»Francisco Bermúdez, internationale Konzert- und Veranstaltungsagentur«, erklärte Nina. »Mein Chef hat damals die Beatles nach Spanien geholt. Ein außergewöhnlicher Mann.«

»Wen?«, fragte Olga weltfremd.

Bei Ninas nachlässiger Aussprache war aus dem t ein r geworden, sodass es wie »Bírals« klang, und auch die anderen hatten Mühe zu verstehen, wovon sie sprach.

»Die Bí …tels«, sagte Lola und zog jeden Buchstaben in die Länge.

»Ach, die.« Bei Olga klingelte es. »Die Langhaarigen. Die sahen doch wie Mädchen aus. Angeblich kamen sie damit bei den amerikanischen Frauen gut an.«

»Olga, es sind Engländer.«

»Dann eben Engländer, ist doch egal.«

»Wir beide waren damals auf dem berühmten Konzert in der Monumental-Arena«, berichtete Lola stolz. »Nina und ich. Es war ein historischer Abend.«

Die beiden Viñó-Schwestern wirkten nicht sonderlich beeindruckt. Olga fragte:

»Historisch für wen?«

»Für alle. Für unser Land. Das war der Beginn des modernen Spaniens«, behauptete Nina.

»Das moderne Spanien! Was für ein Fortschritt! Wenn Männer wie Frauen aussehen, ist die Apokalypse nicht mehr fern, wisst ihr noch?«

»Stimmt, das hat Madre Rufina immer gesagt.« Nina lachte. »Es ist mir gerade wieder eingefallen!«

»Nina, das steht in der Bibel.«

»Nicht gerade meine Lieblingslektüre.«

»Das hätte ich mir denken können.«

»Ich lese lieber den *Playboy*.«

»Heilige Jungfrau!«

»Wisst ihr was? 1970 habe ich den Gründer der Zeitschrift kennengelernt, Hugh Hefner.« Noch ein Name, mit dem keine etwas anfangen konnte. »Als Puerto Banús eingeweiht wurde, war er einer der Gäste. Wir haben damals die Einweihungsparty des Yachthafens organisiert. Ein cleverer Mann, und ein Filou.«

»Wie's aussieht hast du mit der Crème de la Crème verkehrt«, stellte Olga fest.

»Zumindest mit dem amüsanten Teil«, bestätigte Nina. »Das Leben ist zu kurz, um sich zu langweilen.«

»Jeder hat wohl seine eigene Vorstellung von Spaß.«

Da fiel Nina etwas ein.

»Habt ihr mitbekommen, dass Madre Rufina ihren Habit abgelegt hat?«

»Nein!« Lola riss die Augen auf. »Bist du dir sicher?«

»Sor Presentación hat es mir erzählt.« Nina lachte. »He, ihr müsstet euch im Spiegel sehen!«

»Weißt du, warum?«, fragte Olga irritiert.

»Keine Ahnung, vermutlich wollte sie lieber mit einem Mann zusammen sein.«

»Das kann doch nicht angehen!«

Alle waren erstaunt.

»Warum sonst?« Nina gestikulierte wild. »Bestimmt nicht, um in ein anderes Kloster zu wechseln.«

Nina war aufgekratzt, und auf einmal schien ihre Freude kein Schutzschild mehr zu sein. Sie gab nicht nur einen Blick auf ihre Knie und Oberschenkel frei, sie zeigte auch ihre nackten Schultern. Sie trug keinen BH – sie sagte selbst, sie »bedaure es«, keinen zu benötigen –, und man sah ihre harten Brustwarzen, die sich deutlich unter der Bluse abzeichneten. Nina war glücklich, und sie genoss es sichtlich, sich vor ihren Freundinnen zu präsentieren und mit ihren Bemerkungen zu provozieren.

Olga fragte, immer noch skeptisch:

»Sind wir eigentlich alle verheiratet?«

»Klar doch«, platzte Nina als Erste heraus, »seit der Steinzeit. Mit einem Vollidioten. Und du?«

»Also, ich nicht.«

»Wie, du bist nicht verheiratet?«

»Doch, natürlich. Ich meine damit, dass mein Ehemann völlig normal ist.«

»Ja? Woran merkst du das?«

»Also, ich meine damit, dass er mir keinen Anlass gibt, ihn zu beleidigen.«

»Na, was für ein Glück! Und was ist mir dir, Marta?« Nina hielt ihr Whisky-Glas in Martas Richtung. »Bist du verheiratet?«

»Ja, wie alle.«

»Nicht wie alle«, bemerkte Nina. »Julia ist ledig, soviel man weiß. Es wird gemunkelt, dass sie lesbisch ist.«

»Gütiger Himmel!«, entfuhr es Olga.

»Was ist mit dir, Lola?«

»Ich bin Witwe.«

Die Fröhlichkeit, mit der Nina alle angesteckt hatte, verpuffte wie Luft aus einem geplatzten Luftballon. Lola sah die anderen resigniert an und verzog die Mundwinkel. Es fiel ihr nach wie vor schwer, darüber zu reden. Sie spürte einen Kloß im Hals, so groß, dass sie ihn nicht hinunterschlucken konnte. Aber sie musste es tun. Sie musste darüber sprechen. Sie musste sich den Reaktionen der anderen aussetzen.

»Himmel, Lola! So ein Mist.« Nina hatte ihren Ton geändert, als fordere sie von einer höheren Instanz Rechenschaft. »Seit wann?«

»Seit zwei Wochen«, sagte Lola lächelnd, als hätte sie noch nicht begriffen, was geschehen war.

Was auch zutraf. Die letzten zwei Wochen hatte sie fernab der Welt und der Zeit gelebt. Wenn das Leben einen geliebten Menschen fortreißt, reißt es einen selbst mit. So war es auch Lola ergangen. Und sie war noch nicht zurückgekehrt. Sie befand sich woanders, weit weg, wo, wusste sie nicht. Sie wusste nur, dass sie früher oder später würde zurückkehren müssen. Vielleicht war dieses Abendessen der erste Schritt.

»Wie mutig von dir, dass du trotzdem gekommen bist!«

»Es bringt ja nichts davonzulaufen.«

»Furchtbar …«, flüsterte Olga matt, wie in einem schlechten Film.

»Ja, so ist das Leben eben manchmal«, bestätigte Lola und lächelte.

Alle Blicke waren nun auf sie gerichtet, die sich immer noch mit der Speisekarte Luft zufächelte, aber plötzlich irgendwie verändert war. Als wäre sie unter den Blicken der anderen gewachsen. Manchmal wächst man gewaltig an einem Unglück. Sogar Marta hielt einen Moment inne und starrte Lola an, ohne zu wissen, was sie sagen solle. An dem Abend war das Leid der anderen tröstlich für sie.

»Woran ist dein Mann gestorben, Lola? Kam das plötzlich?«

»Eigentlich nicht. Er war schon länger krank. Aber auf einmal verschlechterte sich sein Zustand. Er spürte selbst, dass sein Ende nahte. Ich glaube, er hat nicht gelitten. Er war wirklich sehr tapfer.«

»Das heißt, du bist jetzt alleinstehend?« Olga zog ein Gesicht, als wäre sie selbst die Witwe.

»Mein Stiefsohn lebt bei mir.« Lola strahlte kurz auf.

»Der Sohn deines Mannes?«

»Ja, Andresito, also Andrés. Er heißt wie sein Vater.«

»Das ist ja furchtbar!« Olgas Ton wurde melodramatisch. »Dann stehst du ja jetzt mit zwei Kindern ganz allein da, und noch dazu als Erstgebärende, wie willst du das nur ...«

»Nein, nein.« Lola kicherte. »Andrés ist schon älter, er ist neunzehn. Er kann sich schon alleine waschen.« Nun mussten alle lachen. »Sein Vater war fünfundzwanzig Jahre älter als ich. Ich habe ein anderes Leben geführt als ihr. Bei mir hat immer alles wie in Zeitlupe stattgefunden. Zumindest bis jetzt.«

Alle schwiegen und dachten über die Geschwindigkeit nach, in der Lolas Leben verlaufen war, über die Geschwindigkeit ihres eigenen Lebens, darüber, wie merkwürdig es doch war, das Leben nach seiner Geschwindigkeit ermessen zu wollen, ob es langsam verlief oder schnell. Ein langsames Leben, das Fahrt aufnahm. Ein rasantes Leben, das mitten im Lauf gestoppt wurde. Ein gemächliches Leben oder ein kontinuierlich verlaufendes. Wie war das eigene? Gab es ein Leben mit einem gleichmäßigen Rhythmus, in dem alles immer zum richtigen Zeitpunkt stattfand?

Marta war in Gedanken versunken. Heute ist mein Leben stehen geblieben, wie ein Auto mit Motorschaden, das nicht mehr repariert werden kann, dachte sie. Doch dann sprach sie sich Mut zu. Ich habe kein Recht, mich zu beklagen, andere führen ein Leben, das noch viel schwieriger ist als meines, noch viel trauriger. Ich habe schließlich meinen Platz in der Welt, ich habe meine Projekte. Zum ersten Mal an dem Abend freute sie sich, das Essen ausgerichtet zu haben, und allmählich fühlte sie sich besser. Dabei steigerte sich ihr Wohlbefinden proportional zu ihrem Alkoholpegel, das war ihr vollends bewusst. Es gibt eben Abende, an denen muss man sich einfach betrinken, rechtfertigte sie sich vor sich selbst, bevor sie wieder ihre Ohren spitzte, um dem Gespräch zu lauschen.

»Fünfundzwanzig Jahre …«, wiederholte Nina. »Das heißt, er war jetzt …«

»Siebzig. Nächsten Monat wäre er siebzig geworden«, sagte Lola.

»Wart ihr lange verheiratet?«

»Fünf Jahre. Aber ich war schon früher in ihn verliebt, schon als junges Mädchen.«

»Wirklich?«

Lola nickte und lächelte tapfer.

»Wie das?«

»Ich glaube, er war einfach der Mann meines Lebens.«

»Nein, ich meine, warum musstest du so lange bis zur Hochzeit warten?«

»Ach so. Sagen wir, es gab eine Klippe zu umschiffen. Seine Frau. Die Arme. Ihr dürft mich nicht falsch verstehen. Ich habe sie sehr gemocht, und wir waren eng miteinander befreundet.«

Nina konnte nicht fassen, was sie da hörte. Sie verdrehte die Augen und ließ nicht locker.

»Wie, die Ehefrau vom Mann deines Lebens war deine Freundin? Das ist das Verrückteste, was ich je gehört habe!«

»Wenn du sie gekannt hättest, würdest du anders denken. Sie war die Liebenswürdigkeit in Person.«

»Was heißt, ihr wart eng miteinander befreundet?«, fragte Marta.

»Wie normale Freundinnen eben. Wir haben uns sehr geschätzt. Wir waren zusammen bummeln oder beim Arzt. Hin und wieder sind wir zusammen essen gegangen.«

»Habt ihr über ihn gesprochen?«

»Ja, natürlich, ständig.«

»Wie hast du das ausgehalten?«

»Das war eben so. Warum auch nicht? Er war ihr Ehemann. Ich habe ihr gern zugehört, wenn sie über ihn sprach. Ich habe ihn auch geliebt.«

Die Freundinnen kamen aus dem Staunen nicht heraus. Lola selbst erfasste nicht, wie bizarr ihre Geschichte war, zu lange war sie schon darin verstrickt.

»Und was ist mit ihm? Hat er dich auch geliebt?«, wollte Nina wissen. »Ich meine, während seiner Ehe?«

»Vermutlich hat er mich als Freundin geschätzt. Er hat nie mit mir darüber gesprochen. Vielleicht hat er ja uns beide geliebt, Mercedes und mich.«

»Scheiße, Lola! Das hört sich an wie eine Seifenoper.«

»Ich hab euch doch gesagt, ich führe ein Leben in Zeitlupe.«

»Also, ihr wart nicht zusammen, solange seine Frau noch lebte?«

»Nein, natürlich nicht. Auf die Idee wäre ich nie gekommen. Ich mochte Merche sehr, das habe ich doch gerade gesagt. Wenn ich sie betrogen hätte, dann hätte ich mich selbst betrogen. Nein, nein, nein!« Lola wollte den störenden Gedanken verscheuchen. »Darüber habe ich nicht mal nachgedacht!«

»Aber schließlich hast du ihn doch noch geheiratet!«

»Ja, ich bin eben sehr geduldig.« Sie lächelte bezaubernd.

»Die arme Merche. Nun sind sie wieder vereint.«

»Lola, lass den Scheiß! Er ist dein Mann!«

»Sicher, aber vorher war er ihrer.«

»Scheiße, Scheiße, Scheiße!« Nina hob ihr leeres Glas. »Marta, *help*! Ich brauche dringend noch einen Whisky!«

»Bin schon unterwegs.« Marta stand auf, um die Flasche zu holen.

Es entstand ein langes Schweigen, denn das mussten sie erstmal verarbeiten. Lolas Geschichte war nicht leicht zu verdauen.

»Es ist wirklich sehr mutig, dass du trotzdem gekommen bist, Lola«, wiederholte Olga, die nach allem, was sie gerade gehört hatte, untröstlich war.

»Aber nein. Es tut mir gut, Orte zu besuchen, an denen ich nie mit ihm war. Das Gegenteil fällt mir schwer.«

»Wir hätten das Essen auch verschieben können, Lola. Wir haben ja nichts davon gewusst.«

»Aber nein. Da gibt es nichts zu verschieben! Ich habe euch doch gesagt, dass es mir guttut auszugehen.« Ein schmerzerfülltes, solidarisches Schweigen trat ein. Lola schnalzte mit der Zunge. »Herrje, jetzt seid ihr meinetwegen traurig.«

Nina nahm den Satz als Aufforderung, das Gespräch in eine andere Richtung zu lenken. Sie entschied sich für das Naheliegende.

»He, Marta, nun erzähl du mal. Wie verkraftet es dein Mann, mit einem Promi verheiratet zu sein?«

»Was redest du da.« Marta versuchte ihr Unbehagen mit einem Lächeln zu überspielen. »Ich bin doch nicht prominent.«

»Nicht? Als ich meinen Kolleginnen erzählte, dass ich heute bei dir in deinem Restaurant zum Abendessen verabredet bin, wären sie beinahe über mich hergefallen. Eine will sogar ein Autogramm haben, aber in der Eile habe ich das Buch zu Hause vergessen. Hemmungsloser Sex scheint zu Gedächtnisverlust zu führen.« Sie lachte laut. »Geht euch das nicht auch so?«

»Nein, mir nie«, sagte Olga sofort.

Nina bedachte ihre Schulfreundin mit einem eisigen Lächeln. Das sieht man, sollte es wohl ausdrücken, doch niemand bemerkte es.

»Echt, ich bin umgeben von deinen Fans. Die hören mehr auf dich als auf ihre Mütter. Die schalten im Büro extra das Radio an, um deine Tipps aufzuschreiben. Du bist einfach genial.«

Lola schwieg und nickte. Plötzlich fiel ihr etwas ein.

»Was ist eigentlich aus deiner Schriftstellerei geworden? Wisst ihr noch? Im Internat hat man Marta doch nie ohne Papier und Füller gesehen.«

»Ich denke, damit konnte ich mich der Realität entziehen.« Marta lächelte. »Das Kloster war doch unerträglich.«

»Madre Rufina ging deine Schriftstellerei auf die Nerven. Sie hat dich immer in der Kapelle bestraft, weißt du noch?«

»Und ob! Ich hatte nie im Leben größere Angst als damals in der Kapelle! Das war das reinste Gruselkabinett. Die Heiligenfiguren schienen im Licht der flackernden Kerzen lebendig zu werden. Aber Julia hat mich immer getröstet.«

»Die arme Julita, die hat wirklich ihr Leben in der Kapelle zugebracht.«

»Aber warum haben sie Julia bestraft? Hat sie sich so schlecht benommen?«, fragte Olga.

»Sei nicht albern. Sie wollte doch Nonne werden, weißt du nicht mehr?«

»Du meinst wohl eher, dass die Nonnen beschlossen hatten, dass sie bei ihnen bleibt«, konterte Nina. »Eine Hand wäscht die andere.«

»Haben sie ihre Meinung geändert? Oder was ist passiert?«, fragte Lola.

»Das war wegen der Nacht damals. Ich würde zu gern wissen, was da passiert ist.« Nina schwenkte dramatisch das Glas, das Marta ihr mit Whisky gefüllt hatte, und brachte die Eiswürfel zum Klirren.

»Ich habe geschlafen«, sagte Marta.

»Ich auch«, sagte Lola. »Ich habe nichts mitbekommen.«

Olga trank und schwieg. Sie hatte ihre Erinnerung in einen Schlummer versetzt und sprach sich ebenfalls von jeglicher Schuld frei.

»Wir alle haben geschlafen.«

Die Schuld tangierte sie kaum, was auch immer passiert war. Sie war eine Expertin für Ausreden, wenn es darum ging, sich der Verantwortung zu entziehen, aber auch die hatten sich im Lauf der Jahre gewandelt. Mit fünfundvierzig kann man leicht alles auf die Naivität der Jugend schieben. Welches junge Ding kann schon die Folgen seiner Handlungen abschätzen? Wer konnte sich noch daran erinnern, wie er damals war? Erinnerte sie sich noch daran? Oder hatte sie alles nur Erdenkliche getan, um zu vergessen?

»Wir wissen nicht, wo sie sie danach hingeschickt haben«, spann Lola den Gesprächsfaden weiter. »Aber es muss eine gute Schule gewesen sein, wenn man bedenkt, was für eine Karriere sie hingelegt hat, oder?«

»Julia ist den Nonnen sicherlich dankbar«, sagte Olga. »Es stimmt, sie musste hart arbeiten, aber dafür haben sie Julia die gleichen Chancen wie uns gegeben. Sonst hätte sie die nicht gehabt.«

»Meinst du wirklich?« Nina schlenkerte mit dem Bein und zeigte dabei wieder ihr Höschen. »Meinst du im Ernst, Julia hatte die gleichen Chancen wie wir?«

»Wie Lola schon gesagt hat. Das ist doch offensichtlich! Schau sie dir an, wie wäre sie sonst so weit gekommen?«

»Du glaubst, das hat sie der Kirche zu verdanken?«

»Natürlich. Nicht der Kirche an sich! Den Vinzentinerinnen, die waren ja für ihre guten Taten bekannt. Warum, meint ihr, haben unsere Familien uns sonst gerade in das Internat gesteckt?«

Nina bog sich vor Lachen.

»Der Himmel bewahre uns vor dem Bösen!« Sie wirbelte mit einer Hand durch die Luft. »Könnt ihr euch noch an den Klosterdepp erinnern, an Vicentín? Mannomann, wir waren ganz schön grausam damals! Was haben wir über ihn gelacht!«

»Aber wenn er uns Komplimente gemacht hat, haben wir uns geschmeichelt gefühlt«, bemerkte Lola.

»Wisst ihr noch, wie er uns immer sabbernd angeglotzt hat?«, fiel Nina noch ein. »Der Arme!«

»Was ist wohl aus ihm geworden?«

»Vielleicht ist er längst gestorben. Solche Menschen werden oft nicht alt.«

»Aber er war doch so kräftig«, entgegnete Olga. »Meinst du wirklich, er lebt nicht mehr?«

Marta machte sich ihre eigenen Gedanken.

»Glaubt ihr, er erinnert sich noch an uns? Wenn er noch lebt, meine ich.«

»Kommt euch das Ganze aus der Distanz betrachtet nicht merkwürdig vor? Ein junger Mann in einem Mädcheninternat, in der damaligen Zeit!« Marta kniff die Augen zusammen.

»Was damals nicht alles passiert ist. Und wir haben nichts mitbekommen«, murmelte Lola. »Nichts von den Grausamkeiten, nichts von der Unschuld, überhaupt nichts.«

Lolas Kommentar war für Olga wie eine kalte Dusche. Man ist mit einem Schlag hellwach, fängt an nachzudenken. Sie schob den Gedanken beiseite und ging nicht weiter darauf ein. Sie spürte, dass Lola ihre Worte auf sie gemünzt hatte, doch sie ließ sich das nicht anmerken.

Über die bruchstückhaften Erinnerungen der Schulkameradinnen legte sich ein Schweigen, wie ein Akt der Reue. Dann führte Nina das Gespräch in sicherere Gefilde. Auch wenn dies nicht alle so empfanden.

»Du schreibst also keine Romane mehr, Marta?«

»Nein.« Ihre Antwort fiel so knapp aus, dass die anderen neugierig wurden und mehr erfahren wollten. Marta begriff, dass sie weiter ausholen musste. »Ich finde, man muss sich im Leben entscheiden. Man kann schließlich nicht alles haben. Jetzt schreibe ich Rezepte.« Ihr Tonfall war so fröhlich und überzeugend, dass alle ihr glaubten.

Olga senkte bedeutungsvoll die Stimme, um ein Geheimnis zu enthüllen.

»Marta hat einen großartigen Roman geschrieben, aber sie wollte ihn nicht veröffentlichen.«

Ein hasserfüllter Blick schoss zwischen den Zwillingen durch die Luft.

»He, und warum?«

Auch Marta verstand es bestens, wichtige Dinge herunterzuspielen.

»Das ist schon ewig her. Ich kann mich nicht mal erinnern, worum es darin ging.«

»Ich schon«, meinte Olga kopfschüttelnd. »Mir hat er sehr gut gefallen.«

Lola wurde neugierig.

»Du hast ihn gelesen, Olga?«

»Ja, ich war die erste Leserin des Romans. Ich habe versucht, Marta davon zu überzeugen, ihn zu veröffentlichen. Aber ihr kennt sie ja. Sie ist stur wie ein Esel.«

Zum Glück wechselte Lola das Thema.

»Du bist doch Autorin! Du schreibst Bücher, und wenn ich das richtig sehe, verkaufen die sich wie geschnitten Brot.«

»Ihr könnt euch das gar nicht vorstellen«, trumpfte Olga

auf, um wieder mal im Mittelpunkt zu stehen. »Sie ist *die* Bestsellerautorin des Verlages.«

»Das stimmt nicht«, stellte Marta richtig, die das affektierte und unpassende eitle Gehabe ihrer Schwester nicht ertragen konnte.

»Dein Verleger sagt das. Das stammt nicht von mir. Er hat es Benito erst kürzlich erzählt«, verteidigte sie sich. Plötzlich läutete das Telefon. »Soll ich drangehen?«, bot Olga an.

Sie stand schon, als Marta sie kurz und knapp zurückbeorderte.

»Halt.«

Marta ging selbst zu der Holzkabine am Ende des Restaurants. Die anderen blieben lächelnd sitzen, wie eingefroren, so als warteten sie auf die Rückkehr ihrer Gastgeberin, um wieder in Fahrt zu kommen. Man hörte nur das Rascheln von Olgas Taftkleid. Bis Nina das Wort ergriff.

»Olga, mein Schatz, du kannst dich ja in dem Kleid überhaupt nicht rühren. Ist das nicht wahnsinnig unbequem?«

Nicht nur das Kleid war unbequem. Auch der Schmuck, die Schuhe – neu, eng, sündhaft teuer –, das Make-up, die Hochsteckfrisur mit Haarteil und die künstlichen Wimpern.

»Es geht schon«, log Olga, dabei konnte sie nicht mal einen Arm heben. Doch ein Blick auf den lässigen Kleidungsstil ihrer Freundin machte ihr klar, dass diese eine andere Einstellung hatte. »Ich gehe gern gut angezogen aus dem Haus. Bequeme Kleidung kann so unvorteilhaft …«

Nina fiel ihr ins Wort.

»Und wie braun gebrannt du bist. Als kämst du aus Afrika! Wie schaffst du das?«

»Tennisclub. Dreimal die Woche«, log sie.

»Du spielst Tennis?« Nina war begeistert.

»Ja, hin und wieder«, log Olga noch einmal.

»Ich auch! Wir müssen uns mal zu einem Match verabreden.«

Bevor Olga sich in ihrem eigenen Lügennetz verheddterte, beschloss sie schnell, mit einem Teil der Wahrheit herauszurücken.

»Ich fürchte, das klappt nicht. Ich überlege derzeit, wieder aufzuhören.«

»Schade. Warum?«

»Ich werde von Männern belagert«, wärmte sie ihre alte Ausrede noch einmal auf. »Sobald ich am Pool liege, habe ich keine Ruhe mehr.«

Marta kam zurück, sie hatte keine Ahnung, worüber ihre Schwester sprach.

»Pass mit der Sonne auf«, warnte Lola. »Die trocknet schnell die Haut aus. Das macht einen nur alt.«

Olga wurde mit einem Mal geradezu euphorisch.

»Ach, meine Lieben! Unser Treffen ist so aufregend! Wie früher!«

»Gott bewahre«, entgegnete Nina.

Marta hatte Neuigkeiten zu vermelden.

»Das war noch einmal Julias Sekretärin. Die Sitzung gestaltet sich kompliziert und zieht sich noch hin. Sie meinte, wir sollen ohne Julia anfangen, sie wird später zu uns stoßen«, berichtete sie. »Ich trage jetzt das Essen auf.«

»Wie kommt sie her?«

»Mit dem Auto. Sie wird chauffiert. Sie hat bestimmt einen Wagen mit eigenem Fahrer.«

»Hat die Sekretärin gesagt, wo Julia jetzt ist?«

»Nein.«

»Alle Achtung. Eigene Sekretärin, Chauffeur ... Ein echter VIP, unsere Julia«, meinte Nina.

»Ist doch nett, dass sie wenigstens hat anrufen lassen«, sagte Marta.

»Denkt ihr wirklich, sie kommt?«, zweifelte Lola.

»Natürlich, das hat sie uns doch gerade ausrichten lassen!«

»Pst!« Nina hob die Hände und reckte den Kopf, wie eine Schildkröte. »Seid mal still! Hört ihr den Regen?«

Draußen schüttete es. Der Regen peitschte über die Stadt, als wollte der Himmel die Welt bestrafen. Ein Donner hallte im ganzen Haus wider.

»Ich habe Angst«, flüsterte Olga.

»Wenn ihr wollt, können wir anfangen«, sagte Marta, pragmatisch wie immer. »Nicht dass wir den Weltuntergang hungrig erleben.«

Marta verschwand hinter der Schwingtür und erteilte die entsprechenden Anweisungen. Sofort kam Lidia mit dem Glasaal-Salat. Die winzigen Fische waren auf einer hellen Sauce drapiert, die einen feinen Knoblauchduft verströmte. Sie sahen köstlich aus. Lidia stellte die Platte in die Tischmitte und verschwand wieder in Richtung Küche. Sie kehrte mit Tellern zurück, auf denen ein braunes perfektes Rechteck mit einer dampfenden orangefarbenen Sauce prangte. Es duftete nach Paprika, aber es war nicht leicht zu erraten, welche Zutaten das Gericht noch enthielt. Lidia servierte die Teller, und die ehemaligen Schulkameradinnen überboten sich mit Lobeshymnen auf die Köchin. Dann kam Lidia noch ein drittes Mal, diesmal mit der Flasche Monopole blanco. Marta prüfte mit der Hand, ob die Flasche ausreichend gekühlt war. Sie nickte, und Lidia schenkte den Wein ein.

Jedes Mal, wenn die Schwingtür aufging, war aus der Küche ein Ohrwurm zu hören. Nina trällerte den Schlager *Díme que me quieres* fröhlich mit: »*Hay una cosa que te quiero decir, que es importante, al menos para mí, toda la noche estuve sin dormir porque una frase de tu boca quiero escuchar …*«

»Zu Tisch!«, rief Marta und erteilte letzte Anweisungen.

Sie setzten sich paarweise gegenüber. Nina nahm neben Lola Platz und hielt sofort eine Hand über Lolas Bauch.

»Darf ich, darf ich, darf ich? Man sagt, das bringt Glück!«

»Natürlich. Du darfst.«

»Lola, Chica, du platzt ja gleich!« Nina hielt inne, ein flüchtiger Gedanke überkam sie, und sie warf Lola einen verschwörerischen Blick zu. »Sag mal, warum haben wir uns eigentlich so lange nicht gesehen?«

Lola zuckte die Achseln. Das wusste keine der beiden. Ihre Freundschaft war zu der Zeit besonders intensiv gewesen, als Nina in großen Schwierigkeiten steckte und als Lola am Konservatorium fleißig Musik studierte. Sie hatten sie auch noch gepflegt, als Nina wieder Single war und eine gute Stelle hatte und Lola als Klavierlehrerin in der Stadt bereits einen exzellenten Ruf genoss. Nach Ninas Umzug nach Madrid hatten sie sich noch ein paarmal geschrieben. Das Beatles-Konzert war eine Art Abschied gewesen.

»Mir ist, als hätten wir uns gestern erst gesehen«, sagte Lola, die immer die passenden Worte fand. »Freundschaft verträgt die Entfernung, anders als die Liebe.«

»Stimmt. Die Liebe ist das Allerletzte«, urteilte Nina.

»Allerdings«, pflichtete Lola ihr bei.

»Das passiert uns nicht wieder.« Nina war entschlossen, wieder alles ins Lot zu bringen. Die Fehler der Vergangenheit sollen dazu dienen, es in der Gegenwart besser zu machen, lautete ihr Lebensmotto. »Nächste Woche treffen wir uns zum Kaffeetrinken.«

»Vielleicht bringe ich ja jemanden mit …« Lola strich zärtlich über ihren Bauch, und Nina hielt den Moment für gekommen, in ihren überkandidelten Tonfall zurückzufallen. Zu lange über ernste Dinge zu sprechen verursachte ihr Bauchschmerzen. Sie gestikulierte wild, um die Aufmerksamkeit auf sich zu ziehen, und übertönte die anderen mit lauter Stimme.

»Einen Moment, meine Lieben! Lola muss euch etwas erzählen. Es ist ein großes Geheimnis! Hört gut zu! Sie … ist … schwanger!« Die Freundinnen kamen aus dem Lachen nicht mehr heraus. »Wisst ihr was? Wir sind ihre Hebammen. He! Alle mal herhören! Wer von euch hat Kinder? Hand hoch, wer schon einmal ein Kind geboren hat!«

Olga und sie selbst hoben die Hand. Lola sah sie amüsiert an.

»Ich habe fünf Kinder«, prahlte Olga und ließ die Anhänger an ihrem Armband klimpern. Ein Anhänger für jedes Kind, einer für die Hochzeit und ein weiterer in Herzform mit dem Liebesgott Cupido in der Mitte.

»Fünf?« Nina musste wieder lachen. »Wie ein Kaninchen! Und alle vom selben Vater?«

»Natürlich. Du hast vielleicht Ideen.«

»So abwegig ist das gar nicht. Man sagt, dass zwanzig Prozent aller Menschen Kuckuckskinder sind. In deinem Fall trifft das natürlich nicht zu, Olga. Bei dir wissen wir, dass du nur eheliche Kinder hast. Fünf Geburten, und so eine Bombenfigur! Das ist ja noch bewundernswerter. Dr. Pardo und du, ihr haltet euch wohl strikt an die Sex-Diät, oder?«

Olga entgleisten bei dieser Beschreibung ihres Ehelebens die Gesichtszüge. Ninas Worte erinnerten sie daran, dass sie seit Monaten nicht mehr mit Benito geschlafen hatte. Das letzte Mal lag so lange zurück, dass sie schon nicht mehr wusste, ob es an Silvester gewesen war, an Benitos Geburtstag oder an Mariä Himmelfahrt. Sie hatten ohnehin nur noch an besonderen Tagen Geschlechtsverkehr, zum krönenden Abschluss von Feiertagen oder Geburtstagen. Ein kurzer, mechanischer Akt, ein paar konvulsivische Zuckungen ihres Ehegatten, begleitet von seinem »Ah … Eh … Oh …« und ihrem »Oh«, danach der Gang ins Badezimmer. Das Ganze dauerte höchstens fünf Minuten. Bis zu diesem Abend hatte Olga nie darüber nachgedacht, für sie war das normal. Sie hatte niemanden, mit dem sie sich vergleichen oder den sie dazu befragen konnte. Zudem war die natürliche Abneigung, die sie gegen solche Dinge verspürte, nicht gerade die beste Voraussetzung für Neugierde. Ninas Worte lösten in ihr nicht nur Scham aus, sondern auch Zweifel. Plötzlich überlegte sie, ob sie und ihr Mann nicht doch zu selten die Ehe vollzogen. Sie konnte ihr Unbehagen bei einer so direkten Frage nicht verhehlen und antwortete pikiert:

»Also, Nina, das ist … doch sehr intim!«

Nina wollte es wiedergutmachen, als sie sah, wie aufgewühlt Olga war.

»Entschuldige, meine Liebe! Ich bin einfach zu direkt. Jetzt sei nicht gleich eingeschnappt, ich hab's nicht bös gemeint.«

»Es tut mir leid, aber deine Obszönitäten gefallen mir nicht«, machte Olga ihrem Herzen Luft.

»Natürlich, Schätzchen, du hast ja recht, ich bin wirklich ordinär«, sagte Nina, aber ihr war nicht anzumerken, ob das eine ernst gemeinte Entschuldigung oder der nächste Scherz war. »Ich will doch niemandem zu nahe treten, ich will einfach nur Spaß haben. Chicas, ohne mich würde hier doch Friedhofsstimmung herrschen, stimmt's oder hab ich recht? Also, zurück zum Thema!« Nina zählte nach. »Wenn man Lola mitrechnet, die ja jetzt aus der Nummer nicht mehr rauskommt, dann haben wir alle zusammen … acht Kinder! Die von Julia nicht mitgerechnet, falls sie welche hat.«

»Sie hat keine«, sagte Marta.

»Schade. Da habt ihr's«, stellte Nina fest, »wir Frauen sind nicht mehr so gebärfreudig wie früher. He, alle herhören, einen hab' ich noch. Den absoluten Knüller! Wie konnte ich das vergessen? Seid ihr bereit?« Die Frauen lächelten verschmitzt und verharrten in erwartungsvollem Schweigen. »Ich bin Großmutter! Im Ernst! Seht mich nicht so bescheuert an, das ist kein Witz. Ich bin Oma! Aber ich sehe nicht so aus, oder?«

»Du bist Großmutter?«, fragte Olga. »Wie alt ist denn deine Tochter?«

»Siebenundzwanzig. Aber mein Enkel ist nicht von meiner Tochter, sondern von meinem Sohn. Der hat seine fünfundzwanzig Jahre echt gut genutzt. Aber mir war von Anfang an klar, wenn der einmal vor die Tür geht, ist er weg.«

»Ich könnte auch schon Großmutter sein«, überlegte Olga laut. »Meine beiden Töchter sind verheiratet.«

»Mein Sohn ist nicht verheiratet, und er hat das auch nicht vor. Seit letztem Jahr ist er mit einer bildhübschen jungen Frau zusammen, die auch noch superschlau ist. Aber wie ihr seht, tata! Gleich beim ersten Mal landen sie einen Volltreffer. Mann, wozu hat man denn die Pille erlaubt? Der Kleine ist zwei Wochen alt und heißt Hugo. Nur dass das klar ist, der Vorname ist nicht auf meinem Mist gewachsen. Dafür, dass ich Oma bin, sehe ich doch großartig aus, oder? Wenn mein Enkel wüsste, was ich nachmittags so treibe …«

»Aber deine beiden Kinder sind schon von deinem Ehemann?«, fragte Olga nach.

»Ja, die sind von dem Vollidioten. Lolita kennt ihn.« Nina wandte sich nun an ihr gesamtes Publikum. »Wisst ihr, Lola war bei meiner Hochzeit.«

»Warum redest du die ganze Zeit so schlecht über ihn? Tut dir das nicht weh? Er ist doch der Vater deiner Kinder?« Olga wirkte erschüttert.

»*Ihm* sollte es wehtun, schließlich ist er nach der Geburt des Jungen abgehauen. Er sei für ein Leben als Vater noch nicht reif. Das alles lässt ihn völlig kalt. Nie hat er die Kinder sehen wollen, nicht einmal Geld hat er für sie rüberwachsen lassen. Natürlich rede ich schlecht über ihn! Ich hätte ihn umbringen sollen!«

Olga senkte den Blick.

»Ich verstehe, es gibt Gründe, warum du verletzt bist«, musste Olga zugeben. »Aber du solltest ihm verzeihen.«

»Klar doch! Und dann soll ich ihm auch noch die Absolution erteilen, was? Nein und nochmals nein! Verzeihen braucht Zeit, und er hat nicht verdient, dass man auch nur eine Sekunde an ihn verschwendet.«

»Vielleicht kommt er ja ...«

»Olé!«, fiel Nina ihr ins Wort. »Dann kann ich ihn gleich meinem neuen Liebhaber vorstellen, mal sehen, ob er ihn mag!«

Lola zog den Teller mit dem Auberginen-Flan zu sich heran und schnupperte daran.

»Na, was ist? Wollen wir uns jetzt mal über dieses Wunderwerk hermachen?«

»Ja, bitte, ich muss wieder zu Kräften kommen. Ich hab mich heute total verausgabt!« Nina ließ wieder ihr überlautes Lachen hören.

Marta stieß kurz die Schwingtür auf und wies ihre Assistentin an:

»Lidia, schieb schon mal die Ente in die Röhre!«

»Ja, ja! Ab in die Röhre mit der Ente. Los, Leute, auf in den Kampf! Jetzt habt euch nicht so, die Zeiten haben sich geändert! Wenn es hier nicht bald etwas munterer zugeht, fahre ich wieder und heize meinem Vogel zu Hause noch mal richtig ein.«

Die Freundinnen glucksten vor Lachen.

»Schon gut, schon gut, ich halte ab sofort den Mund. Sorry, sorry. Ich weiß nie, wann Schluss ist. Verdammte Scheiße, bin ich glücklich! Zum ersten Mal in meinem Leben habe ich alles, was ich will, einen Geliebten, Freundinnen, einen Enkel, und sogar Zukunftspläne! Das Glück löst meine Zunge, geht euch das nicht so? Na ja, der Whisky trägt auch dazu bei. He! Der Weißwein ist fantastisch, Marta! Damit werden wir uns einen ordentlichen Rausch antrinken. Ich als Allererste! Kommt, lasst uns anstoßen!«

»Ich habe keine Limonade mehr, aber ich stoße mit Wasser an«, sagte Lola.

»Bist du irre! Doch nicht mit Wasser! Auf keinen Fall! Schenkt Lolita was von dem köstlichen Gesöff ein! Es wird Zeit, dass dein Kind was Gutes probiert. Ups, Verzeihung. Lola! Lola! Ich kann mich einfach noch nicht daran gewöhnen, dich Lola zu nennen. Gut, ich sehe es ja ein, so langsam sind wir zu alt für Kosenamen. Komm schon, nur einen Fingerhut, so ist es richtig. Nur zum Anstoßen!«

»Wo steckt Julia nur bei dem Wetter?«, fragte Marta.

»Ich habe euch doch gesagt, dass sie nicht kommt.« Nina ließ sich nicht davon abbringen.

»Und wieso nicht?«

»Würdest du an ihrer Stelle kommen? Ich glaube, sie redet sich nur raus, in Wirklichkeit hat sie keinen Bock auf uns. Wetten, beim nächsten Anruf heißt es dann, es sei ihr zu spät, sie würde uns ein anderes Mal treffen.«

»Meinst du?« Lola machte große Augen und beugte sich vor.

»Ach, hört nicht auf mich. Ich irre mich oft. Andauernd! Ehrlich gesagt, ich habe das Gefühl, mein ganzes Leben war bis heute ein großer Irrtum. Ein Irrtum von kosmischen Ausmaßen! Meine Kinder natürlich ausgenommen. Die beiden haben nichts damit zu tun. Mannomann, der Wein ist so was von lecker, was ist das?«

»Ein Monopole blanco.«

Nina zog ein Gesicht, als hätte sie noch nie davon gehört.

»Also, ich glaube nicht, dass Julia Angst vor uns hat«, meinte Lola. »Wisst ihr noch, wie sie beim Staatsstreich reagiert hat? Sie war im Parlament, als Tejero um sich schoss und ›Alle auf den Boden!‹ rief. Als die Frauen zuerst gehen durften, ist sie geblieben.«

»Wirklich?« Lola hatte von der Heldentat nichts mitbekommen.

Marta wusste noch mehr zu berichten.

»Später hat sie in einem Fernsehinterview gesagt, dass sie aus Überzeugung gehandelt hat. Da sie schon so lange die Gleichberechtigung von Männern und Frauen forderte, konnte sie keine Vorzugsbehandlung für sich in Anspruch nehmen, nur weil sie eine Frau ist.«

»Die ist doch wahnsinnig!«, entfuhr es Olga.

»Ich glaube, dazu gehört ein bewundernswerter Mut«, meinte Marta.

»Finde ich auch. He, hört nicht auf mich. Oh, oh … Ich glaube, ich habe einen Schwips!« Nina kniff prüfend die Augen zusammen. »Ihr nicht?«

Lidia kam im Mantel aus der Küche, umweht vom kräftigen, süßen Aroma der Bratente.

»Die Ente ist fertig, die Sauce habe ich in die Sauciere gefüllt.« Lidia lächelte anerkennend. »Die ist dir richtig gut gelungen, Chefin. Die Crêpes sind angerichtet, die müssen nur noch in den Ofen.«

»Sehr gut, Lidia, vielen Dank für alles.«

»Kann ich wirklich schon gehen?«

»Aber ja«, sagte Marta. »Du hast schon viel zu viel getan.«

»An solch einem Abend ist man am liebsten zu Hause.«

»Wem sagst du das!« Nina lachte dröhnend.

»Jetzt geh schon.«

Lidia verabschiedete sich mit einem warmherzigen Lächeln und winkte ihnen mit ihrer blassen, molligen Hand zu.

»Ich wünsche noch einen schönen Abend, Señoras«, sagte sie und stapfte hinaus ins Gewitter.

»Uh, sie hat uns mit Señoras angeredet … So ein Miststück!«, frotzelte Nina.

Olga runzelte die Stirn.

Kaum war die Tür zu, da krachte schon der nächste ohrenbetäubende Donner, die Lampen flackerten kurz, und dann geschah, was schon den ganzen Abend gedroht hatte.

Sie saßen im Dunkeln.

Aus dem batteriebetriebenen Küchenradio hörte man eine Männerstimme *Hoy puede ser un gran día* singen: »*Hoy puede ser un gran día donde todo está por descubrir si lo empleas como el último que te toca vivir …*« Ein großer Tag, in der Tat.

Keine wusste Näheres über das Leben von Ana María Borrás Truyol, die alle seit jeher Nina nannten. In ihrer Erinnerung war Nina ein zierliches, fröhliches Mädchen, das nicht gern lernte, sich aber für alle Aktivitäten im Freien begeisterte. Nina war das einzige Kind eines Ehepaars, das eine Soda- und Limonadenfabrik in Mataró besaß und das so sehr damit beschäftigt war, das erfolgreiche Unternehmen voranzubringen, dass es nicht einmal die Zeit fand, die Tochter an den Sonntagen zu besuchen. In der Hinsicht konnten sich die fünf die Hand geben, allerdings mit einem großen Unterschied: Nina hatte als Einzige noch Mutter und Vater.

Die wenigen Male, an denen Ninas Eltern den von den Nonnen genehmigten Besuchssonntag wahrnahmen, war der Kofferraum ihres Autos bis an den Rand mit Getränken vollgeladen: Mineralwasser, Zitronen- und Orangenlimonade, Sodawasser … Vicente, der Klosterdepp, lud die Getränkekisten aus und stapelte sie mit viel Getöse in dem Holzverschlag. Zur Belohnung erhielt er nach getaner Arbeit eine große Flasche Limonade für sich ganz allein. Den Schülerinnen wurde ihre Ration beim Mittagessen zugeteilt. Das Sodawasser war wie alle anderen Getränke für die Nonnen gedacht, die in ihrem Habit unter der Sommerhitze fast verdursteten. Zuweilen sprach der Hänfling von Priester in der Sonntagsmesse seinen Dank für die Gaben des Señor Borrás aus. Und wenn zum Essen Sodawasser gereicht wurde, wurde beim Tischgebet gemeinhin sein Name genannt. Dann war Nina sehr stolz auf ihren Vater.

Nina war eine der beliebtesten Schülerinnen im Internat, doch das lag nicht an den Limonaden. Es war ihre Fähigkeit, die, wie sie sagte, »von den Sternen gesandt war«, nämlich das Handlesen. Unermüdlich las sie in dem Buch über die Kunst des Handlesens und eignete sich nach und nach alles an: Welche Linien waren die Hauptlinien? Welcher Finger war welchem Planeten zugeordnet? Was bedeutete es, wenn ein Finger nicht die erwartete Größe hatte? Alle lauschten gebannt ihren Ausführungen. Von Freundinnen kassierte sie fürs Wahrsagen drei Reales, von den übrigen Schülerinnen zwei Pesetas. In besonderen Fällen arbeitete sie auch schon mal gratis. Wie das eine Mal, als sie dem dummen Vicente die Hand gelesen hatte. Nie zuvor hatte sie die Hand eines Jungen berührt, geschweige denn ihm aus der Hand gelesen. Wie üblich begann sie mit den Hauptlinien: Lebenslinie, Herzlinie, Kopflinie, Schicksalslinie.

»Schau mal, das hier ist deine Krankheit. Siehst du die Stelle, die ein bisschen gerötet ist?« Nina deutete auf den Daumenansatz. »Siehst du auch diesen Stern am Ende der Kopflinie, siehst du den?«

Vicente hielt sich seine Hand so dicht vors Gesicht, dass seine Nase fast die Handfläche berührte, doch die Dinge, von denen Nina sprach, konnte er beim besten Willen nicht erkennen.

»Ich weiß nicht«, brummte er.

»Das Kreuz hier bedeutet eine Liebe für das ganze Leben. Jemand wird dich sehr lieben, und das für immer und ewig.«

»Wie schön wie schön wie schön. Wirst du das sein?« Vicente war sichtlich vergnügt.

»Ich kann dir nicht sagen, wer das sein wird, das verraten die Hände nicht«, erwiderte Nina, und Vicentes Miene verfinsterte sich. »Aber hier, sieh mal. Ich sehe hier, dass du ein sehr zärtlicher Mensch bist, mit einer ausgeprägten Liebesfähigkeit, ein sehr guter und großzügiger Mensch. Das sagt deine Herzlinie, denn die ist sehr lang, siehst du?« Nina fuhr mit dem Zeigefinger die Vertiefung nach, die unter dem kleinen Finger ansetzte und bis zur Wurzel des Zeigefingers führte.

»Du kitzelst mich!« Vicente lachte schrill und zog schnell seine Hand weg.

»He, lass mich weitermachen. Ich habe gerade etwas Wichtiges entdeckt.« Vicente ließ Nina wieder gewähren. »Hier. Siehst du diese Linie, die genau in der Mitte der Handfläche beginnt?« Vicente stierte so konzentriert auf seine Handfläche, dass ihm der Speichel aus dem Mundwinkel lief. »Das ist die Schicksalslinie. Sie beginnt normalerweise etwas tiefer, über dem Handgelenk. Aber bei dir verläuft sie hier, das bedeutet, dass du gegen Widrigkeiten kämpfen musst. Vielleicht wird es dir hin und wieder schlecht gehen, aber am Ende wirst du gewinnen.«

Vicente verstand nicht alles, besser gesagt, eigentlich verstand er überhaupt nichts, aber er war gern in Ninas Nähe, er liebte ihren Duft nach Kölnischwasser, den Klang ihrer Stimme, ihre weichen Hände, er liebte es, wenn ihre Finger seine Handfläche kitzelten und wenn sie ihm die Zukunft vorhersagte. Wenn er ihr nicht mehr folgen konnte, flüsterte er: »Du Schöne!«

Nina schimpfte mit ihm.

»Bekommst du überhaupt mit, was ich dir sage?«

»Ja ja ja.«

»Lass dich nicht ablenken.«

»Nein nein nein.«

Doch Vicentes gute Vorsätze hielten nicht lange an, und er fing wieder an.

»Du Schöne!«

Nina betrachtete weiter seine Handfläche.

»Du wirst keine Kinder haben.«

»Nein?« Vicente schien untröstlich. »Werde ich auch nicht heiraten?«

Nina griff zu einer Notlüge.

»Das kann ich nicht erkennen.«

Vicente wurde wieder munter.

»Du Schöne!«

»Pst! Du lässt dich schon wieder ablenken.«

»Ja?«

»Du sollst dich konzentrieren.«

»Ja ja ja.«

Tatsächlich erkannte Nina mehr, als sie ihm offenbaren wollte. Einige Dinge verschwieg sie, damit er nicht traurig wurde, etwa dass er niemals heiraten würde. Andere Dinge behielt sie für sich, weil sie ihr peinlich waren. Zum Beispiel, dass sich am Daumenansatz ein deutlicher kleiner Hügel abzeichnete, was stets auf eine äußerst energiegeladene und sehr heftige, kaum zu zähmende Sinnlichkeit hinwies. Sie offenbarte ihm, dass seine Lebenslinie sehr lang war und dass er mindestens sechzig Jahre alt werden würde. Dabei hatte sie schon viel längere Lebenslinien gesehen. Doch Vicente gefiel diese Nachricht, er war zufrieden.

Alle hatten Mitleid mit dem Klosterdeppen, der den Körper eines Mannes, aber ein kindliches Gemüt hatte.

Liebend gern hätte Nina einer Nonne die Zukunft aus der Hand gelesen, doch sie wagte ihr Ansinnen nur ein einziges Mal vorzubringen, bei Sor Presentación, der jüngsten im Kreis. Wie zu erwarten führte Sor Presentación sich auf wie eine Furie. Sie wies Nina zurecht, dass die Chiromantie ketzerisch sei und mit der Exkommunikation bestraft werde, und meldete es umgehend der Oberin. Nina musste zwei Tage in der Kapelle verbringen. Sie unternahm keine weiteren Versuche.

Nach dem Sommer 1950, dem letzten, den Julia und die Viñó-Zwillinge im Kloster verlebten, waren Nina und Lola noch ein weiteres Schuljahr und die Sommerferien über im Internat geblieben und unzertrennlich geworden. Ihre Freundschaft entstand wie viele aus der Not heraus. Die eine war der Rettungsanker für die andere, ihre Zuflucht im Internat und in der Welt. Während des Schuljahres taten sie sich zusammen, um gemeinsam Spaniens Flüsse, Regionen und die dazugehörigen Hauptstädte zu pauken, die die Nonnen mit dem Zeigestock auf der Landkarte über der Schiefertafel abfragten. Sie trotzten gemeinsam den Tücken der Arithmetik und der Grammatik. Sie übten vierhändig Tonleitern auf dem alten verstimmten Klavier, Lola natürlich mit deutlich mehr Geschick als Nina. Sie schürzten auf gleiche Weise die Lippen für die korrekte Aussprache im Französischunterricht, wo nun Nina im Vorteil war: Sie hatte ihr erstes Französisch von einem Kindermädchen aus Argelès-sur-Mer gelernt, das sich die ersten Lebensjahre um sie gekümmert hatte.

Im Sommer, während der einsamen Ferien im Internat, hatten sie heimlich geraucht und zusammen von dem süßen Messwein aus der Kapelle getrunken. Eines Tages hatte Lola Besuch von ihrem Cousin Emilio erhalten, dem hochnäsigsten Schnösel der Welt, der sich etwas darauf einbildete, dass er in San Sebastián lebte, und alles provinziell fand. Sie hatten ihn mit auf das Dach genommen, um ihm den Wind aus den Segeln zu nehmen. Die Nonnen hängten dort ihre Unterwäsche zum Trocknen auf, und just an dem Tag flatterten dort sechs lange Unterhosen sowie ein Dutzend Monatsbinden aus Frottee. Es grenzte an ein Wunder, dass man sie nicht der Schule verwies.

Das Wichtigste waren die Vertraulichkeiten, die sie austauschten. In den schwülen Nächten, in denen nur das Zirpen der Grillen im Garten zu hören war, sprachen Nina und Lolita über verbotene Dinge. Die Körper der Nonnen. Die ewig schlechte Laune von Sor Presentación. Ihre eigenen Körper. Den Körper von Vicente, der nun fast die ganze Zeit hinter Schloss und Riegel in seiner Rumpelkammer verbrachte. Sie spekulierten über Julias Verbleib. Über Hochzeitsnächte. Die Jungfräulichkeit von Jungfrauen. Die Gründe, aus denen man die Hölle besser vermied. Die Gespenster, die im Klosterbrunnen schlummerten.

Im Sommer 1951 las Nina Lolita die Hand. Gratis.

»Du hast die Hand einer Künstlerin. Kräftige, starke Finger. Du wirst in die Fußstapfen deines Vaters treten und Pianistin werden«, prophezeite Nina.

»Gut, das wusste ich schon. Was noch?«, fragte Lolita ungeduldig, sie wollte unbedingt etwas Neues erfahren.

»In deinem Leben wird es eine große Liebe geben, die alles erfüllen wird. Nein, warte … Zwei große Lieben! Bei dir verlaufen hier zwei Linien, sieh mal.« Nina deutete auf einen Punkt fast in der Mitte der Handfläche. »Wie ein Pfad, der sich gabelt. Das können zwei Liebesbeziehungen sein, die eng beieinanderliegen, die irgendwie miteinander verwoben sind. Das ist merkwürdig. Komm, zeig mir die andere Hand!«

Als sie die Hauptlinien ausreichend studiert hatte, nahm Nina eine Lupe zu Hilfe, um auch die Kreuze, Dreiecke und Vierecke auf der Handfläche zu betrachten, wichtige Aspekte, die man auf den ersten Blick schnell übersah. Man musste sie sorgfältig suchen und gute Kenntnisse im Handlesen haben, um sie zu finden. Manchmal wiesen sie auf traurige Ereignisse hin.

»Das Kreuz hier auf dem Jupiterberg«, sagte sie und zeigte auf eine Stelle an der Wurzel des Zeigefingers, »bedeutet, dass du sehr spät heiraten wirst.«

»In wie viel Jahren?«

»Es werden viele Jahre ins Land gehen, wie viele, kann ich nicht sehen.«

»Aber ich werde heiraten?«

»Ja.«

»Bestimmt?«

»Ganz bestimmt. Das sieht man hier! Aber das Wichtigste ist, dass es in deinem Leben zwei große Lieben geben wird, die du beide sehr intensiv erleben wirst.«

»Hm.«

Dank Ninas Mitteilungsdrang kannten alle Mitschülerinnen die wichtigsten Fakten aus dem Buch der Handlesekunst. Sie wussten, dass es 433 anerkannte Systeme beim Handlesen gab. Dass der erste Chiromant ein Deutscher im 14. Jahrhundert war, irgendein Bartholomäus. Dass die Weissagungen an sauberen Händen vorgenommen werden mussten, nüchtern, frühestens drei Stunden nach Arbeitsende, vorzugsweise bei Tageslicht, aber nie unter der direkten Sonne. Dass man kranken Menschen und Kindern unter sieben Jahren die Zukunft nicht vorhersagen konnte. Sie hatten erfahren, dass stets aus der linken Hand gelesen werden musste, da diese Hand näher beim Herzen lag und vom Planeten Jupiter bestimmt wurde, aber dass in Zweifelsfällen auch die rechte Hand zu Rate gezogen werden durfte. Die rechte Hand zeigte die Vergangenheit, die linke die Zukunft. Dass auch die Fingerglieder eine wichtige Rolle spielten. Das erste verwies auf die göttliche Welt, das zweite auf die abstrakte Welt und das dritte auf die stoffliche Welt. Dass eine Verbreiterung des dritten Fingergliedes typisch war für Künstler, Philosophen und im Allgemeinen für Menschen, die die Gesellschaft veränderten. »Den Fortschritt in der Welt verdanken wir den Menschen mit den spatelförmigen Händen«, verkündete Nina feierlich, wenn sie ihr Wissen kundtat.

Auf das Handlesen an sich folgte die Deutung, die natürlich

viel schwieriger war. Nina kannte ihr Handbuch in- und auswendig, aber sie besaß auch eine überbordende Fantasie.

»Vielleicht verliebst du dich ja in Zwillinge«, sagte sie zu Lola.

»Zwillinge?«

»Vielleicht sind es auch keine Zwillinge, sondern nur Brüder.«

»Hm.«

»Auf jeden Fall kommen sie aus einer Familie.«

Lolita nahm Ninas Prophezeiungen sehr ernst, wie alle Mitschülerinnen. Alle lauschten andächtig und ehrfürchtig ihren Worten, wie es einem Orakel gebührte.

Nina hatte nie ihre eigene Hand gelesen, die Chiromanten rieten davon ab, doch sie hatte so viele Stunden damit zugebracht, die Beispiele aus dem Buch an ihrer eigenen Hand zu studieren, dass sie ihre Persönlichkeit und ihre Zukunft bis ins letzte Detail kannte. In dem Buch hieß es, Handflächen seien wie Seekarten für die Schifffahrt. In ihnen stünde alles geschrieben, aber man müsse es auch lesen können.

Sie wusste beispielsweise, dass sie eine kurze unglückliche Ehe führen würde, denn die Ehelinie, die waagerecht von der Handkante zum kleinen Finger verläuft, endete bei ihr in einer Gabelung. Sie würde zwei Kinder bekommen, ein Mädchen und einen Jungen. Das zeigten die dünne und die dickere Linie an, die aus ihrer Ehelinie entsprangen. Doch die Katastrophen hatte sie nicht gesehen. Vielleicht wäre ihr Leben sonst anders verlaufen.

Über Jahre hatte sie an ihren Fähigkeiten gezweifelt. Sie hatte sie negiert, sie hatte schließlich andere Sorgen. Sie glaubte erst wieder daran, als sie später, geleitet von der Botschaft ihrer Hände, beschloss, Fremdsprachen zu lernen. Das letzte Fingerglied des kleinen Fingers war ein bisschen länger als die übrigen, ein Hinweis auf eine besondere Sprachbegabung. Sie lernte Englisch und ein wenig Deutsch, Französisch konnte sie bereits. Sie nutzte dafür ihre beiden Schwangerschaften. Sie hatte viel freie Zeit und suchte ihren Platz in der Welt. Sie hatte begriffen, dass sie arbeiten musste. Am Zeigefinger gab es keine Rillen, gemäß ihrem Handbuch bedeutete das, dass sie nicht anstreben sollte, im Leben reüssieren zu wollen. Sie sprach sich selbst Mut zu: Der Verzicht auf höhere Ziele bot ihr die Chance, ihre Kräfte für das gesunde Mittelmaß zu bündeln.

Kurz nach der Geburt ihres zweiten Kindes begann Nina als Sekretärin in einer Anwaltskanzlei zu arbeiten. Es geschah aus der Not heraus, und sie konnte damit ihren Lebensunterhalt bestreiten. Danach arbeitete sie nachts an der Rezeption eines Luxushotels. Wer weiß, wie viele Jahre sie dort noch zugebracht hätte, hätte nicht das Glück ihren Weg gekreuzt.

Nina tat gerade hinter dem Empfangstresen ihren Dienst, als ein Stammgast des Hotels sich bei ihr beschwerte, das Zimmer, das man ihm gegeben habe, sei sehr laut, obwohl er bei der Reservierung eigens um ein ruhiges Zimmer gebeten habe. Es war schon spät in der Nacht, und Nina war ganz allein an der Rezeption. Sie beschloss, den unzufriedenen Gast gut zu behandeln. Sie gab ihm sofort ohne Aufpreis ein Zimmer einer höheren Kategorie, veranlasste den Umzug seines Gepäcks und ließ dem Gast als Wiedergutmachung für die Unannehmlichkeit eine gute Flasche Wein aufs Zimmer bringen. Sie nahm es auf ihre Kappe, da niemand da war, den sie hätte fragen können. Doch sie hatte Glück, und die Hotelleitung hieß ihre spontane Entscheidung gut. Allerdings zog man ihr die Flasche Wein später vom Lohn ab. Den unzufriedenen Stammgast hatte sie jedoch für sich eingenommen: Es war kein geringerer als Francisco Bermúdez, zu der Zeit der bedeutendste Konzert- und Veranstaltungsmanager in Spanien.

Als Bermúdez am nächsten Morgen seine Rechnung beglich, fragte er lächelnd:

»Hätten Sie die Güte, mir zu verraten, wie alt Sie sind?«

»Klar. Ich bin zweiundzwanzig.«

»Sprechen Sie zufällig irgendwelche Fremdsprachen?«

Nina konnte die Frage stolz bejahen.

»Englisch, Französisch und Deutsch.«

»Dann möchte ich Ihnen eine Stelle anbieten. Und ich denke, Sie sollten mein Angebot annehmen.«

Francisco Bermúdez war ein seriöser, kultivierter, wortkarger Mann, der im Ruf stand, sehr förmlich zu sein. Aufgrund der Tatsache, dass er ständig auf Reisen war und von Berufs wegen Kontakt mit allen möglichen schrägen Vögeln hatte, blickte er mit einer gewissen Weitsicht auf die Welt. Die Geschäfte liefen gut, doch das Beste sollte erst noch kommen. Zuerst bot er Nina eine Stelle als Fremdsprachenkorrespondentin an. Ihre Aufgabe bestand darin, mit den Managern der ausländischen Künstler die Verträge auszuhandeln. Bermúdez offerierte Nina zudem ein gutes Gehalt. Der Arbeitsplatz war allerdings in Madrid, aber das spielte für sie keine Rolle.

Nina überlegte nicht lange. Sie packte ihre Koffer und zog mit ihren beiden Kindern in die spanische Hauptstadt. Dort arbeitete sie zunächst als Fremdsprachenkorrespondentin, und später avancierte sie zu Bermúdez' persönlicher Assistentin. Sie musste viele Kommentare über sich ergehen lassen, denn zu der Zeit konnte sich niemand vorstellen, dass eine Frau allein aufgrund ihrer beruflichen Leistung einen solchen Karrieresprung machte. Nina mochte ihren Chef und verteidigte ihn, wenn wieder mal eine unverschämte Bemerkung fiel; auf die Idee, sich selbst zu verteidigen, kam sie nicht. Francisco Bermúdez, meinte sie, sei zu keiner Gemeinheit fähig. »Das hat er nicht nötig«, sagte sie oft.

In der Agentur fühlte Nina sich pudelwohl. Das Umfeld passte zu ihr, sie musste keine dieser grässlichen Uniformen anziehen, die Sekretärinnen oder Rezeptionistinnen sonst trugen, und sie hatte Gelegenheit, haufenweise Exzentriker, sprich: interessante Menschen, kennenzulernen. Die Künstler waren allesamt ein wenig schrill, aber sie spielten ja auch in einer anderen Liga. Die meisten weigerten sich einfach, das fade Grau der Gesellschaft, in der sie lebten, zu akzeptieren. Viele Kunden der Agentur waren Ausländer, sie bestätigten Nina darin, dass die Welt nicht aus dieser borniertem Gesellschaft bestand und dass sie, wenn sich die Dinge einmal ändern sollten, einen Vorsprung vor allen anderen haben würde.

Die Jahre in Madrid waren äußerst intensiv, Nina musste viel arbeiten, und sie lernte viel dazu. Im Lauf der Jahre sollte sie diese Zeit als die beste Zeit ihres Lebens bezeichnen. Erst nach Francos Tod im Jahr 1975 kehrte sie in ihre Heimat zurück. Die Rückkehr gestaltete sich ein wenig schwierig, denn die Umstände hatten sich geändert. Nina ließ ihre Tochter zurück, die in Madrid schon auf eigenen Beinen stand, und nahm nur den jüngeren Sohn mit. In Barcelona mietete sie eine Wohnung in der Calle Hospital und bewarb sich auf eine Stellenanzeige als Sekretärin bei einer Filmfirma, die auch die ersten Spielfilme auf Katalanisch produzierte. Die Stelle bekam sie natürlich, nachdem man ihren Lebenslauf gelesen hatte, und Francisco Bermúdez' generöses Empfehlungsschreiben war bestimmt auch hilfreich gewesen.

Nina dachte oft, sie hätte verschiedene Leben gelebt. Das der höheren Tochter, die ihre Sommerferien in einem Nonnenkloster verbrachte. Das einer Frau, die zu früh geheiratet hatte. Das einer alleinerziehenden Mutter mit zwei kleinen Kindern. Das einer finanziell unabhängigen und ungebundenen Dreißigjährigen, die die Welt erobern will. Das einer reifen Frau, der es absolut egal war, wie andere über sie dachten. Nina fühlte sich, als wäre sie aus den Bruchstücken all dieser Leben zusammengesetzt, wie ein Puzzle, bei dem sich das Gesamtbild aus der Summe der Einzelteile ergibt.

Die ehemaligen Schulkameradinnen saßen immer noch im Dunkeln.

»Hast du Kerzen?«, fragte Olga.

»Ich hole welche.« Marta suchte in den Schubladen des Sideboards, bis sie zwei Kerzenständer und passende Kerzen fand. Olga half ihr, indem sie mit der Flamme ihres Feuerzeuges ein wenig Licht in das Restaurant brachte.

»Sag mal, Nina«, sagte Lola einer plötzlichen Erinnerung folgend, »liest du immer noch aus der Hand?«

»Natürlich! Sogar viel besser als früher. Ich habe inzwischen Kurse bei richtig guten Meistern belegt.«

»Würdest du uns aus der Hand lesen?«

»Klar doch! Es gibt nichts Besseres als die Hände von reifen Frauen.« Alle prusteten los. »Die haben mehr zu erzählen. Die von reifen Männern natürlich auch. Stellt euch vor, ich habe erst vorhin meinem neuen Liebhaber die Hand gelesen. Gratis!«

Nun gab es kein Halten mehr, alle lachten.

»Ich frage besser nicht, was dabei herausgekommen ist«, sagte Lola.

»Grob gesagt, er ist ein Filou und ein Weiberheld. Aber das ist mir egal. Von der Sorte hatte ich schon einige. Ich kann mit solchen Männern umgehen. Außerdem, solange er mit mir zusammen ist, wird er keine Kraft mehr für andere haben. Er sagt, das wäre alles Vergangenheit. Ich hätte ihn erlöst.«

Nina lachte wieder schallend.

»Glaubst du ihm etwa?«, fragte Lola.

»Nein. Aber das ist scheißegal. Im Moment behandle ich ihn wie eine Affäre. Keine Fragen, keine Erklärungen.«

Allmählich gewöhnten sich ihre Pupillen an das Halbdunkel, sie konnten sich schemenhaft erkennen, ohne sich genau zu sehen.

Lola hielt die leere Gabel in der Hand und meinte kauend:

»Ach, diese Glasaale sind wirklich köstlich. Was ist das für ein Dressing?«

»Eine Mischung aus Zitronensaft, Sahne, Eigelb, ein wenig Brandy, einem Hauch Knoblauch und einer Prise Paprika«, zitierte Marta auswendig ihr Rezept, während sie mit dem Kerzenständer in der Hand nach der Streichholzschachtel suchte, die irgendwo sein musste. »Die frische Note kommt vom Zitronensaft.«

»Und was ist das, Marta?« Lola versuchte in der Dunkelheit das Gericht zu erkennen.

»Auberginen-Flan«, erklärte Marta.

»Auberginen!« Lola war begeistert. »Natürlich!«

»Kaum zu erkennen«, stellte Nina fest.

Marta zündete die Kerzen an und stellte die Kerzenleuchter in die Tischmitte. Die vier Frauen saßen nun im Licht wie auf einem Gemälde mit Hell-Dunkel-Kontrasten von Caravaggio, *Das Abendmahl in Emmaus* mit weiblicher Besetzung.

»Hoffentlich gibt es bald wieder Strom«, meinte Olga und lehnte sich zurück. Man hörte das Taftkleid rascheln und das Armband klimpern.

Marta eilte wieder in die Küche. Bevor Lidia gegangen war, hatte sie die Crêpes mit dem Seeteufelragout gefüllt, sie akkurat zusammengerollt und mit der samtigen Sauce Velouté übergossen. Die Crêpes mussten noch eine Minute unter den Grill, doch Marta hätte sie am liebsten auf der Stelle vertilgt, so köstlich sahen sie aus. Es war ein raffiniertes, mächtiges Gericht, aber es kam immer gut an. Marta zündete eine weitere Kerze an und stellte sie neben den Herd. Sie überprüfte, ob der Backofen an war, zum Glück war es ein Gasofen, der trotz Stromausfall funktionierte. In Windeseile wären die Crêpes gratiniert.

Die Flasche Monopole ging zur Neige, doch im Kühlschrank lag noch Nachschub. Marta holte die nächste Flasche heraus, entkorkte sie, brachte sie zum Tisch und schenkte nach.

»Ach, ist das herrlich!«, rief Nina.

»Soll ich dir helfen?«, bot Olga an, die Marta emsig hin und her eilen sah.

»Bleib sitzen«, meinte diese knapp.

Als Marta mit den Crêpes an den Tisch kam, erntete sie stürmischen Beifall.

»Köstlich!«, lobte Nina begeistert. »Montag berichte ich alles haarklein meinen Kolleginnen. Die werden mich killen. Marta, Schatz, könnten wir uns morgen oder übermorgen treffen, damit du mir noch das Buch für meine Kollegin signierst? Ich weiß nicht, wie ich ihr beibiegen soll, dass ich es vergessen habe.«

»Gern, ich schau nachher im Terminkalender nach.«

»Danke, mein Herz.«

Die Füllung bestand aus einem Ragout aus winzigen Seeteufel-Würfeln, einem Glas trockenem Sherry, einem Glas Weißwein und einem Hauch Sahne. Sie schmeckte fantastisch intensiv. Durch das Gratinieren hatte sich die edle Sauce Velouté kaum verändert, es hatte ihr nur einen interessanten, leicht knusprigen Hauch verliehen. Das Gericht sah kompliziert aus, doch die Zubereitung war einfach. Es mundete allen. Das Schweigen am Tisch war der Beweis.

»Gütiger Himmel, Marta! Das ist so etwas von lecker!«, rief Nina schließlich, verzückt von den Gaumenfreuden.

»Für Julia habe ich eine Portion in der Küche aufgehoben«, sagte die Gastgeberin, während sie sich einen kleinen Bissen in den Mund schob.

»Marta, du isst ja gar nichts.« Lola war eine gute Beobachterin.

»Ich habe keinen großen Hunger.«

»Wer kocht, isst selbst am wenigsten«, befand Nina. »Das ist ein allgemeingültiges Gesetz. Beim nächsten Mal treffen wir uns in einem anderen Restaurant, damit die arme Marta auch zum Essen kommt.«

»In einem anderen Restaurant? Kommt nicht infrage!«, widersprach Olga. »Wo wären wir besser aufgehoben als hier?«

Marta sagte nichts, nahm noch einen Bissen von dem Auberginen-Flan. Bald waren die Teller und auch schon fast die zweite Flasche Monopole blanco geleert.

»Und jetzt? Wollen wir zur Auflockerung etwas spielen?«, schlug Nina vor.

»Oder soll ich die Ente servieren?« Marta blieb professionell in ihrer Rolle, war aber deutlich entspannter. Allmählich fasste sie Vertrauen. Ein weiterer Beweis für die Katzentheorie des Álex Baudet. »Sie wird sonst kalt.«

»Gütiger Himmel! Chica, jetzt gönn uns doch mal ne Pause! Lass uns noch ein bisschen warten«, flehte Nina.

»Ich kann nicht mehr. Ich hab's heute wirklich übertrieben«, sagte Olga mit Leidensmiene.

»Ich auch«, pflichtete Lola ihr bei, »und wie.«

»Bei dir passt wirklich nichts mehr rein, meine Königin«, urteilte Nina mit Blick auf Lolas gewölbten Bauch. »Da musst du erstmal Platz schaffen.«

»Wenn Olgas schickes Kleid aus den Nähten platzt, wäre es schlimmer.« Lola lachte auf eine Weise, die nicht zu ihr passte.

Olga prustete los. Auch das klang gekünstelt.

»Wenn mein Kleid platzt, falle ich in Ohnmacht. Bei dem Preis!«

»Aber dann hättest du es endlich bequem!«, entgegnete Nina.

Sie lachten ausgelassen. Wer konnte, bog sich vor Lachen. Nach einer Weile tupften sie sich die Freudentränen aus dem Gesicht. Nur Marta ließ sich von der Albernheit nicht anstecken.

»Was haltet ihr davon, wenn wir mit dem Hauptgang warten, bis Julia kommt?«, schlug sie vor. »Zumindest sieht sie dann die Enten im Ganzen.«

Alle waren einverstanden.

»Ja, lasst uns auf Julia warten«, meinte Lola.

»Genau, heb den Braten auf!« Nina lachte freiheraus.

»Erinnert ihr euch noch an das Pfänderspiel?« Lola hatte die Frage ausgesprochen, ohne groß nachzudenken. Sie hatte noch Lachtränen in den Augen. »Was haltet ihr davon? Sollen wir das wieder spielen? Damit können wir uns gleich gegenseitig auf den neuesten Stand der Dinge bringen, einunddreißig Jahre sind eine lange Zeit.«

»Auf den Stand der Dinge?« Olga zog eine Schnute. »Hm, ich weiß nicht.«

»Du hast die Sitzungen damals mit eiserner Hand geleitet, Olga«, erinnerte Nina. »Du warst ja so was von herrschsüchtig!«

»Herrschsüchtig? Sie war einfach nur gemein«, schnaubte Marta.

Olga versuchte sich zu rechtfertigen.

»Die Grausamkeit der Jugend.«

»Nein.« Marta hielt Olga den Zeigefinger vor die Nase. »Du warst einfach pervers.«

Olga schüttelte den Kopf und sah zur Seite, wie üblich. Alles, aber das Abendessen würde sie sich nicht durch die Erinnerung daran vermiesen lassen, wie sie als Vierzehnjährige gewesen war.

»Das waren wir doch alle«, versuchte sie das Ganze herunterzuspielen.

»Du warst aber besonders fies«, kartete Marta nach.

»Traust du dich, noch einmal die Zeremonienmeisterin zu spielen?«, schaltete Nina sich in das Duell der Schwestern ein.

»Ich weiß nicht.«

»Komm schon, Schwesterchen, tu nicht so. Das würdest du doch liebend gern machen.«

»Ja, das wäre durchaus amüsant«, gestand Olga. »Vielleicht etwas unpassend, aber amüsant.«

»Unpassend? Komm schon!«, murrte Nina.

»Jede von uns könnte ein Pfand abgeben, so wie früher, und dann etwas tun, um es wiederzubekommen. Aber es muss eine schwierige Aufgabe sein«, imitierte Lola mutwillig die dicke Olga von vor dreißig Jahren.

»Köstlich! Da gibt es bestimmt etwas zu lachen«, freute sich Nina.

»Gut, aber nur unter der Bedingung, dass Olga auch mitspielt«, verlangte Marta.

»Genau. Hier kommt keine ungeschoren davon.«

»Das ist doch Wahnsinn!« Olga war sichtlich nervös. »Ist noch Wein übrig?«

»Noch dazu angesäuselt? Betrunken haben wir das noch nie gespielt. Das wird ein Spaß.«

»Ich hole noch Wein«, sagte Marta und war schon auf dem Weg.

»Dieser Weißwein ist echt gefährlich.«

»Ihr habt den Rotwein noch nicht probiert!«, rief sie aus der Küche.

Plötzlich hörten sie ein Geräusch an der Tür. Im Halbdunkel war kaum etwas zu erkennen, doch dann sahen sie, dass es Lidia war. Sie war klitschnass, als käme sie direkt aus dem Schwimmbecken.

»Ach du Schreck!«, entfuhr es Olga.

Marta kam gerade mit einer bereits geöffneten Flasche Cariñena Banda Azul aus der Küche zurück. Den Wein hatte sie eigentlich für den Hauptgang vorgesehen, aber es lohnte sich, ihn schon früher zu kosten, jetzt wo die Party ihren Höhepunkt zu erreichen schien. Durch den Trubel und den Alkohol hatte sie Álex fast vergessen. Das war ein guter Anfang. »Lidia! Was machst du denn hier?«

»Da draußen herrscht die reinste Sintflut, Chefin. Die Ampeln funktionieren nicht, die Wege sind völlig überschwemmt. Außerdem hat man die Straßen gesperrt. Anscheinend gab es einen Unfall. Könnte ich hierbleiben, bis das Unwetter nach-gelassen hat?«

»Klar. Du kannst so lange bleiben, wie du willst.«

»Danke.« Die junge Frau lächelte. »Ich ziehe mir nur schnell was Trockenes an.«

Lidia nahm sich einen Kerzenleuchter und verschwand damit in Richtung der Kammer, die als Umkleide und Lager-raum diente.

Im Restaurant hatten die Schulfreundinnen inzwischen al-les vorbereitet. Sie lächelten zufrieden über diese Rückkehr in die Vergangenheit. Nina hatte die leeren Teller abgeräumt und auf das Sideboard gestellt. In der Mitte des Tischs war Platz für die Pfänder geschaffen worden, wie auf einem Opferaltar. Lola hatte sich auf einen anderen Stuhl gesetzt, damit die Zeremoni-enmeisterin am Kopf des Tisches Platz nehmen konnte.

»Olga! Olga! Hör mal! Lola hatte eine fantastische Idee«, verkündete Nina. »Aber sie soll sie selbst vorstellen.«

»Ich schlage vor, dass jede von uns eine Frage aufschreibt. Kompromittierende, schlüpfrige, unverschämte Fragen, da sind keine Grenzen gesetzt. Natürlich muss es um etwas Per-sönliches gehen. Es müssen Fragen sein, die man sonst nie stel-len würde.«

»Gut. Und dann?«

»Dann müssen alle die Frage beantworten, nur die Frage-stellerin nicht, die ist ausgenommen.«

»Das ist doch genial, oder?« Ninas Augen glänzten im Schein der Kerzen.

»Was ist, wenn eine von uns keine Antwort geben will?«, erkundigte sich Olga.

»Dann verliert sie ihr Pfand, wie früher!«, stellte Lola, die Ideologin, klar. »Das verbleibt dann im gemeinsamen Fundus.«

Olga nickte.

Sie erinnerte sich nur zu gut.

»Einverstanden«, sagte sie. »Wer bestimmt die Reihenfolge der Antworten?«

»Diejenige, die die Frage gestellt hat, natürlich. So ist jede von uns einmal als Zeremonienmeisterin dran. Gebt doch zu, ihr könnt es gar nicht erwarten, in Olgas Fußstapfen zu treten! Erinnert ihr euch noch an den heiligen Schwur? Und an den schwarzen Turban, den sie damals trug?«

»Stimmt, der Turban meiner Mutter«, erinnerte sich Olga. »Den hatte ich mir aus ihrer Schublade genommen.«

»Du hast einem ganz schön Angst eingejagt mit dem Turban auf dem Kopf und deinem bebenden Doppelkinn«, erinnerte sich Lola.

Marta überlegte, und ein maliziöses Lächeln umspielte ihren Mund. Sie wusste nicht, ob es am Wein lag oder an dem Pfänderspiel oder woran auch immer, aber Álex' Weggang trat mehr und mehr in den Hintergrund.

»Ihr Hexen!«, schalt sie, doch im Grunde genommen war sie hocherfreut. Sie setzte sich und schlug mit beiden Händen auf den Tisch. »Los, womit fangen wir an?«

»Die Regeln! Zuerst muss Olga die Spielregeln erklären!«, erinnerte sich Nina.

»Gut, es gilt dasselbe wie früher«, sagte Olga. »Es ist verboten zu lügen, etwas zu verschweigen oder mittendrin auszusteigen.«

Nina wurde nervös. Nichts hielt sie mehr auf ihrem Stuhl. Sie stand auf und setzte sich breitbeinig auf den Nachbartisch.

»Okay, okay! Fangen wir jetzt an, oder was ist?«, rief sie.

»Ich schenke noch Wein nach«, sagte Marta.

»Mir bitte nicht mehr«, wehrte Lola energisch ab. »Ich hab genug für heute.«

»Na schön«, begann Olga, die nach dreißig Jahren wieder die Zeremonienmeisterin gab. »Überlegt euch eure Fragen. Marta, wir brauchen Stift und Papier.«

»Ja, sofort.«

Marta stand auf und holte ein Heft aus einer Küchenschublade. Sie riss für jede ein Blatt heraus. Bleistift und Kugelschreiber reichten sie weiter.

Das Grollen des Donners entfernte sich und vermischte sich mit der Musik aus dem Küchenradio zu einem Hintergrundgeräusch. Diesmal war es eine weibliche Stimme, die mit eindeutig italienischem Akzent vor den Gefahren der Wahrheit warnte: »*Yo le dije si no estás tú, que voy a hacer si no estás tú. Y he sabido que es peligroso decir siempre la verdad ...*«

Olga gab weitere Anweisungen. Auch ihre Augen glänzten. Selbst Ninas Späße konnten sie nicht mehr verdrießen.

»Während sich jede von uns ihre Frage überlegt, muss das Pfand abgegeben werden. Wir gehen in der Reihenfolge vor, in der wir sitzen. Was meint ihr?« Allgemeine Zustimmung. »Schwesterchen, du fängst an.«

Alle taten so, als gerieten sie beim Anblick des weißen Blattes Papier schwer ins Grübeln.

»Gut. Reichen meine Autoschlüssel?« Marta suchte in den Blicken der Mitspielerinnen nach Zustimmung.

»Klar doch. Und der Wagen gehört dir, ja?«, Olga wollte auf Nummer sicher gehen.

Marta legte die Schlüssel für den Golf, der bei dem Trennungsgespräch am Nachmittag zu Zwistigkeiten geführt hatte, in die Tischmitte.

»Lola?«

»Ja. Ich weiß, ich bin dran.« Lola beugte sich unter Mühen zu der großen Tasche auf dem Fußboden. »Hier, Leute, das wird euch begeistern.« Sie entnahm einen länglichen, verknitterten Briefumschlag, bei dem man die Zeilen in Schönschrift dahinter erahnte. »Ich setze als Pfand einen Liebesbrief ein, den ich diese Woche erhalten habe.«

Nun kamen allgemeine Jubelrufe auf.

»*Olé!* Lola, verdammt! Komm, lies ihn uns vor!«

»Später, später.« Sie lächelte bezaubernd, wie ein junges Mädchen. »Wenn ich ihn wiederhabe.«

»Langsam wird die Sache spannend!«

Nun war Olga an der Reihe.

»Hm, was könnte ich einsetzen? Hätte ich meine neue Handtasche dabei ...«, überlegte sie.

»Komm, nimm das Armband«, schlug Lola vor.

»Nein, nicht das Armband. Das lege ich niemals ab.«

»Noch ein Grund mehr«, sagte Lola. »Dann musst du dich wenigstens anstrengen, um es wiederzubekommen.«

»Armband her! Armband her!«, grölte Nina.

Bei so viel Hartnäckigkeit blieb Olga nichts anderes übrig. Sie nahm den Schatz mit den klimpernden Anhängern vom Handgelenk und legte ihn neben den Schlüsselbund und den Liebesbrief in die Tischmitte.

»Die Nächste bitte«, sagte sie. »Jetzt fehlst nur noch du, Nina.«

»Stimmt. He, warum muss ich immer die Letzte sein? Lasst mich kurz nachdenken. Ich habe keine Handtasche dabei. Ich trage keinen Büstenhalter. Wartet ... Ich hab's!« Nina bückte sich und griff nach einem Gegenstand, den sie gleich bei ihrer Ankunft unter den Tisch geworfen hatte. »Reicht ein Regenschirm?«

»Ist das deiner?«

»Ja.«

»Okay.«

Nina übergab ihr Pfand: einen hässlichen schwarzen Taschenschirm mit rosa Punkten, an dem zwei Speichen gebrochen waren.

»Seid ihr fertig mit den Fragen?«

Jede nahm sich ausreichend Zeit, faltete ihren Zettel und schob ihn in die Tischmitte.

Marta war die Letzte, sie brauchte mehrere Anläufe und mehrere Blätter, die sie zerknüllte und in den Papierkorb warf, bevor sie sich für eine Frage entschied. Als sie endlich fertig war, klatschte Nina Beifall und rief begeistert: »Bravo! Jetzt geht's los!«

JULIA

An jenem Mittwoch, dem 29. Juli 1981, der allen als Tag der
»Jahrhunderthochzeit« in Erinnerung bleiben würde, landeten Julia und ihre persönliche Assistentin María um neun Uhr
morgens in Barcelona. Am Flughafen erwartete sie ein Fahrer
mit einem schwarzen Citroën, der sie zum Radiosender *Radio
Nacional* im Paseo de Gracia 1 bringen sollte. Auf der Fahrt
quer durch die Stadt gingen die beiden Frauen noch einmal
die Kernpunkte durch, die Julia für das Interview vorbereitet hatte. Sie war von Moderator Luis del Olmo als Studiogast
zu *De costa a costa* eingeladen worden, der Live-Sendung mit
der größten Hörerschaft in Spanien. Im Interview sollte das
Thema im Mittelpunkt stehen, das seit Wochen die Öffentlichkeit bewegte, insbesondere die Kirche und die ultrakonservati-
ven Kreise: das vor Kurzem verabschiedete neue Scheidungsgesetz, an dem Julia als Mitglied des zuständigen Ausschusses
mitgewirkt hatte.

Am Tag der Jahrhunderthochzeit über zerbrochene Ehen
zu sprechen war eine Herausforderung, die Julia mit Humor
genommen hatte. Sie trafen zeitig beim Sender ein und tranken noch einen Kaffee in der Redaktion. Kurz darauf betrat
Julia das Studio, begrüßte den hochgewachsenen Journalisten,
knöpfte ihre Kostümjacke auf und wartete auf die erste Frage.
Bei der Vorstellung seines Studiogastes ging Luis del Olmo auf
Julias Vergangenheit bei den Juventudes Socialistas ein, auf ihre
Zeit in Frankreich, ihre Promotion in Jura an der Sorbonne,
ihren Kampf für den Feminismus und zwangsläufig auch auf
ihr Leben als Frau und Abgeordnete. Julia bemühte sich um

versöhnliche Antworten und ließ sich nicht provozieren. Sie sprach von Justizminister Fernández Ordóñez, in dessen Team sie an der Formulierung des Gesetzestextes mitgearbeitet hatte, und lobte dessen Mut und Entschlusskraft, »ein Gesetz einzubringen, das unsere veraltete Gesellschaft erneuern wird«. Sie zitierte den Minister: »Wir können nicht verhindern, dass Ehen zerbrechen, aber wir können das endlose Leid abkürzen, das durch zerbrochene Ehen entsteht.«

Der Journalist warf einen Blick in seine Unterlagen und fragte, wie die Politik zu reagieren gedächte, falls tatsächlich, wie einige prophezeiten, eine halbe Million Scheidungsklagen eingereicht würden. Hielt die Politikerin die Schaffung von sechsundzwanzig neuen Familiengerichten für die Bewältigung einer solchen Prozesslawine für ausreichend? Julia hätte beinahe laut aufgelacht. Aber sie war sich ihrer Rolle bewusst und sprach mit unverändert beherrschter Stimme weiter.

»Wie Sie sich denken können, weiß weder ich noch sonst jemand, wie viele Scheidungsklagen tatsächlich eingereicht werden. Wir haben allerdings Richtwerte, die sich auf unsere begrenzten Erfahrungen stützen, nachdem die Republik 1931 das erste und bisher einzige Scheidungsgesetz Spaniens verabschiedet hatte. Wie sich zeigte, wurden zwischen März 1932 und Dezember 1933 insgesamt nur 7.891 Klagen eingereicht, was damals eine der niedrigsten Raten in ganz Europa war. Wir gehen davon aus, dass es dieses Mal ähnlich sein wird und dass zuerst solche Ehepaare die Scheidung beantragen, deren Ehe bereits seit vielen Jahren zerbrochen ist. Aber selbst wenn es mehr sein sollten, gibt es keinen Anlass zur Sorge. Man muss die Scheidung als eine Verteidigung der Familie verstehen, und nicht als Angriff auf sie.«

Es folgten weitere Fragen. Angesichts der gesellschaftlichen Tragweite des Themas hatte die Redaktion die Zuhörer aufgefordert, der Abgeordneten ihre Zweifel und Kommentare mitzuteilen. Einige Zuhörer waren wegen des neuen Gesetzes sehr beunruhigt. Ein Herr aus dem Viertel Gracia wollte wissen, ob ein geschiedener Mann, der nach einer zweiten Eheschließung stirbt, nun zwei Witwen oder nur eine hinterlässt. Ein gewisser Alfonso bedauerte es, der UCD, der Unión de Centro Democrático, und Gestalten wie diesem »Scheidungsminister« vertraut zu haben, die offensichtlich seine tief verwurzelten Ideale verraten hatten. Der Vertreter einer katholischen Jugendvereinigung erinnerte daran, dass der Bund der Ehe für die Kirche unauflöslich blieb, und forderte alle gläubigen Katholiken auf, aus Protest gegen das neue Gesetz ihr Ehegelöbnis zu wiederholen. Es gab durchaus Anrufer, die sich darüber freuten, dass das Land »endlich« einen echten Schritt nach vorn tat, aber das waren die wenigsten.

Schließlich folgten die unausweichlichen Fragen über Julias Rolle als Frau in einer Männerdomäne wie dem Parlament und über die Ereignisse während des Militärputschs am 23. Februar 1981. Julia wiederholte die Antworten, die sie schon oft in Interviews gegeben hatte. Dass sich Männer daran gewöhnen müssen, überall Frauen anzutreffen, dass sie nicht anders als ihre männlichen Kollegen behandelt werden möchte, dass sie eine Vorzugsbehandlung ablehnt, und andere Gemeinplätze, derer sie schon überdrüssig war.

»Können Sie sich vorstellen, dass der Prince of Wales und seine Gemahlin sich eines Tages scheiden lassen?« Luis del Olmo nahm die königliche Hochzeit zum Anlass für eine scherzhaft gemeinte Frage.

»Selbstverständlich, wie alle anderen Bürger auch. England ist in der Tat eines der europäischen Länder mit der höchsten Scheidungsrate und eines mit dem ältesten Scheidungsrecht, es stammt aus dem Jahr 1857, stellen Sie sich das vor! Aber vielleicht ist heute nicht der passende Tag, um darüber zu spekulieren, finden Sie nicht? Lassen wir sie doch erst einmal heiraten, und dann sehen wir, wie es ihnen bekommt.«

Mit einer abschließenden, persönlichen Frage überraschte der Moderator Julia.

»Frau Abgeordnete, noch eine letzte Frage: Sind Sie verheiratet?«

»Nein«, antwortete Julia kurz angebunden.

»Wenn Sie verheiratet wären, würden Sie sich scheiden lassen?«

Julia musste lachen.

»Ja, ich würde mich scheiden lassen. Wenn ich der Ansicht wäre, dass ich das tun sollte, natürlich.«

Das Interview mit Julia dauerte nur zweiunddreißig Minuten, denn die Sendung musste zugunsten der Live-Übertragung der mit Spannung erwarteten Hochzeit gekürzt werden. Julia und Luis del Olmo verabschiedeten sich mit einem hastigen, kühlen Händedruck, wie es viel beschäftigte Menschen tun oder Menschen, die sich nicht leiden können.

Julia und María saßen um kurz vor elf wieder im Wagen. Ihr Pensum war für heute erledigt. María bat den Fahrer, sie in die Calle Sócrates zu fahren.

»Wie war ich?«, erkundigte sich Julia.

»Großartig, wie immer. Selbst bei den persönlichen Fragen«, erwiderte die Assistentin, die Julia gut kannte.

María wusste, dass ihre Vorgesetzte den Fragen über ihr Privatleben stets souverän und sicher auswich, ohne sich irritieren zu lassen. Julia fand, dass diese Dinge nur sie persönlich etwas angingen, auch wenn die Öffentlichkeit offenbar anders darüber dachte. Jedenfalls waren Spekulationen darüber, ob sie ledig oder verheiratet war, an der Tagesordnung.

Nur wenige Menschen konnten nachvollziehen, warum sie nie geheiratet hatte und dies auch nicht beabsichtigte. Journalisten stellten oft bohrende Fragen, ob sie mit jemandem zusammenlebte, und da Julias Zurückhaltung ihre Neugierde nicht befriedigte, verbreiteten einige von ihnen Lügen. Gerüchte über ihre Homosexualität hielten sich hartnäckig, und Julia hätte es durchaus gefallen, wenn ein Journalist sie einmal direkt gefragt hätte: »Frau Abgeordnete, sind Sie lesbisch?« Doch ihr war klar, dass ein Land, das schon wegen eines neuen Scheidungsgesetzes in Aufruhr geriet, noch nicht bereit war, offen über homosexuelle Beziehungen zu sprechen.

Da es diesbezüglich keine Neuigkeiten gab, wurde in ganzseitigen Artikeln in der Regenbogenpresse oder in der Gesellschaftsrubrik der Tageszeitungen über Julias Kleidungsstil berichtet. Da stand zu lesen, dass sie sich zu auffällig kleidete, dass sie zu viel Geld für ihre Garderobe ausgebe und zu eitel sei. Sie wunderte sich schon gar nicht mehr darüber, wenn sich Fotografen vor ihrem Haus in Madrid postierten und dort stundenlang ausharrten. Sie grüßte sie jeden Morgen unerschütterlich mit einem: »Tag, die Herren, wie geht es Ihnen heute?« Und nie sah man jemand anderen aus ihrer Haustür treten als sie selbst.

María machte dieser Zirkus wütend, sie sah das Ganze sehr viel kritischer als ihre Chefin. »Julia, nie fragen sie dich nach deiner Arbeit im Ausschuss oder nach deiner politischen Zukunft. Sie interessiert nur, was du für Klamotten anhast und mit wem du ins Bett gehst. Das ist doch eine Horde von Analphabeten!«

Julia nahm die Sache nicht so wichtig und beschwichtigte ihre Assistentin mit einem Lächeln.

»Wir Frauen zahlen halt immer noch einen hohen Preis dafür, dass man uns wahrnimmt«, lautete ihre Antwort. »Daran wirst du dich wohl gewöhnen müssen.«

Doch es gab persönliche Fragen, bei denen sie sich in der Öffentlichkeit wie im privaten Kreis gleichermaßen unbehaglich fühlte. Selbst María hatte keine Ahnung, warum Julia

Nachfragen zu ihrer Kindheit und ihrer frühen Jugend stets auswich. Nur einmal hatte Julia María erzählt, dass sie Waise sei und dank der Nächstenliebe von ein paar Nonnen ein Internat besuchen konnte, aber man merkte ihr an, dass sie nur äußerst ungern darüber sprach. So als hätte ihr Leben erst im Untergrund begonnen, als sie sich den Juventudes Socialistas angeschlossen hatte. Vorher gab es nur einen weißen Fleck.

María konnte nicht ahnen, dass Julia sich gerade in einer Phase der Veränderung befand und Ordnung in ihr Leben bringen wollte. Irgendwann hat sich so viel Gerümpel angesammelt, dass man die Rumpelkammer, die Kleiderschränke, die Schubladen und jeden Winkel gründlich reinigen muss. Man muss alles durchsehen und prüfen, ob man es aufheben oder wegwerfen will. Denn wenn man das nicht selbst tut, überlässt man die unangenehme Aufgabe einer anderen Person.

Im Leben verhält es sich genauso. Mit der Reise zu dem Interview bei *Radio Nacional*, die Julia im Auftrag ihres Ministers angetreten hatte, begann auch das Ausmisten im Kleiderschrank ihres Lebens. Die Metapher von den Kleiderschränken und Schubladen war nicht ihre eigene Erfindung, sondern sie stammte von ihrer geschätzten Freundin Ramona. Was wäre nur ohne Ramona aus ihr geworden?, fragte sich Julia wieder einmal, als sie an der Avenida Meridiana vor einer roten Ampel warteten. Sie blickte auf die Armbanduhr. Sie konnte es kaum abwarten, Ramona zu sehen.

»Soll ich mitkommen?«, fragte María.

»Das ist nicht nötig. Nimm dir frei!«

»Ich bin im *Majestic*, falls du mich doch noch brauchst.«

»Ich komme allein zurecht, keine Sorge.«

»Denk dran, der Fahrer holt dich um fünf Uhr wieder ab.«

»Mach ich.«

»Dann bringt er dich zum Instituto, und anschließend fährt

er dich zu dem Abendessen in dem Restaurant deiner Freundin, in der Calle …« María blickte in den vollen Kalender, in dem in winziger Schönschrift alle Termine notiert waren.

»Calle Laforja, Ecke Vía Augusta«, erinnerte sich Julia.

»Genau. Der Wagen wird am Eingang vom Instituto auf dich warten. Denk dran, das Abendessen beginnt um halb neun. Der Fahrer hat alle Adressen.« Dann wandte María sich an den Fahrer: »Wenn Sie noch etwas benötigen oder wenn es ein Problem gibt, rufen Sie mich bitte sofort an, ja? Die Nummer von meinem Hotel haben Sie ja.«

Der Fahrer nickte.

»Halb neun.« Julia rechnete nach. »Vielleicht könntest du anrufen und Bescheid geben, dass ich etwas später komme. Aber ich komme. Ich hasse so frühe Abendtermine.«

»Perfekt, ich rufe gleich vom Hotelzimmer aus an.« María notierte in ihren Terminkalender: *Marta Viñó wegen Verspätung benachrichtigen*, dann sagte sie: »Die Sitzung morgen Nachmittag im Büro bestätige ich auch noch. Noch etwas?«

»Was hast du Marta Viñó gesagt, wo ich den Tag verbringe?«

»Gar nichts. Nur, dass du eine wichtige Sitzung hast.«

»Das stimmt ja auch. Sehr gut, María, wie immer.« Julia seufzte und lehnte sich zurück. Sie fühlte sich frei von allen Verpflichtungen. »Was hast du jetzt vor? Siehst du dir im Hotelzimmer die Hochzeit an?«

»Von wegen.« María, die erst vor Kurzem vierundzwanzig geworden war und nicht schlecht verdiente, lächelte. »Ich werde mich in den Schlussverkauf stürzen.«

»Klar, das ist der beste Tag dafür. Heute ist die Stadt leer, denn die alten Schachteln hocken alle heulend vor der Glotze.«

Inzwischen waren sie in der Calle Sócrates angekommen. Der Wagen hielt vor dem Eingang eines grauen Arbeiterwohnblocks, eines dieser typischen gesichtslosen Bauten aus den 1960er Jahren. Der Fahrer stieg aus, um das Gepäck aus dem Kofferraum zu nehmen und Julia beim Aussteigen behilflich zu sein.

»Solltest du deine Meinung ändern und doch ins *Majestic* kommen wollen ...«

»Um mit dir gemeinsam die Hochzeit anzusehen?«

»Wir könnten ja auch zusammen shoppen gehen.«

Julia bedachte María mit einem dankbaren Lächeln. Diese junge Frau war einfach großartig.

»Nein, es bleibt dabei, María«, sagte sie. »Ich möchte gern zu Hause bleiben. Auch wenn es nur für eine Nacht ist.«

»Hast du etwas zum Mittagessen? Du wirst verm...«

»María, du wirst es nicht glauben wollen, aber ich bin durchaus imstande, ohne dich zu überleben. Versprochen!«

María rümpfte die Nase, als hätte sie da so ihre Zweifel.

»Wo habe ich nur meinen Kopf! Beinahe hätte ich es vergessen.« Sie klappte ihren wuchtigen Aktenkoffer auf und entnahm einen Gegenstand, den sie Julia überreichte.

Es war eine kleine Kunststoffdose, die mit Schaumstoff ausgepolstert war. Darin schimmerte ein geschliffener karmesinroter Stein, kaum größer als eine Mandel.

»Roter Jaspis«, meinte María.

Julia lächelte beim Betrachten der kleinen Dose.

»Der ist wunderschön«, sagte sie. »Danke, María. Du denkst wirklich an alles.«

Julia drehte die kleine Dose um und las die winzige Beschriftung auf der Unterseite vor.

»Roter Jaspis wurde schon im antiken Griechenland als Amulett getragen. Er galt als Schutz gegen alle möglichen Übel.« Julia musste lächeln. »Das kommt bestimmt gut an.«

Julia steckte die kleine Dose in die Tasche ihrer Kostümjacke und verabschiedete sich mit Wangenküssen von ihrer Assistentin.

»Bring bloß nicht die Termine durcheinander, ich kenne dich doch«, mahnte María sie ein letztes Mal. »Ach, und noch etwas. Laut Wetterbericht soll es regnen.«

»Los, jetzt vergiss mich einfach mal. Kauf dir was Schönes!«

Der Wagen wartete, bis Julia das Haus betreten hatte und die Tür mit einem beunruhigenden metallischen Geräusch ins Schloss gefallen war, als würde sie bersten. Julia stellte ihren kleinen Koffer ab und schloss den Briefkasten auf, um die Berge von Post herauszuholen, die sich in den vier Monaten ihrer Abwesenheit angesammelt hatten und zusammengepresst im Fach lagen.

Da es keinen Aufzug gab, musste sie zu Fuß in den dritten Stock gehen, wo ihr die Wohnung A gehörte: sechzig Quadratmeter Wohnfläche, ein kleines Wohnzimmer mit amerikanischer Küche, ein Schlafzimmer, ein Badezimmer mit einer kleinen Badewanne sowie ein Balkon mit Blick auf den hässlichen Patio des Nachbarn im Erdgeschoss. Sie erwartete nicht, dass María verstand, warum sie sich lieber dort aufhielt, anstatt in ein 5-Sterne-Hotel mitten auf dem Paseo de Gracia zu gehen, und sie hatte auch nicht vor, es ihr zu erklären. María war zu jung, um das zu verstehen. Vielleicht war ihr einfach auch mehr Glück in die Wiege gelegt worden. Julia war davon überzeugt, dass Menschen, die erst spät Eigentum besitzen, eine besondere Beziehung dazu aufbauen. Wie sehr sie ihre eigene Wohnung vermisste, spürte sie immer dann, wenn sie nach langer Zeit wieder nach Hause kam, so wie jetzt.

»Vermisst du deine Wohnung nicht, deine Stadt? Fühlst du dich in Madrid nicht wie eine Fremde?«, hatte Ramona sie einmal gefragt.

Julia musste nicht lange nachdenken.

»Nein. Ich bin dankbar dafür, an einem Ort ohne Erinnerung zu wohnen.«

Sie hatte ihre Meinung nicht geändert, doch die Zeit hatte den Erinnerungen den Schrecken genommen. Sie waren keine wilden Bestien mehr, vor denen sie sich in Sicherheit bringen musste. Jetzt kamen sie zuweilen näher und ließen sich von ihr den Rücken kraulen. Julia wusste diese Veränderung zu schätzen, ihr ging es besser, seit sie mit ihrer Vergangenheit Frieden geschlossen hatte.

Sie legte die Kostümjacke ab und hängte sie in den Kleiderschrank im Schlafzimmer. Die Dose mit dem roten Jaspis legte sie auf den Nachttisch. Dann zog sie den Rock, die weiße Bluse und die Schuhe mit den hohen Absätzen aus. Sie wollte sich so schnell wie möglich der offiziellen Uniform entledigen, die an einem derart schwülen Tag nur lästig war. Den Koffer ließ sie geöffnet auf ihrem Bett liegen. Es war ein kleines Bett, so wie sie es gewohnt war. Große Betten hatte sie nie gemocht, sie erinnerten sie daran, dass sie in ihrem bisherigen Leben niemanden gefunden hatte, der bereit gewesen wäre, es mit ihr zu teilen. Mit der Zeit hatte sie die Einsamkeit schätzen gelernt; sie hatte ihr Sofa für sich allein, konnte ihre Musik hören und hatte ihre Ruhe. Darauf wollte sie nicht mehr verzichten.

»Alleinsein ist nur dann ein Unglück, wenn man sich nicht freiwillig dafür entschieden hat«, hatte sie oft im Brustton der Überzeugung geäußert.

Barfuß und nur mit Unterwäsche bekleidet ging sie durch die Wohnung und riss die Fenster auf. Der Luftzug sollte die Hitze in der Wohnung etwas mildern. Julia stand mitten im Wohnzimmer und wählte eine Telefonnummer in Madrid für ein kurzes Gespräch, ein Lebenszeichen.

»Ich bin schon zu Hause. Es lief alles gut.«

Am anderen Ende der Leitung antwortete eine kühle, männliche Stimme.

»Dann bin ich beruhigt. Ich wusste schon, dass es gut gelaufen ist. Danke für den Anruf.«

»Du hast es gewusst? Hast du mich gehört?«

»Selbstverständlich. Wie immer.«

»War ich gut?«

»Brillant. Auch wie immer.«

»Du bist so ernst. Bist du gerade in einer Besprechung?«

»Genau.«

»Mit wichtigen Mandanten?«

»Genau.«

»Dann will ich dich nicht länger aufhalten.«

»Sie können sich nicht vorstellen, wie dankbar ich Ihnen bin.«

»Es ist witzig, wenn du so redest, weißt du das? Du hörst dich an wie ich.«

»Ich bin absolut Ihrer Meinung.«

»Eigentlich wollte ich dir erzählen, dass ich nur Unterwäsche anhabe, aber wie ich sehe, komme ich ungelegen.«

»Genau. Aber ich weiß die Information sehr zu schätzen. Kann ich Sie später zurückrufen?«

»Ja, aber bis dahin bin ich wieder angezogen.«

»Das würde ich außerordentlich bedauern.«

Julia lachte laut auf.

»Außerordentlich?«

»Über alle Maßen.«

»Dann viel Glück für die Besprechung, Liebling.«

»Danke, Señora, auf Wiederhören.«

Derlei Spielchen bereiteten ihnen Freude. Bestimmt verfluchte er sie gerade und würde ihr das bei ihrer nächsten Begegnung vorhalten. Ihr Liebster würde die nächsten zwanzig Sekunden nicht daran denken, dass er den Fall einer ungerechtfertigten Kündigung durch ein allmächtiges Unternehmen zu verhandeln hatte, sondern er würde sie sich halbnackt in ihrer Wohnung in Barcelona vorstellen. Morgen beim Abendessen hätten sie viel zu lachen. Und dann würden sie in ein Hotel gehen. Er kümmerte sich stets um alles und berücksichtigte dabei ihre Situation und ihr Bestreben, kein Aufsehen zu erregen. Sie lächelte. Das war genau die Art von Story, um die sich die Journalisten reißen und die sie nie erfahren würden.

Sie zog das Laken vom Sofa und legte sich darauf, um ihre Post durchzugehen. Wie nicht anders erwartet, waren es nur Rechnungen, die alle bereits beglichen waren. Nur wenige kannten diese Adresse.

Der Himmel wurde immer schwärzer, aber durch das Fenster wehte zum Glück ein Luftzug herein. Julia fühlte sich so wohl, dass sie eindöste.

Als sie die Klingel hörte, schrak sie auf. Ramona!

Sie sprang vom Sofa auf, drückte auf den Türöffner und zog sich schnell eine sommerliche, geblümte Bluse über – natürlich ohne Schulterpolster, dieser lächerlichen Mode konnte sie nichts abgewinnen – und dazu eine passende wassergrüne Hose. Ramona keuchte noch vom Aufstieg und fluchte über die Hitze.

»So ein Scheißwetter, das ist ja nicht auszuhalten! Ich würde den Sommer sofort verbieten! Was meinst du, wird's jetzt endlich regnen?«

Ramona war eine kleine, pummelige Frau, die leicht gebeugt ging. Ihre einundsechzig Jahre versuchte sie nicht zu verbergen: Sie trug weder Schminke noch Schmuck. Sie hatte sehr helle blaue Augen, gelocktes graues Haar und kräftige, raue Hände. Julia und Ramona nahmen sich in den Arm. Es war eine kurze, stillschweigende, leicht verschämte Umarmung. Es gibt Gewohnheiten, die man nicht mehr ablegen kann, wenn sie erstmal von uns Besitz ergriffen haben.

Ramona war bester Laune und sah fantastisch aus. Das war Julias erster Eindruck, doch ihre Freundin kam ihr mit einem Kompliment zuvor.

»Gut siehst du aus, Frau Abgeordnete! Und so elegant!«

Sie drückte Julia eine blaue Tragetasche in die Hand. »Hier, nimm. Die Parteizentrale lässt grüßen. Du hast doch bestimmt ein Glas kaltes Wasser für mich, oder? Sonst gehe ich gleich wieder.«

Julia nahm eine Flasche Wasser aus dem Kühlschrank und schenkte zwei Gläser ein. Während Ramona ihr Glas leer trank, nachschenkte und es wieder in einem Zug leerte, deckte Julia den Tisch mit einer Decke im Vichy-Muster und braunem Geschirr aus Duralex-Glas. Aus der blauen Tragetasche nahm sie eine Plastikschüssel, die bis an den Rand mit Kartoffelsalat gefüllt war.

»Echte Hausmannskost!«, freute sich Julia.

»Hast du Appetit?«

»Du kannst dir nicht vorstellen, wie hungrig ich bin!«

»Brot gibt's keins, das macht nur dick.«

»Bloß nicht.«

»Das nervt mich, aber der Arzt hat es mir verboten.«

»Und du hörst auf ihn? Der Mann kann sich ja richtig glücklich schätzen!« Julia sah ihre Freundin verschmitzt an, aber Ramona reagierte nicht.

»Los, jetzt füll die Teller und halt den Mund!«, meinte Ramona.

Julia verteilte zwei großzügige Portionen Kartoffelsalat auf die Teller. Dann setzten sie sich und begannen zu essen.

»Dieser Luis del Olmo. Meine Güte, der Typ ist so was von langweilig! Das Interview war ziemlich geistlos.«

»Fandst du?«

»Dich meine ich nicht. Du warst großartig, wie immer. Aber er ist und bleibt ein alter Langweiler.«

»Das ist egal. Es geht darum, das Gesetz zu erklären. Die Bürger sollen es verstehen und sich dafür entscheiden, wenn sie es brauchen. Dieser Langweiler, wie du ihn nennst, hat eine Menge Zuhörer.«

»Ja, du hast recht, darum geht es. Das hast du sehr gut gemacht. Es wird Scheidungen in rauen Mengen geben. All die armen Frauen, die seit Jahren einen Fiesling ertragen müssen, können ihm jetzt einen ordentlichen Schrecken einjagen, wenn sie das teuflische Wort aussprechen. Hast du das mit ›es verstehen‹ gemeint?«

»Irgendwo muss man ja anfangen.«

»Hör mal, wo hast du denn deine Assistentin gelassen? Hast du sie in die Freiheit entlassen?«

»Sie wollte zum Schlussverkauf.«

»Sieh mal an. Und dein Lebensgefährte?«

»In Madrid. Und er ist nicht mein Lebensgefährte.«

»Nun denn. Dein Beischläfer, dein Jüngling, dein Liebhaber, dein Spielzeug. Nichtzutreffendes bitte streichen.«

»Wie wäre es mit ›mein Freund‹?«

»Nein. Mit Freunden fickt man nicht.«

»Wie redest du denn? Er ist ein enger Freund.«

»Na schön. Wie geht es ihm? Oder ist das auch ein Geheimnis?«

»Er hat viel zu tun.«

»Das passt ja. Wie lange seid ihr schon zusammen? Fünf Jahre?«

»Sieben.«

»Und wird irgendwann geheiratet oder nicht?«

»Heiraten? In meinem Alter?«

»Warum nicht?«

»Vergiss es. Mir geht es hervorragend. Jeder hat seine eigene Wohnung. Aber vielleicht helfe ich ihm bei seiner Scheidung, die ist langsam fällig. Apropos Hochzeit, hast du heute Morgen ferngesehen?«

»Ich? Die Frage ist doch wohl nicht ernst gemeint?«

»Nein, natürlich nicht.«

»Schreck lass nach.«

»Es gibt doch momentan kein anderes Thema.«

»Ich sage dir eins, das Mädchen tut mir richtig leid. Hast du ihr Gesicht gesehen? Die glaubt wirklich, dass er sie aus Liebe heiratet.«

»Bist du anderer Meinung?«

»Der zukünftige König von England? Natürlich bin ich anderer Meinung! Seit wann heiraten Könige aus Liebe? Die Liebe ist eine Erfindung der Linken.«

»Fängst du schon wieder mit deinen kommunistischen Predigten an?«

»Das sind keine Predigten, du Pfeife! Das ist Allgemeinwissen. Die Kommunisten waren die Ersten, die es gewagt haben, die Ehe von wirtschaftlichen Interessen abzukoppeln, oder? Die haben für die damalige Zeit ziemlich progressive Gesetze verabschiedet: die Gleichstellung von ehelichen und unehelichen Kindern, die Scheidung, die Abtreibung. Und, wer hat das alles durchgesetzt?« Ramona schwieg, wie der Moderator in einer TV-Quizsendung. »Die Sowjetunion natürlich, und das im Jahr 1917! Aber die Idee von der neuen ›sozialistischen Familie‹, inklusive Scheidung, entstand nicht in Russland, wie die Frau Abgeordnete sicher weiß, sondern in Deutschland. Engels hat sie in die Welt gesetzt.«

»Weißt du was? Nächstes Mal machst du das Radio-Interview«, schlug Julia mit einem spöttischen Lächeln vor.

»Jetzt werd bloß nicht konservativ, nur weil du ein bequemes Leben führen kannst, ich bitte dich!« Ramona zielte mit der Gabel auf sie. »Es gibt schon genug Reaktionäre auf der Welt, vielen Dank!«

»Reg dich ab, sonst bekommt dir der Kartoffelsalat nicht. Ich habe nur ein juristisches Angebot geschaffen, damit sich die Zeiten ändern. Es ist wider die Natur, dass Menschen nicht aus Liebe heiraten.« Ramona machte eine Geste, dass sie nichts anderes hatte sagen wollen. »Aber die Kleine ist wirklich hübsch.

Vielleicht mag der Typ mit den Segelohren sie ja doch ein wenig.«

»Blödsinn!«, widersprach Ramona und nahm ein Stück Kartoffel. Beim Kauen schien sie sich ein wenig zu beruhigen. »Das läuft auf Scheidung hinaus, ich wette mit dir um was du willst.«

»Du kennst ja den Spruch: Der einzige Nachteil an der Scheidung ist, dass sie die Leute veranlasst, wieder zu heiraten.«

»Von wem stammt der?«

»Alfred Naquet. Der mit dem französischen Scheidungsgesetz von 1884. So viel zum Thema Pfeife, Frau Neunmalklug.«

»Ach so, Naquet, schon wieder ein Sozialist.«

»Was sonst.«

»Dem ist nichts hinzuzufügen.« Ramona schob den letzten Bissen in den Mund und legte die Gabel auf den Tisch. »Was hast du heute Nachmittag vor?«

»Ich fahre zum Instituto. Mal sehen, wie es dort aussieht. Und am Abend speise ich mit den Hexen.«

»Ach ja, deine Hexen! Hast du doch beschlossen hinzugehen?«

»Ja, und du bist schuld daran.«

»Kleiderschränke ausmisten?«

»Ja, und wir fangen mit der Schublade ganz unten an.«

»Aber dir ist schon klar, dass du danach mit den anderen Schubladen weitermachen musst?«

»Ja.«

»Was willst du mit dem ganzen Mist machen, den du dabei findest?«

»Was man mit Müll eben so macht: wegwerfen.« Julia hob die Gabel. »Außer einer Sache. Da gibt es eine Kleinigkeit, die ich der Besitzerin zurückgeben muss.«

»Ist es das, woran denke?«

»Ja.«

»Hältst du das für eine gute Idee? Es gehört doch viel mehr dir als ihr.«

»Es hat niemals mir gehört.«

»Wie hieß sie noch mal?«

»Olga. Genannt Gordi.«

»Warum? War sie etwas pummelig?«

»Nein, sie war kugelrund.«

»Dann gib es ihr zurück, wenn du es für angebracht hältst, aber nicht dass du es später vermisst.«

»Es vermissen? Das Einzige, was ich je vermissen werde, bist du.«

Ramona lächelte sichtlich zufrieden und verschränkte die Arme vor ihrem Körper.

Ramona Claramunt González. Frauengefängnis Les Corts, Aufnahmeakte Nr. 1.049.
Geburtsort: Badalona. Familienstand: ledig. Beruf: kein Beruf.

Als Julia sie kennenlernte, war Ramona dreiunddreißig Jahre alt und hatte bereits zehn Jahre in Haft verbracht, weitere zwanzig hatte sie noch vor sich. Es gab Frauen, die das nicht verkraftet hätten, doch Ramona war stark, entschlossen, und sie wusste, was sie wollte.

»Dass Sie uns wie Tiere behandeln, gehört das zum System, oder entspricht das Ihrem Wesen, Schwester?«

Ramona war wegen zwei Verbrechen verurteilt worden. Man hatte sie festgenommen, weil sie versucht hatte abzutreiben und weil dabei alles schiefgegangen war. Ein dem Franco-Regime nahestehender Arzt hatte Anzeige erstattet, als sie mit dem Uterus voller Salzsäure in einem Krankenhausflur in Barcelona mit dem Tode rang. Man hatte ihr die Dienste einer »vertrauenswürdigen« Engelmacherin empfohlen, doch die hatte sich als Metzgerin entpuppt. Die Salzsäure schädigte Ramonas innere Organe und machte sie unfruchtbar, doch sie überlebte. Der Arzt, der die Polizei informierte, sagte zu den Beamten: »Ich habe Medizin studiert, um Leben zu retten, nicht, um Leben zu vernichten.« Zweifellos ein hehres Motiv. Ramona konnte das nachvollziehen, auch wenn sie seine Beweggründe nicht teilte. Vielleicht lag es daran, dass sie keine Ärztin war und kein Mann, dass sie nicht aus einer angesehenen Familie kam, nicht studiert hatte, ja nicht einmal lesen und schreiben konnte. Mein verdammtes Mitgefühl wird mich eines Tages noch umbringen, sagte sie sich. Über den Vater des Kindes, das niemals geboren wurde, sprach sie mit niemandem. Sie wollte sich selbst auch nicht an ihn erinnern.

Als man sie wegen der Abtreibung verhaftete, wusste sie, was auf sie zukam. Während sie noch im Kommissariat in der Vía Layetana darauf wartete, weggebracht zu werden – selbstverständlich ohne Gerichtsverfahren –, filzten die Polizisten von der Brigada Político-Social, kurz BPS, ihre Wohnung. Die Geheimpolizei entdeckte die falschen Pässe und diverse Koffer voller Parteipropaganda. Ramona war eine Verbindungsfrau zwischen den Gruppen in Madrid und in Barcelona. Sie überbrachte Briefe, Koffer und alles, womit man sie sonst beauftragte. Die Wohnung gehörte der Partei, und außer ihr lebten dort vorübergehend noch weitere Genossen, allesamt blutjunge Leute. In der Wohnung herrschte ein ständiges Kommen und Gehen. Am Tag ihrer Festnahme wurden noch weitere Genossen verhaftet. Genossen und Genossinnen, wie sie in der Wohnung sagten, es wurden immer beide Geschlechter genannt, auch wenn es hässlich klang und ermüdend war, aber dort waren Frauen und Männer gleichberechtigt.

Die Polizisten merkten gleich, dass sie auf eine Goldader gestoßen waren. Die Polizisten von der BPS machten durchaus

Unterschiede. Männer wurden gefoltert. Dem jüngsten Verdächtigen, einem gerade mal dreiundzwanzigjährigen Mann, schlugen sie sämtliche Zähne aus. Bei den Frauen mäßigten sie sich ein wenig, aber auch die wurden geschlagen. Ramona warf man also zwei Vergehen vor, Kommunistin zu sein und abgetrieben zu haben. Beides traf zu.

Nach zwei Wochen in der Vía Layetana steckte man sie in einen Wagen, und sie fuhren die Avenida del Generalísimo zur Plaza de la Reina María Cristina, die damals noch von Äckern und Feldern umgeben und kaum bebaut war. Zu ihrer Linken konnte sie, hinter einer Mauer und Sträuchern, das ehemalige Heim Asilo del Buen Consejo erkennen, das seit der Republik ein Zuchthaus für Frauen war. Vor Jahrhunderten war es ein befestigtes Gehöft gewesen, das Can Durán, und nun dienten die ausgedehnten Ländereien dem Gefängnis als Nutzgarten.

Sie fuhren zum Hauptgebäude, das Ramona zuvor noch nie gesehen hatte, denn normalerweise kam sie nicht in diese Gegend. Die von Palmen gesäumte Auffahrt gefiel ihr, ebenso das weiße Steingebäude am Ende, mit Glockengiebel und hohem Turm. Aus der Ferne betrachtet, sah der Ort beschaulich aus. Am Eingang wurde sie von einer Nonne in Empfang genommen, in einen hellen Leinenhabit gekleidet und mit dem Gesicht eines Zerberus.

»Denk dran, hier gehört dir nichts«, lautete ihr Willkommensgruß.

Diese Worte waren eine klare Ansage für das, was folgte. Man nahm Ramona alles ab, was sie bei sich trug, selbst die Unterwäsche, und gab ihr andere Kleidung, hässliche, für alte Frauen. Man nahm ihre Aussage auf, die sie mit einem Daumenabdruck unterzeichnete, da sie weder lesen noch schreiben konnte. Das war einmal das stärkste Pfund gewesen, mit dem sie im Fall einer Festnahme hatte wuchern wollen. Die Erklärung, dass sie als Analphabetin mit der ganzen Parteipropaganda doch gar nichts anfangen könnte. Aber in der Stunde der Wahrheit hatte ihr das Argument rein gar nichts genutzt.

Man brachte sie in einen Saal, in dem dutzende Frauen über Näharbeiten saßen.

»Kannst du nähen?«, wurde sie gefragt.

»Ja.«

»Und sticken?«

»Auch das.«

»Gut, dann mach dich an die Arbeit.«

Nähen war die Haupttätigkeit im Frauengefängnis. Die Nonnen boten die Arbeiten der Sträflinge zum Verkauf an, und Stickereien erzielten höhere Preise.

Die Tage begannen mit dem Absingen der Franquistenhymne *Cara al sol* und dem Besuch der Acht-Uhr-Messe. Dann ging es ans Nähen. Die Mahlzeiten bestanden fast immer aus gekochtem Kohl und Rüben. Am Nachmittag wurde wieder genäht, dann folgten ein kurzer Spaziergang im Patio und schließlich die Gartenarbeit. Zum Schlafen hatten sie nur dünne Matratzen aus Sackleinen, die so rau und so dreckig waren, dass die meisten lieber auf dem blanken Fußboden schliefen. In den Schlafsälen war eigentlich nicht für alle inhaftierten Frauen Platz, also mussten sie dicht gedrängt auf der Seite liegen. »Wie Löffel in einer Schublade«, sagte einmal eine Zuchthäuslerin, die ihren Humor noch nicht verloren hatte. Wenn sie ihre Lage verändern und sich auf die andere Seite legen wollten, ging das nur gemeinsam, auf ein verabredetes Zeichen hin. Diese Positionswechsel in der Nacht gehörten zu den ersten Dingen, die man gleich nach der Ankunft lernte.

Das Beste waren die freundschaftlichen Bande, die sich zwischen ihnen entwickelten. Die Frauen lebten in den Sälen in einzelnen Gemeinschaften. In den Gemeinschaften galt ein stillschweigender Pakt: Wenn eine von ihnen etwas von ihren Angehörigen erhielt, wurde es schwesterlich in der Gruppe geteilt. So kamen auch Frauen, die draußen niemanden hatten, hin und wieder in den Genuss einer kleinen Freude.

Das Schlimmste war die mangelnde Sauberkeit, denn die hygienischen Zustände waren erbärmlich. Sie konnten sich kaum duschen, da es nur wenige Waschräume gab, und schon gar keine Duschen für alle Häftlinge. Im Sommer wurden sie von Kopfläusen, Filzläusen, Flöhen und Zecken heimgesucht. »Wenn wir daraus Suppe kochen würden, ergäbe das ein Festmahl«, sagte eine Frau und lachte. Die Huren steckten die politischen Häftlinge mit Krätze an. Die Krätze war noch gefürchteter als die Nonnen oder die Strafen, und keine wollte zusammen mit den Prostituierten duschen und mit ihnen das Handtuch teilen. Das Gebäude war für die Aufnahme von achthundert Häftlingen ausgelegt, inzwischen waren es mehr als zweitausend. Dafür interessierte sich natürlich niemand, im Gegenteil: Wenn jemand aufgrund der Enge starb, wurde dadurch Arbeit gespart.

Während ihrer langjährigen Haftzeit lernte Ramona alles Mögliche kennen: Denunziation, Einzelhaft, Schläge, Folter, Erschießungen – manchmal fragte sie sich, warum sie selbst nicht schon längst auf dem Camp de la Bota gelandet und von zehn Kugeln durchsiebt war. Sie erlebte Einsamkeit, Wut und Trauer und sah Leidensgenossinnen, die sich wie durch ein Wunder auf einmal zum neuen Regime bekannten, und Frauen, die sich an einem Balken erhängten. Nur dank ihres starken Charakters und ihres unerschütterlichen Glaubens an die Genossen und ihre Ideale gelang es Ramona, nicht nur selbst zu überleben, sondern auch anderen Frauen beim Überleben zu helfen. Sehr bald schon wurde sie zu einer Beschützerin der Schwächsten, zu einer Anlaufstelle für die, die sonst niemanden hatten. Ramona gelang es sogar, die Sympathie von einigen Nonnen zu gewinnen. Sie beobachtete sie genau, um die unmenschlichen von den barmherzigen unterscheiden zu können, und manchmal bat sie dann diese Nonnen um Gefallen für andere Frauen.

»Du magst ja Kommunistin sein«, hatte Sor Asunción einmal zu ihr gesagt, »aber du scheinst ein guter Mensch zu sein.«

Ramona war wie geschaffen für Heimlichkeiten und Tricksereien. Im Gefängnis ging es ihr gut. Sie half vielen Frauen, nicht nur den politischen Gefangenen oder den Genossinnen. Sie nahm nie Dank an. Lob war ihr lästig, sie fand es abstoßend. Ihr harter Charakter war ihr Schutzschild gegen die Welt.

»Ich musste doch etwas unternehmen, sonst wäre ich vor Ekel gestorben«, spielte sie ihre Taten herunter, wenn andere sie dafür priesen.

Aufgrund ihres Wesens hatte sie auch Julia kennengelernt. Als sie Julia zum ersten Mal sah, fiel ihr die große Traurigkeit in den Augen des Mädchens auf. Julia war nicht nur die Jüngste in ihrem Schlafsaal, sondern im gesamten Gefängnis, ihre Hände waren von Pusteln übersät, und sie sah aus wie ein junger Vogel, der aus dem Nest gefallen war. Sie war erst siebzehn Jahre alt. Die Verbrecher hatten sie dorthin gesteckt, anstatt sich ihrer zu erbarmen.

Julia sagte oft, Ramona habe ihr das Leben gerettet.

»Halt den Mund, du Dummchen, ich bin doch nicht Gott, du hast dich selbst gerettet.«

Zuerst hatte Ramona Julia einfach unter ihre Fittiche genommen. Sie sorgte dafür, dass sie aß, sie redete mit ihr, sie passte auf, dass sich niemand mit ihr anlegte. Das war nicht viel, aber es half. Später, als sie sicher war, dass Julia überleben würde, fühlte sie langsam bei ihr vor. Ramona wollte herausfinden, ob sie für die Partei taugte. Ihnen fehlte der Nachwuchs, da so viele von ihnen im Gefängnis steckten oder verschwunden waren. Ramona prophezeite Julia – völlig zu Recht –, dass sie große Qualitäten besaß und dass die Partei ihr helfen würde, diese weiterzuentwickeln. Sie brachte Julia zur

Jugendorganisation der Partei, sie erzählte einigen Freunden von ihr, sie bereitete Julia auf die Zukunft vor.

»Wir halten bis zum Ende durch, wir haben schon gezeigt, dass wir stark sind«, sagte Ramona. »Das gilt auch für dich. Das sieht man dir an. *Ich* sehe es dir an.«

Als Gegenleistung brachte Julia ihr Lesen und Schreiben bei. Stück für Stück, denn sie mussten improvisieren, da sie kein Papier hatten, und so schrieben sie die Buchstaben auf die dreckigen Wände des Schlafsaals. Ramona kam nur langsam voran, aber sie strengte sich an. Sie legte den Willen eines Menschen an den Tag, der die einzige Chance ergreifen möchte, die sich ihm in seinem Leben bot.

»Wo hast du lesen gelernt?«, fragte sie Julia einmal.

»Ich weiß es nicht mehr«, sagte die junge Frau.

Später kam der Widerstandskampf von Frankreich aus. Ramona half ihr, wieder einmal. Einer von Ramonas Freunden, ein alter Parteigenosse, der aus dem Gefängnis Las Ventas flüchten konnte, beschaffte Julia in Paris Arbeit bei Renault. Die Partei finanzierte Julia – wieder auf Ramonas Empfehlung – das Jura-Studium. Sie selbst brachte ihren Fleiß und ihre Fähigkeiten ein, denn der kleine hilflose Vogel war wie geschaffen für das Studium. Mit der Zeit führte Julia ein Leben, über das sie mit anderen sprechen konnte. Wenn auch mit größter Zurückhaltung. Kein Wort über ihre ersten Schuljahre im Internat, in denen das Leben immer schlimmer geworden war. Kein Wort über ihren Gefängnisaufenthalt. Kein Wort über die Zeit dazwischen. Für Julia begann das Leben in vielerlei Hinsicht erst, als sie neunzehn Jahre alt war und ihr die Gefängniswärterinnen ihr weniges Hab und Gut übergaben und sie ziehen ließen.

»Ich bin mir sicher, dass wir dich hier bald wiedersehen«, sagte die Wärterin an der Pforte zum Abschied. »Frauen wie du gehören eingesperrt.«

Jahrelang schleppte Julia diese Schmach mit sich herum, als trüge sie tatsächlich irgendeine Schuld. Im Vergleich zu anderen war sie zwar nur kurze Zeit in Haft gewesen, doch sie hatte das Gefühl, das Stigma würde sie lebenslänglich tragen. Sie hatte nicht den Mut, darüber zu sprechen oder ihr Schicksal anzunehmen, sie wollte am liebsten gar nicht darüber nachdenken. Wenn sie an der Plaza de la Reina María Cristina vorbeifuhr, begann ihr Herz zu rasen, sobald sie das schicke Einkaufszentrum erblickte, das sich nun an der Stelle des Frauengefängnisses befand. Der Ort, an dem sie und viele andere Frauen die dunkelsten Stunden ihres Lebens erlebt hatten.

Lange hatte sie die schmerzlichen Erinnerungen tief in der Schublade ganz unten versteckt und verdrängt, dass sie dort gewesen war. Erst jetzt, nach all den Jahren, wurde Julia klar, dass die Zeit reif war, das Schicksal anzunehmen. Zu akzeptieren, dass sie nicht verantwortlich war. Und es auch nie gewesen war.

»Ich habe deine Akte«, sagte Ramona plötzlich, und sie war sich der Wirkung ihrer Worte durchaus bewusst. Sie wartete gespannt auf die Reaktion ihrer Freundin. Julia stand auf.

»Willst du einen Kaffee?«, fragte sie.

»Ja, bitte.«

»Ich hab keine Milch im Haus.«

»Egal, dann trinke ich ihn schwarz, ohne Zucker.«

Julia kniete sich hin, um aus dem Küchenschrank die alte Oroley-Cafetera hervorzuholen. Sie schraubte die Kanne auseinander, füllte das Unterteil mit Wasser, setzte den Trichtereinsatz ein und suchte nach der Kaffeedose. Sie wirkte nicht nervös. Ramona dachte schon, Julia hätte sie nicht verstanden. Da fragte Julia unvermittelt:

»Wo hast du die her?«

»Von den Historikerinnen, von denen ich dir erzählt habe.

Sie haben die Gefangenenakten vom Frauengefängnis Les Corts gefunden. Ich habe eine ganze Kiste mit Akten von ihnen bekommen, über fünfhundert. Sie haben mich gebeten, sie durchzusehen, ob ich jemanden davon kenne. Natürlich konnte ich mich an viele Frauen erinnern, du warst auch darunter. Ich habe viele Notizen gemacht, aber bevor ich ihnen die Unterlagen zurückgab, habe ich deine Akte aussortiert. Ich dachte, du hast sie lieber selbst, als dass sie in irgendeinem Archiv landet.«

Ramona hatte die Akte auf den Tisch gelegt, zuoberst ein vergilbtes und abgegriffenes Formularblatt, mit Schreibmaschine ausgefüllt.

Julia presste mit einem Suppenlöffel das Kaffeepulver in den Trichtereinsatz. Man musste es andrücken, nicht zu viel und nicht zu wenig, dazu gab es die unterschiedlichsten Expertenmeinungen. Julia schaltete den Gasherd ein. Dann merkte sie, dass die Gasflasche noch geschlossen war. Sie ging zu der kleinen Spüle, um dort den Gashahn zu öffnen, kehrte zum Herd zurück und zündete die Flamme an. Dann stellte sie die Cafetera auf die Kochstelle, setzte sich an den Tisch und nahm die Papiere in die Hand.

Julia Salas (Familienname der verstorbenen Mutter, Familienname des Vaters unbekannt). Frauengefängnis Les Corts, Aufnahmeakte Nr. 1.262. Geburtsort: Barcelona. Familienstand: ledig. Beruf: kein Beruf. Alter: 17. Die Aufnahme erfolgt wegen gefährlicher Körperverletzung an einem Polizisten der Guardia Civil mit einem spitzen Gegenstand aus Metall (nicht bestätigte Vermutung: eine kleine Handarbeitsschere). Gerichtsverfahren ist eingeleitet. Zuvor Flucht aus dem Waisenhaus Los Pinos, nach dreijährigem Aufenthalt aus erzieherischen Gründen. Die Jugendliche gilt als schwer erziehbar.

Darunter stand der handschriftliche Vermerk: »Anbei Bericht des Untersuchungs- und Klassifizierungszentrums«. Der Bericht wiederum war mit einer rostigen Klammer mit dem Formular verbunden und genauso abgegriffen. Schon beim Anblick der Unterschrift des Arztes gefror Julia das Blut in den Adern. Unwillkürlich las sie den Bericht.

Vorgeschichte: Julia Salas unterhielt unsittliche Beziehungen zu einem geistig behinderten jungen Mann, der, wie sie, dank karitativer Fürsorge in einem Mädcheninternat lebte, das von den Töchtern der christlichen Liebe vom heiligen Vinzenz von Paul geführt wurde. Sie behauptet dagegen, von ihm missbraucht worden zu sein.

Ergebnis der gynäkologischen Untersuchung: Hymen unvollständig.

Empfehlung: Drastische Maßnahmen, um die vorliegende sittliche Verrohung zu korrigieren und die Delinquentin vom unmoralischen Lebenswandel abzubringen. Entfernung aus ihrer gewohnten Umgebung, um zu vermeiden, dass sie mit ihrem schlechten Beispiel ihre Kameradinnen ansteckt.

Die nächste Seite war der Durchschlag ihrer Aussage, die sie in dem ekligen Kommissariat in der Vía Layetana gemacht hatte. Unwillig überflog sie die Zeilen.

... gab die Beschuldigte an, sie habe aus Notwehr gehandelt, weil der Polizist sich ihr unsittlich genähert und sie im Genitalbereich berührt habe ...

... dagegen steht die Aussage des Polizisten der Guardia Civil, eines diensteifrigen Beamten mit makelloser Personalakte, der sämtliche Vorwürfe bestreitet ...

... er habe die Beschuldigte lediglich aufgefordert, sich auszuweisen, da sie ihm verdächtig vorkam ...

... worauf die Beschuldigte hysterisch überreagierte, aus Furcht, bei einer verbotenen Handlung ertappt worden zu sein (Prostitution ist in Anbetracht des Alters und der körperlichen Entwicklung nicht auszuschließen) ...

... die Tatwaffe ist möglicherweise eine kleine Handarbeitsschere, die nach der Festnahme in der Tasche ihres Schulkittels entdeckt wurde ...

Julia hielt nur inne, als sie den Namen des Polizisten las. Der war ihr neu. Ein gewöhnlicher Name.

»Sollen wir ihm einen Besuch abstatten?«, fragte Ramona. »Ich habe gehört, dass er noch lebt.«

Julia schüttelte den Kopf. Sie rechnete schnell nach. Der Polizist, der sie auf der menschenleeren Landstraße vergewaltigen wollte, als sie gerade aus dem zweiten Internat ausgerissen war, und gegen den sie sich mit der mickrigen Schere verteidigt hatte … Der Mann war damals, im April 1953, etwa vierzig Jahre alt gewesen. Dann war er jetzt ungefähr siebzig. Julia wusste nicht, ob sie ihn wiedererkennen würde und ob er immer noch so eklig nach dieser Mischung aus Nikotin und Schweiß roch … Sie hatte lange gekämpft, den Gestank zu vergessen. Sie wollte ihm nicht gegenübersitzen und ihn anklagen müssen. Sie wusste gar nicht, wo sie hätte anfangen sollen. Sollte sie ihm vorwerfen, dass er ihr damals auch noch den letzten Rest Unschuld rauben wollte? Oder dass er mehr als zwei Jahrzehnte lang die Hauptfigur in ihren Albträumen gewesen war? Sollte sie ihm erzählen, dass ihr Herz jedes Mal raste, sobald sie einen Mann in Uniform sah? Oder von ihrer Phobie vor Männern, gegen die sie irgendwie immer noch ankämpfte. Julia befürchtete, dass keine Strafe, egal wie hart, sie dafür entschädigen könnte. Im Gegenteil, wenn sie den Mann nun anzeigte, dann würde sie zwangsläufig den Schrecken ihrer Albträume wieder durchleben müssen. Die schwieligen, rauen Finger, die in ihre Vagina eindrangen, die Pranken, die unter ihrem Schulkittel nach ihren mädchenhaften Brüsten griffen, die Beleidigungen, die alkoholisierte Stimme, die gewaltige Kraft, gegen die sie sich nicht verteidigen konnte, ihre Ohnmacht, ihre Tränen … Sie konnte sich nicht einmal daran erinnern, wie es ihr gelungen war, die zierliche Stickschere aus der Kitteltasche zu ziehen und in das weiche Fleisch der Bestie zu stechen.

Immerhin hatte sie nicht wie versteinert alles ertragen, wie drei Jahre zuvor, als Vicentín sich auf sie gestürzt hatte. Dieses Mal hatte sie sich gewehrt. Natürlich konnte die winzige Waffe nicht viel ausrichten, aber zumindest sorgte sie einen Moment lang für Verwirrung. Für eine Sekunde ließ der Kerl von ihr ab und befühlte seine schmerzende Schulter. Lang genug, damit Julia sich losreißen und mit zerfetztem Schulkittel und tränenvernebeltem Blick davonlaufen konnte. Doch sie kam nicht weit, eine andere Polizeistreife hielt sie nach kurzer Zeit auf. Immerhin wollten diese beiden Männer sie nicht vergewaltigen. Sie brachten sie nur ins Gefängnis.

Julia schloss die Augen und erinnerte sich an Ramonas Worte, als sie ihr die Geschichte offenbart hatte.

»Eines Tages werden die Verbrecher dafür büßen, Liebes. Man muss nur abwarten. Der Tag wird kommen.«

Offensichtlich stand dieser Tag nun bevor, und ihre Freundin erwartete wohl von ihr, dass sie etwas unternahm.

»Ich will nicht, Ramona. Ich habe nicht die Kraft dazu.«

»Gut, ich respektiere deine Entscheidung.«

Julia legte die Papiere wieder auf den Tisch zurück. Da lag die Geschichte, die Geschichte ihres Lebens, die Geschichte, die sie zu dem Menschen gemacht hatte, der sie war. Sie war dort gut aufgehoben. Unwillkürlich rann ihr eine Träne über die Wange. Ramona beobachtete sie schweigend.

»Danke«, sagte Julia. »Du wirst dich niemals ändern, nicht wahr?«

»Weil ich mich ungefragt einmische?«

»Das auch.«

»Die Nonnen müssten sich sechs Mal bekreuzigen, wenn sie deine Akte lesen.«

»Die Ärmsten, die dachten bestimmt, sie täten das Richtige.«

»Die Ärmsten? Willst du sie jetzt auch noch verteidigen?«

»Nein. Ich versuche nur, sie zu verstehen. Sie haben nur ihre Pflicht getan.«

»Sie haben sich mit Verbrechern verbündet.«

»Meinst du wirklich, die Nonnen, die mich großgezogen haben, hätten sich mit irgendjemandem verbündet? Oder die Nonnen, die uns im Zuchthaus bewacht haben? Kannst du dich nicht mehr an ihre Gesichter erinnern? Erinnerst du dich noch an die Nonne, der du einmal die Haube vom Kopf gerissen hast?« Julia lachte bei der Erinnerung an diesen Sieg.

»Ja, genau. Die wurde richtig hysterisch. Schau mal, man sieht immer noch die Spuren ihrer Krallen auf meiner Haut.« Ramona zeigte ihr eine merkwürdige Narbe, wie von einem Kampf mit einem Raubvogel.

»Und sie haben dich in Einzelhaft gesteckt.«

»Stimmt! Eine ganze Woche lang konnte ich nur in eine Blechdose pinkeln! Am liebsten hätte ich das Sor Visitación zu trinken gegeben. Diese hinterhältige Kuh!«

»Sor Visitación. Was ist wohl aus der geworden?«

»Soll sie doch in der Hölle schmoren und Teufelspisse trinken.«

»Sei still, du Ferkel.«

»Bestimmt hat sie heute Morgen die Hochzeit im Fernsehen gesehen.«

»Meinst du, sie lebt noch?«

»Unkraut ... Du weißt schon.«

»Sieh das doch mal anders«, meinte Julia. »Ohne sie, ohne Sor Rufina und all die anderen Nonnen, hätten wir uns niemals kennengelernt, dann säßen wir nicht hier zusammen und würden darauf warten, dass der Kaffee fertig ist, ich wäre keine Abgeordnete ...«

»Wie bitte? Sollen wir uns jetzt auch noch bei ihnen bedanken?«

»Ich bin ihnen sehr dankbar, ehrlich.«

»Du spinnst doch.«

Der Kaffeeduft zog durch das kleine Wohnzimmer, und das Fauchen der Cafetera zeigte an, dass der Kaffee fast durchgelaufen war. Julia schenkte ein. Die Papiere legte sie auf die Küchenarbeitsplatte, damit sie keine Flecken bekamen.

»Habe ich dir eigentlich einmal erzählt, dass Sor Rufina mich vor fünf oder sechs Jahren angerufen hat?«

»Nein.« Ramona war sichtlich überrascht. »Und, was hatte sie auf dem Herzen?«

»Sie war keine Nonne mehr.«

»Was soll das heißen, sie war keine Nonne mehr?«

»Sie war aus dem Orden ausgetreten.«

»Im Ernst?«

»Ja, und sie hatte einen Mann.«

»Ach, wollte sie dich zur Hochzeit einladen?«

»Nein. Sie rief mich an, weil sie im Sterben lag. Sie wollte mich um Verzeihung bitten für das, was sie Vicente und mir angetan hatte. Sie sagte, sie hätte nicht gewusst, was das für eine Besserungsanstalt war, in die sie mich gesteckt hatte. Sie habe erst Jahre später erfahren, was für ein grauenvoller Ort das war.«

Ramona saß mit weit aufgerissenem Mund da.

»Sie wollte dich um Verzeihung bitten?«

»Ja. Sie sagte, dass sie es sehr bereute. Sie erzählte mir ihre Version meiner Lebensgeschichte. Das war interessant.«

»Du hast diese Rufina am Totenbett besucht?«

»Ja, sie lebte in einer Wohnung am Turó Park.«

»Oha! Schick!« Ramona hätte sich fast am Kaffee verschluckt. »Und, wie war's?«

»Nichts Besonderes, wir haben geredet.«

»Wie, ihr habt geredet?«

»Ja.«

»Wie lange?«

»Zwei Stunden.«

»In zwei Stunden kann man über viele Dinge reden.«

»Das finde ich auch. Sie hat mir von meiner Mutter erzählt. Sie hieß Carmela und war Haushälterin. Als blutjunges Mädchen hatte sie angefangen für die Priester zu arbeiten, und für einen ganz besonders. Sie hatte ihr Leben vollkommen der Kirche gewidmet. Anscheinend war sie eine sehr ergebene Frau, sehr fromm, sehr großzügig, aber ohne eigene Persönlichkeit. Sie starb bei meiner Geburt, sie hatte zu lange übertragen. Man hatte sie in einem Kämmerchen über der Sakristei versteckt, und kein Mensch half ihr bei der Geburt. Wenn man einen Arzt gerufen hätte, hätte das zu einem Skandal geführt. Es ging nur darum, ›den Fehltritt‹ des heiligen Mannes zu vertuschen, der seine treue Dienerin nun schon zum zweiten Mal geschwängert hatte. Lieber vertrauten sie meine Mutter Gott an und dachten, das Ganze wäre die göttliche Strafe für ihre Sünden der Wollust. Jedenfalls hat man sie einfach sterben lassen, ohne irgendetwas zu unternehmen.«

»Nette Nonne, die dir solche Sachen auftischt.«

»Warte, warte, das Beste kommt noch. Sie deutete einige ziemlich pikante Dinge über meinen Vater an. Anscheinend war der Pfaffe, den meine Mutter versorgt hat, ein hohes Tier, Ramona. Und zwar ein richtig hohes Tier.«

»Und woher kam das hohe Tier?«

»Aus dem Erzbistum Barcelona. Mehr hat sie nicht gesagt.«

»Vom Erzbi…? Ich fasse es nicht! Du bist eine Pfaffentochter?«

»Und zwar nicht von irgendeinem Pfaffen.« Julia sprach, als wäre es absolut normal, so eine Geschichte zu erzählen. »Vom Erzbischof persönlich! Sie meinte, es war durchaus üblich, die Kinder von Bischöfen, Erzbischöfen oder Kardinälen lebenslänglich in ›vertrauenswürdige‹ Klöster zu verbannen. Anscheinend war der geile Bock ihr Cousin. Sor Rufina und den anderen Nonnen blieb nichts anderes übrig, als die Anweisungen zu befolgen und zu schweigen. Außerdem erzählte sie mir, dass sie selbst meinen Vornamen ausgesucht hatte. Julia, zu Ehren von Julie Billiart, der Heiligen von Cuvilly. Diese Heilige hatte während der Französischen Revolution Waisenkinder unter ihre Fittiche genommen. Eigentlich sollte ich Nonne werden und die Klostermauern nie verlassen, aber der Plan ging schief. Wer hätte das alles vorhersehen können? Den Krieg, meinen rebellischen Charakter, das Vatikanische Konzil, ihren Austritt aus dem Orden … Wie dem auch sei. Sie wollte vor ihrem Tod ihr Gewissen entlasten.«

»Na da schau her, eine reuige Nonne!«

»Die arme Frau … Vielleicht war sie auch ein wenig dement. Sie befand sich schon mehr im Jenseits als im Diesseits. Vielleicht hat ihr ja der Teufel das alles eingeflüstert. Vielleicht auch nicht. Ehrlich gesagt, für mich spielt das keine Rolle. Mir ist es egal, ob ich die Tochter des Erzbischofs von Barcelona oder vom Heiligen Vater bin.«

»Du bist pervers!«

»Außerdem, wie gesagt, sie wollte mich für das, was sie Vicente und mir angetan hatte, um Vergebung bitten. Deshalb hat sie mich angerufen.«

»Du hast ihr natürlich auch noch vergeben!«

»Nein.«

Ramona lachte schallend.

»Verarsch mich nicht.« Sie sah Julia ungläubig an. »Du hast ihr nicht verziehen?«

»Sei nicht so respektlos, Ramona. Dafür bist du zu alt.«

»Scher dich zum Teufel! Du musst mir alles haarklein erzählen! Wie hast du reagiert?«

»Ich habe ihr gesagt, dass ich ihr nicht verzeihen kann, dass es mir nichts bringt, auch wenn sie es mir in der Erwartung erzählt hat, ich würde es ihr als aufrichtige Reue abkaufen. Dass kein Mensch stellvertretend für einen anderen Menschen verzeihen kann und dass sie sich mit Vicente schon selbst auseinandersetzen müsste. Vergebung ist schließlich kein Tauschhandel, sondern ein Geschenk. Ein Geschenk, das man nicht bewerten und nicht kaufen kann. Wenn man dafür bezahlt, ist es keine Vergebung, dann wird sie zu etwas anderem. Ich habe ihr gesagt, dass ich ihre Bitte aus diesem Grund nicht erfüllen kann. Ich könne nur Mitleid mit ihr haben oder bestenfalls das tun, was ich ohnehin vorhatte, nämlich sie vergessen.«

»Ach, du hast der Nonne nebenbei noch eine kleine Philosophievorlesung gehalten?«

»Ehrlich gesagt, ich glaube nicht, dass sie irgendwas begriffen hat. Sie sagte, um in Frieden sterben zu können, genüge ihr das Wissen, dass sie mein Mitgefühl hat. Sie hatte wohl befürchtet, dass Gott sie zur Rede stellt, wenn sie an die Himmelspforte klopft. Gründe dafür gab es ja wohl genug.«

»Bravo, Julia! Bravo!« Ramona stand sogar auf, um gebührend Applaus zu spenden.

»Ich weiß nicht«, haderte Julia einen Moment. »Weißt du was? Ich glaube, ich bereue es.«

»Jetzt reicht's aber! Du bist viel zu weichherzig! Das warst du schon immer, und daran wird sich nie etwas ändern. Du bereust, einer gemeinen Nonne nicht verziehen zu haben, die dein Leben zerstört hat?«

»Ehrlich gesagt, ich bereue, ihr nicht die Wahrheit gesagt zu haben. Ich hatte ihr längst vergeben.«

»Ich verstehe dich nicht.«

»Die Vergebung hat etwas Absurdes an sich, es gibt sie nur, wenn Gerechtigkeit keine Rolle spielt. Denn niemand kann das, was er dir angetan hat, wiedergutmachen, vielleicht will er das auch gar nicht. Je sinnloser, desto größer die Vergebung. Die arme Frau lag im Sterben. Natürlich hätte ich auch Nachsicht üben und ihr das sagen können, was sie gern gehört hätte.«

»Jeder erlebt irgendwann seine Todesstunde. Ich denke, das ist der Schlüssel zu allem, oder? Solange wir gesund und munter sind, sollten wir bedenken, dass es uns eines Tages nicht mehr geben wird. Entschuldige bitte, aber der ganze Kram mit der Vergebung, das klingt schon arg katholisch.«

»Kann sein. Aber ich bin nun mal Katholikin«, sagte Julia im Brustton der Überzeugung. Als ihre Freundin sie ungläubig ansah, erklärte sie: »Eine laizistische Katholikin, die halb vom Glauben abgefallen ist, aber immer noch Katholikin. Ich habe kein anderes Weltbild. Wenn du mir das wegnimmst, dann habe ich nichts mehr, woran ich mich festhalten kann.«

Ramona sah sie mit großen Augen an.

»Falsch. Du hast Marx, Engels, Adam Smith. Und den guten alten Naquet! Und trotzdem bereust du, bei der Oberin deines Internats nicht nachgegeben zu haben.«

»Nachgeben, akzeptieren, vergeben, vergessen. Manchmal sind das Synonyme.«

»Ich bin mit allen einverstanden, nur nicht mit vergessen. Es darf kein Vergessen geben. Es betrifft nicht dich, sondern uns alle.«

Die beiden schwiegen einige Sekunden, um das erst einmal zu verarbeiten.

»Wann hast du das nächste Treffen mit den Historikerinnen?«, erkundigte sich Julia.

»In einem Monat.«

»Ich wäre gern dabei. Wenn ich euch nicht störe.«

»Du uns stören? Die anderen werden vor Aufregung tot umfallen! Die Frau Abgeordnete interessiert sich für ihre Anliegen! Natürlich kannst du dabei sein! Verfolgst du eine besondere Absicht?«

»Vielleicht bringt euch meine Unterstützung bei euren Forderungen weiter. Ich könnte versuchen, ein Treffen mit dem Geschäftsführer des Einkaufszentrums zu arrangieren.«

»Dieser eingebildete Schnö…«

»Also, eigentlich ist eure Forderung doch gar nicht so schwer umzusetzen. Es geht doch nur darum, dass sie an ihrem tollen Einkaufszentrum eine Plakette zum Gedenken an die Opfer anbringen. Immerhin hunderte von Opfern. Vielleicht hilft es ja, wenn man erfährt, dass ich eines von ihnen bin. Mal sehen, ob ich in Madrid mit jemandem darüber reden kann. Lass mich erst mit María sprechen, dann gebe ich dir Bescheid.«

Ramona kam aus dem Staunen nicht heraus.

»Du bist doch nicht etwa krank, oder? Solche Sachen macht man gewöhnlich erst, wenn man weiß, dass man im Sterben liegt.«

»Soweit ich weiß, bin ich nicht krank. Ich werde nur älter. Der gute alte Gott Chronos fordert mich auf, Bilanz zu ziehen. Geht es dir nicht auch so?«

Ramona stimmte die Frage nachdenklich. Bilanz ziehen, damit hatte sie sich nie richtig anfreunden können. Mit dem Älterwerden auch nicht. Sie wollte irgendwann mit neunzig als junge Frau sterben.

Das Telefon klingelte. Es war fünf vor fünf.

»Hallo, Julia, ich bin's, María. Der Wagen müsste schon am Eingang warten.«

»Jetzt schon? Huch, ist es schon so spät? Ich habe völlig

die Zeit vergessen«, sagte Julia mit dem sicheren Gefühl, dass María diese Ausrede bekannt vorkam. »Danke, dass du mich daran erinnert hast.«

»Gern geschehen. Das ist mein Job.«

Julia legte eine Modeschmuckkette an und schlüpfte in die Espadrilles mit dem Keilabsatz, die zu ihrer Strohtasche passten. Die kleine Dose mit dem roten Edelstein steckte sie ein. Bevor sie ging, gab sie Ramona die Akte von Häftling Nummer 1.262 zurück.

»Hier, bitte, meine Gute. Bring das dorthin zurück, wo es hingehört. Ob es mir nun gefällt oder nicht, auch dieser Ort gehört zu meinem Leben.«

Ramona war den Tränen nahe, und sie ärgerte sich darüber. Gemeinsam gingen sie die enge Treppe hinunter. Bei dem schwarzen Wagen angekommen, verabschiedete sich Julia mit einem Händedruck.

»Willst du wissen, wie der Abend war?«

»Aber ja, haarklein!«

»Ich rufe dich morgen an.«

»Pass auf dich auf, Genossin.«

»Du erst recht.«

Im Dienstwagen erteilte Julia Salas dem Fahrer Anweisungen, die dieser gar nicht benötigte, da er sich bestens auskannte. Sie verwandelte sich wieder in die Frau Abgeordnete. Auch wenn sie Zivil trug, nicht das seriöse Kostüm und die hochhackigen Schuhe, war sie perfekt gekleidet.

Während der Wagen die Calle Sócrates entlangfuhr, donnerte es in der Ferne, und Regen setzte ein. Dicke Tropfen prasselten auf das Wagendach.

»Keine Sorge, es gibt einen Regenschirm. María hat einen für den Fall des Falles im Kofferraum deponiert«, nahm der Fahrer Julias Gedanken vorweg.

María konnte einem manchmal regelrecht Angst machen. Sie sah stets alles voraus, selbst das Unvorhersehbare. Immer.

Die ehemalige Carretera del Manicomio – Irrenhaus-Straße – hieß inzwischen Calle del Doctor Pi i Molist. Eine gelungene Namensänderung, ehrte sie doch den Begründer des Instituto Mental de la Santa Cruz in Nou Barris. In der Nervenklinik lebten nur noch wenige Patienten, da die Einrichtung durch die aktuellen städtebaulichen Entwicklungen vom Abriss bedroht war. Der Glanz der alten Zeit war dahin, als die Klinik noch ein kolossales Gebäude war und seine Bewohner die fortschrittlichste Behandlung in ganz Europa erhielten. Von den elf Gebäudetrakten waren nur noch zwei erhalten, und es wurde weiter abgerissen. Dort, wo sich früher die weitläufigen Parkanlagen des Sanatoriums befanden, hatte man vor dem Eucharistischen Weltkongress von 1952 in höchster Eile billige Mietskasernen hochgezogen. Schließlich mussten die Bewohner der Elendsviertel untergebracht werden, damit Papst Pius XII. auf seinem Weg durch die Stadt die Misere nicht zu sehen bekam. Entstanden war ein tristes, düsteres Stadtviertel, in dem das Grau und der Verfall der alten Nervenklinik gar nicht auffielen.

Julia stieg aus und nahm den geöffneten Regenschirm, den ihr der Fahrer reichte.

»Ich warte hier, falls Sie mich brauchen«, sagte er.

»Es kann aber dauern.«

Der Mann setzte eine beflissene Miene auf, die wohl ausdrücken sollte: Alle Zeit, die Sie benötigen.

Julia schritt zügig im Regen voran, der inzwischen zugenommen hatte. Sie ging über den Vorhof, der von zwei Backsteingebäuden mit großen Fensterfronten flankiert war.

Am Eingang erwartete sie bereits der Institutsleiter, der in den Regen starrte.

»Wenn ich gewusst hätte, dass Sie auf mich warten, wäre ich früher gekommen«, sagte Julia.

»Ich bitte Sie, Sie müssen sich doch nicht entschuldigen«, sagte der Mann und hielt ihr seine große Hand entgegen. »Ich wollte Sie einfach gern persönlich begrüßen, das ist alles. In letzter Zeit sehe ich Sie nur noch im Fernsehen. Ihr Verhalten bei dem Putschversuch hat uns alle tief beeindruckt. Ich möchte Ihnen von Herzen dazu gratulieren.«

Julia tat so, als hätte sie das Kompliment überhört.

»Was für ein Nachmittag!«, sagte sie nur.

»Ja, seit heute Morgen lag ein kräftiges Gewitter in der Luft«, meinte der Institutsleiter. »Mal sehen, ob es ein wenig abkühlt.«

Sie betraten das Gebäude und durchquerten die erste Galerie. Der Fußboden mit den geometrischen Fliesenmustern erinnerte noch an den verblichenen Glanz. Krankenschwestern waren emsig dabei, die Fenster zu schließen, damit kein Regen eindrang. Die Stühle auf den Gängen waren nicht besetzt. Kein Patient saß dort und stierte wie üblich mit abwesendem Blick in den Garten. Kein Mensch war in den Fluren oder Treppenhäusern zu sehen. Der Speisesaal war menschenleer und lag im Halbdunkel. Die gesamte Szenerie wirkte gleichermaßen gespenstisch und morbid, als läge alles im Sterben.

»Wo sind denn alle?«, erkundigte sich Julia.

Der Institutsleiter lachte.

»Wo sollen die schon sein! Die hocken alle im Gemeinschaftsraum vor dem Fernseher und sehen sich die Jahrhunderthochzeit an. Seit heute Morgen um zehn Uhr sind sie dort schon versammelt. Einige haben wie Schlosshunde geheult, als wären sie mit Lady Di verwandt.«

Als sie den Raum erreichten, sah Julia etwa zwanzig Patienten gespannt vor dem Schwarz-Weiß-Fernseher sitzen, die darauf warteten, dass sich das Brautpaar auf dem festlich geschmückten Balkon des Buckingham Palace zeigte. In dem

Moment schwenkte die Kamera über die Fassade des königlichen Palastes und die Menschenmenge davor, die, wie die hier Anwesenden, darauf wartete, das Paar zu sehen. Die Regie hatte nun schon dutzende Male Szenen der Hochzeit wiederholt, um die Wartezeit zu überbrücken: der Einzug der Braut am Arm ihres Vaters in die St.-Pauls-Kathedrale, das Jawort, Nahaufnahmen der verunsicherten Lady Di, die ihren Bräutigam aus dem Augenwinkel betrachtet, eine Aufnahme von der langen Schleppe des Hochzeitskleides. Das Brautkleid hatte unter den Anwesenden eine heftige Diskussion ausgelöst. Einige hielten es für völlig übertrieben, andere fanden es sehr romantisch, und beide Fraktionen waren gleich stark. Die Patienten waren aufgeregt, und manche redeten ununterbrochen. Andere zischten, weil sie kein Wort des Kommentators verpassen wollten.

Julia blieb an der Schwelle stehen und lächelte.

»Es tut einem richtig leid, ihn zu stören, man sieht ja, wie wohl er sich fühlt«, stellte sie fest.

»Ich denke, nirgendwo in ganz Barcelona wird die Hochzeit begeisterter gefeiert als hier«, scherzte der Institutsleiter.

»Haben Sie meinen letzten Scheck erhalten?«

»Ja, natürlich, danke.«

»War er ausreichend? Wenn Sie irgendwann einmal der Meinung sind, ich sollte den Betrag erhöhen, bitte ich Sie …«

Der Mann machte eine beschwichtigende Geste.

»Der Betrag ist mehr als ausreichend, Sie müssen sich keine Gedanken machen. Jeden Monat bleibt sogar etwas übrig. Ich habe mir erlaubt, den Rest anzusparen, falls es in der Zukunft einmal ein Problem geben sollte.«

»Man merkt ihm an, dass er Einzeltherapie erhält. Sein Zustand kommt mir sehr viel besser vor, er wirkt viel ruhiger.«

»Das kann ich nur unterstreichen.«

»Die Frau ist wirklich großartig.«

Beide sahen zu einer jungen Krankenschwester, die genauso fasziniert wie die anderen das Bild vom königlichen Palast in London betrachtete.

»Ja, das stimmt. Matilde ist wirklich ein Glücksgriff«, meinte der Institutsleiter. »Sie versteht ihn sehr gut, sie ist sehr sanftmütig, und sie verfügt über eine schier unendliche Geduld. Anscheinend hatte sie selbst einen geistig zurückgebliebenen Bruder, der allerdings vor zwei Jahren gestorben ist.«

»Das wusste ich nicht«, sagte Julia nachdenklich. »Aber das erklärt einiges.«

In dem Moment war hinter einem der großen Palastfenster eine kleine Bewegung zu erkennen. Die Kamera zoomte sofort heran, und jetzt konnte man das frisch vermählte Paar Arm in Arm auf den Balkon treten sehen. Die Zuschauer in dem Gemeinschaftsraum brachen in stürmischen Jubel aus, so wie das Publikum vor Ort, das vor dem Palast tosend applaudierte.

»Du Schöne!«, rief jemand, als könnte die Braut ihn hören.

Es herrschte die fröhliche Stimmung, die einer großen Feier gebührte. Mitten in dem Trubel bemerkte Matilde plötzlich Julia, und sie beugte sich vor, um den Besuch anzukündigen. Gleich darauf drehte sie den Rollstuhl zur Tür.

»Muss er immer noch im Rollstuhl sitzen?«, fragte Julia.

»Manchmal schon. Es ist besser, wenn er nicht so viel geht«, erklärte der Institutsleiter. »Aber das Schlimmste ist geschafft.«

Vicente stand die Freude ins Gesicht geschrieben, und Julia wusste, dass das nicht ausschließlich an der britischen Hochzeit lag.

Als der Rollstuhl nah genug war, stürzte Vicente sich auf Julia, wie immer, wenn er sie sah. Sie kannte das schon und war entsprechend vorbereitet. Manchmal stürmte er so unbändig auf sie zu, dass sie beinahe das Gleichgewicht verlor. Vicente umarmte sie ungestüm und hob sie hoch. Das war sein Ritual, der Willkommensgruß eines wahren Riesen. Julia war dennoch immer wieder aufs Neue von seinen Bärenkräften überrascht.

»Julia Julia Julia Julia Julia Julia«, flüsterte er und drückte sie so fest an sich, dass sie für einen Moment kaum Luft bekam.

Vicente hatte schon einige weiße Strähnen, sein faltiges Gesicht war rotfleckig, an den Wangen zeichneten sich kleine Äderchen ab, und er hatte einen Dreitagebart. Er war inzwischen fünfzig, wirkte aber älter. War er beim letzten Mal schlanker gewesen? Doch Julia fand, dass er im Großen und Ganzen gut aussah. Zumindest war sie mehr als erleichtert, dass es ihm nicht schlechter ging. Der erste Moment ihrer Begegnung machte ihr stets Angst.

»Hast du mir was mitgebracht? Hast du mir was mitgebracht? Hast du mir was mitgebracht?«

»Natürlich. Aber jetzt setzt du dich erst mal wieder in den Rollstuhl!«, forderte Julia ihn auf.

»Ich kann gehen«, protestierte er wie ein bockiges Kind.

»Ich weiß, dass du gehen kannst. Aber es ist besser, wenn du das nicht machst. Damit du dich nicht wund scheuerst. Du musst erst wieder richtig gesund werden.«

»Aber ich bin wieder richtig gesund!«

»Nein, das bist du nicht.« Julia hielt ihre Strohtasche weit weg, und das zeigte Wirkung, wie bei einem Kleinkind. Vicente setzte sich gefügig in den Rollstuhl. Dann holte Julia zur Belohnung die kleine Dose hervor, die María ihr am Vormittag übergeben hatte, und legte sie Vicente in die Hand. Er presste seine Nase an den durchsichtigen Plastikdeckel und sprang vor Freude auf.

»Holla! Schön schön schön!«

»Das ist roter Jaspis. Für die Griechen ein Glücksbringer.«

»Welche Griechen?« Der Institutsleiter und Matilde mussten lachen.

»Na, die alten Griechen der Antike.«

»Hoho! Die wussten aber viel. Wie schön. Der ist so schön!«
Vicente war begeistert. »Bringen wir ihn an seinen Platz?«

»Natürlich.« Julia wandte sich an den Institutsleiter. »Können wir zu seinem Zimmer gehen?«

»Ja. Bitte, begleiten Sie sie«, bat der Institutsleiter die junge Krankenschwester. »Danach gehen Sie am besten in den Aufenthaltsraum, da haben Sie mehr Ruhe. Ich bleibe hier und schaue mir mal das traute Paar an«, entschuldigte er sich und deutete mit dem Kinn in Richtung Fernseher.

Julia übernahm von Matilde den Rollstuhl und schob Vicente den Korridor entlang.

»Bräute sind so schön!«, stellte Vicente zufrieden fest. »Lädidei ist die schönste Braut der Welt! Stimmt's?«

Wie Vicente »Lädidei« aussprach, hörte sich absolut witzig an. Matilde sah in den Garten hinaus.

»Herrje, das gießt ja in Strömen«, meinte sie.

»Echte Prinzessinnen sind viel schöner als die aus den Märchen, oder?«, quasselte Vicente munter weiter.

»Natürlich. Diese ist viel schöner, weil sie eine echte Prinzessin ist«, sagte Julia.

»Nein, sie ist schöner, weil sie blond ist«, korrigierte Vicente. »Ich mag blonde Prinzessinnen.«

»Aber die Prinzessinnen im Märchen sind doch auch blond«, sagte Matilde mit sanfter Stimme.

»Nein! Nein nein nein!« Vicente fuchtelte mit dem Zeigefinger herum, um seinen Widerspruch zu bekräftigen. »Schneewittchen hat schwarze Haare!«

»Ja, das stimmt«, gab Matilde ihm recht.

»Aber sie müsste blond sein!«, polterte Vicente. »Wenn ich ein Prinz wäre, würde ich alle schwarzhaarigen Prinzessinnen umbringen und mit allen blonden Prinzessinnen schlafen.«

»Vicente, hör mal! Was du da gerade gesagt hast, ist ungehörig«, wies Julia ihn zurecht. »Man bringt niemanden um, nur weil er schwarze Haare hat.«

»Schon gut. Aber mit den blonden Prinzessinnen könnte ich schlafen, oder?«

»Ja, aber nur, wenn sie selbst das auch wollen«, sagte sie nachdrücklich.

Inzwischen waren sie im Flur des Seitenflügels angekommen, von dem die wenigen Zimmer abgingen, die noch bewohnt wurden. Vicentes Bleibe war ein schmaler Raum mit zwei Pritschen links und rechts, einem gemeinsamen Nachttisch in der Mitte, zwei Stühlen und einem sehr hohen vergitterten Fenster. Das Zimmer sah aus wie eine Gefängniszelle, doch neben einem der Betten fiel eine stattliche Anzahl von Gegenständen auf, die auf einem Brett an der Wand platziert waren. Die Sammlung umfasste mehr als ein Dutzend verschiedene Steine, die einzeln verpackt in beschrifteten Schachteln lagen. Dazwischen lagen ziemlich viele lose Steine, die Vicente im Lauf der Jahre bei Spaziergängen an verschiedenen Orten gefunden hatte. Am wertvollsten waren für ihn die ältesten Exemplare, die er als Kind im Wald bei dem Vinzentinerinnen-Kloster entdeckt und seitdem aufbewahrt hatte. Seine Sammlung war früher noch umfangreicher gewesen, sie hatte auch Zweige, Zapfen, Schraubenmuttern, tote Insekten und sogar eine Feldmaus umfasst, die starrer als getrockneter Thunfisch war. Doch als er in die Einrichtung gekommen war, hatte man ihn gezwungen, »den Dreck« wegzuwerfen. Hin und wieder überkam ihn die Erinnerung an seine verlorenen Schätze, vor allem an die Tiere, dann wurde er von einem Weinkrampf geschüttelt und war voller Hass auf den Institutsleiter.

»Der Stein kommt da hin«, sagte Vicente und platzierte die neue Schachtel neben die anderen. »Gefällt es dir?«

Was Julia missfiel, war der Ort, er sah wie eine Gefängniszelle aus. Daran konnte auch die Anwesenheit von Matilde nichts ändern, die ahnungslos die beiden anlächelte.

»Gefällt es dir nun oder nicht?«, bohrte Vicente hartnäckig nach.

»Sehr sogar. Aber lass uns doch in den Aufenthaltsraum gehen«, schlug Julia vor und verließ das kleine Zimmer.

»Ich werde ihn den ›Stein von Charles und Lädidei‹ nennen«, verkündete Vicente stolz.

Sie gingen den Gang zurück, bis sie einen quadratischen Raum erreichten, der mit vier Sesseln, einer Stehlampe mit Pergamentschirm und einem Resopaltisch mit Häkeldecke möbliert war, den eine Plastikgeranie zierte.

Julia fuhr den Rollstuhl zu den Sesseln und nahm in einem von ihnen Platz. Matilde, die unablässig lächelte, setzte sich neben sie.

»Hast du die Hochzeit gesehen?«, fragte Vicente Julia.

»Nein.«

»Oh.« Er setzte eine untröstliche Miene auf. »Warum denn nicht?«

»Ich musste arbeiten. Außerdem mag ich keine Hochzeiten.«

»Du magst keine Hochzeiten?«

»Nein, nicht besonders.«

»Nicht einmal die von Prinzen und Prinzessinnen?«

»Ich mag auch keine Prinzen und Prinzessinnen.«

»Meine Güte, du bist aber schwierig.« Vicente schnaubte enttäuscht und blickte nach Zustimmung heischend zu Matilde. »Stimmt's? Julia ist wirklich sehr schwierig, oder?«

Matilde lachte.

»Wir sind alle ein bisschen schwierig«, sagte sie schließlich.

»Also, Prinzen mag ich auch nicht«, stellte Vicente mit erhobenem Zeigefinger klar. »Aber Prinzessinnen, die mag ich. Die blonden.«

»Hör mal!«

»Die mit schwarzen Haaren nicht.«

»Vicente!«

»Na ja. Ich mag blonde Frauen, auch wenn sie keine Prinzessinnen sind. Nur blond müssen sie sein.«

»In Ordnung, mein Lieber.«

Häufig drehte sich ein Gespräch mit Vicente im Kreis. Wenn man nichts dagegen unternahm, riskierte man, stundenlang immer wieder die gleichen Dinge zu wiederholen.

»Vicente, du siehst viel besser aus als das letzte Mal«, wechselte Julia das Thema, um dem unendlichen Kreislauf zu entkommen.

»Nein, aber du schon. Du Schöne!« Vicente stürzte sich wieder auf Julia, um sie zu umarmen. Diesmal griff er ihr sogar mit beiden Händen an die Brust. »Schöne Schöne Schöne! Ich hab dich so lieb!«

»Hör mal!« Julia schob behutsam seine Hände zur Seite und legte sie Vicente in den Schoß zurück. »Wir hatten eine Abmachung getroffen, erinnerst du dich? Es ging darum, ob man einfach allen Frauen an die Brust fassen darf.«

»Aber du bist nicht alle. Du bist Julia.«

»Ja, aber ich mag das trotzdem nicht.«

»Ich schon.«

»Ich weiß, dass dir das gefällt. Aber wir können nicht immer alles machen, was uns gefällt, nicht wahr? Es gibt Regeln.«

»Hm.« Vicente wirkte nicht sonderlich überzeugt. »Aber hier sind die Regeln egal, denn hier sind alle verrückt. Stimmt's?«

»Hast du dich in letzter Zeit gut benommen?«, erkundigte sich Julia.

Vicente senkte den Kopf und blickte zu ihr hoch. Julia konnte die grauen Haare am Scheitel erkennen. Sie sah zu der Krankenschwester.

»Wie hat Vicente sich benommen, Matilde?«

»Recht ordentlich.« Die junge Frau lächelte sanft. »Er hat es jedenfalls versucht, nicht wahr, mein Lieber? Und wie. Das Problem ist nur, dass es ihm nicht immer gelingt.«

»Was soll das heißen?«

»Er hat sich selbst keinen Schaden mehr zugefügt. Es hat keine neuen Wunden und keine Infektionen mehr gegeben. Das ist doch eine gute Nachricht, oder?«

Vicente hielt den Kopf immer noch gesenkt, sah aber schräg zu Matilde hoch.

»Ich glaube, Vicente hat sich allmählich besser unter Kontrolle«, fasste sie ihre Beobachtung zusammen.

»Pablito hat gesagt, dass ich ein Schwein bin und dass ich in die Hölle komme«, berichtete Vicente.

Pablito war sein Zimmergenosse, ein etwas älterer Mann, der immer wütend wurde, wenn Vicente masturbierte. Also sehr oft. Derzeit schien alles unter Kontrolle zu sein, doch noch vor wenigen Monaten war die Lage problematisch. Innerhalb eines halben Jahres war Vicente an zwei schweren Infektionen erkrankt, von denen eine sehr ernst war.

»Mach dir keine Sorgen, Vicente, die Hölle gibt es gar nicht«, platzte es aus Julia heraus.

»Doch, doch, die gibt es. Meine Mutter ist da gelandet.«

»Nein, das stimmt nicht, Vicente.« Julia versuchte so überzeugend wie möglich zu klingen, doch sie besaß nicht Matildes Geduld. »Darüber haben wir doch schon gesprochen. Deine Mutter ist nicht in der Hölle. Mütter kommen in den Himmel. Und zwar alle, ohne Ausnahme.«

»Das sind aber andere Mütter. Zum Beispiel Madre Rufina, und auch Sor Presentación und Sor Antonina und all die anderen. Die kommen in den Himmel, ohne Eintritt zu zahlen. Aber meine Mutter ist in die Hölle gekommen. Das hat Madre Rufina mir erzählt.«

»Das sind die Nonnen der Klosterschule, in der wir aufgewachsen sind«, erklärte Julia Matilde, der die Namen nichts sagten. »Die Barmherzigen Schwestern vom heiligen Vinzenz von Paul. Daher hat Vicente auch seinen Namen. Die Nonnen haben den Namen für ihn ausgesucht.« Julia wandte sich wieder an Vicente: »Es stimmt nicht, was Madre Rufina gesagt hat.«

»Doch, die irrt sich nie.«

»Du kannst dich auf mich verlassen, ja? Du wirst nicht in die Hölle kommen, da kann Pablito sagen, was er will.«

»Und wo komme ich dann hin?«

»In den Himmel. Dahin, wo du hinwillst.«

»Nein nein nein. So geht das nicht. Man kommt nicht dahin, wo man hinwill.«

»Vicente, du hörst mir jetzt mal gut zu, ja?«

»Ja.«

»Du musst dich benehmen. Weißt du, was das bedeutet?«

»Ja.«

»Dann sag mir, was das bedeutet!«

Vicente blickte verärgert drein.

»Mich nicht anfassen.«

»Genau.«

»Das ist so schwer so schwer so schwer.«

»Ich kann mir gut vorstellen, wie schwer dir das fällt. Aber wenn du dich anfasst, wirst du krank.«

Vicente hielt den Kopf immer noch gesenkt und sah von tief unten zu ihr hoch. »Weißt du noch, wie krank du gewesen bist? Was für große Schmerzen du hattest? Kannst du dich noch an das Fieber erinnern? An die Spritzen? Kannst du dich an das alles erinnern?«

»Nein nein nein! Ich will mich nicht daran erinnern!«, schrie Vicente.

»Dann willst du doch auch nicht, dass dir das noch einmal

passiert, oder? Wir beide hier wollen nicht, dass du wieder so krank wirst, nie wieder.«

»Ich auch nicht, nie wieder nie wieder nie wieder.«

»Siehst du?«

»Aber das ist so schwer.«

»Ich weiß, mein Lieber.« Julia nahm eine seiner Hände. Sie konnte nicht gut ihre Zuneigung ausdrücken, Berührungen fielen ihr sehr schwer. Aber Vicente konnte ihr Herz erweichen wie kein anderer Mensch sonst.

»Weißt du noch, was ich immer zu dir sage, wenn du dich nicht benimmst?«, schaltete sich Matilde ein.

»Ja. Hände hoch, Fremder!« Sofort hielt Vicente beide Arme hoch, wie ein Verbrecher, der von einem Sheriff überrascht wird.

»Genau«, lobte Matilde, »das musst du auch nachts machen, wenn dich die Lust überkommt. Denkst du dran?«

Vicente schüttelte den Kopf.

»Nachts ist es noch schwerer.«

»Ach so? Warum?«

»Weil mir langweilig ist.«

»Was soll das heißen, dir ist langweilig? Dann wird geschlafen! Die Nacht ist zum Schlafen da.«

»Pablito schnarcht.«

»Aha, dein Zimmernachbar schnarcht. Wirst du davon wach?«

»Nein, ich kann gar nicht erst einschlafen.«

»Verstehe …« Julia dachte einen Moment nach, dann wandte sie sich an Matilde. »Vielleicht können wir den Institutsleiter um einen Zimmertausch bitten. Oder wir bitten ihn um ein Einzelzimmer.«

»Ja ja ja. Ein Zimmer für mich allein!« Vicente klatschte begeistert, dann hob er eine Hand, so als würde er sich in der Schule melden. »Und für meine Sammlung!«

»Ich denke, es ist besser, wenn Vicente nicht allein ist«, urteilte Matilde. »In einem Einzelzimmer wird er sich nicht beherrschen können, das wäre noch schlechter. Wir könnten uns nach einem Zimmergefährten umsehen, der nicht schnarcht.«

»Matilde, schnarchst du? Möchtest du bei mir schlafen?«

Matilde lachte.

»Nein, das geht nicht, mein Lieber.«

»Gut. Könnte es auch eine Zimmergefährtin sein? Die nicht schnarcht.«

»Nein, Vicente. Es muss ein Mann sein.«

»Schade schade schade.«

»Ja, ich bin einverstanden. Also ein Mann, der nicht schnarcht«, fasste Julia die Diskussion zusammen.

»Ich denke, es wird kein Problem sein, ihm ein anderes Zimmer zu geben und einen Zimmergenossen für ihn zu finden. Wir haben viele freie Zimmer. Es gibt keine neuen Patienten«, berichtete Matilde.

Julia überlegte, ob sie die Krankenschwester informieren sollte. Es war die Rede davon, die Patienten in andere Einrichtungen zu verlegen, da das Instituto Mental spätestens in zwei Jahren geschlossen würde. Doch sie schwieg lieber zu dem Thema, um Vicente nicht unnötig aufzuregen. Veränderungen behagten ihm nicht, und sie bekamen ihm schlecht. Natürlich protestierte das Klinikpersonal gegen den Umzug, aber niemand schenkte ihnen Gehör. Es gibt keine tauberen Ohren als die der Bürokraten, wenn sie nichts hören wollen.

Julia lenkte das Gespräch an den Punkt zurück, an dem sie vom Thema abgekommen waren.

»Versprich mir, dass du dich benimmst«, forderte sie ihn auf.

»Das ist so schwer so schwer so schwer.«

»Sicher, aber denk einfach an die Sache mit den Händen.

Wie ging das? Kannst du das für uns noch einmal wiederholen?«

»Hände hoch, Fremder!«, rief Vicente, dann lachte er derb und laut.

Beide Frauen rissen sofort ihre Arme hoch.

»Genau so«, ermutigte Matilde ihn.

»Schöne Schöne Schöne!«, polterte Vicente, dessen Instinkte wieder erwachten. Aber er konnte sich beherrschen und griff nicht nach den Brüsten der beiden Frauen, sondern starrte sie nur an. »Ihr beide seht sehr gut aus«, sagte er schließlich.

»Du siehst auch sehr gut aus, Vicente. Du wirst es schon schaffen!«, sagte Julia.

»Ja, und du bist ein ganz lieber Mensch«, sagte Matilde. »Das macht dir so schnell keiner nach, oder?«

»Wollen wir was spielen?«, schlug Vicente plötzlich vor. Man merkte ihm an, wie glücklich er war.

»Wie wäre es mit einer Runde Parchís?«, meinte Matilde, die wusste, welches sein Lieblingsspiel war.

»Ja ja ja! Parchís Parchís Parchís!«

»Möchtest du mit Julia allein spielen, oder soll ich auch dableiben?«

Vicente klatschte in die Hände.

»Wir drei wir drei wir drei! Ich werd's euch zeigen!«

Matilde ging in den Speisesaal, um das Parchís-Brett zu holen. Als sie weg war, beugte Vicente sich zu Julia vor.

»Ich liebe dich«, flüsterte er.

»Ich hab dich auch sehr lieb, Vicente«, sagte Julia, die in Liebesbekundungen nicht sehr geübt war.

Matilde kehrte mit dem Brett, den Spielfiguren und den Würfeln zurück.

»Vicente will immer mit den blauen spielen«, sagte sie, »oder?«

»Ja ja ja«, bekräftigte er, »das ist meine Glücksfarbe!«

»Was meinst du? Darf Julia sich zuerst eine Farbe aussuchen?«

»Nein nein nein! Ich nehme die blauen.«

»Ich möchte mit den gelben spielen«, sagte Julia und zwinkerte Matilde zu. »Denn das ist meine Glücksfarbe.«

»Grün oder rot?«, fragte Vicente Matilde.

»Rot. Wie dein neuer Stein.«

»Super!«, freute sich Vicente. Dann würfelte er wieder und wieder und rief: »Ich will eine Fünf eine Fünf eine Fünf!«

»Vicente.« Matilde nahm behutsam seine Hand. »Hör mir zu. Hörst du mir zu? Du kommst jetzt mal wieder runter. Wenn man Parchís spielen will, muss man ein wenig ruhiger sein. Ich weiß, dass du dich freust. Aber du musst dich beruhigen. Ja? Kannst du das?«

»Das ist so schwer …«

Doch Vicente gelang es, sich zu beherrschen. Zumindest ein wenig. Denn Parchís bedeutete für ihn gleichermaßen Freude wie Aufregung.

»Ich sehe schon, das wird eine spannende Partie«, sagte Julia und lächelte.

»Mit Vicente ist es immer spannend. Er ist ein Künstler.«

Nach drei schier endlosen Parchís-Runden und einem erfolgreichen Gespräch mit dem Institutsleiter wegen des Zimmerwechsels sagte Julia Vicente, dass sie sich wieder auf den Weg machen müsse.

»Weißt du, mit wem ich heute Abend zum Essen verabredet bin?«, fragte sie und nahm die Antwort gleich vorweg. »Mit den Mädchen aus dem Internat. Kannst du dich noch an sie erinnern?«

»Nein«, sagte Vicente, der immer missmutig wurde, wenn Julias Abschied bevorstand.

»Aber ja doch! Nina, Lolita, Olga und Marta. Bestimmt kannst du dich …«

»Olga ist ziemlich fett!« erinnerte sich Vicente, ohne Julia anzusehen, völlig in Gedanken versunken.

»Genau. Siehst du, du erinnerst dich doch!«

»Aber nicht an die anderen.«

»Nina hat dir einmal aus der Hand gelesen. Sie hat dich dabei gekitzelt.«

»Ja, an Nina schon. Nina ist sehr schön.«

»Soll ich ihnen was von dir ausrichten?«

»Ja. Sag ihnen, dass sie alle sehr schön sind. Und dass ich sie sehr lieb habe. Aber dich am meisten.« Er umschlang so ungestüm Julias Hüfte, dass es ihr die Luft zum Atmen nahm.

»Schön. Ich werde ihnen auch sagen, dass du sie sehr magst.«

»Und dass sie mich nie besucht haben. Und dass ich deswegen ganz schön sauer auf sie bin.«

»Schon gut. Auch das werde ich ihnen sagen.«

Julia blieb noch einen Moment, um sich kurz mit Matilde zu besprechen. Sie wollte die Meinung der Pflegerin hören, schließlich war sie die Person, die Vicente am besten kannte.

»Ja, er masturbiert weniger, aber er tut es nach wie vor. Es gibt Tage, da hat er nichts anderes im Kopf, aber das gehört zu seiner Zwangsstörung. Wir wollen ihm beim Schlafen nicht die Hände fixieren, aber wir können ihn auch nicht rund um die Uhr überwachen.« Matilde lächelte beruhigend. »Ich kann es ihm sicher irgendwann begreiflich machen. Er ist in letzter Zeit etwas ruhiger und insgesamt stabiler geworden. Das ist ein guter Zeitpunkt, um etwas zu verändern.«

Noch etwas, was Vicente und ich gemeinsam haben, dachte Julia.

»Ich vertraue Ihnen, Matilde. Geben Sie mir Bescheid, wenn es Neuigkeiten gibt, bitte.«

»Natürlich.«

Draußen hörte man einen ohrenbetäubenden Donner. Einige Patienten schrien auf.

»Sind Sie sicher, dass Sie jetzt gehen wollen? Vielleicht warten Sie noch ein wenig, bis der Regen nachlässt«, schlug die Krankenschwester vor.

»Ich bin zum Abendessen verabredet und ohnehin schon spät dran.«

»Was für ein Abend für eine Verabredung. Die muss ganz schön wichtig sein.«

Julia gab keine Antwort.

Dann bat sie den Institutsleiter, telefonieren zu dürfen. Sie rief María an, die sich in ihrem Hotelzimmer im *Majestic* aufhielt und den Regen betrachtete, der über dem Paseo de Gracia als imposantes Naturschauspiel wütete.

»Kannst du bitte noch einmal Marta Viñó anrufen und ihr sagen, dass ich jetzt losfahre? Sie sollen schon mal ohne mich anfangen.«

Es war kurz nach neun.

»Natürlich. Was meinst du, wann wirst du dazustoßen?«

»Ich muss einmal quer durch die Stadt fahren. Wahrscheinlich komm ich bei dem Wetter erst morgen Früh an.«

»Das werde ich mir lieber verkneifen. Sag dem Fahrer, er soll vorsichtig fahren.«

Während der langsamen Fahrt durch den sintflutartigen Regen gingen Julia genau die Fragen durch den Kopf, die sie seit Wochen beschäftigten.

Warum nahm sie an dem Abendessen mit ihren alten Schulkameradinnen teil? Waren die Gründe für eine Teilnahme genauso gewichtig wie die für eine Absage? Welchen Sinn hatte ihre Anwesenheit nach einunddreißig Jahren? Wollte sie jemandem eine Chance geben? Und wenn ja, wofür? Oder wollte sie sich selbst eine Chance geben? Musste sie sich etwas beweisen? Musste sie den anderen etwas beweisen? Wollte sie nur gemein sein und angeben? Aber sind kleine Gemeinheiten nicht häufig die einzige Form der Genugtuung? Wer meint, die Zeit heile alle Wunden, dem wurden noch nie schwere Verletzungen zugefügt.

Von der Rückbank des schwarzen Citroën aus erkannte sie die Stadt kaum wieder. Allein für ihre Fahrt durch das Horta-Viertel benötigten sie viel mehr Zeit als üblich. Überall zwangen überflutete Fahrbahnen sie, anzuhalten oder eine andere Richtung einzuschlagen. Wenn man schon in diesem Stadtteil von den Urgewalten der Regenfälle überrascht wurde, war das eine Gefahr, die man ernst nehmen musste. Der Fahrer war sich zum Glück seiner Verantwortung bewusst und lenkte das Fahrzeug äußerst umsichtig. Manchmal zuckte ein greller Blitz über den Himmel, gefolgt von furchterregendem Donner.

Im Viertel El Carmelo sah es nicht viel besser aus. Dort sahen sie die ersten umgestürzten Bäume, Mülltonnen, die die Sturzfluten mit sich gerissen hatten, und auch Bewohner, die mit Eimern das Wasser aus den Erdgeschosswohnungen schöpften. Es goss unaufhörlich weiter, und mehr als einmal mussten sie anhalten und abwarten, dass die Sturmböen nachließen, damit sie weiterfahren konnten. Auf den Straßen waren nur wenige Autos unterwegs. Wer kam schon auf die Idee, an solch einem Abend vor die Tür zu gehen?

Julia war in Gedanken versunken. Sie erinnerte sich an die vier Kameradinnen aus dem Internat. Olga, Marta, Lolita, Nina. Die dicke Olga. Marta, die Schriftstellerin. Die sanftmütige Lolita. Nina, die Handleserin. Und sie selbst. Julia, die Waise, Julia, der Pechvogel, dachte sie unweigerlich.

Marta war die Einzige, zu der sie Kontakt aufgenommen hatte. Marta Viñó, die berühmte Köchin mit der eigenen Radiosendung, der alle Hausfrauen vertrauten. Marta war eine Berühmtheit geworden. Das wurde Julia durch die Reaktionen ihrer Parteigenossinnen bewusst, wenn sie erwähnte, dass sie mit der berühmten Köchin zur Schule gegangen war.

»Du kennst Marta Viñó? Ich verpasse keine Sendung. Dank ihrer Tipps habe ich kochen gelernt.«

Aus reiner Neugier hatte Julia schließlich mal die Sendung eingeschaltet. Sie hatte ihre ehemalige Schulkameradin nicht wiedererkannt, weder ihre Stimme noch ihre Art zu sprechen, nichts. Als wäre Marta eine Unbekannte. Aber Julia fand interessant, was sie sagte, und vor allem, wie sie es sagte. Marta sprach mit einem großen Respekt vor ihrer Zuhörerschaft, sie kam ohne den damals üblichen belehrenden Ton aus. Das weckte in ihr den Wunsch, Kontakt zu Marta aufzunehmen. Deshalb hatte sie ihr vor etwa zehn Jahren den ersten Brief geschrieben.

Liebe Marta,
ich gehe davon aus, dass dir viele Zuhörer zu deiner Sendung gratulieren, und dies ist nur ein weiterer Glückwunsch unter vielen. Aber vermutlich erhältst du nicht jeden Tag Post von Hörerinnen, die dich noch aus der Schulzeit kennen und dir schreiben, wie stolz sie auf dich sind. Vermutlich erinnerst du dich noch an unsere gemeinsame Zeit im Internat, die so abrupt endete. In den Jahren danach habe ich viel erlebt, auch Schönes, aber nach wie vor kriege ich kein Spiegelei hin, und inzwischen bin ich auch in einem Alter, in dem ich denke, dass ich das nicht mehr lernen werde.
Ich hoffe, dass wir uns einmal wiedersehen.
Mit einer herzlichen Umarmung,
Julia Salas

Julia hatte nicht mit einer Antwort gerechnet, doch nach ein paar Wochen war tatsächlich ein Brief von Marta eingetroffen.

Liebe Julia!

Was für eine Überraschung! Was für eine große Freude, von dir einen so herzlichen und so unerwarteten Brief zu erhalten! Wie schön, dass auch du zu meinen Hörerinnen zählst und meine Arbeit zu würdigen weißt! Natürlich erinnere ich mich an dich, weit mehr, als du denkst. In den letzten zwanzig Jahren habe ich mich oft gefragt, was wohl aus dir geworden ist, wo du steckst. Das habe ich mich schon als Kind gefragt, seit dem Tag, an dem man dich auf unerklärliche Weise von uns trennte. Sie haben uns nie gesagt, wohin sie dich gebracht haben und warum du verschwunden bist. Wir waren doch noch Kinder! Über den Erinnerungen an die Vergangenheit liegt ein schrecklicher Schatten. Man spricht immer wieder darüber, auch wenn man es nicht will, tut mir leid. Aber am meisten interessiert mich die Gegenwart. Was machst du? Du hast ein Postfach in Barcelona angegeben. Lebst du hier in der Stadt? Vielleicht können wir uns ja mal treffen! Du kannst dir nicht vorstellen, wie sehr ich mich darüber freuen würde. Noch etwas, mach dir keinen Kopf wegen deiner bescheidenen Kochkünste. Ein gutes Spiegelei ist eine echte Herausforderung! Ich weiß auch noch nicht alles. Am besten fängst du mit einem anderen Gericht an.

Ich sende Dir einen lieben Gruß. Und bleib mir weiterhin als Hörerin treu! Es macht mich glücklich zu wissen, dass du mich am Radio hörst.

Marta Viñó

In vielen weiteren Briefen erwogen sie ein Treffen, zu dem es aber nie kam: *Wir müssen uns mal zum Mittagessen verabreden*, oder *Vielleicht können wir uns ja mal sehen*. Doch ihr gemeinsamer Wunsch wurde nie in die Tat umgesetzt, wie so oft bei Menschen, die keine wirklich triftigen Gründe für ein Treffen haben und auch nicht danach suchen.

Julia antwortete auf Martas Brief: *Liebe Marta, gesteh mir bitte zu, dass ich die Vergangenheit beiseitelasse und dass ich mich ausschließlich mit der Gegenwart und vielleicht noch ein wenig mit der Zukunft befasse.* Dann berichtete sie, so viel sie eben preisgeben konnte, über ihr Leben. Also fast nichts. Dass sie in Jura promoviert und im Ausland gelebt hatte, dass sie unverheiratet war und keine Kinder hatte (und auch *keine Lust* auf welche hatte, wie sie noch anfügte) sowie dass sie große Pläne *für bessere Zeiten* hege. Inzwischen schrieb man das Jahr 1971, und die Tage des Diktators Franco waren gezählt, aber angesichts dessen, was einem passieren konnte, war es immer noch angebracht, sich verschlüsselt zu äußern. Man konnte sich auf nichts und niemanden verlassen, jeder und jede waren verdächtig. Die Spitzel waren allgegenwärtig.

Marta schrieb sofort zurück: *Eine Promotion in Jura? Wahnsinn! Das ist wirklich beeindruckend. Du bist ein absoluter Ausnahmefall. Ich hatte schon immer das Gefühl, dass deine Art, dich auszudrücken ein Zeichen deiner Intelligenz ist. Meine liebe Julia, ich bin wirklich schwer beeindruckt.*

Die Kinderlosigkeit teilte Marta mit Julia: *Ich habe auch keine Kinder, dabei habe ich mir wirklich Kinder gewünscht. Aber, ehrlich gesagt, jetzt vermisse ich sie überhaupt nicht.* Nur zum Zeitenwandel hielt sie sich mit Kommentaren zurück. *Ich hoffe auch, dass es bald besser wird, aber ich will auch nicht leugnen, dass mir die Vorstellung zuweilen Angst macht, dass auf besonders harte Winter oft schlimme Sommer kommen.*

Schließlich schrieben sie sich immer seltener, den obligatorischen Weihnachtsgruß, hin und wieder einen kurzen Brief. Nach wie vor bestand auf beiden Seiten der aufrichtige Wunsch, sich zu treffen, aber keine machte einen konkreten Vorschlag, um dies zu verwirklichen. Der Wunsch war fast zu einer Art Formel geronnen, die sie wie die Unterschrift ans Ende ihrer Briefe setzten.

Nach Francos Tod schrieben sie sich nicht mehr, sondern sie

telefonierten. Als Marta Julias Stimme zum ersten Mal hörte, war sie genauso befremdet wie Julia, als sie Marta zum ersten Mal im Radio gehört hatte. Sie telefonierten ein paarmal im Jahr, auf jeden Fall zu den Feiertagen. Inzwischen konnten sie offen miteinander reden. Julia berichtete, dass sie zur Parteispitze der Sozialisten gehörte und dass sie und ihre Genossen sich das Ziel gesetzt hatten, die nächsten Wahlen zu gewinnen. Zum ersten Mal sprach sie auch von ihrer Zeit im Untergrund, die sie nun endlich hinter sich lassen konnte.

Marta war, wenn auch meist mit etwas Verspätung, über die neuesten Entwicklungen in Julias Leben im Bilde. So wie Julia ihrerseits umgehend alle Neuerscheinungen von Marta erhielt, mit sehr herzlichen Widmungen der Autorin. Julia hütete die Kochbücher ihrer Freundin wie einen kleinen Schatz, dabei wäre sie nie auf die Idee gekommen, auch nur eines der Rezepte, die immer gelingen, auszuprobieren.

So ging es immer weiter, bis zu dem Staatsstreich im Februar 1981, bei dem Julia sich so heldenhaft und vorbildlich verhalten hatte. Marta rief sie sofort danach an, um ihr zu sagen, wie stolz sie auf Julia war und darauf, dass sie sich noch aus der Schulzeit kannten. Sie erzählte ihr auch vom Tod des Stiefvaters, von der Erbschaft, von dem alten Ladenlokal, von ihrem Traum, ein Restaurant zu eröffnen. Aus irgendeinem Grund hielt Marta eine starke Frau wie Julia für die perfekte Verbündete für ihre eigenen Pläne.

»Auf einmal war diese Idee da, es ist der helle Wahnsinn!«, gestand Marta. »Das ist mein sehnlichster Wunsch, es ist genau das Richtige zu diesem Zeitpunkt. Ich habe das Gefühl, wenn ich das jetzt nicht mache, mache ich es nie. Álex kapiert das einfach nicht.«

»So ist das eben in der Mitte des Lebens«, meinte Julia. »Mir geht es genauso. Man hat einfach das Gefühl, dass es an der Zeit ist, die Dinge zu ändern. An der Zeit, sich mit sich selbst zu versöhnen, vielleicht auch eine persönliche Schuld zu begleichen.«

»Genau.«

»Dann musst du auf dein Ziel hinarbeiten. Lass dich nicht entmutigen, was auch immer die anderen sagen.«

Das waren genau die Worte, die Marta als Ansporn benötigte, um ihr Projekt endlich in Angriff zu nehmen. Nur wenige Tage später rief sie ihre ehemalige Schulkameradin an und berichtete ihr, dass sie gleich nach ihrem letzten Gespräch eine Innenarchitektin mit dem kompletten Umbau der alten Werkstatt beauftragt hatte.

»Ich habe auch schon einen Namen«, sagte sie. »Kannst du ihn dir denken?«

»Sollte ich?«, fragte Julia.

»*Media Vida*, Mitten im Leben!«

Kurz darauf hatte Olgas lächerlich förmliche Einladung zu dem Abendessen Julia erreicht. Am liebsten hätte sie abgesagt. Doch dann hatte sie mit Marta über ihre Bedenken geredet. Und selbstverständlich hatte diese sie ermutigt zu kommen.

»Immerhin sehen wir uns dann endlich mal«, lautete ihr überzeugendes Argument. »Und begleichen eine Schuld.«

»Stimmt.«

Julia hatte María gebeten, ihre Teilnahme an dem Essen zu bestätigen. Sie musste sich den schlimmsten Erfahrungen ihres Lebens stellen. Die Vorstellung vom Unrat, der sich in den Schubladen ansammelt, und die notwendige Aufräumaktion wurden für sie zu einer fixen Idee.

Dennoch ging ihr auf der Fahrt durch das Unwetter, das wie in einem Horrorfilm wütete, die eine große Frage nicht aus dem Kopf: Warum wollte sie an dem Abendessen teilnehmen?

Sie hatte immer noch keine Antwort gefunden.

»Das ist eine wahre Sintflut«, flüsterte Julia.

»Keine Sorge. Wir sind fast da«, sagte der Fahrer. »Die Calle Laforja ist ganz in der Nähe.«

Sie fuhren inzwischen durch die Calle Balmes, und es goss immer noch in Strömen. Der letzte Blitz hatte einen Stromausfall in den höher gelegenen Teilen der Stadt verursacht, die nun im Dunkeln lagen. Auch die Ampeln funktionierten nicht mehr.

Der Wagen beschleunigte. Julia hatte den Eindruck, dass er zu schnell fuhr, aber das war nur ein flüchtiger Gedanke. Der Fahrer wollte sie wohl endlich am Restaurant absetzen und nach Hause zu seiner Frau fahren, vielleicht hatte er auch Kinder. Es war spät geworden, schon nach zehn, die Freundinnen waren gewiss schon mit dem Essen fertig und überzeugt, dass die Frau Abgeordnete sich nicht mehr blicken ließ, dabei war sie kurz vor dem Ziel.

Von der Vía Augusta kam ein Lieferwagen um die Ecke gebogen. Der Fahrer versuchte auszuweichen, er hatte den Eindruck, der Lieferwagen wäre näher, als er es tatsächlich war. Der Lieferwagen schlingerte, fuhr dann aber einfach weiter. Der Citroën geriet ins Schleudern und schoss quer über die Calle Balmes auf den Bürgersteig der anderen Straßenseite. Dann knallte er gegen den Briefkasten an der Straßenecke zur Vía Augusta. Das war Glück im Unglück, denn sonst wäre es schlimmer ausgegangen, und sie wären direkt gegen die Fassade eines prächtigen Stadthauses gekracht. Julia prallte zuerst seitlich gegen das Fenster, dann mit dem Hinterkopf. Die Wucht des Aufpralls hatte die Motorhaube des Wagens zusammengequetscht. Der Fahrer war verletzt, ein Bein war eingeklemmt. Durch die zersplitterte Windschutzscheibe ergoss sich der Regen in den Wagen. Aus dem geborstenen Briefkasten flatterten die Briefe über den Bürgersteig und waren binnen Sekunden durchnässt.

Kurz bevor sie die Augen schloss, fand Julia die Antwort,

nach der sie seit Wochen gesucht hatte. Endlich wusste sie, warum sie zu dem Abendessen gehen wollte, warum sie ihre vier Kameradinnen aus dem Vinzentinerinnen-Internat wiedersehen wollte. Es war ganz einfach. Die Antwort lag auf der Hand.

Um ihnen zu verzeihen.

LICHT UND SCHATTEN

WÜRDET IHR EINER FREUNDIN DEN MANN AUSSPANNEN?

Es waren keine zehn Minuten verstrichen, seitdem Lola sich vor Lachen gebogen und den Vorschlag gemacht hatte:

»Erinnert ihr euch noch an unser Pfänderspiel?«

Nun war es gleich so weit.

Marta als Gastgeberin wurde einstimmig das Privileg zugestanden, die erste Frage stellen zu dürfen. Sie las ihre Frage in einem betont neutralen Tonfall vor, so als wäre sie ihr spontan eingefallen, wie ein alberner Scherz. Sie hielt den Zettel ins Licht der Kerzen, damit die Mitspielerinnen ihn sehen konnten. Der Stromausfall schien länger zu dauern. Draußen schüttete es nach wie vor.

Kaum hatte sie die Frage gehört, kam Nina wieder in Fahrt.

»Holla! Da geht's ja gleich richtig zur Sache! Bravo!« Sie sah jede vielsagend an. »Wer ist als Erste dran?«

»Das entscheidet Marta. Sie hat das Sagen, es ist ihre Frage«, erinnerte Lola die anderen an die Spielregeln.

»Bitte, Lola, dann fang du an«, forderte Marta die Freundin auf.

Lola holte tief Luft, sie streckte sich und setzte sich kerzengerade hin.

»Was heißt, den Mann ausspannen?«, fragte sie.

»Lola! Ich bitte dich! Wie kannst du in unserem Alter solch eine Frage stellen?« Nina lachte dröhnend.

»Ich meine, wenn die Frau schon gestorben ist, fällt das auch unter ausspannen?«

»Nein, natürlich nicht«, antwortete Marta.

»Gut, dann habe ich das nie getan«, stellte Lola erleichtert fest. »Ich habe euch ja gesagt, dass Merche meine Freundin war. Ich würde sogar sagen, die beste Freundin, die ich je hatte. Nie im Leben hätte ich ihr den Mann wegnehmen können.«

»Wie schön für dich!«, platzte Marta heraus.

»Wer ist denn Merche?«, fragte Olga verwirrt.

»Die Ehefrau von ihrer großen Liebe«, erklärte Nina.

»Herrjemine!«

»Aber vorhin klang es so, als wäre es dir vielleicht gelungen, wenn du es versucht hättest«, erinnerte Nina sie.

»Ich bin nicht mal auf die Idee gekommen«, erwiderte Lola bestimmt.

Nina hätte gern die *Universelle Theorie über unglückliche Paare* erläutert, die sie exklusiv entwickelt hatte. Sie war absolut davon überzeugt, dass ihre Theorie stets zutraf, und sie rechtfertigte damit vor der Welt, und vor sich selbst, ihr eigenes Verhalten.

»Schon, aber ich finde, es ist kein Wegnehmen, wenn man Erfolgsaussichten hat«, sagte sie schließlich. Lola runzelte skeptisch die Stirn. Nina fuhr fort: »Ich meine damit, wenn du mit jemandem glücklich bist, dann schaust du doch nicht nach anderen. Wenn du verliebt bist, sind alle anderen uninteressant. Du hast doch zugegeben, dass er sich für dich interessiert hat. Daraus ziehe ich den Schluss, dass Andrés nicht in seine Ehefrau verliebt war. Dummerweise hast du nicht um ihn gekämpft.«

»Doch, ich glaube, er war in seine Frau verliebt«, widersprach Lola.

Nina schüttelte den Kopf.

»Er hat sich mit ihr gelangweilt. Wir wissen doch, was Männer tun, wenn sie sich langweilen.«

»Also, es gibt Männer, die lösen dann Kreuzworträtsel!«, schaltete sich Olga ein.

»Klar doch! Wenn sie nach Hause kommen, nachdem sie die Sekretärin gevögelt haben!« Diesmal klang Ninas derbe Lache fast schon beleidigend.

Olga runzelte die Stirn. Sie wollte nicht über die Untreue ihres Ehemannes nachdenken, über seine zahlreichen auswärtigen Nächte, seine mangelnde sexuelle Leidenschaft, über die einschläfernde Routine, die ihr gesamtes Leben durchzog. Sie hatte sich mit allem arrangiert. Und sie sah es als Vorteil, wie die riesige Wohnung oder das Desinteresse ihrer Schwiegertöchter. Es sei denn, sie dachte länger über die Situation nach, wie an diesem Abend.

»Du glaubst also«, hakte sie nach, »dass alle Männer von Natur aus untreu sind?«

»Ja, meine Liebe, genau wie alle Frauen.« Nina lachte schallend. »Denn Treue ist unnatürlich.«

»So ein Schwachsinn!«, befand Olga.

»Die ewige Liebe hält sieben Jahre.«

»Und dann?«

»Dann siehst du den Geliebten nicht mehr durch die rosa Brille und musst dir eine neue ewige Liebe suchen. Oder einen talentierten Zauberer, der dich zwischenzeitlich unterhält, auch wenn du seine Tricks durchschaust.«

»Nina, du glaubst also, dass ein Ehebruch aus Langeweile geschieht? Immer?«, fragte Marta.

»Ja und noch mal ja«, bekräftigte Nina.

Olga schnaubte.

»Was ist mit dir, Olga?«, sprach Marta weiter. »Wie denkst du darüber?«

Olga fühlte sich auf dem Terrain der Spekulationen wohl, nun konnte sie ohne jedes Risiko aus sich herausgehen.

»Nach der Frau deines Nächsten zu verlangen, das ist eine Todsünde«, predigte sie. »Das lässt sich natürlich auch auf den Mann deiner Nächsten ausweiten.« Olga kicherte.

»Wenn das eine Todsünde ist, dann kommt nicht einmal Gott ungeschoren davon!«, sagte Nina lachend.

»Du hast schon recht«, stimmte Olga ihr zu, »in der Bibel stehen lauter Geschichten von Ehebruch. Sieh dir nur König David an. Er hat Urijas Frau entführt und sie geschwängert, und um seinen Rivalen loszuwerden, hat er ihn in den Krieg geschickt.«

»Und, wurde er auch getötet?«, fragte Lola.

»Natürlich, durch Feindes Schwert, meine Liebe. Kennst du denn nicht die Bibelstelle, als Gott Nathan zu David schickt, um ihm eine Botschaft zu überbringen? ›Nun so soll von deinem Hause das Schwert nicht lassen ewiglich.‹ Das war der Fluch, mit dem David nach Urijas Tod belegt wurde. Die späte Rache des Gehörnten am Ehebrecher.«

»Hört sich an wie aus einem Schundroman! Das ist ja noch besser als *Dallas*!«

»Aber Ehebruch ist eine überaus heikle Sünde«, sprach Olga weiter, »denn sie kann auch in Gedanken begangen werden: ›Wer ein Weib ansieht, ihrer zu begehren, der hat schon mit ihr die Ehe gebrochen in seinem Herzen‹«, zitierte sie die Bibel.

»Hoppla, dann wird es aber ganz schön eng in der Hölle, so ein Mist!«, lästerte Nina.

»Ich habe die Bibel nach der Zeit im Internat nicht mehr aufgeschlagen«, gab Lola zu.

»He, da gab es doch noch die wahnsinnig verzwickte Geschichte von Abraham, oder?«, erinnerte sich Nina. »Wie ging die noch mal?«

»Abraham hatte ein Kind mit seiner Sklavin«, dozierte Olga, die seit der Zeit als Katechetin bei der Erstkommunion ihrer Kinder recht bibelfest war. »Aber der Fall liegt anders, denn Gott hat ihn dazu aufgefordert, und außerdem waren beide damit einverstanden, die Sklavin und die rechtmäßige Ehefrau.«

»Richtig, aber später hat Gott doch auch Sarah, Abrahams rechtmäßige Ehefrau, schwanger werden lassen«, ergänzte Marta. »Heiße Geschichte, oder?«

»In dem Fall war der Ehebruch gerechtfertigt, Sarah war schließlich schon neunzig«, fuhr Olga fort.

»Heilige Mutter Gottes!«

»Die arme Frau!«

»Na, seht ihr!« Nina setzte ein Gesicht auf, als habe sie die Weisheit für sich gepachtet. »Selbst Gott erkennt Ehebruch als Notwendigkeit an. Irgendwann wird er vom Hausarzt verschrieben!«

Diese Aussage stürzte Olga in tiefste Verwirrung.

»Also, fassen wir mal zusammen«, lenkte Marta das Gespräch wieder auf ihre Ausgangsfrage zurück. »Würdet ihr einer Freundin den Mann wegnehmen? Ja oder nein?«

»Nein«, sagte Lola.

»Niemals«, antwortete Olga. »Und auch sonst niemandem.«

»Na ja, das kommt auf den Fall an«, gab Nina zu. »Die Frage ist viel zu komplex für eine simple Antwort. Wie bei diesen philosophischen Fragen, bei denen es mehrere Lösungen gibt. Vielleicht erweist du einer Freundin sogar einen Gefallen, wenn du sie von dem Mann befreist. Ich selbst habe zum Beispiel einmal …« Nina verstummte mitten im Satz und sah Lola an. Sie zögerte einen Moment, ehe sie weitersprach. »Lola, ich muss dir was sagen. Kannst du dich noch an Sebastián erinnern? Sebas, den Langweiler. Der immer so tat, als würde er dir zufällig über den Weg laufen.«

»Natürlich. Willst du mir jetzt etwa sagen, dass du damals seine Komplizin warst? Die Treffen waren immer abgesprochen?«

»Ja, das auch. Außerdem habe ich mit ihm geschlafen.«

Diese Nina. Damit hatte nicht einmal Lola gerechnet.

Nicht, dass es ihr besonders wichtig war. Selbst damals wäre es ihr egal gewesen.

»Ich wusste gar nicht, dass er dir gefiel«, sagte Lola.

»Hat er nicht, überhaupt nicht.«

»Wann war das?«

»Am Tag nach dem Beatles-Konzert. Er rief mich an, um wie immer über dich zu reden. Wir sind ausgegangen, haben was getrunken und sind zum Schluss in meinem Hotel gelandet. Ich hatte damals noch keine Wohnung in Barcelona, ich wohnte mit den Kollegen von der Agentur im *Avenida Palace*. Die Musiker waren schon nach London zurückgeflogen, aber sie hatten ihre Zimmer in einem furchtbaren Zustand hinterlassen. Den Anblick wollten wir beide uns nicht entgehen lassen. Wir hatten Sex in John Lennons Bett.«

»Und dann?«

»Nichts dann. Ich habe ihm gesagt, dass er nicht zu dir passt. Er war ja noch langweiliger, als ich dachte.« Nina setzte eine Unschuldsmiene auf und sah zu den anderen. »Das fällt wohl in die Kategorie der Freundin den Freund ausspannen, oder?«

»Er war nicht mein Freund«, stellte Lola klar.

»Aber ihr habt miteinander geflirtet.«

»Ja, schon. Aber ich war nicht sonderlich an ihm interessiert.«

»Das wundert mich nicht! Der Typ war's auch nicht wert, ich sag's dir!«

»Nina, das ist mir egal. Das ist lange her«, verzieh ihr Lola, ohne recht zu wissen, was sie eigentlich verzieh.

»Aber falls es euch interessiert, kann ich auch von gegenteiligen Erfahrungen erzählen«, fuhr Nina fort, die sich prächtig amüsierte. »Und zwar von mehreren. Der Erste war der Vollidiot. Er ließ mich mit den beiden Kleinen zu Hause sitzen und ging mit so einem alten Flittchen von der Gewerkschaft in die Kiste. Die hatte eine Haut wie die Mumie von Tutenchamun, die hättet ihr mal sehen sollen. Als Erstes habe ich gelernt, mir nicht die absurde Frage zu stellen, die sich alle Frauen in solchen Fällen stellen: Wie kann der Mann, der vorher etwas für mich empfunden hat, was an so einer finden? Zweitens, nicht in Fragezeichen zu denken: Seit wann? Warum? Wo? All diese Fragen bringen einen nicht weiter. Drittens, man muss aufhören, sich selbst als das Opfer einer Katastrophe wahrzunehmen. Alles ist viel einfacher. Das Leben ist immer riskant, wie ein reißender Strom. Es gibt Menschen, die glücklich und zufrieden am Ufer entlanggehen und die Verwüstungen im Leben der anderen betrachten, und es gibt andere, die ins Wasser fallen und von der Strömung mitgerissen werden. Manche kommen nicht wieder heil raus. Andere stürzen hinein, saufen kurz ab, kommen ein paarmal mit dem Schlamm in Berührung, aber sie können sich an irgendetwas festhalten oder an irgendjemandem. Die kommen heraus, und den Rest ihres Lebens können sie von der Erfahrung berichten, wie es ist, durch den Schlamm gewirbelt zu werden. Ich gehöre dazu.«

»Diese Frau, die Tutenchamun-Mumie, war die deine Freundin?«, hakte Marta nach.

»Sie war eine Nachbarin, bei der ich meine Kinder gelassen habe, wenn ich was Wichtiges zu erledigen hatte. Sie war älter als ich, ich habe ihr vertraut, sie war wie eine mütterliche Freundin für mich. Ich war auf sie angewiesen … Dann hat er mich mit ihr betrogen. Sie beide haben mich betrogen. Natürlich hatte sie keine Kinder. Die Kinder, die waren für ihn damals das größte Problem. Aber, wisst ihr was? Ich bin der Mumie wirklich zu tiefstem Dank verpflichtet. Sie hat mich von dem größten Arschloch befreit, das mir je über den Weg gelaufen ist. Nur schade, dass ich das nicht gleich begriffen habe. Habe ich euch eigentlich schon Fotos von meinen Kindern gezeigt? Dann wird's aber Zeit!«

Nina griff nach ihrer Tasche unter dem Tisch und kramte

darin herum, bis sie endlich ihre Brieftasche fand. Sie klappte ein Fach mit drei Fotografien auf und hielt sie in das Kerzenlicht. Die erste Fotografie war in Schwarz-Weiß und zeigte eine blutjunge Nina, fast wie zu Internatszeiten, mit ihren beiden Kindern auf dem Arm. Das Mädchen kaum älter als der Bruder, drei hübsche Menschen, die in die Kamera lächelten. Die anderen beiden Aufnahmen waren aktuelle Farbfotos von Ninas Kindern, eine Schönheit in den Zwanzigern mit Locken sowie ein attraktiver, braun gebrannter junger Mann mit durchdringendem Blick und freier Stirn.

»Im Kindermachen bin ich doch gut, oder?«

Die Frauen reichten die aufgeklappte Brieftasche mit den Fotos weiter und ergingen sich in Komplimenten und der Suche nach Ähnlichkeiten. Alle waren sich einig, dass die Tochter auf Nina herauskam und dass der Sohn zumindest Ninas Blick geerbt hatte. Schließlich nahm Nina die Brieftasche mit den Fotos und legte sie in die Tischmitte.

»Meine Mutter hat gesagt, es gibt immer jemanden, der aus Scheiße Gold macht«, verkündete Nina und hob mahnend die Hand. »Außerdem ist das mit den Ehebrüchen und den Trennungen reine Statistik. Nach spätestens einem Jahr haben alle wieder einen neuen Partner. Und jetzt mit dem großartigen Scheidungsgesetz erst recht! Hurra! Jetzt zeigt sich endlich, dass wir zu Europa gehören! Sobald Julia da ist, werde ich mich von ganzem Herzen mit einer fetten Umarmung bei ihr dafür bedanken. Endlich kann ich mich von dem Vollidioten scheiden lassen!«

»Willst du denn noch mal heiraten?«, fragte Lola.

»Ups, nein, ich glaube nicht. Aber wisst ihr was?« Nina beugte sich zur Tischmitte vor, als wollte sie ein großes Geheimnis beichten. »Ich habe tatsächlich heute einen Heiratsantrag bekommen. *Help!* Männer wissen einfach nicht, was sie sagen, wenn sie geil sind. Stimmt's, oder habe ich recht?«

»Wie hast du reagiert?«, wollte Marta wissen, die seit geraumer Zeit mit höchstem Interesse die Show verfolgte, die Nina abzog.

»Wie ein anständiges Mädchen eben in so einem Fall reagiert«, witzelte Nina. »Ich habe mir Bedenkzeit erbeten. Aber ehrlich gesagt, ich glaube, ich habe keine Lust, noch mal zu heiraten. Wozu denn? Was hab ich davon? Außerdem muss er sich erst noch scheiden lassen, und ich denke nicht, dass das so schnell über die Bühne geht. Na ja, ich weiß es nicht, denn er spricht nie über seine Frau, und das ist auch besser so! Auf das Thema bin ich absolut nicht scharf.« Nina gab eine Lachsalve von sich, dann hielt sie inne. »Wisst ihr was? Ich werde darüber nachdenken, aber ich glaube, ich ziehe die wilde Ehe vor, das ist viel abgefahrener.« Nun lachten auch die anderen. »Chicas! Lasst uns anstoßen! Hoch die Gläser! Auf die Scheidung! Auf die größte Errungenschaft unserer Geschichte!« Nina hob ihr frisch gefülltes Whisky-Glas.

Die anderen stießen mehr oder weniger überzeugt mit ihr an.

Auch Marta.

WIE WÜRDET IHR EUER SEXUALLEBEN BEWERTEN?

Diese Frage konnte nur von Nina kommen. Sie las ihre Frage mit verschmitztem Gesicht laut vor. Auf die Antworten war sie wirklich gespannt.

Olga explodierte, sie war dermaßen pikiert, dass sie Nina nicht einmal ausreden ließ.

»Aber das ... Was ist das denn für eine Frage? Darüber spricht man doch nicht in der Öffentlichkeit.«

»Genau deswegen.« Nina grinste belustigt. »Ich darf entscheiden, wer anfängt, oder?« Die anderen nickten. »Perfekt. Olga, du bist als Erste dran. Dann hast du's gleich hinter dir. Komm schon, wie viele Punkte vergibst du auf einer Skala von null bis zehn?«

»Ich?« Olga riss die Augen weit auf. »Ich kann dazu nichts sagen.«

»Natürlich kannst du. Wie lange bist du jetzt verheiratet?«

»Vierundzwanzig Jahre.«

»Das ist doch genügend Zeit für eine ordentliche Einschätzung, glaube ich.« Nina lächelte boshaft.

»Also, das ist ein äußerst pein...«

Marta hatte sich nachgeschenkt und die Flasche Chivas vor sich neben die Rotweinflasche gestellt. Sie bot ihrer Schwester einen Schluck an. Doch Olga lehnte würdevoll ab, sie war zu sehr mit der Antwort beschäftigt.

»Hm. Wie ich einen so konkreten Aspekt meines Lebens bewerte? Ich weiß nicht. Darüber habe ich noch nie nachgedacht. Zehn Punkte, würde ich sagen. Oder neun? Ich weiß nicht, das sind Fragen, die man sich nicht stellt, denke ich. Ehrlich gesagt, ich kann mich nicht beklagen. Benito ist stets sehr aufmerksam zu mir gewesen, ein richtiger Kavalier. Wir haben fünf Kinder, das sagt doch alles, oder?« Olga klang ärgerlich, als müsse sie etwas beweisen oder sich verteidigen. »Außerdem ist er ein vielbeschäftigter Mann, der keine Zeit dafür hat, den ganzen Tag an unanständige Dinge zu denken. Er hat schließlich Wichtigeres zu tun. Das war schon ganz am Anfang so. Wie gesagt, er ist ein Kavalier alter Schule. Sonst hätte ich gar nicht … Außerdem, solche Dinge entwickeln sich. Im Lauf der Zeit kommt ein Tag, so scheint mir zumindest, an dem die Sinnlichkeit einem tieferen Gefühl Platz macht. Der wahren Zärtlichkeit, der innigen Symbiose von zwei Menschen, die beschlossen haben, den gleichen Lebensweg zu gehen. Das ist viel besser als die Spannung der Hochzeitsnacht oder die flüchtigen Capricen der Jugend, wenn man noch nicht weiß, wie das Leben aus…«

»Also, auf den Punkt gebracht«, fiel Nina ihr ins Wort, »der Sex mit deinem Professor Dr. Pardo ist echt beschissen.«

Olga schnappte nach Luft. Sie fächelte sich mit ihrer Serviette Luft zu.

»Das habe ich nicht gesagt. Hörst du nicht richtig zu?«

»Doch, Wort für Wort. Ebendrum.«

»Nina, bist du je mit einem wahren Kavalier liiert gewesen?«, verteidigte Olga sich.

»Ich war schon mit allen möglichen Gestalten zusammen.« Nina lachte.

»Ich bezweifle ernsthaft, dass du jemals so einen Gentleman wie meinen Mann kennengelernt hast. Echte Kavaliere benehmen sich anders als Hafenarbeiter.«

»Nicht immer, meine Liebe. Du wärst ganz schön überrascht.«

»Natürlich verfüge ich nicht über deine Erfahrung.«

»Das ist jammerschade, dann hättest du wenigstens den Vergleich.«

»Es gibt Männer, da erübrigt sich jeder Vergleich.«

»Ich kenne keinen.«

Das Duell zwischen Nina und Olga wurde schärfer. Die friedfertige Lola wollte vermitteln.

»Also, Olga hat doch geantwortet. Ich finde, sie hat das sehr gut gemacht.«

»Ja, ja, *La vie en rose*.« Nina begann theatralisch zu trällern. »*Quand il me prend dans ses bras, il me parle tout bas, je vois la vie en rose.*«

»Es ist schließlich nicht meine Schuld, dass ihr nicht so ein Glück habt wie ich. Ich muss Benito gar nicht erst mit einem anderen Mann vergleichen, um zu wissen, dass er der Beste ist.« Olga schenkte sich großzügig von dem Whisky nach, den Marta bewachte, sie wollte den hanebüchenen Unsinn ein für alle Mal beenden.

»Hat dein Professor irgendein Problem im Bett?«, fragte Nina und kniff die Augen zusammen.

»Nur dass du's weißt, ich werde auf keine weitere deiner impertinenten Frage mehr antworten«, beendete Olga die Diskussion. Sie schlug die Beine übereinander und sah zur Seite, wie ein beleidigtes kleines Mädchen.

»Nina, jetzt lass sie endlich in Ruhe. Das ist schwer für sie, lass sie nicht so leiden«, forderte Lola. »Du musst schon zugeben, dass deine kleine Frage es in sich hat.«

»Ja, das kann schon sein. Eine Sache noch, Olga.« Olga blickte hilfesuchend zur Decke, als wolle sie eine nicht existente Gottheit anflehen, dem Ganzen ein Ende zu machen. »Sprichst du mit deinem Mann darüber?«

»Natürlich nicht! Es gibt Dinge, über die muss man nicht sprechen, finde ich. Die benötigen keine Theorie, die ergeben sich von selbst«, entgegnete Olga.

»Würdest du uns von deiner Hochzeitsnacht erzählen?«, fragte Nina und erntete dafür von Lola einen tadelnden Blick.

»Natürlich nicht! Das ist eine sehr intime Angelegenheit, die nur Benito und m...«

»Die war bestimmt ein Fiasko. Wie bei uns allen, stimmt's? Oder hatte eine von euch tatsächlich eine glorreiche Hochzeitsnacht?«

Keine antwortete. Olga schob die Brust heraus, als wollte sie den anderen zu verstehen geben, dass ihre Hochzeitsnacht unübertroffen war.

»Und du? Wie war deine?«, forderte Marta nun Nina heraus.

Nina brach in schallendes Gelächter aus.

»Die gab's nicht.«

Nur Lola wusste, was sie damit meinte. Nina nahm einen tiefen Schluck, ehe sie auch den beiden Schwestern davon berichtete.

»Ich wurde mit sechzehn schwanger. Da lese ich jahrelang aus der Hand, aber das habe ich nirgendwo kommen sehen. Meine Kinder natürlich schon, die sieht man hier.« Sie zeigte auf zwei Linien in ihrer linken Hand. »Aber ich wusste nicht, wann und wie. Ich hatte kaum kapiert, wie mein Körper tickt, da war ich auch schon schwanger. Es passierte auf dem Johannisfest, mit dem Sohn vom Stockfischhändler aus dem Viertel. Ja, ja, ihr braucht gar nicht zu lachen. Ein Vollidiot, der nur zwei Dinge im Kopf hatte: Motorräder und Francos Ermordung. Dass das nicht gut gehen konnte, hätte ich mir denken können, bevor ich das Höschen auszog.

Am schlimmsten war das für meine Mutter. Die hat mich noch oft gefragt, wie ich ihnen das antun konnte. Sie hat viel von der ›Schande‹ gesprochen, darüber, was die Nachbarn dazu sagen würden, was sie nun von ihnen hielten und wie man es vertuschen könnte. Eine Woche lang hat sie nur geheult. Als sie sich endlich beruhigt hatte, traf sie zwei klare Entscheidungen: Sie warf mich zu Hause raus und überredete meinen Vater, mich zu enterben. Hossa! ›Verflucht seist du … Unstet und flüchtig sollst du sein auf Erden.‹ Na, was sagst du jetzt, Olga? Ich kann auch die Bibel zitieren. Das war schon heftig. Dass mein Freund – der Vollidiot – mich heiraten wollte, war für sie überhaupt nicht wichtig. Das war ihr alles egal. Ihr ging es nur um Coca-Cola. He! Ihr müsstet mal eure Gesichter sehen! Denkt bloß nicht, ihr hättet euch verhört! Nein. An allem war Coca-Cola schuld.« Nina ließ ihre derbe Lache hören.

»Chicas, ich erklär's euch. Damals, im Sommer 1953, gab es einen heimlichen, aber brutalen Kampf um die Konzessionen für die Abfüllung des amerikanischen Gebräus. Das Regime vergab die Konzessionen natürlich nach Gutdünken, aber die Bewerber mussten genügend Verdienste vorweisen. Selbstverständlich war es am wichtigsten, ein Falangist ohne Fehl und Tadel zu sein. Das war das geringste Problem, dieser Anforderung wurden meine Eltern natürlich mehr als gerecht. Zur Reputation gehörten auch regelmäßige Besuche der heiligen Messe und die Einhaltung der Regeln eines mittelalterlichen Katholizismus. Eine sechzehnjährige Tochter zu haben, die von einem Gewerkschaftsmitglied geschwängert worden war, gehörte eindeutig nicht dazu. Meine Eltern bekamen keine Konzession, dabei hatte mein Vater in Madrid wirklich all seine Beziehungen spielen lassen. Sie mussten sich damit begnügen, das eklige Gebräu nur vertreiben zu dürfen. Das war ja auch nicht so schlecht, aber natürlich viel weniger, als sie sich erhofft hatten. Sie bekamen nur die Brosamen.

Vielleicht hätten sie die Konzession ohnehin nicht erhalten, aber ich nehme an, dass es für sie viel einfacher und bequemer war, mir an allem die Schuld zu geben. Die Familie Borrás Truyol hatte für immer die Chance verspielt, zu den führenden Unternehmen des ›großen und freien Vaterlandes‹ aufzusteigen. Mal ganz abgesehen von dem finanziellen Gewinn, der meinen Eltern und den nachfolgenden Generationen das Auskommen gesichert hätte. So war es nämlich bei den Unternehmen, die die Konzession erhielten. Wie gesagt, meine Eltern haben mir niemals verziehen. Und dann mussten sie noch die Blicke der Nachbarn ertragen, als die Kunde von der Schwangerschaft umging. Auch das noch.

Wie es die guten Sitten erforderten, warfen sie mich raus, und ich verließ das Haus mit dem, was ich am Leib trug und was in den Holzkoffer passte. Mein erster Weg führte mich zu Lolita: Ich fragte meinen Schutzengel, ob ich für einige Tage bei ihr unterkommen könnte. Ihr Onkel hatte zum Glück nichts dagegen. Von dort aus besorgten wir die Papiere für die Hochzeit, und Lolita schneiderte mir ein Brautkleid.«

Nina blickte versonnen zu ihrer Freundin und schwelgte in Erinnerungen.

»Weißt du noch? Es war wunderschön. Und ich heiratete. Im vierten Monat, und von meiner Familie verstoßen. Ha! Aber ich habe nichts ausgelassen, ich heiratete in Weiß, um alle zu ärgern, die Bescheid wussten. Der Pfarrer war ein halbtauber Neunzigjähriger, der nichts mitbekommen und auch keinen Widerstand geleistet hat. Der arme Mann! Wir haben in der Kirche Nuestra Señora de Gracia geheiratet und ein kleines Festessen mit vierzehn Gästen ausgerichtet, natürlich nur aus der Familie des Stockfischhändlers. Und am Abend sind wir früh mit übervollem Bauch ins Bett gegangen. Wir hatten bis zum Platzen Reis gegessen. Mir war eigentlich nur noch zum Heulen zumute, aber ich habe tapfer durchgehalten. Keine fünf Minuten später war er eingeschlafen. Männer verschlafen das meiste, das werde ich nie verstehen. Wir haben uns nicht mal eine gute Nacht gewünscht. Also, das war's. Jetzt hab ich euch von meiner Hochzeitsnacht erzählt. Hat eine von euch eine bessere im Angebot?«

Lola neigte den Kopf.

»Meine Hochzeitsnacht war das genaue Gegenteil«, sagte sie mit sanfter Stimme. »Ich war ja schon älter ...« Um sie herum herrschte erwartungsvolles Schweigen. »Soll ich weitererzählen? Bin ich schon dran?«, fragte sie.

»Ja, ja, bitte. Erzähl weiter«, forderte Nina sie auf.

»Ich meine, dass ich nicht mehr in einem Alter war, in dem man deswegen Angst bekommt. Keine alte Jungfer zu werden, das war eine Frage der Ehre.«

»Von welcher Zeit sprichst du, Lola?«

»Ich war neununddreißig.«

»Wie, du bist bis neununddreißig Jungfrau geblieben?«

»Natürlich. Ich bin jungfräulich in die Ehe gegangen. Leider.«

»Du Arme.« Ninas Mitgefühl war aufrichtig und ungekünstelt.

»Und auch nur, weil ich ihm meine Liebe gestanden habe, sonst wäre ich als Jungfrau gestorben.«

»Na ja, das ist auch keine Tragödie«, tat Olga kund. »Zu Zeiten unserer Mütter sind viele Frauen als Jungfrauen gestorben, und die haben bestimmt nicht darunter gelitten. Ich will ja nicht schon wieder die Bibel zitieren, denn da gibt es viele Fälle von zufriedenen Jungfrauen. Wenn du keinen Ehemann findest oder es nicht genügend Männer gibt, dann lässt sich daran eben nichts ändern.«

»Da kann man nur mit jedem Sex haben, der vorbeikommt«, platzte Nina fröhlich heraus.

Olga hielt sich die Hände vors Gesicht, um ihre Schamröte zu verbergen und um ihr Unbehagen zu unterstreichen. »Nina, was sagst du nur für Ungeheuerlichkeiten, um Gottes willen«, flüsterte sie schließlich, als sie nicht mehr an sich halten konnte.

»Jetzt sei doch nicht so verklemmt. Es kann doch nicht vernünftig sein, ohne erstes Mal zu sterben, oder?«

»Ohne erstes Mal! Du sprichst von der Jungfräulichkeit, als ging es darum, ein Paar Strümpfe zum ersten Mal anzuziehen.«

»Haha! Ein Paar Stümpfe lässt sich leichter zerreißen«, dröhnte Nina.

Olga schürzte die Lippen, sie war entsetzt. Ihr Taftkleid knisterte bei jeder Bewegung, als wollte es ebenfalls sein Missfallen bekunden.

»Ich wusste nicht, dass du so eine bist, Nina.« Olga war außer sich.

»Was für eine?«

Olga verkniff sich das Wort, das ihr in den Sinn kam. Es wäre nicht angebracht gewesen. Sie konnte sich immer noch benehmen, auch wenn an dem Abend Bereiche verletzt wurden, die ihr heilig waren.

»Lola, bitte, jetzt bist du dran«, forderte Nina in ihrer Funktion als Zeremonienmeisterin ihre Freundin auf. »Welche Note gibst du diesem Aspekt deines Lebens?«

»Gerade noch bestanden, aber nur aus Gnade«, sagte Lola nach einiger Überlegung. »Vielleicht sechs Punkte in den besten Momenten. Oder auch fünfeinhalb. Aber als Durchschnittsnote wäre das insgesamt wohl eher nicht bestanden.« Lola sprach ohne Trauer und mit großer Ruhe. Sie legte Pausen ein, als benötige sie Zeit, um ihre Gedanken zu ordnen. »Wisst ihr noch, was man uns damals über die Ehe gesagt hat? Wenn man uns überhaupt etwas gesagt hat, denn natürlich sind wir eine Generation von Unwissenden und Autodidaktinnen. Ich dachte immer, alles würde sich mit der Zeit ergeben. Dass ich mich verlieben würde, heiraten, Kinder kriegen. Niemand hat mir je Details erklärt, oder die Zusammenhänge. Zum Beispiel das Begehren. Eine Frau muss immer bereit sein. Man begehrt uns, aber wir begehren nicht. Man nimmt uns, einfach so. Niemand hat mir je gesagt, dass auch wir Frauen nehmen, besitzen wollen. Dass das Begehren unangenehm und schmerzhaft sein kann, eine richtige Obsession, gegen die es kein Heilmittel gibt und über die wir mit niemandem reden können. Ich habe das Begehren als etwas Animalisches empfunden, das ich nicht beherrschen konnte und das mich mit Scham erfüllte.« Lola machte eine lange Pause, die in dem Halbdunkel noch geheimnisvoller wirkte. »Mein Sexualleben bestand vierundzwanzig Jahre darin, einen Mann zu begehren, der nicht mein Mann sein konnte. Ein Jahr habe ich ihn nach dem Tod seiner Frau getröstet. Und ein weiteres Jahr habe ich ihm Avancen gemacht und bin vor Schuldgefühlen und Wut bald gestorben, weil er sich nicht entschließen konnte, obwohl ich merkte, dass er es tief in seinem Inneren wollte. Am Ende blieben nur die fünf Jahre vor seiner Krankheit, um die große Leidenschaft zu stillen. Und das hier«, bei den Worten deutete Lola auf ihren Bauch, »ist natürlich das, was ich mir am meisten auf der ganzen Welt gewünscht habe.«

»Na, dann war er aber auch kein junger Hüpfer mehr. Er war ...« Marta rechnete im Kopf nach.

»Vierundsechzig.«

»Ich nehme an, dass das auch eine Rolle gespielt hat.«

»Alles hat eine Rolle gespielt.« Lola lächelte matt.

»Aber wie alt warst du, als du dich in deinen Mann verliebt hast, Lola?«, fragte Nina.

»Sechzehn. Gleich nach dem Internat.«

»Mit sechzehn. Das ist das Alter, in dem man die größten Fehler macht«, urteilte Nina.

»Ich bin zu meinem Onkel gezogen, dem älteren Bruder meiner Mutter«, berichtete Lola. »Er kam gerade aus San Sebastián zurück, wo er sich während des Krieges und in der Nachkriegszeit um seine Familie gekümmert hatte. Er sagte damals, er sei zurückgekehrt, um das Familienunternehmen zu leiten, bis sein Sohn Emilio alt genug sein würde. Tatsächlich wollte er sich von seiner Frau trennen und ein neues Leben anfangen. Ich spielte eine Schlüsselrolle für seine Entscheidung, denn ich führte ihm den Haushalt und kümmerte mich auch sonst um ihn. Ihr wisst ja, die Unabhängigkeit eines Mannes gründet stets auf der Arbeit einer Frau. Ich glaube, er hat gewartet, bis ich alt genug war, um mir diese Verantwortung anzuvertrauen. Als er mich bei den Nonnen abholte, sagte er: ›Du wirst die Tochter sein, die ich immer haben wollte.‹ Und genauso hat er mich behandelt, es hat mir nie an etwas gefehlt. Andrés war sein bester Freund, ein Geschäftspartner, sein Vertrauter. Andrés kam oft abends zu uns. Dann unterhielten sie sich bis zum Morgengrauen im Rauchersalon. Andrés war ein sehr eleganter Mann, äußerst attraktiv. Vom ersten Tag an nannte er mich Lola. Er hat mich nie wie ein Kind behandelt, nicht einmal, als ich es noch war. Vom ersten Moment an lag ich ihm zu Füßen.«

»Hast du ihm denn nie gesagt, dass du ihn liebst?«, wollte Olga wissen

»Natürlich, ich hab doch vorhin gesagt, dass ich mich erklärt habe! Aber erst, als er schon Witwer war. Also vierundzwanzig Jahre später.«

»Lola, um Himmels willen! Das ist ja zum Verzweifeln!«, urteilte Nina.

Marta war von Lolas Geschichte völlig hingerissen, sie wollte mehr erfahren.

»Wie bist du es dann angegangen?«, fragte sie.

»Ehrlich gesagt, es war nicht besonders romantisch. Ich hab zu ihm gesagt: ›Schon als junges Mädchen war ich unsterblich in dich verliebt, und wenn du mich jetzt nicht endlich erhörst, krieg ich einen Anfall.‹« Alle lachten. »Das war kein Meisterstück, ich weiß. Ich war richtig sauer auf ihn. Er hat wirklich fast ein Vierteljahrhundert nichts mitbekommen.«

»Wie kann man so blöd sein!«, rief Nina.

»Ganz schön kompliziert, oder? Unsere Gefühle bringen uns in vertrackte Situationen«, meinte Lola.

»Aber ihr habt geheiratet, also gab es ein glückliches Ende!«, brachte Olga es auf einen einfachen Nenner.

»Ich liebe es, wenn Geschichten glücklich enden«, rief Nina.

»Wisst ihr was? Ich glaube, das gibt es gar nicht«, meinte Lola unverändert beherrscht.

»Was? Das Glück?«

»Nein, das Ende einer Geschichte. Nichts hat je ein Ende. Wenn Dinge ein Ende hätten, wäre alles ganz einfach.«

Ihnen blieb keine Zeit, darüber nachzudenken. Olga platzte mit ihren Überlegungen in die philosophischen Betrachtungen.

»Das ist doch merkwürdig, Lola. Das, wovon du sprichst, habe ich nie gespürt. Für mich war alles genau so, wie man es uns erzählt hat. Natürlich, einfach, Schritt für Schritt, alles zu seiner Zeit.«

»Wie langweilig«, befand Nina.

»Was für ein Glück!«, meinte Lola.

Marta griff die vorherigen Gedanken wieder auf.

»Warum spricht eigentlich niemand über das weibliche Begehren? Nicht mal wir hier reden darüber. So als würde es das gar nicht geben.«

»Das weibliche Begehren?«, wiederholte Olga. »Das ist schon wieder etwas, das ich nicht verstehe.«

»Hast du denn niemals eine animalische Begierde verspürt, Olga?«, reizte Nina sie, und in ihrem tiefsten Inneren amüsierte sie sich königlich über die Ansichten ihrer ehemaligen Schulkameradin.

Olga gab nur einen gutturalen Laut von sich. Sie dachte nach.

»Also, das einzige animalische Gefühl, das ich je verspürt habe, ist die letzte Phase beim Akt ... Ihr wisst schon, was ich meine, die letzten Bewegungen, bevor ...« Lieber ließ Olga ihre Sätze unvollendet, als dass sie gewisse Worte aussprach. »Wenn es so weit ist, schließe ich fest die Augen und wünsche mir, dass es schnell vorbei ist. Das ist so unangenehm ... Wisst ihr, woran mich das erinnert? An die Austreibungsphase bei der Geburt. So etwas widerlich Körperliches ... Worüber du keine Kontrolle hast.« Sie tat so, als würde es sie schütteln. »Mich packt der Ekel, wenn ich nur daran denke. Aber das habe ich bislang noch niemandem erzählt.«

»Umso besser, umso besser. Jedenfalls sagst du deinem Mann wohl besser nicht, dass dich sein Orgasmus an die Austreibungsphase der Geburt erinnert«, meinte Nina perplex.

»Herrjemine, was für ein Wort! Ich mag das überhaupt nicht«, sagte Olga. »Nein, nein, natürlich sage ich ihm das nicht. Das erzähle ich nur unter uns Frauen, denn wir verstehen uns da besser.«

Nina ignorierte Olgas letzten Kommentar, sie wollte weiterspielen.

»Marta, du bist dran«, sagte sie.

Seit sie die Frage gehört hatte, hatte Marta sich zweimal Whisky nachgeschenkt und sich in Gedanken die perfekte Antwort bereitgelegt. Sie nahm ein paar kräftige Schlucke und tat so, als müsste sie nachdenken, aber der Alkohol verlangsamte ihre Reaktionen. Als sie gespielt feierlich das Wort ergriff, geriet sie sogar ein wenig ins Stottern.

»Leute, ich sehe schon, dies ist ein Abend der Geständnisse. Die Atmosphäre lädt zweifellos dazu ein.« Sie deutete auf die Kerzen. »Ich will euch etwas erzählen, was ich noch nie jemandem erzählt habe, und ich schwöre euch, das hätte ich zu gern getan. Mein Sexualleben ist ein einziges Debakel, ein einziger Schwindel. Wenn ich das auf einer Skala von null bis zehn bewerten sollte, dann würde ich allerhöchstens einen Punkt dafür vergeben.

Nicht dass ihr denkt, das läge am mangelnden Sex, ganz im Gegenteil! Wenn er nicht anderweitig beschäftigt ist, bin ich jede Nacht dran, außer wenn ich meine Tage habe. Davor ekelt er sich, und er lässt mich ein paar Tage in Frieden. An den anderen Tagen muss ich meine eheliche Pflicht erfüllen, ganz egal, wie erledigt er von der Arbeit kommt, egal, wie spät es ist. Der Ärmste kann nicht einschlafen, wenn er seine Anspannung nicht loswird, sagt er. Er schlüpft zu mir unter die Decke, und ich werde stocksteif. Ich erhoffe mir etwas, was er mir nicht geben kann. Ein zärtliches Wort, ein Gefühl von Nähe, eine Liebkosung. Aber er will keine Zeit verschwenden, zumindest kommt es mir so vor. Meine Ablehnung bemerkt er gar nicht. Dass angetraute Ehefrauen stocksteif daliegen, scheint ganz normal zu sein, und erst recht nach fast zwanzig Ehejahren.

Wenn ich nachrechne, haben wir wohl mehr als sechstausendmal miteinander geschlafen. Das Traurigste daran ist, dass ich mich kaum daran erinnern kann. Vor unserer Ehe hat er ein einziges Mal seinen ganzen Charme aufgeboten, um mich zu verführen. Wie ein Pfau, der mit seinem beeindruckenden Federkleid prahlt. Er hat mich erobert, ja förmlich verzaubert und mich glauben lassen, ich hätte in ihm das große Glück gefunden. Schade nur, dass er seinen Charme niemals wieder entfaltet hat, nachdem er bekommen hatte, was er wollte. Nicht ein einziges Mal. Er spielte lieber den bedeutenden Mann, der erwartete, eine Oase der Ruhe und des Vergnügens zu Hause vorzufinden, wie es einem viel beschäftigten Mann zustand. Ich gehörte einfach zum Inventar.

Aber das lässt sich alles erklären. Mein Mann liebt es, wenn er sein Gefieder präsentieren kann. Er will beeindrucken und erobern, er will sich jung und attraktiv fühlen. Er verliebt sich niemals in eine Frau, aber er braucht die Frauen mehr als sie ihn. Er beeindruckt sie, er redet stundenlang auf sie ein und lädt sie in Restaurants ein, die sich nur wenige leisten können ...

Ich wette, was ihr wollt, dass er so eine Art fertiges Script hat, dass er ihnen die gleichen Witze erzählt und ihnen die gleichen Komplimente macht. Schade, dass es keinen Kongress der Geliebten und Ex-Geliebten unserer Ehemänner gibt. So einen Kongress würde ich mit dem größten Vergnügen organisieren. Ich wüsste auch schon genau die Titel der Vorträge: ›Die Verführungskünste des Alejandro Baudet‹ oder: ›Eine Reise durch die intime Welt des Alejandro Baudet‹. Dann könnten sich die Kongressteilnehmerinnen gegenseitig fragen: ›Hat er dich auch zum Abendessen ins *Hispania* eingeladen?‹ ›Seid ihr ins Motel *Empordà* gegangen?‹ Natürlich immer außerhalb von Barcelona, um unerwünschte Begegnungen zu vermeiden und um mit seinem Golf GTI angeben zu können. Seine neueste Errungenschaft, die natürlich von meinem Geld bezahlt wurde. ›Hat er dir auch vorgeschlagen, noch einen Drink im Nachtclub *Windsor* einzunehmen?‹ Das ist das entscheidende Date. Höchstwahrscheinlich hat er die Suite im *Ritz* schon reserviert, wo die Portiers ihn natürlich kennen, dies aber nicht zu erkennen geben. Seine Begleiterin sprechen sie stets mit Señora Baudet an, auch wenn es jedes Mal eine andere Frau ist.«

Nina streckte sich und hob den Kopf, wie ein Hund, der einen Ton wahrnimmt, den nur er hören kann. Marta heftete ihren Blick auf Nina.

»Ich würde auf dem Kongress einen interessanten Abschlussvortrag halten«, sprach Marta voller Zynismus weiter. »›Alejandro Baudet als Liebhaber: Mythos und Wirklichkeit‹. Das ließe sich natürlich auch fieser formulieren: ›Das mangelnde genitale Talent des Alejandro Baudet‹, beispielsweise. Oder: ›Warum eine Frau Alejandro Baudet besser nicht lieben sollte‹. Es gibt Dinge, die sind exklusiv für die angetraute Ehefrau reserviert, das Waschen seiner Hemden, der Anblick seiner Hämorrhoidensalbe oder seine reumütige Heimkehr nach jedem neuen Abenteuer. Ich habe mich nie mit dieser Rolle abgefunden. Ich habe nur gelernt, die Vorteile zu sehen. Die Verschnaufpause, die mir seine Abwesenheit verschaffte. Die Freiheit, die ich niemals wirklich kennengelernt habe und die ich dank meiner neuen Rolle als betrogene Ehefrau entdecken durfte. Es war gar nicht so schwer. Das Schlimmste war die Erniedrigung. Die Erniedrigung ist das Letzte, was man vergeben kann.

Ich habe mich oft gefragt, warum er eigentlich zurückkommt. Ich bin sicher, dass er mich nicht liebt. Zumindest nicht so, wie ich ihn liebe. Vielleicht langweilt er sie, vielleicht machen sie ihm Vorwürfe, vielleicht verlangen sie etwas für ihre Dienste. Vielleicht vermisst er aber auch nur seine Bücher und sein eigenes Bett. Wir versuchen oft, großartige Gründe zu finden, um Lebenswege zu rechtfertigen, dabei sind es die Kleinigkeiten, die unseren Alltag bestimmen. Wenn er heimkommt, ist er mies gelaunt, er schlüpft zu mir unter die Decke und trifft auf meinen erstarrten, sattsam bekannten Körper. Alles wie gehabt. Ich liebe ihn immer noch wie verrückt. Und so ist es jedes Mal.

Habt ihr euch nie gefragt, wer die Schuld daran trägt? An seinem Verhalten, an meinem, an dem aller anderen, die so sind wie wir. Mir hat man nie etwas Nützliches über die Beziehungen zwischen Mann und Frau beigebracht. Nicht mal meine Mutter. Als ich meine erste Periode hatte, kurz vor meiner Schwester, hat sie mir eine völlig unverständliche Geschichte über Bienen erzählt, die im Frühling die Blüten bestäuben, damit daraus Früchte werden. Und dann hat sie gesagt: ›Und darum musst du dich ab sofort vor Jungen in Acht nehmen.‹ Ich habe mich nie mit dieser botanischen Rolle zufriedengegeben, ich war neugierig. Einmal habe ich sie gefragt, wo denn die kleinen Kinder herkämen. Da wurde sie puterrot und hat ganz nervös geantwortet: ›Das wirst du schon sehen, wenn du eines bekommst.‹ Ich hab nicht lockergelassen. ›Aber warum soll ich bis dahin warten? Was passiert, wenn mir das nicht gefällt? Ich will das jetzt wissen.‹ Meine Mutter war sehr aufgebracht, und schließlich hat sie gefragt: ›Natürlich durch den Bauchnabel. Aber stell mir nie wieder diese Frage.‹ Etwas später wollte ich noch von ihr wissen, wie die kleinen Kinder in den Bauch hineinkommen. Da merkte ich sofort, dass ich den Finger in die Wunde gelegt hatte, denn als Antwort bekam ich von meiner Mutter nur eine Ohrfeige. Danach habe ich nie wieder eine Frage gestellt.

Aber die Nonnen haben auch Schuld, unsere und alle anderen, die uns zwangen, unsere Brüste zu bandagieren, damit sie sich nicht unter der Schuluniform abzeichneten. Könnt ihr euch noch erinnern? Lola, du warst als Erste dran. Es war eine echte Qual, mal abgesehen von der Erniedrigung. Wie das Duschen im Nachthemd. Diese verdammte Sor Presentación, die wollte doch nur, dass wir uns wegen unserer eigenen Körper schämen, dass wir unsere Natur verleugnen. So wie die Kirche Wöchnerinnen zwang, auf den Knien um Verzeihung zu bitten, für die vermeintliche Sünde der Unreinheit. Genauso ist es eine Farce, dass wir keine Mayonnaise herstellen dürfen, wenn wir unsere Tage haben. Das ist reiner Aberglaube, um einfache und unschuldige Menschen im Zaum zu halten, Menschen, die nicht selbstständig denken und alles glauben, was man ihnen sagt. Immer wenn ich mich nackt im Spiegel sehe, spüre ich den Hass auf die Nonnen meiner Kindheit. Das ist jetzt so viele Jahre her, und ich fühle mich immer noch elendig dabei.

Vorhin habe ich gesagt, dass es keine einzige Nacht gab, an die ich mich noch erinnern kann. Eigentlich wollte ich etwas ganz anderes sagen. Olga, halte dir die Ohren zu, denn das, was ich jetzt sage, wird dein Schamgefühl verletzen. Ich wollte damit sagen, dass ich niemals geschafft habe, mit meinem Mann einen Orgasmus zu bekommen. Oder hat er es nicht geschafft? Ha! Ich hätte ja nicht einmal gewusst, wo ich suchen sollte!

Wir haben unseren Männern zu viel Mittelmäßigkeit durchgehen lassen. Wir waren mit allem zufrieden. Das ist doch lächerlich, oder? Mein Ehemann, der Don Juan der Verlagswelt von Barcelona, der begehrteste Verleger seiner Generation, erzeugt in meinem Bett nichts als Gleichgültigkeit und den frommen Wunsch, dass er schnell fertig wird. Natürlich denkt er das Gegenteil. Er meint, er macht mich mit seinen unbeholfenen Bewegungen ganz verrückt. Aber ein Orgasmus? Ich wusste ja nicht einmal, dass es so etwas gibt. Als wäre es ein Katzenname. Ich hab ihm was vorgemacht, um ihn nicht zu enttäuschen, aber nur am Anfang. Bis ich plötzlich aufgewacht bin und das Potential meines Körpers entdeckt und gemerkt habe, was mir entgangen war.«

Nina richtete ihren Blick fest auf Marta, und ihre Augen glänzten wie zwei Spiegel. Marta nahm das durchaus wahr und empfand dabei eine Genugtuung, die schwer zu erklären war und die sie sehr genoss.

»In einer Nacht hab ich mich nach dem Sex gewaschen. Ich dachte, das kann nicht alles gewesen sein. Ich nahm den Duschkopf und experimentierte ein wenig mit dem Wasser. Olga, meine Liebe, was ist denn mit dir? Soll ich dir das Riechsalzfläschchen reichen? Bist du sicher, dass du mir noch weiter zuhören willst? Denn hier kommen wir zum nächsten großen weißen Fleck: Hat uns irgendjemand mal von der Lust erzählt? Hat uns irgendjemand mal gesagt, dass wir Frauen Lust empfinden können? Für mich war das eine großartige Entdeckung, als ich spürte, dass meine Lust größer war als seine, und länger dauerte. Die Natur hat uns Frauen so großzügig beschenkt, dass wir den Männern wohl Angst machen. Deshalb haben sie es so hartnäckig vor uns verborgen, damit wir ja nichts von ihnen fordern.

Mit vierzig habe ich angefangen, mich selbst zu befriedigen. Und seither mache ich das jeden Abend, nach dem Sex mit

Álex. Am liebsten in der Badewanne, wenn er schon schläft. Ich liege gern noch eine Weile da und höre ihn schnarchen. Das ist das einzige Sexualleben, das ich mir erlauben kann. Das einzige wirklich lustvolle Sexualleben, das ich bis jetzt hatte. Und wisst ihr, was das Traurigste ist? Wenn ich mich selbst befriedige, denke ich an ihn, an meinen Ehemann. An den Mann, der er beim ersten Mal war.

Nun ja, ich bin gleich fertig, meine Lieben. Nur noch eine klitzekleine Sache. In all den Jahren der Untreue habe ich mich oft gefragt, was ich tun würde, wenn ich einmal einer der Geliebten meines Ehemannes gegenüberstehen würde. Es gab eine Phase, in der habe ich davon geträumt. Was würde ich ihr sagen? Was würde ich unternehmen? Manchmal dachte ich, ich würde mich nicht beherrschen können und müsste sie schlagen. Anscheinend haben mich die Jahre ernüchtert, oder vielleicht ist es mir inzwischen auch egal. Aber jetzt, in diesem Moment, sehe ich klar und deutlich vor mir, was ich sagen muss, auch wenn ich ein bisschen beschwipst bin, oder vielleicht gerade deswegen. Und zwar Folgendes: Für dich, meine Gefährtin. Hier hast du ihn ganz und gar. Ich schenke ihn dir. Um mich in der Badewanne selbst zu befriedigen, dafür brauche ich ihn nicht. Und das sage ich jetzt ohne jede Bitterkeit, denn ich habe nichts gegen dich, ganz im Gegenteil, ich finde dich richtig gut. Zum Beweis erkläre ich dir noch die Technik mit dem Duschkopf, falls du sie mal brauchst. Überschätz ihn nicht. Du wirst sie brauchen.«

Vor ihrem letzten Satz legte Marta eine kurze Pause ein. Sie atmete tief ein, dann kam sie zum Ende.

»Meine Lieben, zu meinem Leidwesen bleibt mir nur noch, Nina recht zu geben und zu sagen: Ein Hoch auf die Scheidung!«

Sie hob das Glas, prostete den anderen mit einem Augenzwinkern zu und leerte es mit einem Zug.

KURZES ZWISCHENSPIEL MIT PEINLICHEN THEMEN UND EINEM ANFALL

Aus der Finsternis kam ein Schluchzen.

»Lidia?«

Die Küchenhilfe stand heulend vor dem Tisch und hielt einen Leuchter mit erloschenen Kerzen in der Hand.

»Chefin, ich habe alles gehört. Es tut mir so leid. Du liebst ihn so, und er ist nicht ... Das ist so traurig ... Das hast du nicht verdient ... Es tut mir so leid.« Sie weinte aus tiefstem Herzen, als hätte sie gerade ein Melodrama gesehen.

Marta genehmigte sich einen kräftigen Schluck Whisky, und Olga riss ihr sofort das Glas aus der Hand.

»Marta, hör mit dem Trinken auf«, mahnte sie und wandte sich dann an Lidia: »Jetzt steh nicht so untätig rum. Bitte, bring uns noch Wasser, am besten kalt. Allmählich wird es hier unerträglich heiß.«

Lola fächelte sich mit der Speisekarte Luft zu. Die Gesichter der Frauen schimmerten im Kerzenlicht. Marta versuchte, das Glas aus Olgas manikürten Klauen zurückzuerobern.

»Marta, du trinkst heute keinen Schluck mehr«, sagte Olga.

»Wer sagt das? Jetzt, wo ich mich gerade abreagiert habe?«, protestierte Marta und stand auf, um sich ein frisches Glas zu holen, das sie wieder mit Eiswürfeln und Whisky füllte.

In der Küche putzte sich Lidia deutlich vernehmbar die Nase, während ein gefühlvoller Schlager über die Nähe von Liebenden von Pedro Marín aus dem Radio ertönte: »*Aire, soy como el aire, pegado a ti, siguiéndote al andar ... *«

»So ein Mist, Marta. Das ist ja eine furchtbare Geschichte«, sagte Nina, die inzwischen ihr übertrieben fröhliches Gebaren abgelegt hatte. Marta zuckte nur mit den Schultern, als wollte sie sagen: So ist es halt.

»Wo hast du denn diese Technik her?«, wollte Lola wissen. »Ich meine die mit dem Duschkopf. Ich wäre nie auf die Idee gekommen.«

»Ach die. Die stand im *Hite-Report*.«

»Jetzt reicht es aber!«, kreischte Olga, die die Augen verdrehte, als hätte sie endlich den Ursprung allen Sittenverfalls entdeckt. »So was liest du?«

»Sogar mehrfach. Das Buch hat mein Leben verändert. Ich hätte vorher nie gedacht, dass ... Jetzt sei nicht so begriffsstutzig, Schwesterherz. Das ist keine Pornografie. Das sind seriöse Untersuchungsergebnisse einer amerikanischen Sexualforscherin, auf der Basis tausender anonymer Interviews mit Frauen.«

»Und so etwas nennt sich Forschungsthema!«, regte sich Olga auf.

»Wisst ihr, warum ich mir das Buch gekauft habe, obwohl ich vorher nichts davon gehört hatte?«, fragte Marta. »Auf dem Umschlag stand gleich zweimal das Wort Orgasmus. Da habe ich angebissen. Mir war sofort klar, das Buch muss ich haben.«

»Dann hattest du immerhin«, begann Lola und blickte auf die Tischdecke, auf ihr Glas, zu einem unbestimmten Punkt. »Einen ... Orgasmus«, sprach sie schließlich das Wort unter Mühen aus, als steckte es ihr wie eine große Pille im Hals fest.

»Du nicht, Lola?«, fragte Marta nach.

»Ehrlich gesagt, ich weiß es nicht so recht.« Lola sah die anderen an. »Wenn ich mal einen gehabt hätte, hätte ich es gemerkt, oder?«

»Ganz bestimmt«, versicherte Marta schnell.

Nina nickte, wirkte aber ein wenig abwesend. Olga war vor Verblüffung wie erstarrt und sah Lola an.

»Dann habe ich wohl noch nie einen erlebt. Ich habe Liebe gespürt. Ganz viel Liebe.«

»Natürlich«, platzte Olga heraus. »Manche Worte werden im übertragenen Sinn verwendet! Als Metaphern!«

»Olga, du meinst nicht im Ernst, dass Orgasmus eine Metapher ist?«, fragte Marta perplex.

»Hm. Ich finde, das sind alles sehr persönliche Angelegenheiten. Jede von uns empfindet das auf ihre eigene Art und Weise«, stellte Olga im Brustton der Überzeugung fest. »Wie die Liebe, die Lola gerade so wunderbar beschrieben hat. Seht ihr!«

»Du lieber Himmel, Marta! Ich glaube, du musst uns allen Nachhilfe geben«, meinte Lola und kicherte vor sich hin.

»Ich muss nichts mehr dazulernen«, prahlte Olga.

Lola war ein wenig geschockt.

»Aber du bist doch diejenige, die den Orgasmus für ein Stilmittel hält!«

»Also ehrlich! Habt ihr kein anderes Thema?« Jetzt legte Olga ihre überhebliche Haltung ab und wurde ärgerlich.

»Nina, du bist auf einmal so still«, stellte Lola fest, die einen sechsten Sinn für die Missstimmung von anderen besaß.

Schließlich reagierte Nina. Ihr ging zwar einiges durch den Kopf, doch das Gespräch hatte sie aufmerksam verfolgt.

»Olga, willst du nicht lernen, wie man einen Orgasmus erlebt?«, fragte Nina mit sanfter Stimme.

»Ich weiß alles, was ich wissen muss, vielen Dank«, erwiderte Olga kurz angebunden.

»Marta, ich glaube, du kannst uns allen noch was beibringen.« Nina wagte es nicht, Marta direkt anzusehen.

»Wenn ihr so weitermacht, gehe ich«, spielte Olga ihre letzte Trumpfkarte aus. »Ich halte das Gespräch nicht länger aus. Ich finde, ihr nehmt sehr ernste Dinge ganz schön auf die leichte Schulter.«

Lola wurde ihrer Rolle als einfühlsame Vermittlerin gerecht und führte das Gespräch wieder auf andere Pfade.

»Ich glaube, du hast recht, Marta, wir sind eine Generation von Frauen ohne Orgasmus.«

»Nein, nicht alle. Einige haben ganz schön dazugelernt.« Marta sah Nina direkt in die Augen, die dem Blick standhielt.

»Notgedrungen!«, verteidigte sich Nina. »Wenn du mit zwanzig ohne Mann dastehst, lernst du schnell dazu. Immerhin, etwas Gutes hatte die ganze Scheiße ja. So hatte niemand mehr Kontrolle über mich. Man lernt enorm dazu, wenn man auf sich allein gestellt ist. Aber das mit dem Duschkopf finde ich nach wie vor spannend«, sagte sie und lächelte.

»Dann solltest du das so bald wie möglich ausprobieren«, empfahl ihr Marta, und das war ernst gemeint.

Nur die beiden wussten, wovon sie sprachen.

»Bringst du es mir bei, oder soll ich mir das Buch von Shere Hite kaufen?«

»Ich kann dir mein Buch leihen.«

Olga stützte ihr Kinn auf die Handfläche und blickte wütend in das Dunkel, wie ein kleines, trotziges Mädchen.

»Habt ihr denn kein anderes Thema? Schließlich liegen hier noch zwei Fragen auf dem Tisch.«

Nina und Marta lieferten sich noch einige weitere Sekunden ein Blickduell. Lola nahm das zwar wahr, aber sie konnte das Verhalten der beiden Freundinnen nicht deuten. Zum Glück rettete Olga mit einer Frage die Situation.

»Nina, wann hast du denn deine Eltern wiedergesehen? Ich meine, nachdem sie dich zu Hause rausgeworfen haben?«

»Nie wieder«, sagte Nina, und ihr Lächeln gefror. »Ich habe es einmal versucht, aber sie wollten mich nicht sehen. Das Dienstmädchen sagte, sie wären sehr beschäftigt, sie könnten keinen Besuch empfangen. Besuch! Man hat mich einfach so abgefertigt, mich und meine Kinder. Mein Vater ließ mir später noch eine Nachricht zukommen, ich vermute, hinter dem Rücken meiner Mutter. Falls ich Geld benötigte, könnte er mir etwas leihen. Dabei wollte ich ja gar nichts haben. Das war kurz vor meinem Umzug nach Madrid. Ich wollte doch nur, dass meine Kinder ihre Großeltern kennenlernen. Es tat mir so leid, dass sie nur mich hatten! Ich hatte mir extra eine langärmelige Bluse und einen scheußlichen Rock angezogen, der bis über die Knie reichte. Ich hätte ja sogar zugegeben, dass sie mit der katastrophalen Ehe recht behalten hatten. Aber nichts, keine Chance.«

»Nina, das ist wirklich traurig«, meinte Olga mitleidig.

»*Yes!*«

»Leben deine Eltern noch?«

»Nein. Mein Vater starb 1963, als ich schon in Madrid war. Meine Mutter 1970. Ich habe es nicht einmal mitbekommen, also irgendwann schon, aber sehr viel später und nur durch einen Zufall. Und zwar ausgerechnet am Tag von Francos Tod. Ist das nicht absurd? Ein Hoch auf die Absurditäten! Sie sind das Salz des Lebens!«

»Das heißt, dass keine von uns mehr Vater und Mutter hat.«

»Einige von uns haben ja leider nie Eltern gehabt«, flüsterte Lola.

»Was ist eigentlich mit deinem Onkel, Lola? Lebt der noch?«

»Mein Onkel ist relativ jung gestorben, mit knapp über fünfzig.«

»Wirklich? Wie bist du denn allein klargekommen? Hast du dann gleich mit dem Klavierunterricht angefangen?«

»Ehrlich gesagt, ich lebe von den Gewinnen aus meinem Anteil am Familienunternehmen. Emilio, mein Cousin, leitet die Firma. Könnt ihr euch noch an ihn erinnern?«

»Emilio? Dieser Lackaffe! Weißt du noch, wie wir ihn damals erschreckt haben, als wir ihm die Unterhosen der Nonnen auf dem Dach gezeigt haben?« Nina lachte. »Da hätte ihn fast der Schlag getroffen. Aber ihr habt euch doch nie gut verstanden, oder?«

»Na ja, sein Vater hat die Familie in San Sebastián sitzen gelassen, um mit mir in Barcelona zusammenzuleben. Da ist es doch nachvollziehbar, dass Emilio mich nicht leiden kann.«

»Aber das war doch nicht deine Schuld.«

»Das nicht, aber er hat mir nie die Chance gegeben, ihm das zu sagen.«

»Meine Güte, Familien sind wirklich das Schwierigste auf der Welt«, stellte Marta fest.

»Heißt das, dass ihr nicht miteinander sprecht?«, fragte Nina neugierig nach.

»Doch schon, über seine Sekretärin, eine liebenswürdige junge Frau.«

»Das stimmt«, bestätigte Olga.

»So, genug der Familiengeschichten, wir schweifen vom Thema an«, beendete Nina die Diskussion. »Ihr habt jetzt alle geantwortet, oder? Ihr habt das sehr gut gemacht. Ich gebe euch allen die höchste Punktzahl. Nein, was sage ich da, ich gebe euch die Höchstwertung mit Auszeichnung! Auch dir, Olga.«

»Na, da bin ich aber erleichtert«, schnaubte Olga und blickte angewidert zu ihrer Schwester. »Ich hoffe, die nächsten Fragen führen nicht schon wieder zu indiskreten Themen. War es wirklich nötig, über diesen ganzen Schweinkram zu reden?«

WAS IST DIE WICHTIGSTE ENTSCHEIDUNG, DIE IHR JE GETROFFEN HABT?

Als Olga an die Reihe kam, nahm sie das Blatt Papier in die Hand, faltete es auseinander und hielt es näher ans Kerzenlicht. Sie zögerte einen kurzen Moment, ehe sie ihre Frage vorlas. Sie hatte das Nächstbeste notiert, was ihr in den Sinn gekommen war, und im Vergleich zu den Fragen der anderen klang sie relativ uninspiriert.

»Da haben wir ja mal eine echt diskrete Frage, Olga«, bemerkte Nina.

»Ihr wisst doch, dass mir solche Unverschämtheiten nicht über die Lippen kommen«, erwiderte die Angesprochene und zog dabei ein Gesicht, als könnte sie kein Wässerchen trüben.

Alle sahen sich an.

»Gut, ich beginne«, schlug Lola vor. »Ganz einfach. Die wichtigste Entscheidung, die ich bislang in meinem Leben getroffen habe, war, mir die Haare rot zu färben!« Die anderen kicherten. Nach allem, was sie inzwischen von Lola erfahren hatten, klang das nicht gerade spektakulär. »Das war 1976, und es war so eine Art Verzweiflungstat. Wisst ihr noch, wie ich früher aussah?«

»Dunkelblond«, sagte Marta schnell.

»Nein«, sagte Lola. »Farblos.«

»Du warst nie farblos«, verteidigte Olga sie. »Du hattest wunderschöne lange Haare, wir waren alle ganz neidisch auf dich.«

Marta und Nina nickten zur Bestätigung.

»Niemand beachtet farblose Menschen. Ich wollte endlich

wahrgenommen werden. Ohne es geplant zu haben, kam ich an einem Friseursalon vorbei, spazierte hinein und sagte nur: ›Ich brauche eine Veränderung!‹«

»Und das hat funktioniert?«

»Und wie! Andrés hat mich an dem Abend länger angesehen als je zuvor. Ich glaube, ich kam ihm bizarr vor, wie eine Außerirdische. Ich war ein anderer Mensch geworden, nur wegen der gefärbten Haare. Ist das nicht großartig? Und er war nicht der Einzige, dem das auffiel! Plötzlich hatte ich auch mehr Klavierschüler. Die Farbe Rot hat mein Leben verändert. Ich glaube, mit der neuen Haarfarbe bekam ich auch endlich den Mut, ihm meine Liebe zu gestehen. Das war gleich am zweiten Abend nach meiner Verwandlung in die neue Lola. Wie ihr wisst, mit Erfolg!«

»Ja, eine gute Frisur ist wirklich sehr wichtig«, bekannte Olga als würde sie eine bedeutende Wahrheit aussprechen. »Mit ungepflegtem Haar kommt man nicht weit.«

»Dann mache ich am besten gleich einen Termin beim Friseur«, meinte Marta.

»Ja, aber lass dir bloß nicht die Haare rot färben. Blond steht uns besser.«

Marta ging nicht darauf ein. Sie kannte das. Stattdessen nahm sie die ursprüngliche Frage wieder auf und antwortete als Nächste.

»Die wichtigste Entscheidung, die ich je in meinem Leben getroffen habe ...«

»Sag's nicht! Lass mich raten«, fiel Nina ihr ins Wort. »Das Restaurant?«

Die beiden anderen nickten, sie glaubten das auch, doch Marta widersprach ihnen. »... war den Mut aufzubringen, ich selbst zu sein.«

Die Antwort war für die fortgeschrittene Stunde und ihren angesäuselten Zustand etwas zu abstrakt. In der Küche war es verdächtig still. Marta vermutete, dass Lidia lauschte, aber es war ihr egal. Wenn auch nicht ganz.

»Ich denke, alles begann an dem Tag, an dem ich das Angebot vom Radiosender erhielt. Ich musste lange darüber nachdenken, und Álex war überhaupt nicht damit einverstanden. Es war ja nicht seine Idee gewesen. Ich hatte Angst, mich allein solch einer gewaltigen Herausforderung zu stellen, das hatte ich bis dahin nie gewagt. Beinahe hätte ich das Angebot abgelehnt. Es wäre so einfach gewesen. Doch im allerletzten Moment habe ich meine Meinung geändert und angenommen. Ich fühlte mich, als hätte ich das Ruder rumgerissen.«

»Und was geschah dann?«, wollte Lola wissen.

»Ich habe gemerkt, dass ich es schaffe. Das war das Wichtigste! Und dann passierte noch etwas, womit ich nicht gerechnet hatte: Ich erhielt Briefe von den Hörerinnen, voller Dankbarkeit und Wertschätzung. Sie mochten meine Kochsendung. Und das war für mich sehr wichtig. Bis dahin war ich immer Olgas kleine Schwester gewesen, ihr Schatten, oder eine Erfindung, ein Projekt von Álex. Mit der Radiosendung erhielt ich die Chance, ich selbst zu sein, also die Person, die ich jetzt bin. Mit allem, was ich war und was ich sein werde.«

»Verdammt, Marta! Wenn du schon im Suff solche Sätze hinbekommst, wozu bist du dann erst nüchtern fähig?«

»Na ja, nüchtern ist sie stumm wie ein Fisch«, spottete Olga.

»Also, das Radio war nur der erste Schritt. Denn ohne die Sendung hätte ich mir das eigene Restaurant nicht zugetraut«, fuhr Marta fort.

»Ist es nicht erschreckend, wie sehr unser Leben von unseren Entscheidungen abhängt?«, überlegte Lola laut, die sich von den tiefschürfenden Gedanken mitreißen ließ. »Was wäre passiert, wenn du die falsche Entscheidung getroffen hättest, Marta?«

»Ich sage ja nicht, dass meine Entscheidung richtig ist«,

sagte Marta. »Wenn ich sie nicht getroffen hätte, stünde ich jetzt nicht kurz vor der Scheidung. Entscheidungen verändern nicht nur unser Leben, das ist das Problem. Solche Entscheidungen verändern auch uns. Und das verkraften unsere Mitmenschen manchmal nicht.« Marta sah Olga an, war aber in Gedanken ganz bei Álex.

»Du willst dich scheiden lassen? Aber davon habe ich ja gar nichts …« Lola hörte mitten im Satz auf, aber nur weil Marta mit einer heftigen Armbewegung deutlich machte, dass sie darüber jetzt nicht reden wollte.

Nach kurzem Schweigen wandte Lola sich an Nina.

»Und, Nina, was ist mit dir?«, fragte sie.

»Ich glaube, meine wichtigste Entscheidung war meine Rückkehr nach Barcelona. Das war im Jahr 1975, aber ich hatte schon länger darüber nachgedacht. Aber mir hatte immer der Mut gefehlt. Ich kann mich noch gut an das Datum erinnern, denn es war genau der Tag von Francos Tod. Ich habe an einer Dokumentation darüber mitgearbeitet, wie sich das Zweite Vatikanische Konzil auf das Leben in den Klöstern auswirkte. Die Redaktion interessierte sich vor allem für abtrünnige Geistliche und Nonnen. Es gab einige Fälle, aber damals sprach natürlich niemand offen darüber. Bei den Vorbereitungen für die Dreharbeiten erwähnte ich einmal unser Internat und die Vinzentinerinnen. Der Produzent fand das faszinierend und bat mich, die Nonnen zu fragen, ob wir bei ihnen drehen könnten. Das tat ich auch. Ich schrieb ihnen einen förmlichen Brief, in dem ich mich vorstellte und natürlich auch an die Getränkespenden meiner Eltern erinnerte. Ich habe das Filmprojekt erläutert. Eigentlich hatte ich eine Absage erwartet, doch zu meiner großen Überraschung ließen sie sich auf die Dreharbeiten ein. Das Antwortschreiben war von Madre Presentación Yuste unterzeichnet, der neuen Oberin. So kam ich zum ersten Mal nach der Schulzeit mit dem Filmteam ins Internat zurück, denn Madre Presentacións Bedingung war meine persönliche Anwesenheit. Und was ist mit euch? Seid ihr später noch mal dort gewesen?«

Alle schüttelten den Kopf und waren gespannt, wie Ninas Geschichte weiterging.

»Das war wirklich ein besonderes Erlebnis. Sie ließen uns in den Klassenzimmern drehen, im Speisesaal, im Patio, sogar oben auf dem Dach. Na ja, diesmal hingen auch keine Unterhosen auf der Leine. Die Kameraleute durften sogar in den Klausurbereich, aber nicht in die Zellen. Wir haben das Kloster komplett auf den Kopf gestellt. Ausgerechnet am 20. November 1975. Könnt ihr euch einen größeren Zufall vorstellen? Nein, denn es gibt keine Zufälle. Anscheinend musste es so kommen.

Ich durfte mich überall umsehen. Alles war noch genauso wie früher. Unser Schlafraum, die Klassenzimmer, die Fenster, die Betten, die Pulte, die Tafeln, das alte Klavier … Wirklich alles. Die Nonnen hatten die Schule erst vor Kurzem geschlossen, und dieser Teil des Gebäudes sah aus, als wäre er eben erst verlassen worden. Die Kammer neben dem Holzlager war noch da, und darin stand immer noch die eklige Pritsche von dem armen Vicente, die Orangenkiste, und auf dem Brett lag noch der Kram, den er im Wald gesammelt hatte. Ehrlich, beim Anblick des Kämmerchens lief es mir eiskalt den Rücken hinunter. Ich musste an die letzte Nacht mit Julia und unserem geliebten Klosterdeppen denken. Meine Güte, mit vierzehn waren wir ganz schön gemein, oder? Aber ich komme vom Thema ab, und ich muss euch das bis ins letzte Detail berichten. Also, eine junge Novizin führte mich durchs Kloster. Ich fragte sie, ob sie etwas von dem jungen Mann gehört habe, der früher dort lebte.

›Ja, ich habe von ihm gehört.‹

›Er hieß Vicente.‹

›Natürlich, wie Vinzenz von Paul.‹

Ich fragte sie, ob sie wisse, was aus ihm geworden war.

›Ich habe gehört, dass man ihn abgeholt hat.‹

›Abgeholt? Wer? Wohin?‹

›Ich weiß es nicht, Señora, ich war damals noch nicht hier im Kloster. Das müssen Sie Madre Presentación fragen.‹

Wenn man der Oberin nicht direkt ins Gesicht sah, schien sie kaum gealtert zu sein. Sie war genauso dürr und sehnig wie früher, und sie bewegte sich auch noch genauso flink wie damals. Aber ihre Miene war verbitterter und unzufriedener denn je. Ich weiß noch, dass ich damals schnell ihr Alter überschlug. Sie musste noch verhältnismäßig jung sein, bestimmt war sie noch keine fünfzig. Mir fiel nur auf, wie sehr sie sich bemühte, freundlich zu wirken. Sie lud mich sogar zu einem Kaffee in dem kleinen Wartezimmer ein. Wisst ihr noch, das Zimmer, in dem damals die Eltern an den Besuchssonntagen warteten?

›Ich hoffe, es geht dir gut, Ana María‹, hat sie mich sehr förmlich begrüßt, mit dem Namen, mit dem sie mich als Kind immer gerufen haben.

Ich erkundigte mich nach Madre Rufina, denn ich hatte sie dort vermisst.

›Leider weilt Madre Rufina nicht mehr unter uns‹, sagte sie.

›Ist sie gestorben?‹

›Nur für das geistliche Leben. Sie hat uns vor etwa fünf Jahren verlassen‹, lautete ihre Antwort.

Ich verstand das so, als hätte Madre Rufina den Habit abgelegt, und das war genau die Art Story, hinter der wir her waren. Ich dachte, vielleicht könnten wir sogar ein Interview mit ihr machen, doch die Oberin wollte partout nicht verraten, wo wir Madre Rufina finden könnten. Sie verlangte sogar von uns, dass wir Madre Rufina in unserer Dokumentation nicht erwähnen.

›Es gibt Dinge, die wühlt man besser nicht auf‹, sagte sie noch zum Schluss. Ich dachte nur, mit dem Thema kennen sich die Nonnen ja gut aus. Dann fiel mir Vicente wieder ein, und ich beschloss dafür zu sorgen, dass Madre Presentación ihr Kaffee übel aufstieß.

›Ich würde auch gern Vicente treffen‹, sagte ich.

›Wen?‹

›Den zurückgebliebenen jungen Mann, der damals in der Kammer neben dem Holzlager hauste.‹

›Ach so, Vicentín. Ich fürchte, da kann ich dir auch nicht weiterhelfen‹, sagte sie und verzog den Mund. ›Den hat man mitgenommen. In eine Einrichtung für geistig Behinderte, glaube ich.‹

Ich wollte wissen, wer ihn abgeholt hatte.

›Eine deiner Kameradinnen, die Julia. Aber das ist schon Jahre her.‹

Madre Presentación entging nicht, wie perplex ich war. Ich fragte sie, ob sie sich da wirklich sicher war, was sie mit einer überheblichen Geste quittierte. Dann sprach sie weiter.

›Ganz sicher. Ich habe doch damals selbst die Tür aufgeschlossen, hinter der der arme Kerl eingesperrt war.‹

Ich konnte es nicht fassen und hakte noch einmal nach. Und endlich ließ sie sich ein bisschen mehr entlocken.

›Wir mussten ihn einsperren. Er war für uns gefährlich geworden. Du kannst dir nicht vorstellen, wie jähzornig er werden konnte und was für Bärenkräfte er hatte. Er hat uns mächtig Angst gemacht. Wir beteten zu Gott, dass ihn endlich jemand abholte‹, jammerte sie.

Ich meinte nur, dass ich mich nicht daran erinnern konnte, dass Vicente jemals gewalttätig gewesen war. Schließlich sprach ich sie direkt darauf an:

›Madre, vielleicht haben Sie ihn ja nicht gut behandelt.‹

Da stellte sie die Tasse auf den Tisch zurück und faltete die

Hände. Ihr könnt euch nicht vorstellen, wie sie mich ansah, das war vielleicht ein Blick, voller Hass, voller Misstrauen. Wie konnte ich es nur wagen, ihr Urteil anzuzweifeln. Am liebsten hätte ich ihr ins Gesicht gesagt, wie merkwürdig es doch war, dass Gott ihre Bittgebete erhörte und ausgerechnet Julia schickte. Doch bevor es dazu kam, wechselte sie das Thema. Schließlich hielt sie für mich noch eine besondere Überraschung bereit. Passt auf, jetzt kommt der krönende Abschluss dieses denkwürdigen Besuchs im Kloster!

Sie erzählte mir, dass meine Mutter gestorben war und in ihrem Testament ihr gesamtes Vermögen dem Kloster vermacht hatte. Aus diesem Grund war sie auch so schnell bereit gewesen, mich zu empfangen, obwohl ihnen die Dreharbeiten überhaupt nicht passten. Schließlich wurde die Ruhe im Kloster dadurch gestört. Aber sie konnte ja wohl kaum die Tochter der Frau verärgern, die so viel Gutes für die Nonnen getan hatte.

Ich war ziemlich schockiert und wollte wissen, ob sie wirklich alles geerbt hatten, auch die Limonadenfabrik.

›Die Fabrik haben wir verkauft‹, berichtete Madre Presentación, als beträfe mich die ganze Sache gar nicht. ›Aber in der oberen Etage des Hauses richten wir derzeit eine Residenz für ältere Nonnen ein. Es wird wunderschön! Die Räumlichkeiten sind sehr großzügig und sehr hell‹, schwärmte sie.

In dem Moment hat sie wohl geschnallt, wer ihr gegenübersaß, und sie sagte:

›Ach wie dumm von mir, du kennst das Haus ja viel besser als ich.‹

Chicas! Das Obergeschoss! Mein Haus, natürlich kannte ich das viel besser als sie. Aber das war noch lange nicht alles.

›Dank deiner Mutter können wir auch hierbleiben, obwohl wir die Schule geschlossen haben. Ich weiß nicht, wie lange wir das Klostergebäude noch halten können, aber das verdanken wir alles ihr. Als ich deine Anfrage erhielt, da wusste ich sofort, dass ich dich empfangen musste. Das sind wir deiner Mutter schuldig, sie hat schließlich so viel Gutes für uns getan.‹

Ich meinte, dass das vielleicht nicht im Sinne meiner Mutter gewesen wäre.

›Die Nonnen und ich, wir beten jeden Tag für ihr Seelenheil. Sie war eine so gute Frau‹, sagte sie darauf.

Da ist mir nichts mehr eingefallen, ich war sprachlos. Als sie mich fragte, ob ich mich den Gebeten anschließen möchte, habe ich ihre reizende Einladung abgelehnt. Ich habe ihr noch viel Glück gewünscht und bin sofort abgefahren. Natürlich haben wir den Fall von Sor Rufina in unserer Reportage thematisiert. Kurz nach der Fernsehsendung schrieb mir Madre Presentación, wie enttäuscht sie wäre, dass wir unser Versprechen nicht gehalten hätten. Wie ihr euch denken könnt, ging mir das runter wie Öl.

Nach alldem konnte ich an diesem 20. November nicht wie geplant nach Madrid zurückreisen. Ihr könnt euch bestimmt noch an die filmreife Staatstrauer erinnern, die wegen des Todes unseres innig geliebten Caudillo verhängt wurde. Man hatte sogar alle Flüge zwischen Barcelona und Madrid gestrichen. Ich habe mir dann ein Hotel in der Nähe der Ramblas gesucht und bin an dem Abend allein essen gegangen. Ich habe nachgedacht, über sehr vieles. Die ganze Geschichte hatte mich arg mitgenommen. Mir ging der Gedanke einfach nicht aus dem Kopf, dass meine Mutter bis an ihr Lebensende mich und meine Kinder gehasst hatte. Ich war immer davon ausgegangen, dass sie mir irgendetwas hinterlassen würde, vielleicht etwas Schmuck oder einen kleinen Geldbetrag oder das Haus. Aber jetzt wurde mir endlich klar, dass meine Eltern es 1953 wirklich ernst meinten, als sie mich aus ihrem Leben verbannten. In all den Jahren wollte ich nie wahrhaben, wozu sie fähig waren. Chicas, ich war ja so etwas von naiv!

Am nächsten Tag entdeckte ich zufälligerweise in der Calle Hospital einen Aushang, dass dort eine Wohnung zu vermieten ist. Ich klingelte, man ließ mich ein, und ich ging hoch, um mich zu erkundigen. Ein Pärchen war gerade mit der Wohnungsbesichtigung fertig. Ich habe mir die Wohnung angesehen, hatte aber Zweifel, ob das wirklich der geeignete Moment für eine weitere Wahnsinnstat war, vielleicht die letzte in meinem Leben. Aber dann sagte ich mir, dass ich fast immer Glück gehabt hatte. Man ist nie zu alt, um etwas Verrücktes zu tun. Ich hab sofort eine Anzahlung geleistet und bin nach Madrid gereist. Dort habe ich meine Koffer gepackt, gekündigt und bin nach Hause zurückgekehrt. Jetzt, nachdem die Menschen verstorben waren, die die Stadt für mich unbewohnbar gemacht hatten, gefiel mir Barcelona gleich viel besser.

Also, das war die wichtigste Entscheidung, die ich bis jetzt in meinem Leben getroffen habe. Aber wie ihr mich kennt, wird es nicht die letzte gewesen sein. Olga, was ist? Bekomme ich jetzt eine gute Bewertung? Komm schon, sei großzügig, immerhin habe ich dir die Höchstwertung mit Auszeichnung gegeben!«

KÖNNTET IHR EUCH IN EINEN JÜNGEREN MANN VERLIEBEN?

Die letzte Frage kam von Lola. Sie faltete den Zettel bedächtig auseinander und las ihre Frage laut und deutlich vor, wie eine Lehrerin vor einer Vorschulklasse. Im Kerzenlicht sah sie mit ihrer roten Mähne wie eine Hexe aus dem Märchen aus. Nina antwortete sofort.

»Natürlich! Das ist mir schon einige Male passiert!«

»Moment mal!« Marta hob die Hand. »Wie viel jünger?«

»Vielleicht so jung, dass er euer Sohn sein könnte?«, sagte Lola und senkte den Blick.

»Nein! Ich jedenfalls nicht! Allein der Gedanke!« Olga schloss die Augen und schüttelte heftig den Kopf. »Ich brauche einen richtigen Mann.«

»Sind deine Söhne keine richtigen Männer?«

Ihre Söhne? Olga dachte lieber nicht über sie nach.

»Ich meine, ich habe einen Ehemann gesucht, der mehr Erfahrung hat als ich, der reifer ist. Einen Mann, der eine umfassendere Sicht auf die Welt hat als ich, den ich in allen Belangen um Rat fragen kann und der mich leitet, wenn ich vom Weg abkomme.«

»Na, dann hast du aber keinen Ehemann gesucht, sondern einen Beichtvater!«, lästerte Nina.

»Ich will ja gar nicht leugnen, dass die Tatsache, dass ich so früh und so plötzlich meinen Vater verloren habe, Spuren hinterlassen hat«, rechtfertigte sich Olga. »Aber ihr müsst doch zugeben, dass ich die richtige Wahl getroffen habe. Immerhin bin ich die Einzige von uns allen, die in einer normalen, beständigen Ehe lebt.«

»Stimmt, Gordi«, meinte Nina, »das muss man dir lassen.«

»Sag mal, war dir das immer so bewusst?«, fragte Lola nach. »Ich meine, dass du dich nach einem älteren Mann sehnst?«

»Immer«, schnaubte Olga absolut überzeugt. »Ich habe einige Verehrer abgewiesen, weil sie mir zu jung waren. Vor allem einen. Der Ärmste, er war schwer verliebt in mich, aber eine tragische Gestalt.« Olga seufzte bei der Erinnerung. »Ich weiß nicht, wie viele Gedichte er mir geschrieben hat. Wie findet ihr das? Er hatte mich zu seiner Muse erkoren.«

»Na, das passt ja«, urteilte Lola.

Nina riss die Augen weit auf, so als ginge ihr nicht in den Kopf, dass es Gründe geben könnte, einen Verehrer abzuweisen.

»Und du hast ihm echt keine Chance gegeben?«, fragte sie.

Olga schüttelte den Kopf und schloss die Augen.

»Nein, natürlich nicht. Es war offensichtlich, dass er nichts für mich war. Das habe ich sofort gemerkt. Er hatte zu viele Fehler.«

»Warum? Wie war er denn?«, fragte Nina neugierig.

»Tja, das kann ich euch gar nicht so genau sagen. Damals war mir das klarer.«

»Dann antworte ich eben für dich, Schwesterherz«, schaltete sich Marta ein. Sie stützte sich mit den Ellbogen auf dem Tisch auf, reckte den Hals und sah die anderen an. Aus dem Schwips war schon vor geraumer Zeit Trunkenheit geworden. »Sein größter Fehler war, dass er dachte, er könnte das harte Herz meiner Schwester mit hübschen Reimen erobern. Er war ein Idealist, und bis über beide Ohren in Olga verliebt. Dabei hat sie ihn nur benutzt, um sich an seinen Bruder ranzumachen. Und dann hat sie ihn weggeworfen wie ein Papiertaschentuch.«

»Halt den Mund, Marta. Du hast keine Ahnung. Ich habe niemanden benutzt oder weggeworfen.«

»Er sieht die Sache aber völlig anders.«

»Wie bitte?« Olga blickte zunächst überrascht drein, dann wurde sie wütend. »Hast du Kontakt zu Damián?«

In dem Augenblick stieß Lidia die Küchentür auf und brachte zwei Flaschen gekühltes Wasser, ihre Augen waren vom Weinen gerötet. Sie stellte die Flaschen auf den Tisch, blieb stehen und sah die Schwestern an.

»Wir sind seit Jahren gut befreundet«, sagte Marta.

Für Olga war dieser Satz wie ein rechter Haken.

»Seit Jahren?«

»Ja, seitdem du ihn vor die Tür gesetzt hast. Jemand musste ihn ja trösten.«

»Aber warum hast du mir das denn nie erzählt?«, kam Olga in Fahrt.

»Schwesterherz, wann habe ich dir denn jemals etwas erzählt?«

Diese unbestreitbare Tatsache offen ausgesprochen zu hören traf Olga noch härter, aber sie entschied, sich nichts anmerken zu lassen. Mit einem aufgesetzten Lächeln wandte sie sich an Nina und Lola, die sie verblüfft ansahen.

»Bitte, ihr müsst ihr verzeihen. Meine Schwester verträgt einfach nichts.«

Marta sah mit glasigem Blick zu Lidia und deutete mit dem Finger auf sie.

»Gestatten, darf ich vorstellen: Damiáns Freundin.«

Olga verschlug es die Sprache.

»Wir sind aber kein offizielles Paar«, sagte Lidia verlegen.

»Was heißt hier offizielles Paar, das klingt so altmodisch«, meinte Marta. »Ihr seid doch zusammen, oder?«

»Ja.«

»Das ist das Gleiche.« Marta lächelte. »Ich habe die beiden miteinander bekannt gemacht. Zwei einsame Seelen, die einander brauchen. Stimmt doch!« Lidia nickte schüchtern. »Ich bin jedenfalls sehr stolz.«

Olga war wie gelähmt, ihre Gedanken drehten sich im Kreis. Martas Küchenhilfe … Das sollte die Freundin *ihres* Damián sein? Was es nicht alles gab. Der Anruf … Hatte Damián nicht Lidia gesagt, als sie bei … Olga musterte Lidia von Kopf bis Fuß, sie suchte etwas, was ihr half zu verstehen. Doch sie konnte nichts finden.

»Du bist so etwas von blau, Marta«, lenkte sie vom Thema ab, um sich ihren inneren Aufruhr vor der jungen Frau nicht anmerken zu lassen.

»Also, ich hab das Gefühl, da geht noch was.« Marta schenkte sich großzügig von dem Chivas nach. »Im Kühlschrank wartet noch der Sekt auf uns.«

Nun wagte Lidia sich vor.

»Chefin, der wird dir nicht bekommen«, warnte sie sanftmütig.

»Kümmere du dich um deinen Kram, meine Liebe. Habt ihr Lust auf Profiteroles?«

Alle schüttelten den Kopf, keine konnte sich vorstellen, noch einen weiteren Bissen hinunterzubekommen. Zum ersten Mal an dem Abend fühlte Nina sich richtiggehend unbehaglich. Lola erging es, wenn auch aus anderen Gründen, nicht viel anders. Sobald Lidia wieder hinter der Schwingtür verschwunden war, beugte sich Olga zu Marta vor und flüsterte ihr ins Ohr.

»Ist sie nicht ein bisschen zu jung für ihn?«

»Na und.« Marta vergrub ihren Kopf zwischen den Armen. »Mann, bin ich besoffen«, stellte sie fest.

»Also, dann ist jetzt die Nächste dran, was meint ihr?«, schlug Lola vor. »Nina, du hast noch nicht geantwortet.«

Lidia erschien, würdevoll wie eine Vestalin, wieder am Tisch und begann die leeren Vorspeisenplatten und die Crêpes-Teller abzuräumen. Immer wenn sie mit dem Po die Schwingtür aufstieß, hörten die Frauen die Musik aus dem Küchenradio noch deutlicher. Diesmal war es ein Song von Queen: »*Love of my life, can't you see? Bring it back, bring it back. Don't take it away from me, because you don't know what it means to me ...* «

Olga wirkte abwesend, sie war in Gedanken über die Liebe ihres Lebens versunken. Marta gab sich alle Mühe, so zu wirken, als könnte sie dem Gespräch folgen, war dazu aber nicht mehr in der Lage. Nina betrachtete nachdenklich die Szenerie.

»Chicas, ihr kennt ja meine Antwort«, sagte sie nach einigem Zögern. »Ja, natürlich! Ich verliebe mich in alle. Aber die Körper von jungen Männern finde ich einfach unwiderstehlich. Manchmal werde ich ganz kirre, wenn ich mir einen jungen Mann so ansehe, aber wenn ich dann sein Alter höre, sage ich mir: Nina, du lüsternes Weib, du wirst noch in der Hölle landen. Jetzt nehme ich aber sofort das Foto von meinem Sohn weg, ich traue euch nicht über den Weg. Außerdem ist er schon vergeben.« Sie steckte die Brieftasche in ihre Tasche zurück.

»Und wenn er es wäre?«, fragte Lola, ohne eine der anderen direkt anzusehen.

»Wie bitte?«

»Wenn es dein Sohn wäre?«

Nina kicherte nervös.

»Jetzt aber! So weit bin ich noch nie gegangen. Wir haben beim Ehebruch angefangen und sind jetzt beim Inzest gelandet? Na großartig!«

»Nina, ich meine es ernst«, mahnte Lola.

»Aber wovon redest du denn? Soll ich mich in meinen eigenen Sohn verlieben?« Selbst Nina wurde jetzt ernst.

»Nicht ganz, aber fast. In deinen Stiefsohn«, sagte Lola.

»Das ist doch etwas ganz anderes. Stiefsohn ... Also der Sohn deines Ehemannes?«

»Meines verstorbenen Ehemannes«, korrigierte Lola.

»Mensch, Lola! Du bist ja echt ein Überraschungsei!«, brüllte Nina. Die beiden anderen waren sprachlos. »Und darauf willst du jetzt auch noch eine Antwort hören?«

Lola schob ihr Glas in Richtung Tischmitte.

»Kann mir bitte jemand nachschenken«, bat sie.

Marta schenkte von dem roten Cariñena nach.

»Ich muss verrückt sein. Hattet ihr als Mädchen auch so einen Spaß daran, euch in der Dunkelheit Geheimnisse zu erzählen? Früher habe ich das mit Nina gemacht, wenn wir allein waren, weißt du noch? Das war so aufregend! Im Dunkeln traut man sich, über alles zu reden. Und wir haben uns wirklich alles erzählt! Die Nonnen wären vor Schreck gestorben.« Lola schwieg einen Moment, um ihren Erinnerungen freien Lauf zu lassen. Schließlich sagte sie: »Heute habe ich zum ersten Mal wieder genau dieses Gefühl.«

»Und das ohne Nonnen!«

»Wer von euch hat vorhin gesagt, dass das Leben riskant ist?«

»Na, wer schon?« Nina machte ein Handzeichen, wie in der Schule. »Zu Diensten!«

»Mir ist schon bewusst, dass das, worüber ich jetzt rede, ganz schön heftig ist«, sprach Lola weiter, und alle hörten ihr gebannt zu. »Oder ist es vielleicht sogar strafbar? Weiß das eine von euch? Natürlich habe ich das nicht geplant. Andresito war ja noch ein Junge, als seine Mutter starb. Da hatte ich dann mehr mit ihm zu tun. Am Anfang habe ich ihm kleine Geschenke gemacht, wenn sie mich besuchten. Bücher und Comics, so Sachen wie *Spiderman* oder *Die schwarze Sieben* … Ihm gefiel mein Klavier, und manchmal ließ ich ihn auch darauf spielen. Ich zeigte ihm die richtige Fingerhaltung und ließ ihn einfache Tonleitern spielen. Der Junge war sehr in sich gekehrt und ernst, sehr reif für sein Alter. Er war ein hervorragender Schüler und spielte in der Basketball-Mannschaft seiner Schule. Manchmal begleitete ich seinen Vater zu einem Spiel, und dann war ich so stolz auf ihn, als wäre er auch ein wenig mein Sohn. Nach dem Spiel sind wir drei noch in eins der chinesischen Restaurants gegangen, die damals in unserem Viertel gerade eröffnet hatten. Andresito ging gern zum Chinesen. Kaum kam er in die Pubertät, waren natürlich Mädchen das Hauptthema, er bekam einen dunklen Flaum über der Oberlippe, und sein Körper veränderte sich. Aber ich schwöre euch, für mich war er nur ein Junge, und ich war seine Stiefmutter. Ich wusste nur, dass er mich mochte und dass er unsere Hochzeit guthieß. Einmal bedankte er sich bei mir dafür, dass ich seinen Vater glücklich gemacht hätte, er sagte, es sei für sie beide ein großer Glücksfall, auf mich zählen zu können. Das hatte er so formell, so höflich gesagt. Mir kam das damals so vor, als würde er in die Rolle eines Erwachsenen schlüpfen. Ich habe ihm gerührt über die Haare gestrichen und gesagt, das Glück seines Vaters sei auch mein Glück. Da hat er gelächelt. So sah unsere Beziehung aus.«

Die anderen blickten bewegt zu Lola.

»Das ging so weiter, bis Andrés krank wurde. Dann wurde auf einmal alles anders. Oder vielleicht wurde ich eine andere. Der Schmerz verändert die Menschen, nicht wahr? Es vergingen noch einige Monate, nachdem mein Mann beschlossen hatte, die Behandlung abzubrechen, bis das Ende nahte. Andrés sagte, dass er zu Hause sterben wolle, und er bat uns, ihn zu versorgen und ihn nicht leiden zu lassen. In den letzten sechs Wochen wollte er niemanden mehr sehen. Es war eine schmerzhafte und traurige Zeit der Isolation. Andresito und ich haben Tag und Nacht an seinem Bett gewacht, ihm die Beruhigungsmittel gegeben und die Ärzte gerufen, wenn es nötig war. Wir haben alles geteilt, das Leiden, den Abschied und am Ende die Trostlosigkeit.

Ich weiß nicht, wie es geschah. Mir fiel nur auf, dass Andresito sich verändert hatte. Er war nicht mehr der kleine Junge, dem ich übers Haar gestrichen hatte. Und er würde das auch nie wieder sein. Er war jetzt ein groß gewachsener, attraktiver junger Mann, mit dem ich mich gern unterhielt. Er war sozusagen eine jüngere Version seines Vaters. In den sechs Wochen, in denen Andrés sich langsam verabschiedete, waren wir vierundzwanzig Stunden am Tag zusammen, wir sind kaum vor die Tür gegangen. Da habe ich den Verstand verloren. Das muss es sein, sonst gibt es keine Erklärung. Auf einmal wurde mir klar, dass ich mich in meinen Stiefsohn verliebt hatte. Und zwar am Sterbebett meines Ehemannes. Einmal schlug Andrés die Augen auf, er sah uns an und lächelte, so als würde ihm überhaupt nichts fehlen, und dann sagte er: ›Ich kann beruhigt gehen, denn ich weiß, dass ihr einander habt und dass ihr euch liebt.‹ Ich kann nachts kaum schlafen, wenn ich an seine Worte denke. Dann frage ich mich, ob ich ein böser Mensch bin oder einfach nur leichtsinnig. Tag für Tag kämpfe ich gegen meine Gefühle an und versuche sie mir aus dem Kopf zu schlagen. Aber ich schaffe es nicht. Ganz im Gegenteil. Je mehr ich versuche, nicht mehr an Andresito zu denken, desto größer wird meine Liebe zu ihm. Also, jetzt wisst ihr, was ich für eine bin. Schlimm, oder!«

»Nein, Lola!«, flüsterte Olga, die sich an einen rettenden Gedanken klammerte. »Du bist einfach immer noch in deinen Ehemann verliebt. Und in deinem Stiefsohn siehst du seinen Schatten, und deshalb liebst du ihn. Das ist doch ganz normal, immerhin ist er dein Stiefsohn.«

Lola schüttelte selbstsicher den Kopf.

»Nein, das ist es eben nicht. So liebe ich ihn nicht. Ich hätte gern, dass er nicht mein Stiefsohn ist, verstehst du? Nachts denke ich an ihn, nicht an seinen Vater. Ich stehe auf und sehe ihm beim Schlafen zu. Ich würde ihm gern sagen, dass ich ihn begehre, aber ich kann nicht, ich sterbe vor Angst.« Lolas Lächeln strahlte gleichermaßen größte Gelassenheit und tiefste Trauer aus.

»Herr im Himmel! Das kann ich mir nicht länger anhören! Das ist doch nicht mehr normal!« Olga hielt sich beide Ohren zu.

»So selten ist das auch nicht, Schwesterherz. Denk doch an Phädra, eine der Heldinnen bei Euripides. Der ist mehr oder weniger das Gleiche passiert«, stellte Marta ihre etwas eingerosteten literarischen Kenntnisse unter Beweis.

Aber Olga war in dem Moment nicht nach einer Lektion über die griechische Tragödie zumute.

»Du leidest jetzt schon so lange darunter?«, mischte sich Nina ein, und Lola nickte. »Du Arme. Was ist mit ihm, hast du es ihm gesagt?«

Lola schüttelte den Kopf.

»Ich kann ihm doch so etwas nicht sagen! Ich schäme mich ja schon, wenn ich nur daran denke.«

»Was wäre denn, wenn er auch in dich verliebt wäre?«, fragte Nina hartnäckig weiter.

Lola wechselte schnell das Thema.

»Ich habe heute Abend eine Entscheidung getroffen, als ich auf dem Weg hierher war«, stellte sie mit aller Entschiedenheit klar. »Vielleicht ist morgen der wichtigste Tag meines Lebens, wer weiß.«

»Ich will das nicht hören«, sagte Olga und presste ihre Hände noch fester an ihre Ohren.

»Ich habe ein Rendezvous, mit einem Mann in meinem Alter. Nina, du hast ihn vorhin erwähnt.«

»Se… bas… tián?«, rief Nina. »Doch nicht etwa Sebas? Bitte, sag, dass das nicht wahr ist!«

»Doch.«

»Na, jetzt kehren wir zumindest ansatzweise zur Vernunft

zurück!«, seufzte Olga und legte ihre Hände wieder auf den Tisch.

»He, bist du irre? Ich habe dir doch vorhin erzählt, dass ich damals Sex mit ihm hatte. Und was für ein Lahmarsch er ist!«

»Schon. Aber das ist Jahre her«, sagte Lola, »vielleicht hat er sich ja verändert.«

»Na super, ein Mann mit jahrzehntelanger Erfahrung als Lahmarsch«, sagte Nina.

»Das ist das Beste, was ich tun kann«, sagte Lola wie eine Angeklagte, die ihre Strafe akzeptiert.

»Das Beste für wen?«

»Für mich, für Andresito. Andrés. Und auch für Sebas.«

»Sebas hat dich um ein Date gebeten?«

»Ja.«

»Nach fünfzehn Jahren?«

»Sechzehn. Seit dem Beatles-Konzert.«

»*Oh my God!* Und du hast zugesagt?«

»Ja.«

»Echt, das ist doch hirnrissig, Lola. Jetzt bist du völlig durchgeknallt.«

»Er sagt, dass er all die Jahre in mich verliebt gewesen ist. Schau, hier schreibt er es.« Lola nahm den Brief von den Pfändern, faltete ihn auseinander und beugte sich mit ihrem Babybauch ein wenig schwerfällig vor, um ihn ins Kerzenlicht zu halten. Dann las sie einige Passagen vor: »*… bitte ich dich um Verzeihung, dass ich dir diesen Brief sende … Ich hoffe, diesmal bringe ich den Mut auf, ihn in die Post zu geben.… Du warst, bist und bleibst die große Liebe meines Lebens.* Und hier schreibt er auch über dich, schau mal!«

»Ich fasse es nicht! Hat er denn nie geheiratet?«

»Schon, aber er hat immer an mich gedacht. Zumindest schreibt er das.«

»Oha! Das klingt nach Psycho! Lass die Finger von ihm!«
sagte Nina mit Nachdruck und beugte sich vor.

»Ach, ihr wisst die wahre Liebe einfach nicht zu würdigen«, erklärte Olga verärgert.

»Oder was ein Besessener dafür hält«, stellte Nina klar.

Martas Blick sprang zwischen den Frauen am Tisch hin
und her. Wie der Ball bei einem Pelota-Spiel. Dabei konnte sie
kaum mehr die Augen offen halten.

»Wie auch immer, mein Entschluss steht fest«, beendete
Lola die Diskussion. »Sobald Sebas mir einen Vorschlag macht,
egal was, werde ich Ja sagen.«

»Egal was? Egal, ob Beziehung, wilde Ehe oder Heirat?«

»Egal.«

»Du würdest ihn heiraten?«

»Wenn er mir einen Antrag macht, selbstverständlich.«

»Du kommst mir vor wie Jeanne d'Arc kurz vor der Hinrichtung. Ich dachte immer, wir hätten mit dem Alter etwas
dazugelernt.«

»Genau. Zum Beispiel, die richtige Entscheidung zu treffen.«

»Und was willst du deinem Stiefsohn sagen?«

»Nichts. Dass ich heirate. Dass ich ausziehe. Bestimmt geht
es ihm ohne mich viel besser.«

»Liebt er dich?«, fragte Nina und merkte sofort, dass ihre
Frage ins Schwarze getroffen hatte.

Lola sagte nichts. Sie schob das Besteck hin und her und
versuchte, es perfekt auszurichten. Dabei befand sich das, was
sie ordnen wollte, gar nicht auf dem Tisch. Nina wiederholte
ihre Frage.

»Lola, liebt Andrés dich? Das ist doch ein wichtiges kleines
Detail, findest du nicht?«

Lola wollte diese Frage nicht beantworten. Sie fürchtete
sich vor der Antwort. Es ging ihr zunehmend schlechter.

»Meine Entscheidung steht, Nina. Ich habe den Brief vorhin in den Briefkasten geworfen, an der Ecke der Calle Balmes. Jetzt muss ich nur noch abwarten, dass er mich anruft, und dann hat alles ein Ende. Aber jetzt lasst uns bitte das Thema wechseln.«

Doch das ließ Olga nicht zu.

»Nina, was soll sie denn machen? Sie trägt schließlich das Halbgeschwisterchen ihres Liebsten unter dem Herzen! Das ist doch entsetzlich! Ich finde, das hast du sehr gut gemacht, Lola. Herzlichen Glückwunsch!« Olga schlug zur Bekräftigung ihres Urteils auf den Tisch und schob nach einem kurzen Moment nach: »Ehrlich, im Vergleich dazu sind die Geschichten in der Bibel wie *Heidi*.«

Plötzlich wurde Marta wieder munter, aber nur, um eine Frage aus rein wissenschaftlichem Interesse zu stellen. Allen war klar, dass es ihr elend ging.

»Hör mal, Lola … Nur so aus Neugierde, ist mir gerade eingefallen. Da wir schon bei den Vertraulichkeiten sind. Spürst du eigentlich mit deiner Wampe noch sexuelle Begierde?«

Wieder war das Rascheln des gelben Taftkleides zu hören.

»Marta, bitte«, flehte Olga. »Nicht schon wieder.«

Doch Lola antwortete mit einer Kälte, die alle erschreckte.

»Ja, immer noch. Oder sogar noch mehr.«

Marta riss die Augen auf und nickte anerkennend.

»Ich glaube, ich muss zur Toilette«, sagte Olga und stand auf.

»Ich glaube, ich auch«, sagte Lola. »Das viele Essen ist mir absolut nicht bekommen.«

»Ich begleite dich.«

Sie nahm eine der Kerzen vom Tisch mit und verschwand mit unsicheren Schritten im Halbdunkel am Ende des Restaurants.

DAS KLEINGEDRUCKTE DES VERTRAGS, GEMÄSS MARTA UND NINA

Marta nutzte die Flucht der beiden Freundinnen und holte zur Einstimmung auf das Kommende die Profiteroles aus dem Kühlschrank. Sie hatte Appetit auf die erfrischende Süßspeise, und vermutlich war sie nicht die Einzige mit solchen Gelüsten. Nina langte sofort zu und verschlang eine Profiterole genussvoll mit zwei Bissen.

»Du bist wirklich eine außergewöhnlich gute Köchin«, lobte sie.

Auch Marta verspeiste ein Gebäckstück.

»Eigentlich wäre der Sekt dazu perfekt, aber ich sehe keinen Grund zum Anstoßen.«

Marta hatte mehr oder weniger geschickt den Schein gewahrt, seit der Regenschirm wieder aufgetaucht war. Dieser scheußliche schwarze Taschenschirm mit den rosa Punkten und den zwei gebrochenen Speichen. Am Nachmittag wäre sie selbst noch liebend gern dieser Regenschirm gewesen, doch inzwischen war ihr der Gedanke nur noch fremd. Der Alkohol und die Traurigkeit hatten sie verändert. Sie verspürte nicht mal mehr das Bedürfnis, Nina zu erwürgen, und auch das überraschte sie.

»Álex Baudet«, murmelte Nina und sprach somit das heikle Thema zwischen den beiden Frauen an. »So ein Scheiß, dass das ausgerechnet dein Mann ist.«

»Seit neunzehn Jahren.«

»Echt, ich hatte keine Ahnung. Er hat nie über … Er hat nicht einmal deinen Namen genannt.«

»Eine seiner Regeln. Sprich niemals mit einer Frau über eine andere Frau.«

»Also, das heute mit ihm, das war gar nicht so wild. Du weißt ja, dass ich gern übertreibe.«

»Nein, das habe ich nicht gewusst. Erst, als ich kapiert habe, dass er der Vogel ist.«

»Wie das?«

»Der Regenschirm.«

»Was?«

»Er saß genau da«, erklärte Marta und deutete mit dem Kinn auf den Stuhl, »und hat mir verkündet, dass er mich verlassen wird. Dann hat er sich von mir den Regenschirm geliehen, der hier herumlag.«

»Ich hatte es eilig und habe ihn einfach mitgenommen. Er steckte in meinem Schirmständer.«

»Jetzt weißt du ja, woher er kommt.«

»Und trotz allem hast du noch das Abendessen ausgerichtet!«

»Ja, merkwürdig.« Marta hatte einen nachdenklichen, glasigen Blick. »Ich war fest davon überzeugt, dass er sich wieder so ein junges Ding angelacht hat. Irgendeine zwanzigjährige Sekretärin aus dem Verlag.«

»Sekretärin bin ich ja, aber Mitte vierzig.«

Marta lächelte traurig.

»Ist das jetzt besser oder schlimmer?«

»Ich weiß nicht, was ich sagen soll. Zwanzig ist nicht so entwürdigend. Dafür gibt es wenigstens eine einfache Erklärung: Fünfzigjähriger sucht Frischfleisch. Du verstehst ja, was ich meine.«

»Nur zu gut.«

»Es ist immerhin ein Trost, dass ich nicht gegen eine naive junge Schnepfe kämpfen muss.«

»Und auch nicht gegen ihre Titten.«

»Wenn er mich deinetwegen verlässt, hat er wohl keine anderen Titten gesucht. Das zu akzeptieren, ist furchtbar.«

Nina schüttelte den Kopf und sah an ihrem flachen Ausschnitt hinunter. Sie wollte witzig sein, wie immer in unangenehmen Situationen, aber ihr war klar, dass das diesmal nicht angebracht war.

»Hat er wirklich so viele Geliebte gehabt?«, fragte Nina.

Marta warf einen Blick nach draußen, wo man den Nachthimmel erahnte.

»Hast du mitgezählt?«

»Ich könnte schwören, dass du Nummer dreizehn bist. Vielleicht war es auch eine mehr oder weniger.«

»Das muss ziemlich hart für dich gewesen sein.«

»Das geht schon lange so.« Marta schwieg und beobachtete die sanft flackernde Kerzenflamme. Es schien, als hätte sich der Rhythmus auf ihr Gespräch übertragen. Auf einmal kam ihr alles gar nicht mehr so wichtig vor. Es war nur ein Wendepunkt, nicht mehr. »Darf ich dich fragen, wie ihr euch kennengelernt habt?«

»Reiner Zufall. Die Produktionsfirma, für die ich arbeite, will einen seiner Bestseller verfilmen. Wir mussten nur noch das Kleingedruckte des Vertrags besprechen.«

»Wie lange ist das her?«

»Drei Monate.«

Ninas Filmprojekt und ihr Restaurantprojekt waren also parallel verlaufen. Selbst unter den gegebenen Umständen war es wichtig, die Dauer und die Tragweite des Verrates zu kennen. Während der drei Monate, die sie mit der Renovierung des Lokals und den Vorbereitungen zu tun hatte, war Álex auch sehr beschäftigt gewesen. Dabei hatte er ihr doch vorgeworfen, dass sie nie da war. Marta wunderte sich über nichts mehr.

»Hat er dir gesagt, dass seine Frau ihn vernachlässigt oder so was Ähnliches?«

»Er hat mir doch nicht einmal gesagt, dass er eine Frau hat. Aber das war leicht zu erkennen, er trägt ja einen Ehering.«

»Ja, weil er so eitel ist. Er denkt, dass er damit noch besser ankommt. Hat er dich schon ins *Hispania* eingeladen?«

»Marta, bitte, stell mir keine Fragen.«

»Nur eine. Bedeutet er dir was?«

»Als ich das Haus verlassen habe, war es so.«

»Was hat sich jetzt verändert?«

Nina überlegte, bis sie antwortete, und man merkte, dass es ihr ernst war.

»Ich habe mich auch schon gefragt, wie seine Frau ist. Du kannst dir nicht vorstellen, wie beschissen ich das finde, dass du diese Frau bist.«

»Danke.«

»Du bist eine brillante, interessante, gut aussehende Frau. Mir wäre es lieber, du wärst so wie diese Gewerkschaftsnutte damals.«

»Komm bloß nicht auf die Idee, mich zu bemitleiden!«

»Okay.«

»Gut.«

»Er hätte dich nicht ausgerechnet an deinem Geburtstag verlassen dürfen.«

»Das habe ich ihm auch gesagt.«

»Dann sind wir also einer Meinung.«

»Selbstverständlich.«

Es gibt Menschen, und Nina gehörte zu diesen Menschen, die für ihre Umgebung ein so übermächtiges Bild von sich entwerfen, dass man nur sehr schwer erkennen kann, wie sie in Wirklichkeit sind. Zum Glück bot dieser Abend die großartige Gelegenheit, das wahre Gesicht zu erkennen. Marta wurde klar, dass sie Nina zu vorschnell beurteilt hatte. Im Grunde genommen hatte Álex gar keine so schlechte Wahl getroffen.

Marta hielt den Moment für gekommen, um ein paar praktische Fragen anzusprechen.

»Nachdem das geklärt ist, sollten auch wir das Kleingedruckte des Vertrages besprechen, bevor die anderen zurückkommen. Erstens: Das, was ich vorhin gesagt habe, war absolut ernst gemeint. Ich schenk ihn dir. Hab deinen Spaß mit ihm, wenn es dir gefällt, aber denk dran: Rücknahme ist ausgeschlossen. Zweitens: Zum Angebot gehört die Duschkopftechnik, sozusagen als Bonus. Aber vermutlich hast du die gar nicht nötig. Entschuldige bitte, dass ich die Dinge so beim Namen nenne, aber ich bin ein bisschen betrunken. Meinst du, ich hab was vergessen?«

»Was für ein denkwürdiger Abend. Irgendwie muss es wohl da oben im Himmel Turbulenzen geben, wenn hier unten so ein Chaos herrscht. Als ich heute losging, dachte ich, ich hätte endlich auch mal ein normales Leben, wie alle anderen Leute, die ich kenne. Ich war so glücklich, weil mir das bislang nur selten passiert ist. Und jetzt siehst du ja selbst, wie es aussieht. Kaum sind ein paar Stunden vergangen, schon finde ich heraus, dass ich mit einem Schwerenöter zusammen bin, der zu allem Überfluss auch noch dein Ehemann ist. Und ich bin wie üblich völlig von der Rolle.«

»Er hat mich heute Nachmittag um die Scheidung gebeten. Ich werde zustimmen.«

»Mich hat er gebeten, ihn zu heiraten.«

»Dann sag Ja.«

Nina schüttelte den Kopf.

»Auf keinen Fall.«

»Hm, dann gehört er weder dir noch mir.«

»Jetzt sag bloß nicht, dass du dich auf jeden Fall scheiden lassen willst.«

»Ich habe zu Hause schon das Schloss austauschen lassen. Seit heute lebe ich allein.«

»Gut, ich gehe davon aus, dass er jederzeit in ein Hotel gehen kann.«

»Im *Ritz* kriegt er Rabatt.«

»Aber nach dem, was du erzählt hast, werden sie sich ziemlich wundern, wenn er dort allein eincheckt.«

»Bist du sicher, dass du nicht mit ihm zusammen sein möchtest?«

»Damit mich alle als Señora Baudet ansprechen?«

»So gewöhnst du dich wenigstens daran.«

Das Rascheln des Taftkleides und das Klackern der Absätze kamen schnell näher und erinnerten Marta und Nina daran, dass ihre Schulfreundinnen schon vor längerer Zeit in Richtung Toilette verschwunden waren.

Die Eile kündigte eine Beschleunigung der Ereignisse an, was Olga sogleich bestätigte.

»Lola ist so weit. Wir müssen sie ins Krankenhaus bringen. Und ihren Stiefsohn benachrichtigen.« Olga wedelte mit einem Zettel. »Hier habe ich seine Telefonnummer.«

»Ich hole den Wagen.« Marta versuchte sich aufzurichten, doch ihr war so schwindelig, dass sie sich sofort wieder setzen musste.

»Soll das ein Witz sein?«, entrüstete sich Olga. »Du bist sturzbetrunken!«

»Chicas, lasst uns praktisch denken«, übernahm Nina die Rolle der Organisatorin. »Draußen schüttet es in Strömen. Wir können Lola nicht rübertragen. Wer von uns ist in einem fahrtüchtigen Zustand?«

»Uff …«, lallte Marta und schloss die Augen in der Hoffnung, der Schwindel würde endlich nachlassen.

»Ich rufe Andresito an«, sagte Olga und verschwand nach hinten in die Dunkelheit. »Könnt ihr euch solange um Lola kümmern?«

Nina wollte zu der Gebärenden eilen, aber sie versuchte vergeblich, auf den Fugen der Bodenfliesen neben dem Teppich geradeaus zu gehen.

»Ich kann fahren, Chefin«, bot Lidia aus der Küche an.

»Würdest du uns den Gefallen tun?«

»Das ist kein Gefallen. Das ist die pure Notwendigkeit. Ihr solltet euch mal sehen.«

Marta übergab ihr die Autoschlüssel vom Golf. Sobald die anderen wieder da waren – Olga mit verzerrtem Gesicht, fast so wie das von Lola –, verkündete sie die frohe Botschaft:

»Lidia hat angeboten, uns zu fahren. Sie holt uns an der Tür ab. Wir fahren doch alle mit, oder?«

»Aber sicher! Das lasse ich mir um nichts in der Welt entgehen!«, erklärte Nina mit der ihr eigenen Fröhlichkeit.

VIELE ÜBERRASCHUNGEN UND EIN FINALE

In der Notaufnahme der Klinik El Pilar verfolgten die Wartenden erleichtert, wie draußen das Unwetter allmählich nachließ. In dem kleinen Fernsehgerät an der Wand liefen noch einmal die Bilder der Jahrhunderthochzeit in den letzten Nachrichten vor dem Sendeschluss. Inzwischen war es kurz nach Mitternacht. Nina, die damit angab, sich auch mit Horoskopen auszukennen, meinte, dies sei ein hervorragender Zeitpunkt, um das Licht der Welt zu erblicken.

Nachdem sie Lola in einen Rollstuhl bugsiert und der Obhut des Krankenhauspersonals überlassen hatten, nahmen Nina und Olga auf den beiden letzten freien Plastikstühlen Platz. Lidia suchte noch einen Parkplatz für das Auto und würde gleich bei ihnen sein. Marta fehlte, sie hatte andere dringende Bedürfnisse. Ihr Zustand war so erbärmlich, dass man im Krankenhaus zuerst sie für diejenige gehalten hatte, die ärztliche Hilfe benötigte. Sie eilte direkt zur Besuchertoilette, wo sie sich die Seele aus dem Leib spuckte und es zutiefst bedauerte, wie eine Jugendliche gesoffen zu haben, die nicht weiß, was sie tut. Nachdem sie ihren Magen entleert hatte, ging es ihr etwas besser, und sie wusch sich das Gesicht mit kaltem Wasser. Im Spiegel stellte sie fest, dass sie wirklich hundeelend aussah, und sie versuchte vergeblich, sich an das zu erinnern, was sie gesagt hatte. Als sie spürte, dass sie zumindest wieder in der Lage war, geradeaus zu gehen, gesellte sie sich zu den anderen ins Wartezimmer. Dort kündete die Nationalhymne gerade den Sendeschluss an. Nina und Olga unterhielten sich über den ereignisreichen Tag. Einer der

Wartenden stand auf und schaltete den Fernseher aus. In der Stille übertönte auf einmal das Ticken der Wanduhr den prasselnden Regen und das Rascheln von Olgas Kleid. Auch die Gespräche waren deutlich zu verstehen und wurden nun im Flüsterton fortgesetzt.

»Tut euch Lola nicht ein bisschen leid?«, fragte Olga nachdenklich.

»Warum das?«

»Jetzt noch ein Baby, stellt euch das doch einmal vor! Die schlaflosen Nächte, den Kinderwagen schieben, und dann musst du noch andauernd zum Kinderarzt! Allein bei der Vorstellung läuft es mir kalt den Rücken hinunter. Wir sind immerhin fünfundvierzig! Mir wäre das zu viel.«

»Aber sie wünscht sich das Kind so sehr«, meinte Nina. »Ich denke nicht, dass es ihr zu viel wird. Wenn du deine Kinder nicht so jung bekommen hättest, hättest du dann nicht später welche haben wollen? Wann auch immer?«

»Sicher«, bestätigte Olga. »Ich hätte nicht sterben wollen, ohne Kinder bekommen zu haben.«

»Ich auch nicht«, schnaubte Marta, »aber du siehst ja, wie es bei mir gelaufen ist.«

»Ich hatte ja nicht mal Zeit zu überlegen, ob ich wollte oder nicht. Aber ich glaube, ich hätte Kinder gewollt«, sagte Nina und wandte sich dann an Marta: »Warum hast du eigentlich keine Kinder?« Sie hielt inne und hob beschwichtigend die Hand. »Entschuldige bitte, ich weiß, die Frage ist ziemlich unverschämt. Bitte, vergiss es!«

»Es ist mir egal, Nina. Heute Nacht ist eh alles egal.« Marta machte eine Pause, obwohl sie diese gar nicht benötigte. »Die Kinder sind einfach nicht gekommen. Es war mir wichtig, aber ich habe kein Trauma davongetragen. Man hat uns ans Herz gelegt, ein paar medizinische Untersuchungen durchführen zu lassen, um die Ursache herauszufinden. Aber die haben wir immer wieder verschoben. Wir hatten immer so viel um die Ohren. Oder vielleicht war es keinem von uns wichtig genug. Ich glaube, ich bin ohne Mutterinstinkt auf die Welt gekommen.«

»Was ist eigentlich mit Julia? Wisst ihr, warum sie keine Kinder hat?«, wollte Nina wissen.

»Sie ist nicht verheiratet«, antwortete Olga, als würde sie eine unumstößliche Tatsache verkünden.

»Das ist mal ein echter Grund, Gordi!« Nina kicherte.

»Denkst du, eine Politikerin kann auch Kinder haben?«, fragte Olga.

»Aber hallo! Warum denn nicht? Gibt es ein Gesetz, das das verbietet?«, antwortete Marta ungewöhnlich heftig.

»Ich glaube, Politikerinnen haben keine Zeit für Kinder«, meinte Nina.

»Vielleicht haben sie auch einfach keine Lust.«

Plötzlich sprang Marta auf.

»Oje! Das haben wir ja ganz vergessen! Wenn Julia zum Lokal kommt, ist niemand da.«

Auch Nina und Olga waren auf einmal besorgt.

»Sobald Lidia kommt, bitte ich sie, zum Restaurant zu fahren um nachzusehen, ob Julia da ist.«

»Ja, sie soll einen Zettel an die Tür hängen«, schlug Nina vor.

»Und das Essen in den Kühlschrank stellen«, meinte Olga, die stets an die Details dachte. »Bei dem schwülen Wetter verdirbt alles. Das wäre schade um die Ente. Die hätte ich zu gern probiert.«

»Geht es dir wieder besser?«, erkundigte sich Nina fürsorglich bei Marta.

Marta gab ihr keine Antwort. Sie wollte sich nicht eingestehen, dass es ihr immer noch elend ging. Plötzlich hörte man auf dem Gang Schritte näher kommen. Alle Wartenden horchten auf. In der Tür erschien nun ein junger Arzt im grünen Kittel und mit Clogs.

»Angehörige von Julia Salas?«, fragte er.

Eine rundliche Frau mit grauen Haaren und gebeugtem Rücken, die in der Nähe der drei Schulkameradinnen saß und diese schon seit geraumer Zeit verstohlen beobachtet und immer neugieriger belauscht hatte, stand auf.

Olga und Nina warfen sich fragende Blicke zu, nur Marta war noch zu verwirrt und hatte den Namen, den der Arzt genannt hatte, nicht mitbekommen.

»Sag mal, hat er Julia Salas gesagt?«, flüsterte Nina. Olga zuckte mit den Schultern.

»Sind Sie ihre Schwester?«, fragte der Arzt die Frau mit dem krummen Rücken.

»So ähnlich. Wir sind schon ein halbes Leben miteinander befreundet.«

»In Ordnung. Señora Salas ist wieder bei Bewusstsein. Wir konnten keine Brüche oder weiteren Verletzungen feststellen, aber wir behalten sie heute Nacht zur Beobachtung hier. Sie hat einen Schlag gegen den Kopf erlitten und kann sich auch nicht an ihre Ohnmacht erinnern. Wenn Sie möchten, können Sie jetzt zu ihr gehen.«

»Ja, ja, gern.«

»Sind Sie allein?« Der Arzt blickte zu den Wartenden.

»Ja, ich bin allein. Aber gleich kommt noch jemand.«

»Gut, dann kommen Sie jetzt bitte mit.« Der Arzt und die Besucherin machten sich auf den Weg. Doch die lauschenden Freundinnen konnten noch eine letzte Frage verstehen. »Könnten Sie mir bitte Ihren Namen sagen?«

»Ja, Ramona Claramunt«, sagte die Frau.

Olga runzelte die Stirn, sie durchforstete ihr Gehirn nach sämtlichen Ramonas, die sie je kennengelernt hatte. Schließlich war das ein Vorname, den man nicht so schnell vergisst.

»Sag mal, kennen wir eine Ramona Claramunt?«, fragte sie ihre Schwester im Flüsterton.

»Ich jedenfalls nicht«, sagte Marta teilnahmslos.

»Bist du sicher, dass er Julia Salas gesagt hat?«, flüsterte Nina zweifelnd. »Doch nicht unsere Julia?«

Ihre Frage blieb unbeantwortet, denn in dem Moment traf ein junger, braungebrannter Mann ein. Er trug einen schwarzen Trenchcoat und hatte einen großen Regenschirm bei sich. Mit seinem jungenhaften Gesicht und seinem erwachsenen Auftreten wussten die Freundinnen sofort, wer er war, noch ehe er ein Wort gesagt hatte.

»Du bist bestimmt Andresito, ich meine Andrés.« Olga stand auf und strich ihr Kleid glatt. »Ich bin Olga Viñó, wir haben gerade miteinander telefoniert. Sehr erfreut«, sagte sie und begrüßte ihn mit zwei Wangenküssen.

Die Vorstellungsrunde brachte ein wenig Aufruhr in den Warteraum, und einige Krankenhausbesucher warfen ihnen missbilligende Blicke zu. Als der Neuankömmling Nina mit Wangenküssen begrüßte, erkannte er sie.

»Moment! Ihr Gesicht kommt mir bekannt vor! Natürlich!«, rief er freudig. »Sie sind doch die Frau auf den Fotos mit den Beatles!«

»Gutes Auge!«, meinte Nina.

»Nein, gar nicht. Lola und ich haben uns erst gestern die Fotos angesehen. Ich dachte erst, es ist eine Fotomontage.« Der junge Mann lachte. »Sie sehen noch genauso aus wie damals.«

»Der Junge gefällt mir«, witzelte Nina, die inzwischen lauter sprach. »Aber wenn du mich noch einmal siezt, dann setzt es was.«

Marta gab dem jungen Mann die Hand, hielt aber lieber Abstand, um ihn nicht unnötig ihren Ausdünstungen auszusetzen.

Andrés wirkte irritiert.

»Ich hätte nicht gedacht, dass heute Nacht schon die Geburt ist. Sonst hätte ich sie nicht gehen lassen. Aber sie musste ja unbedingt zu Fuß gehen. Und das bei dem Wetter. Sie hat so einen Dickkopf. Ich hätte sie begleiten sollen«, sagte er, als trüge er persönlich die Verantwortung für die Ereignisse. Oder als wäre sie mehr als seine Stiefmutter.

»Mein Lieber, solche Dinge kann man nicht vorhersehen.« Olga setzte ihr charmantes mütterliches Lächeln auf.

Andrés legte den Trenchcoat ab und stellte den Regenschirm in eine Ecke. Er setzte sich neben Olga auf einen der inzwischen frei gewordenen Plastikstühle.

»Wie lange wird es dauern? Ich muss sie unbedingt sehen«, sagte er.

»Das weiß niemand. Jede Geburt hat ihr eigenes Tempo. Komm, beruhige dich, jetzt atme erst einmal tief durch. Für Lolita ist es die erste Geburt. Da dauert es etwas länger. Aber das ist kein Grund, nervös zu werden.«

Olga strich Andrés beruhigend über das Knie, wie sie es auch bei ihrem jüngsten Sohn getan hätte, wenn er in Not war.

Andrés atmete vernehmlich aus, er versuchte, seine Anspannung loszuwerden. Nach wie vor wirkte er beunruhigt, aber nicht wie ein besorgter Stiefsohn. Marta saß ihm gegenüber und beobachtete ihn genau.

»Hübscher Junge«, flüsterte sie Nina ins Ohr.

»Ach, hier seid ihr«, rief Lidia dazwischen. »Ich hab euch nicht gleich gefunden.«

Sie war so schnell gelaufen, dass sie noch außer Atem war, und auch ihre Wangen waren rosiger als üblich. Sie überreichte Marta die Schlüssel für den Golf.

»Ich habe in der Calle Madrazo geparkt«, berichtete sie.

Marta steckte den Autoschlüssel in die Tasche.

»Danke, Lidia.« Marta überlegte kurz, ob sie Lidia bitten sollte, zum Restaurant zu fahren und an der Tür einen Zettel anzubringen, doch trotz ihres Zustands war ihr nicht entgangen, dass sich die Lage geändert hatte. Das war die Nacht der Überraschungen. »Gehst du jetzt nach Hause?«, fragte sie.

»Nur, wenn du mich nicht mehr brauchst.« Die junge Frau wirkte von dem reinigenden Gewitter der Gefühle noch ziemlich mitgenommen, in das sie unvermutet hineingeraten war. Aber vielleicht war ihre Nase immer leicht gerötet.

»Du solltest den Moment nutzen, der Regen lässt nach«, forderte Marta sie auf.

»Aber wie kommst du dann nach Hause?«

»Zu Fuß. Das wird mir guttun.«

»Was ist mit dem Wagen?«

Marta winkte in Zeitlupe ab, als probe sie eine Choreographie.

»Darüber denke ich morgen nach. Mach dir keine Sorgen um mich«, bat sie.

»Hm … Bist du sicher?« Lidia, die treue Seele, zögerte nach wie vor. Doch als Marta schwieg, gab sie sich einen Ruck.

»Ich rufe Damián an. Er soll mich abholen.«

Dann verließ sie den Warteraum, um einen öffentlichen Fernsprecher zu suchen.

Olga war sofort in Alarmbereitschaft, aber dann beruhigte sie sich wieder. Andrés stützte die Ellbogen auf die Knie und fuhr sich mit langen, feingliedrigen Fingern durch das dichte schwarze Haar. Unter dem Hemd zeichneten sich seine Schulterblätter und seine Wirbelsäule ab und erinnerten in ihrer Perfektion an eine klassische Statue.

»Ich halte diese Warterei einfach nicht aus«, brummte er und schnaufte wieder.

Olga gab sich verständnisvoll.

»Mein Jüngster ist auch sehr ungeduldig. Aber das Leben lehrt einen, sich in Geduld zu üben«, sagte sie.

Andrés neigte den Kopf leicht zur Seite und sah sie spöttisch an. Er hielt eine Antwort für überflüssig, denn vermutlich nahm man ihn ohnehin nicht ernst. Das war er gewohnt, sogar von Menschen, die ihn nicht kannten, wie die Frauen im Wartesaal. Aber er ließ sich davon nicht einschüchtern.

Nina lehnte ihren Kopf gegen die gekachelte Wand. Sie dachte, dass sie den Alkohol nicht mehr so gut vertrug wie früher und dass sie besser weniger getrunken hätte. Wie der Lauf der Zeit alles veränderte. Man konnte planen, was man wollte, die Zeitläufte überraschten einen immer wieder.

Vor allem dachte Nina über Marta und Álex nach, und darüber, wie viel Schuld sie an der Geschichte trug. War ihre eigene Beziehung zu Álex stabil genug, um solch eine Belastung auszuhalten? Die Antwort lautete Nein.

»Solltest du ihn nicht mal anrufen?« Marta drehte sich zu Nina und hauchte ihr ihren übel riechenden Atem entgegen.

»Wen?«

»Den heißen Vogel.« Marta kicherte. »Wahrscheinlich ist er inzwischen nur noch lauwarm.«

»Oder schon kalt«, frotzelte Nina.

Sie lächelten. Es war – trotz allem – ein komplizenhaftes Lächeln, für das die beiden Frauen sehr dankbar waren. Wenigstens eine kleine Erleichterung bei der ganzen Anspannung. Dann schwiegen sie eine Weile. Nina sah nach vorn.

»Wirklich, es tut mit leid«, flüsterte sie. Marta reagierte nicht, also sagte Nina, ohne den Blick von Lolas Stiefsohn abzuwenden: »Meine Güte, der Junge ist so etwas von attraktiv, Lola hat es wirklich faustdick hinter den Ohren.«

Im Wartezimmer kehrte wieder die übliche Routine ein. Einige Besucher wurden aufgerufen, andere erhielten ihre frisch verarzteten Familienangehörigen zurück. Neuankömmlinge kamen mit ihren Geschichten hinzu, die sich mit denen der Freundinnen und des jungen Andrés vermischten. Die Dinge nahmen ihren Lauf.

Plötzlich setzte sich Olga neben ihre Schwester auf einen frei gewordenen Stuhl. Sie wollte mit ihr unter vier Augen ein Thema erörtern, das ihr am Herzen lag. Auslöser war das Telefonat gewesen, das sie vor ihrem gemeinsamen Aufbruch mit Andrés geführt hatte. Sie war mit dem Kerzenleuchter in der Hand in die hölzerne Kabine am Ende des Restaurants gegangen. Beim Anblick des unordentlichen Schreibtischs hatte sie den Kerzenleuchter vorsichtig zwischen die Papierstapel geschoben, sodass nichts Feuer fangen konnte. Sie hatte sich auf den Bürostuhl gesetzt, aus dem Impuls heraus, ihre Schwester nachzuahmen, und nicht, weil sie sich hinsetzen musste. Olga übernahm gern die Rollen von anderen Menschen, und sei es nur für ein Telefonat. Doch als sie die Füße unter den Tisch schob, war sie gegen einen kleinen Gegenstand gestoßen. Sie hatte sich gebückt und mit dem Kerzenleuchter unter den Schreibtisch geleuchtet. Der Anblick, der sich ihr geboten hatte, war der Anlass für ihre Frage.

»Werte Marta, dürfte ich mal erfahren, was mein Telefon unter deinem Schreibtisch verloren hat?«

»Ach, du hast es gefunden«, sagte Marta gleichgültig.

»Ja, zufällig.«

»Ich hätte nicht gedacht, dass du es mitbekommst. Du bekommst doch nie was mit. Zeit deines Lebens versuchst du alles über andere Leute herauszufinden, und dann passiert dir so was. Du hast es vor Augen und raffst gar nichts. Es ist immer das Gleiche, schon seit Jahren.«

Olga wollte nicht zugeben, dass ihre Schwester recht hatte. Sie interessierte im Moment nur eine Frage: Wer hatte das Telefon gestohlen?

»Hast du in meiner Wohnung das Telefon aus der Wand gerissen?«, fragte sie wie bei einem Polizeiverhör.

»Ich?« Marta zog die Augenbrauen hoch. »Nein, meine Liebe. Deine Wohnung fällt nicht in meine Zuständigkeit.«

»Wer war es dann?«

»Dein Ehemann. Ich habe ihn darum gebeten.«

»Benito? Wie bitte?« Olga reagierte wie Julius Cäsar im Angesicht von Brutus. »Das kann nicht sein!«

»Schwesterherz, ich hatte dich schon seit einiger Zeit in Verdacht«, erklärte Marta. »Nur, dass du es weißt, du warst ziemlich unvorsichtig. Manchmal habe ich gehört, wie du den Hörer abgenommen hast. Oder ich habe dich atmen gehört. Ehrlich gesagt, ich war nicht weiter überrascht. Du hast schon immer gern im Leben von anderen Menschen herumgeschnüffelt. Irgendwas musst du ja tun, damit du nicht vor Langeweile umkommst, oder? Gespräche belauschen, nette kleine Abendessen veranstalten … Aber ich hatte die Schnauze voll. Ich möchte telefonieren, ohne dass du mithörst. Du wirst hoffentlich bald einen anderen Zeitvertreib finden.«

»Du hast Benito gebeten, das Telefon aus der Wand zu reißen?«, empörte sich Olga. Die Vorwürfe ihrer Schwester waren an ihr abgeperlt.

»Ich habe ihm von der merkwürdigen Abzweigung meiner Telefonleitung erzählt, und von den Geräuschen bei meinen Telefonaten. Mehr brauchte ich ihm gar nicht zu sagen, gleich am nächsten Tag hat er mir das Telefon gebracht.«

»Wie kommt er dazu?«

»Ein kleiner Hinweis hat genügt.«

»Aber woher hast du es gewusst?«

»Weil ich einmal unsere Mutter dabei erwischt habe, wie sie unseren Stiefvater belauscht und sich dabei im Kleiderschrank versteckt hat.« Marta grinste. »Sie selbst hat das Telefon an dieser seltsamen Stelle installieren lassen. Wusstest du das nicht?«

Olga wollte liebend gern alles über das Geheimnis erfahren, aber sie verkraftete es nicht, dass ihre Schwester, die immer so beschäftigt wirkte und kaum Interesse an alltäglichen Dingen zu haben schien, mehr darüber wusste als sie, nach all ihren

Nachforschungen und dem Zeitaufwand. Das liegt nur daran, dass ich vor Marta ausgezogen bin, redete sie sich ein, ich hätte länger dort wohnen bleiben sollen.

Die Spionagetätigkeit ihrer Mutter, von der Marta nun berichtete, fiel in die Zeit zwischen 1956 und 1962, die Jahre zwischen den Hochzeiten von Olga und Marta, als die jüngere der Viñó-Zwillinge in der Wohnung des Stiefvaters wohnen blieb. In der Zeit hatte Marta mit dem Scharfsinn, den das erwachsene Alter mit sich bringt, damit begonnen, ihre Mutter zu beobachten. Ihre Erleichterung, wenn sie allein war. Ihre Angst, sobald jemand an der Tür klingelte. Ihre Erstarrung, wenn der Ehemann nach Hause kam. Und in der übrigen Zeit absolutes Stillschweigen und ständige Alarmbereitschaft. Und als entscheidendes Indiz das Telefon im Kleiderschrank, das gut in einem Holzkasten versteckt und durch die Pelzmäntel getarnt war.

»Mama ist vor Angst beinahe gestorben«, berichtete Marta. »Sie befürchtete, dass unser Stiefvater sie wegen ihrer roten Vergangenheit denunzieren könnte. Oft hat sie damit gerechnet, dass man sie abholt, dass man nach unserem Vater fragt, dass man sie durchschaut. Sie hat unserem Stiefvater nie über den Weg getraut. Ich denke auch, dass sie ihn nie wirklich geliebt hat. Wenn er sich unten in der Werkstatt aufhielt, hat sie wohl mit dem Schlimmsten gerechnet. Deshalb hat sie beschlossen, ihn zu belauschen. Um ruhiger leben zu können oder um zumindest nicht kalt erwischt zu werden.«

Olga runzelte die Stirn. Sie brauchte einige Zeit, um das, was sie gerade hörte, zu begreifen und an das Bild anzupassen, das sie sich von ihrer Mutter gemacht hatte. Dabei stimmte Martas Bericht perfekt mit den Hinweisen und den vielen Einzelheiten überein, an die sie selbst sich noch gut erinnern konnte. Oft liegt die Wahrheit in den Details, die man kaum wahrnimmt.

»Unsere arme Mutter«, meinte Olga schließlich.

Ramona betrat Julias Krankenzimmer und schlich leise durch den Raum.

»Kaum zu glauben! Selbst in dem Zustand siehst du noch perfekt aus.«

Julia kicherte in sich hinein. Ramona trat an ihr Krankenbett. Sie hatte Schlimmstes befürchtet, doch bei Julias Anblick würde niemand vermuten, dass sie gerade einen Unfall erlitten hatte.

»Du bist das am besten frisierte Unfallopfer, das ich je gesehen habe«, meinte Ramona.

»Perfekt? Damit?« Julia zwickte in das himmelblaue Flügelhemd, das man ihr aufgenötigt hatte. »Mit einem blanken Hintern? Hör doch auf! Aber kein Wunder, dass du findest, dass ich gut aussehe. Du hast mich in den schlimmsten Zeiten meines Lebens erlebt.«

Der Tropf an dem Gestell neben dem Bett, der sie intravenös mit Flüssigkeit versorgte, und die dunklen Augenränder, die sie vielleicht schon vor dem Unfall gehabt hatte, waren die einzigen Hinweise darauf, dass es um Julias Gesundheit womöglich nicht zum Allerbesten bestellt war. Doch einzig die Gehirnerschütterung verursachte ihr Schmerzen, und auf der Schulter zeichnete sich ein bläulicher Bluterguss ab, sonst fehlte ihr nichts. Als Julia mit Kopfschmerzen aufgewacht war, hatte sie sich zunächst etwas verwirrt gefühlt, aber die Desorientierung hatte sich wieder gegeben, und auch der Schmerz ließ allmählich nach.

»Wie geht es dem Fahrer?«, wollte Julia wissen. »Hat man dir etwas gesagt? Er hat schließlich mehr abbekommen als ich.«

Ramona zuckte mit den Schultern.

»Ich habe María angerufen. Sie kommt gleich. Sie weiß es bestimmt, oder sie braucht höchstens zwanzig Sekunden, um es herauszufinden.«

»Stimmt.« Julia lächelte und berührte den Unterarm ihrer Freundin.

»Entschuldige bitte, dass ich dich in solch einer Nacht aus dem Bett geholt habe. Du hast bestimmt schon geschlafen.«

»Ja, aber das macht nichts. In meinem Alter ist das Bett nur noch ein Ort zum Schnarchen. Es gibt keine weiteren Opfer.«

Julia lachte. Das war etwas, was Ramona an ihr bewunderte: Julias Geschick, selbst in schwierigen Situationen positiv zu reagieren.

»Warum bist du eigentlich immer die Erste, die mir einfällt, wenn ich in Schwierigkeiten stecke?«

»Ich fühle mich geehrt, Frau Abgeordnete.«

Das Krankenzimmer war ein Doppelzimmer, aber das zweite Bett war nicht belegt. Das einzige Fenster ging auf die Calle Madrazo hinaus, wo zu dieser späten Stunde nur wenige Autos und fast keine Menschen unterwegs waren. Die Nässe des Regens verlieh der urbanen Szenerie etwas Malerisches. Unter dem Fenster, dicht an der Wand, stand ein dreisitziges blaues Besuchersofa. Julia lehnte gemütlich an zwei Kissen auf einem dieser Krankenhausbetten, die wie Folterinstrumente aussehen, aber dem Pflegepersonal die Arbeit erleichtern. Eine Lampe auf dem Nachttisch tauchte das Zimmer in ein warmes Licht, anders als die Leuchtstoffröhre an der Decke, die bis vor wenigen Minuten eingeschaltet war. Alles verströmte Ruhe und Sicherheit.

Eine Krankenschwester betrat das Zimmer und erkundigte sich nach Julias Befinden.

»Mir geht es gut«, sagte Julia und lächelte dankbar.

»Aber wenn Sie irgendwelche Beschwerden haben, drücken Sie bitte die Klingel neben dem Kopfteil!«

Julia nickte.

»Entschuldigung«, sagte sie schnell, um die Krankenschwester, die schon zu ihrer nächsten Aufgabe hastete, aufzuhalten. »Mit mir kam noch ein Mann in die Notaufnahme, der Fahrer des Unfallwagens. Wissen Sie, wie es ihm geht?«

»Ich werde mich erkundigen. Wie heißt der Mann?«

Julia wusste es nicht. Sie kam sich schäbig vor, als ihr klar wurde, dass sie fast den ganzen Tag mit einem Menschen unterwegs gewesen war, den sie nicht einmal nach seinem Namen gefragt hatte. Einen Moment überlegte sie, ob sie ihn einfach vergessen hatte. Nein, sie hatte sich einfach nicht dafür interessiert.

»Wir geben Ihnen Bescheid, sobald wir den Namen wissen«, beendete Ramona das Thema, die die Gedanken der Freundin erriet, und wandte sich dann an Julia: »Wir brauchen unbedingt María. Jetzt mach dir keine Vorwürfe mehr. Für so was hast du schließlich die effizienteste Sekretärin unter der Sonne.«

Die Krankenschwester setzte unbeteiligt ihre Runde fort. Ramona nahm auf dem blauen Besuchersofa Platz.

»So. Kannst du mir jetzt vielleicht mal verraten, was passiert ist?«, forderte sie Julia auf.

»Eigentlich nichts Besonderes. Auf der Straße war ein großes Auto, wir sind wohl ins Schleudern geraten, gegen einen Briefkasten geknallt und dann an einer Hauswand gelandet. Ich glaube, das Auto ist zusammengequetscht wie eine Ziehharmonika. Ich weiß nicht, ob noch mehr passiert ist. Das ist ganz in der Nähe passiert, an der Straßenecke der Vía Augusta.«

»So ein Pech aber auch. Da warst du ja schon fast beim Restaurant deiner Freundin.«

»Ja. Apropos, ich muss María unbedingt sagen, dass sie Marta Viñó benachrichtigt. Erinnere mich bitte daran.«

»Vielleicht ist das gar nicht nötig. Ich glaube, sie ist nicht mehr im Restaurant. Glaubst du an Zufälle?«

Julia zog die Augenbrauen hoch.

»Sollte ich das?«

»Ich glaube, deine Schulkameradinnen sind auch hier.«

»Wo? Hier, im Krankenhaus?«

»Im Warteraum.«

»Sicher?«

»Ziemlich sicher.«

»Aber was machen die hier?«

»Viel Lärm.«

»Wieso glaubst du, dass sie es sind?«

»Also, eine trägt einen Minirock, der von ihrer Tochter stammen könnte und den sie sich eigentlich gar nicht leisten kann, sie hat furchtbar dürre Beine. Ich habe aber nicht herausbekommen, wie sie heißt. Eine andere ist betrunken, um nicht zu sagen sturzbetrunken. Sie hat sich auf der Toilette übergeben und ist wie in Trance zu den anderen zurückgeschlichen. Die kriegt kaum den Mund auf. Die anderen sagen Marta zu ihr. Wenn man genauer hinsieht, ähnelt sie der dritten Frau, auch wenn die Besoffene eher schlicht wirkt. Die Dritte ist einfach unbeschreiblich. Wie eine dieser Puppen, mit denen die Mädchen heutzutage so gern spielen, so eine Mischung aus Jackie Kennedy und Karnevalsprinzessin. Bei der stimmt alles, bis hin zum kleinsten Detail. Sie trägt ein grässliches Kleid, in dem sie sich kaum bewegen kann, knallgelb, wie ein Kanarienvogel. Aber das Allerwichtigste: Eine hat sie mal Gordi genannt.« Ramona machte genüsslich eine Pause, bevor sie fragte: »Und? Zu welchem Schluss kommst du?«

»Das sind sie.«

»Das dachte ich auch.«

»Die in Gelb, das muss Olga sein.«

»Aber sie ist zart wie ein Luftgeist.«

Julia schüttelte ungläubig den Kopf.

»Wirklich? Na, Zeit zum Abnehmen hatte sie ja genug. Dann fehlt nur noch Lolita. Wo steckt sie nur?«

»Ich vermute mal im Kreißsaal.« Ramona lächelte. Allmählich bereitete ihr das Ratespiel großen Spaß.

»Im Kreißsaal? Lolita Puncel? Mit fünfundvierzig?«

»Ich könnte schwören, dass sie das gesagt haben. Deswegen sind sie im Warteraum. Die Damen sind gerade damit beschäftigt, sie nach Strich und Faden zu bemitleiden.«

»Ich wusste nicht, dass sie schwanger ist.«

»Die sind ja noch viel lächerlicher, als du gesagt hast.«

»Hüte deine böse Zunge.«

»Wenn ich du wäre, würde ich sie nie wieder sehen wollen.«

»Nur weil sie lächerlich sind? So langsam bekomme ich richtig Lust auf das Treffen.« Julia kicherte. »Du bist schon immer eine gute Spionin gewesen, Ramona!«

»Ich bin zwar aus der Übung, aber ich muss zugeben, dass es ziemlich leicht war. Das sind ja die reinsten Quasselstrippen. Und alle drei sind ziemlich angeheitert.«

»Was für ein Zufall. Da hat wohl der Teufel seine Hand im Spiel.«

»Das kann man nicht ausschließen. Der Teufel liebt lächerliche Frauen. Bestimmt findet er die drei faszinierend. Was hast du jetzt vor?«

»Wissen sie, dass ich hier bin?«

»Ich glaube nicht. Aber der Arzt hat deinen Namen laut und deutlich im Warteraum ausgerufen. Wenn sie nüchtern genug sind, dann haben sie es mitbekommen und zermartern sich jetzt das Gehirn.«

»Würdest du mir noch einen Gefallen tun?« Julia kniff die Augen zusammen.

»Oje, das habe ich befürchtet. Du willst, dass sie zu dir kommen? Reicht dir meine Beschreibung denn nicht?«

»Du weißt ja, ich bekomme nie genug.«

Ramona schnaubte genervt.

Nina entfaltete gerade ihre Theorie über die Zusammenhänge von Schicksal und Zufall, die besagte, dass sich überstürzende und verwirrende Ereignisse auf das Chaos der Sterne zurückführen lassen, das sich auf die Erde überträgt, als die Krankenschwester mit einem hübschen Baby im Arm zu ihnen kam.

»Ist der Kindsvater hier?«, fragte sie.

Andrés schoss hoch, wie von der Tarantel gestochen.

»Wenn, dann noch am ehesten ich«, sagte er und lächelte unbeholfen.

Die Krankenschwester sah ihn misstrauisch an, sie konnte mit seiner Antwort nichts anfangen und stellte sich eine komplizierte und undurchsichtige Geschichte vor.

»Möchten Sie sie mal halten?«, fragte sie dennoch.

Andrés nickte, und die Krankenschwester legte das kleine Wesen in seine Arme, die für solch eine Aufgabe irgendwie zu lang oder zu knochig zu sein schienen. Vielleicht war er auch einfach nur unerfahren.

»Du bist also ein Mädchen.« Andrés lächelte und sprach mit sanfter Stimme auf seine Halbschwester ein. »Das ist wirklich eine Überraschung.«

Inzwischen waren auch Olga, Nina und Marta aufgestanden, um das Baby aus der Nähe zu betrachten. Olga verfiel wieder in ihren affektierten Tonfall und zeigte sich auch ansonsten von ihrer affigsten Seite, sie kannte einfach keine Grenzen. Auch Nina war im Freudentaumel. Nur Marta wahrte die Fassung. Sie hatte noch nie viel mit Babys anfangen können, und immer gedacht, dass Babys bei Weitem nicht das Ungemach kompensierten, das sie verursachten. Aber vielleicht hätte sie das anders gesehen, wenn sie selbst einmal Mutter geworden wäre.

»Die Mutter sagt, sie möchte sie Mercedes nennen, also Merche«, berichtete die Krankenschwester. Dabei lächelte sie die Umstehenden wohlwollend an und verstand natürlich nicht, warum diese vor Schreck wie gelähmt dastanden.

»Kommt nicht infrage«, stellte Andrés mit einer Selbstsicherheit klar, die bei den Frauen gleichermaßen Bewunderung wie Überraschung hervorrief. »Sie wird Lola heißen. Ich werde den Vornamen aussuchen.«

»Besser Lolita«, schlug Olga vor. »Jedenfalls solange sie noch so klein ist.«

»Wenn Sie wollen, können Sie mitkommen und das mit der Mutter besprechen«, beendete die Krankenschwester die Diskussion.

»Darf ich zu ihr?«

Alle waren hingerissen, wie begeistert Andrés auf die Nachricht reagierte.

»Natürlich.«

»Dann los.«

Die Krankenschwester zeigte ihnen den Weg, sie wollte wohl das Neugeborene wieder an sich nehmen, doch Andrés schien das Baby gar nicht mehr loslassen zu wollen. Mit der noch namenlosen Kleinen auf dem Arm sah er wie ein blutjunger, vor Glück strahlender Vater aus.

»Ich glaube, Lola wird diesem langweiligen Freund von euch noch einen zweiten Brief schreiben müssen«, prophezeite Marta.

»Ich denke, das muss sie nicht«, rief Nina fröhlich. »Wenn sie den Brief in den Briefkasten an der Straßenecke gesteckt hat, ist das nicht nötig. Ist dir nicht aufgefallen, wie der aussah? Anscheinend hat ihn ein Auto umgefahren. Jedenfalls lagen die Briefe aufgeweicht auf dem nassen Bürgersteig. Chicas, ich sag's euch, im Himmel herrscht gerade mächtig Aufruhr. Echt schade, dass ich euch nicht die Hand lesen konnte. Wer weiß, was da alles herausgekommen wäre.«

»Wenn du magst, kannst du gleich damit anfangen.« Marta hielt ihr eine Handfläche entgegen, die von tiefen Linien durchzogen war.

Plötzlich hörte man derbe Schritte auf dem Gang. Eine stämmige, hochgewachsene Krankenschwester erschien breitbeinig und mit energisch rudernden Armen und blieb in der Tür stehen.

»Ist jemand von Ihnen Marta Viñó?«, fragte sie.

»Ja, das bin ich.«

»Würden Sie bitte mit mir mitkommen?«

»Nur ich oder noch jemand?«

»Sie und Ihre Freundinnen. Wie viele sind Sie?«

»Zwei, mit mir drei.«

»Bitte kommen Sie mit. Julia Salas möchte Sie gern sehen.«

Olga und Nina tauschten bedeutungsvolle Blicke. Sie hatten also richtig gehört.

Als das Komitee durch den gefliesten Flur zum Lift ging, tauchte am anderen Ende Damián auf. Olga sah ihn aus den Augenwinkeln, sie wollte ihm keinesfalls begegnen. Auch Damián tat so, als hätte er sie nicht bemerkt. Beide waren erleichtert, sich nicht direkt gegenüberstehen zu müssen.

Die drei Schulfreundinnen und die Krankenschwester betraten den Lift. Während sie schweigend nach oben fuhren, betrachtete Olga entsetzt die behaarten Arme der Krankenschwester, die ihrer Ansicht nach dringend einer Behandlung mit Wasserstoffperoxid bedurften.

»Ist das nicht aufregend, wir sehen unsere Julia wieder!«, rief Nina fröhlich.

Weder Marta noch Olga reagierten.

»Bitte machen Sie nicht so viel Lärm, die Patienten brauchen Ruhe«, mahnte die Krankenschwester, die locker als Wikinger durchgehen konnte.

Oben wurden sie von Ramona erwartet, die vor dem Lift an der Wand lehnte, die Zigarette schon in der Hand.

»Ihr seid bestimmt Marta, Nina und Olga?«, fragte sie direkt, ohne sich selbst vorzustellen. »Julias Freundinnen aus dem

Internat. Julia hatte auf dem Weg zu eurem Abendessen einen Unfall. Zum Glück nur fünfhundert Meter von hier. Deshalb kam sie sofort hier ins Krankenhaus. Julia geht es gut, sie hat nur ein paar Prellungen. Mit etwas Glück kann sie morgen schon entlassen werden. Sie freut sich, euch zu sehen. Hier, das ist ihr Zimmer.« Sie zeigte auf eine der geschlossenen Türen.

»Woher wusste sie, dass wir hier sind?«, fragte Olga und runzelte die Stirn.

»Von mir«, sagte Ramona. »Ich habe euch schon vor einer Weile erkannt. Ich war auch unten im Warteraum. Julia hat mir von euch erzählt.«

»Entschuldige bitte, aber wer bist du?«, fragte Olga.

»Ach so. Ich bin Ramona. Eine Genossin von Julia.« Ramona gab ihnen die Hand, aber die drei Schulfreundinnen fanden diese Form der Begrüßung unter Frauen befremdlich.

»Genossin?«, fragte Nina verwundert nach.

»Ja, bei verschiedenen Revolutionen«, erklärte Ramona. »Wir haben uns im Gefängnis kennengelernt.«

»Im Gefängnis?« Die Furchen auf Olgas Stirn waren nicht zu übersehen.

»Ach so, ihr wisst nichts über diese Phase von Julias Leben, oder? Aber das erzählt sie euch am besten selbst, wenn sie will. Also, bei ihr war das keine große Sache, sie war nur kurze Zeit in Les Corts. Ich dagegen bin ein halbes Leben von Gefängnis zu Gefängnis gewandert.«

»Ach!« Olga konnte nicht mehr an sich halten. »Wieso das denn?«

»Weil ich die größte Schwerverbrecherin aller Zeiten bin.« Ramona sprach mit der Ernsthaftigkeit eines Richters, die nur durch den Hauch eines Lächelns gemildert wurde, einen Anflug von Ironie. Insgeheim amüsierte sie sich prächtig.

Marta, Olga und Nina stand eine gewisse Neugierde ins Gesicht geschrieben, die sie aber nicht in Worte fassen konnten. Sie erwarteten Erklärungen, um die Lücken in dem Bild füllen zu können, das sie sich von Julia gemacht hatten. Sie gingen davon aus, dass man besser nicht nachfragte und dass es vielleicht besser war, wenn die Erklärungen unter Verschluss blieben. Nie zuvor hatten sie sich solchen Wahrheiten stellen müssen. Ramona sah durchaus so aus, wie sich die drei Frauen eine ehemalige Gefängnisinsassin vorstellten, und sie wussten nicht recht, wie sie mit Julias Freundin umgehen sollten.

»Bitte, strengt sie nicht zu sehr an«, bat Ramona. »Julia hat einen Schock erlitten und steht nach wie vor unter Beobachtung, auch wenn sie selbst meint, dass ihr nichts fehlt. Ich muss jetzt noch ein paar Anrufe erledigen und die eine oder andere Zigarette rauchen, aber danach komme ich zurück und schmeiß euch raus. Einverstanden?«

Alle drei beugten sich ohne Murren Ramonas Anweisungen. Es war anrührend, wie Ramona über Julia sprach, und vor allem, wie sehr sie sich um sie sorgte. Ramona öffnete die Tür zum Krankenzimmer und forderte sie mit einer Handbewegung auf, in den unbeleuchteten kleinen Vorraum zu treten, während sie selbst draußen blieb.

Langsam gingen sie hinein. Olga als Letzte. Sie verspürte auf einmal eine Art Schwindel und gab dem Alkohol und der späten Stunde die Schuld daran. Tatsächlich war es die schiere Panik.

Der Vorraum führte in ein schwach beleuchtetes Zimmer, das im Licht der kleinen Nachttischlampe ausgesprochen gemütlich wirkte. Julia lächelte, sie hatte die Hände über dem Brustkorb gefaltet, und neben ihr stand wie ein Wachturm das schimmernde Metallgestell für den Tropf. Sie hatte ein wenig Rouge und Lippenstift aufgelegt, doch das wäre nur Ramona aufgefallen. Außerdem hatte sie das himmelblaue Krankenhaushemd und das Bettlaken glatt gestrichen, um einen besseren Eindruck zu vermitteln.

Kaum hatten sie das Krankenzimmer betreten, waren die Anweisungen der Wikinger-Krankenschwester vergessen. Sie überboten sich gegenseitig mit Überraschungsrufen, Lobeshymnen und Freudenbekundungen, mehr oder weniger in der Reihenfolge und in einer ordentlichen Lautstärke. Sie lachten nervös, so wühlte das Wiedersehen sie auf. Julia fand für alle Komplimente, außer für Olga. Plötzlich stürmte die Krankenschwester wie eine Reinkarnation von Madre Rufina herein.

»Seien Sie sofort leise! Ich habe Ihnen doch gesagt, dass die Patienten Ruhe brauchen!«, rügte sie die Besucherinnen.

Die Frauen hielten einen Moment inne, warfen sich Blicke zu wie übermütige Schulmädchen, kicherten und schalteten auf eine angemessene Lautstärke zurück.

»Stimmt es, dass Lolita gerade im Kreißsaal ist?«, lautete Julias allererste Frage.

Sogleich wurde sie mit journalistischer Präzision ins Bild gesetzt. Sie wunderten sich ein wenig über die vielen Zufälle, doch sie gelangten zu dem Schluss, dass in Anbetracht der Tatsache, dass Martas Restaurant in der Nähe der Klinik lag, der Zufall ein leichtes Spiel hatte. Nina brachte natürlich die aktuelle Planetenkonstellation ins Spiel. Dann beschlossen sie, der »jungen« Mutter so bald wie möglich einen Besuch abzustatten, und plötzlich herrschte großes Schweigen.

»Bitte setzt euch, ihr müsst doch nicht hier herumstehen«, forderte Julia sie auf.

Sie nahmen auf dem blauen Sofa unter dem Fenster Platz: Olga stocksteif und mit knisterndem Kleid; Marta, mit Augenrändern und leicht derangiert, wie es sich für eine kürzlich verlassene Frau gehört; Nina, die mit übergeschlagenen Beinen eine hochhackige Sandale in der Luft kreisen ließ.

»Am liebsten würde ich ein Foto von euch machen.« Julia lachte lauthals, als sie die Schulkameradinnen aufgereiht auf dem Sofa sitzen sah. »Irgendwie habt ihr euch kaum verändert.«

»Also, ich schon«, stellte Olga klar.

Julia musste ihr recht geben. Und zum ersten Mal an diesem Abend richtete sie das Wort direkt an sie.

»Stimmt. Du siehst aus, als wärest du nur noch eine Viertelportion.«

Olga lächelte und neigte leicht den Kopf, sie war zufrieden. Genau das hatte sie hören wollen.

»Es ist so lang her, dass ich mich an die Zeit, als ich dick war, gar nicht mehr erinnern kann«, prahlte sie.

»*Du* siehst für uns aber gar nicht so anders aus, schließlich kriegen wir dich andauernd auf dem Bildschirm zu sehen«, meinte Nina. »Du hast einen Vorteil.«

»Aber in echt sieht sie noch besser aus, oder?«, meinte Olga und hoffte vergeblich auf Unterstützung durch ihre Gefährtinnen auf dem Sofa.

»Ich kann mich noch gut daran erinnern, wie du als Mädchen ausgesehen hast. Mit deinem Nachthemd voller Löcher. Du wolltest natürlich nicht, dass wir die entdecken, aber wir haben sie gesehen. Und du hattest lange, tiefschwarze Haare. Aber blond steht dir sehr gut«, lobte Marta, und ihre Worte riefen sofort Olga auf den Plan. »Wer dich früher gesehen hat und wer dich jetzt sieht, Julia … Du bist bestimmt sehr stolz auf dich«, fuhr Marta fort.

Julia hatte überhaupt kein Problem mit der Erinnerung an das verschlissene Nachthemd. Inzwischen fand sie ihre damaligen Bemühungen, die Löcher vor ihren reichen Schulkameradinnen zu kaschieren, eher belustigend. Das Leben sortiert die schmerzhaften Erinnerungen nach ihrer Bedeutung. Während einige viel Raum einnehmen, treten andere völlig in den Hintergrund.

Für die Gründe, aus denen Julia stolz auf sich sein konnte,

galt mehr oder weniger das Gleiche. Sie hatte heikle Situationen mit Bravour gemeistert, so viele Hindernisse überwunden, dass die Tatsache, dass sie als einflussreiche Politikerin die Gesetze ihres Landes mitgestalten konnte, für sie eher eine leichtere Übung war, die natürliche Folge der Wut, die sich über Jahre angestaut hatte.

»Ich kann nicht klagen«, war ihre einzige Reaktion auf Martas Lob.

Es gab viel zu erzählen, doch weder die Situation noch der Ort luden dazu ein, Vertraulichkeiten auszutauschen. Zudem hatten die drei Freundinnen das Gefühl, vor einer Unbekannten zu stehen. Vor einer Person, die nur entfernt der Julia der Schulzeit ähnelte, dem armen Mädchen, das die Nonnen gezwungen hatten, sie zu bedienen, den Tisch abzuräumen und das schmutzige Geschirr zu spülen, dem Hausmädchen, das den begüterten Mädchen zu Diensten stand. Nun hatte Julia einen Universitätsabschluss – als Einzige der vier Klosterschülerinnen –, eine eigene Sekretärin, eine rätselhafte Vergangenheit und das Auftreten einer erfahrenen Diplomatin, noch dazu perfekt frisiert. Zufrieden lächelnd blickte sie vom hohen Krankenbett zu ihnen herab und wartete auf den geeigneten Moment, um die nächste Frage zu stellen.

»Also, wollt ihr denn nichts über euch erzählen?«, forderte Julia sie auf. »Ihr müsst mich auf den Stand der Dinge bringen! Was habt ihr in den letzten einunddreißig Jahren getrieben?«

Natürlich war das die Frage, mit der alle gerechnet hatten. Erstens war die Frage logisch, aber vor allem rechtfertigt einen die Preisgabe von Informationen, Gegenfragen zu stellen. Es interessierte sie brennend, was Julia in den letzten drei Jahrzehnten getrieben hatte.

Jede machte eine Art Inventur ihres Lebens und präsentierte eine kurze Zusammenfassung der wichtigsten Ereignisse. Zuerst war Marta an der Reihe. Sie sprach über den Stiefvater, über die Arbeit im Verlag, über ihre Hochzeit mit dem Erben von Ediciones Baudet, über ihre Verwandlung zur Kochbuchautorin, den Erfolg, ihre Radiosendung, die Zeitschrift und das Restaurant, und endete mit einer scheinbar beiläufigen Bemerkung:

»Ach, und im Übrigen werde ich mich scheiden lassen. Ich bin eine der Ersten, die dein Gesetz testen.«

»Es ist nicht nur mein Gesetz«, stellte Julia fest.

»Ja, klar.«

Julia hätte zu gern noch mehr über die anstehende Scheidung erfahren, aber sie bemerkte Martas zitternde Stimme und den abgewandten Blick, also hakte sie nicht weiter nach. Ein guter Gesprächspartner zeichnet sich nicht nur durch das aus, was er sagt, sondern vor allem durch das, was er nicht anspricht.

Dann war Nina an der Reihe, und sie berichtete, was die anderen schon wussten: ihre Schwangerschaft, die Vertreibung aus dem Paradies, die Ehe, die Kinder, die Hölle, die Trennung, die Arbeit, Madrid, die Beatles, Barcelona und der Enkel. Sie erwähnte Álex mit keinem Wort. Er spielte keine Rolle mehr.

»Ein Enkel!« Julia hob beeindruckt den Kopf aus der Tiefe des Kopfkissens.

»Ich sehe gar nicht wie eine Oma aus, oder?« Nina streckte sich lang und gab die stolze Großmutter im Minirock.

»Überhaupt nicht«, meinte Julia.

Kurz drehte sich alles um die Nachkommenschaft. Olga prahlte mit ihren fünf Sprösslingen. Marta riss Witze darüber, dass sie als Ausgleich für die Fruchtbarkeit ihrer Schwester keine Kinder bekommen hatte. Nina gab zu, dass sie gern noch ein drittes Kind bekommen hätte, aber dass sie den Plan »mangels Samenspender« aufgeben musste. Alle lachten, und das Gespräch kam wieder in das ursprüngliche Fahrwasser. Nun war Olga dran.

Bei Olgas Bestandsaufnahme standen ihre Kinder im Mittelpunkt, die sie alle einzeln mit Namen vorstellte. Zunächst erzählte sie von den vier Älteren, den zwei gut verheirateten Töchtern und den beiden strebsamen Söhnen, die alle schon vor geraumer Zeit das Elternhaus verlassen hatten. Sie gestand, dass sie darum betete, dass die Enkel nicht zu lange auf sich warten ließen. Alle kämen hervorragend ohne sie zurecht, erzählte sie mit einem Hauch Bitterkeit in der Stimme, außer ihrem Jüngsten: »Der spielt Gitarre, studiert Philosophie und macht, was er will, so wie alle jungen Leute heutzutage«, erklärte sie. Sie selbst wäre liebend gern Ärztin geworden, »um den Menschen zu helfen«, wie sie noch einmal betonte, aber sie habe ihr Studium wegen ihrer Ehe mit Dr. Pardo aufgeben müssen, den sie als »hochintelligenten Mann« beschrieb. Sie berichtete von ihrer Heldentat, nach mehreren Anläufen die Führerscheinprüfung bestanden zu haben, stellte aber klar, dass sie »selbst nur selten« den Wagen fuhr. Ihr Leben beschrieb sie mit nichtssagenden Adjektiven wie »ruhig«, »familiär« und »entspannt«.

Am Ende ihres Berichts überlegte sie noch einmal und erklärte: »Ich hätte nur gern in der Vergangenheit ein paar Dinge anders gemacht.« Sie sagte nicht, was genau sie meinte, und sie präzisierte auch nicht, auf welche Zeit in der Vergangenheit sie sich bezog, doch ihr Geständnis rührte die anderen. Während die anderen sie schweigend ansahen, richtete Olga sich das Haar, betrachtete ihre Fingernägel und verschränkte schließlich ihre Hände im Schoß, wobei der Taftstoff wie zum Protest knisterte.

Bis Olga das Wort ergriffen hatte, war Julia ihr ausgewichen, was allerdings nur Olga selbst aufgefallen war. Julia wiederum hatte ihr genau zugehört, allerdings ohne sich das anmerken zu lassen. Doch mit Olgas Lebensbericht wandelte sich Julias Einstellung, und aus vorsichtiger Zurückhaltung wurde

Mitleid. Eine wichtige Veränderung, auch wenn man sie Julia nicht ansah.

»Möchtest du nicht dein Studium wiederaufnehmen, Olga?«, sprach Julia sie schließlich direkt an.

Olga schüttelte den Kopf, dabei wirkte sie keineswegs traurig, sondern eher entschlossen.

»Das würde meinem Mann nicht gefallen.«

»Warum denn nicht?«, fragte Julia befremdet nach.

»Er will, dass ich zu Hause bleibe.«

»Und was willst du?«, hakte Julia nach.

Olga lachte halbherzig und neigte den Kopf.

»Das spielt keine Rolle. Ich werde jedenfalls keinen Streit mit ihm anfangen. Der Arme.«

Olgas Stimme klang traurig, resigniert. Julia sah sie verblüfft an und überlegte, ob sie ihr etwas zur Aufmunterung sagen sollte oder wollte. Das Schweigen war so unangenehm, dass Marta sich genötigt fühlte, das Thema zu wechseln.

»Julia, wir haben dir noch von dem Essen aufgehoben. Es gibt Auberginen-Flan, und die Ente mit Birnen haben wir nicht einmal angerührt. Außerdem sind noch Profiteroles da, und die sind richtig lecker. Nina, was sagst du?«

»Die sind wirklich köstlich!«, bestätigte die Angesprochene, der als Einziger das Privileg zuteilgeworden war, das Dessert kosten zu dürfen.

»Wenn wir gewusst hätten, dass du hier bist«, meinte Olga, die sich wieder gefangen hatte, »dann hätten wir dir eine ordentliche Stärkung mitgebracht. Was meinst du, Marta?«

»Das wäre eine großartige Idee gewesen, denn ich habe einen Bärenhunger. Aber ich fürchte, die Ente müsst ihr allein vertilgen.« Julia setzte ihr bezauberndes Lächeln auf. »Ich bin Vegetarierin«, erklärte sie.

»Das ist aber merkwürdig«, meinte Olga und riss die Augen weit auf, um ihrer Überraschung Ausdruck zu verleihen.

Sie sah aus, als hätte ihre ehemalige Schulfreundin gesagt, sie wäre eine Amphibie oder würde über Kiemen atmen. »Ich kann Vegetarier nicht verstehen.«

Julia zuckte mit den Schultern. Die Verständigung zwischen den beiden war noch nie einfach gewesen.

»Ich sehe schon, heute Nacht wird es eng für den armen Vogel«, flüsterte Nina und lachte leise.

Eine andere Krankenschwester kam herein und blieb am Fußende von Julias Bett stehen. Sie fragte nach ihrem Befinden und freute sich, dass sie so viel Besuch hatte. Julia sagte, dass es ihr gut gehe und dass sie auch keine Kopfschmerzen mehr spüre, und sie bat darum, von dem lästigen Tropf befreit zu werden. Marta nutzte die Gelegenheit und fragte die Krankenschwester, ob man ihr etwas gegen ihren Kater geben könnte, sie hatte das Gefühl, ihr Schädel würde jeden Moment platzen. Die Frau sah sie an, als hätte sie noch nie jemand mit einem Kater gesehen. Doch schließlich sagte sie: »Ich bringe Ihnen gleich etwas«, und ging hinaus.

»Ist dir nicht gut, Marta?«, erkundigte sich Julia.

»Sie hat ganz allein eine Flasche Chivas gesoffen«, petzte Olga.

»Mir geht's gleich besser«, meinte Marta und wischte sich den Schweiß von der Stirn.

»Wenn man mich morgen entlässt, könnte ich ja in dein Restaurant kommen und die köstlichen Speisen probieren, die ihr für mich aufgehoben habt«, sagte Julia.

»Das wäre mir eine große Ehre.«

»Genau! Wir sehen uns morgen! Zur Mittagszeit. Dann kann ich auch gleich das Buch meiner Kollegin mitbringen, und du schreibst eine Widmung hinein, Marta«, schlug Nina begeistert vor.

»Ich glaube, morgen habe ich keinen Termin«, spielte sich Olga auf.

Nina machte weiter fröhlich Pläne.

»Und im Anschluss statten wir noch unseren beiden Lolitas einen Besuch ab, Mutter und Tochter!«

»Und dem Stiefsohn!«, sagte Marta mit erhobenem Zeigefinger.

Julia verstand nicht, worauf Marta anspielte, also berichteten sie ihr in der Kurzfassung von den beiden Männern mit Namen Andrés, von Lolas Schuldgefühlen und von dem Adonis im Trenchcoat, den sie im Warteraum kennengelernt hatten.

»Was, unsere Lola? Mit einem Neunzehnjährigen?«, fragte Julia. »Den will ich unbedingt sehen. Aber ich muss euch bitten, noch einen weiteren Stopp bei der Besuchstour einzuplanen.« Alle sahen Julia an, sie würden jeden Vorschlag akzeptieren. »Ich habe Vicente von euch erzählt, erinnert ihr euch noch an ihn? Unser Vicentín. Damals haben wir ihn alle den Klosterdeppen genannt, wir sollten uns schämen. Er würde euch gern sehen, er möchte, dass ihr ihn besucht. Ich habe ihm versprochen, dass ich euch seine Bitte ausrichte. Er lebt jetzt im Instituto Mental von Nou Barris. Das liegt etwas außerhalb, aber wir können nach dem Mittagessen ein Taxi nehmen. Ich hoffe, es regnet nicht.«

Die Erwähnung von Vicente, die Erinnerung an jene Nacht im Juli 1950 sowie die Verblüffung darüber, dass ausgerechnet Julia die Rede auf ihn brachte, ließ sie erstmal verstummen.

»Du stehst mit Vicentín in Kontakt?« Nina brachte als Einzige den Mut auf zu fragen.

»Weniger, als ich möchte. Aber ich besuche ihn immer, wenn ich in Barcelona bin.«

»Wie geht es ihm denn?«, erkundigte sich Olga mit ihrem üblichen Pathos.

»Er ist nett, wie früher. Er hatte ein paar gesundheitliche Probleme, aber inzwischen geht es ihm wieder besser.«

Julia genoss den Anblick ihrer Schulkameradinnen, aus deren Mienen Verwirrung, fast schon Angst sprach. Sie erlebten gerade eine völlige Abkopplung von der Wirklichkeit, wie nach einem plötzlichen Gedächtnisverlust. Die Fakten, die sie kannten, stimmten nicht mit der Welt überein. Julia lächelte. Sie war keineswegs erschöpft, sie fühlte sich einfach nur befreit. Das Leben war in Ordnung, die Welt war außen vor, sie selbst war in Sicherheit vor allem, und vor ihr aufgereiht saß die Vergangenheit. Nicht zu vergessen die Verwirrung der Schulkameradinnen, an der sie sich ergötzte.

»Also, ich glaube, ich sollte euch ein paar Dinge aus meinem Leben erzählen, die ihr nicht wisst.«

Julia begann am Anfang. Das heißt, mit der Nacht im Sommer 1950, in der Vicentín sie vergewaltigte. Sie sprach das Wort klar und deutlich aus, ohne Umschweife, ohne Beschönigung. Vergewaltigung. Das schreckliche Wort. Julia berichtete, er sei schon wach gewesen, als Marta aus der Kammer neben dem Holzlager rannte.

»Kannst du dich noch daran erinnern, wie er dich am Nachthemd gepackt hat?«, fragte sie, und die anderen nickten. Julia berichtete, wie aufgewühlt Vicente gewesen war und wie er gleichzeitig vor Neugierde gebrannt hatte, ob noch ein Mädchen es wagen würde, seine Kammer zu betreten. Vicente war es nie gut bekommen, wenn er von derartigen Gefühlen übermannt wurde. Als Julia seine Kammer betrat, onanierte er gerade, aber sie wusste damals nicht, was er tat, und beide erschraken. Julia erinnerte die anderen an die offenkundigen sexuellen Erregungszustände, unter denen Vicente schon damals gelitten hatte. Das war in seinem Alter nicht ungewöhnlich, aber in der Ausprägung war es wohl vor allem durch seine Krankheit bedingt. Sie hatten als Schulmädchen mit dem Feuer gespielt, indem sie ihn provozierten. Er hatte, das war ihr selbst erst viel später klar geworden, nichts aus böser Absicht getan. Er tat es einfach. Julia sah Olga an.

»Es hat mich getroffen, aber es hätte jede von euch treffen können, und das wissen wir alle. Es hätte euch nicht das gleiche Schicksal ereilt wie mich, aber bestimmt hätte man euch auch bestraft. Madre Rufina meinte damals, ich hätte eine Strafe verdient, die meiner schweren Sünde angemessen wäre. Sie hat mir die Schuld gegeben, auch weil ich keinen Schlüpfer trug. Mein Schlüpfer lag im Treppenhaus, warum auch immer. Madre Rufina beschloss, mich in ein Internat in der Sierra de Collserola zu schicken, das war eine furchtbare Einrichtung, Los Pinos. Am Tor stand zwar ›Internat‹, aber tatsächlich war es eine Erziehungsanstalt für besonders schwierige Fälle. Man nahm dort nur Mädchen auf, nur Waisen, die meisten Eltern hatten zu den Roten gehört und waren tot oder verschwunden. Wir hatten niemanden, der die Nonnen zur Rechenschaft gezogen hätte, weil sie uns so schlecht behandelten. Die Nonnen konnten alles mit uns machen. Wir waren der Abschaum der Gesellschaft, und das ließen sie uns auch spüren. Keine Angst, ich komme euch jetzt nicht mit Details, da gäbe es zu viel zu erzählen. Ich sage euch nur, dass ich in den drei Jahren, die ich dort eingesperrt war, nichts gelernt habe, ich habe nicht ein einziges Mal so etwas wie ein Klassenzimmer von innen gesehen. Von morgens bis abends mussten wir Bettlaken waschen und ausbessern. Wir mussten das gesamte Gebäude putzen. Immer mit Natronlauge, die Nonnen waren versessen auf Natronlauge, sie verwendeten sie für alles. Ich hatte fast die ganze Zeit verätzte Hände. Irgendwann beschloss ich zu fliehen, und ich hatte Glück. Andere wurden bei ihrer Flucht noch auf dem Gelände aufgegriffen. Aber ich habe es geschafft, ich konnte fliehen.«

Die Zuhörerinnen atmeten erleichtert auf.

»Ich konnte in der Nacht aus einem Fenster steigen und

über das Haupttor klettern, und habe mich dort bis zum Sonnenaufgang unter einen Baum gekauert. Dann bin ich den Berg hinuntergelaufen und habe mich über die Landschaft gefreut. So ein Freiheitsgefühl habe ich nie wieder erlebt. Ich wusste nicht, wohin ich gehen sollte. Ich wollte zu Vicente und ihn aus dem Internat befreien, aber ich hatte mir vorher keinen Plan überlegt. Irgendwie fühlte ich mich verantwortlich, in den langen Nächten in der Erziehungsanstalt hatte ich viel Zeit, um über ihn nachzudenken. Vicente war der Einzige, den ich auf der Welt hatte. Ich hatte gehört, dass es auch Anstalten für Waisen gab, in denen man nicht misshandelt wurde. Ich wollte so ein Heim ausfindig machen und dort mit ihm bleiben. Aber ich hatte keine Ahnung.«

In dem Moment betrat die Krankenschwester das Zimmer. Sie brachte Marta auf einem Tablett ein Schmerzmittel und ein Glas Wasser. Marta schluckte die Tablette sofort hinunter, sie wollte nichts von Julias Geschichte verpassen.

»Wenn es Ihnen nicht gut geht, können Sie sich auch auf das andere Bett legen«, bot die Krankenschwester an, ehe sie wieder ging. Dann setzte Julia ihren Bericht ohne weitere Unterbrechungen fort. Sie sprach mit fester Stimme, ohne jedes Zittern. Allmählich verlor sie die Angst vor der nackten Wahrheit.

»Es tut mir leid, aber das Drama ist noch nicht zu Ende. Der folgende Teil klingt eher wie eine Telenovela, so wie *Lucecita*. Auf der Straße hielt mich ein Polizist an und verlangte meinen Ausweis. Es kam zu einem etwas unglücklichen Schlagabtausch ...« Julia lächelte bei den Worten, sie war selbst überrascht, dass sie inzwischen Scherze darüber machen konnte. »Ich habe mich nach Kräften verteidigt. Daraufhin wurde ich wegen Körperverletzung festgenommen. Ich kam für acht Monate ins Frauengefängnis Les Corts. Seht mich nicht so traurig an, denn jetzt beginnt der gute Teil der Geschichte. Denn im

Gefängnis habe ich Ramona kennengelernt. Ehrlich gesagt, diese Begegnung hat mir das Leben gerettet. Es gibt schon merkwürdige Zufälle, oder? Wer weiß, was aus mir geworden wäre, wenn ich diesen Kreuzweg nicht gegangen wäre, den ich euch gerade geschildert habe. Ramona brachte mich in die Partei, sie hat sich um mich gekümmert, sie hat mir Chancen eröffnet. Sie hat einfach an dieses menschliche Wrack geglaubt, das ich damals war, als wir uns kennenlernten. Ein Mädchen, dessen Hände von Natronlauge verätzt waren, ein Mädchen, das im Internat nur gelernt hatte, anderen zu dienen.«

Die Frauen sahen sich voller Schuldgefühle an.

»Ein Mädchen, das die Last von Erinnerungen mit sich herumschleppte, die sie weder verändern noch vergessen konnte. Wenn du sonst nichts hast, musst du aktiv werden.«

Julia berichtete auch ausführlich von den schönen Seiten ihres Lebens: ihre Entlassung aus der Haft, ihr politisches Engagement für die Partei, Frankreich, ihr Studium, die Genossen, Ramonas Entlassung aus dem Gefängnis, ihre Rückkehr nach Spanien, Francos Tod, die Legalisierung der Kommunistischen Partei, der Aufschwung der Sozialisten … Während Julia erzählte, dachten ihre ehemaligen Schulkameradinnen weiter über Julias Vergangenheit und die schweren Jahre nach, und sie verspürten Gewissensbisse, was sich aber keine von ihnen anmerken lassen wollte. Vor allem Olga nicht. Olga grübelte über Julias verätzte Hände nach, über ihre Flucht mitten in der Nacht, über die acht Monate Gefängnis, und ihr Herz wurde schwer wie ein Stein. Wie ein gewaltiger, mächtiger Stein, den sie nicht tragen konnte. Olga fragte sich, ob sie das Abendessen organisiert hatte, um ihre eigene Schuld zu ergründen, sich ihr zu stellen und für sie zu büßen. Sie fragte sich, ob irgendeine höhere Macht etwas mit der Sache zu tun hatte. Gott die Verantwortung zuzuschieben ist eine Möglichkeit, sich von aller Schuld freizusprechen.

Julia erzählte weiter.

»Am Tag von Francos Tod haben Ramona und ich uns hoffnungslos mit Anisschnaps betrunken. Ich glaube, das war der glücklichste Tag in unserem Leben. Dabei ist ein Besäufnis mit Anisschnaps echt übel.«

Diesmal lachten sie nur verhalten. Es ging auch gar nicht anders. Marta hatte die Anweisungen der Krankenschwester befolgt, sie lag da und hörte reglos zu. Das Taftkleid hatte auch schon vor geraumer Zeit aufgehört zu knistern. Ninas weit geöffnete Augen schimmerten im Halbdunkel.

»Noch im Untergrund habe ich bei einer meiner ersten Reisen nach Barcelona Vicentín besucht. Ich wollte ihn unbedingt aus dem Kloster der Vinzentinerinnen herausholen. Ihr hättet mal sehen müssen, wie die Nonnen ihn behandelt haben. Könnt ihr euch noch an seine Schlafkammer erinnern, diesen Schweinestall neben den Holzstapeln?«

Alle nickten.

»Stellt euch mal vor, sie hatten die Tür mit einem Vorhängeschloss verriegelt! Nur sonntags durfte er nach draußen, ›damit er ein bisschen Sonne abbekommt‹, sagten sie. Der Arme hat nächtelang geheult und geschrien, damit sie ihm aufsperrten. Er hat die Welt nicht mehr verstanden. Die Nonnen sagten, sie hätten Angst vor ihm gehabt. Ist das nicht albern? Dabei sind sie doch die Bösen in der Geschichte, es fehlte nur noch, dass sie ihn am Ende gefressen hätten.«

Julia schwieg einen Moment, und sie verlor sich in Gedanken, die sie den anderen vorenthielt.

»Ich fuhr also zum Kloster und holte ihn raus. Die Nonnen schienen erleichtert, sie verlangten keine Erklärung von mir. Inzwischen war Sor Presentación die Oberin. Ich hörte mich nach einer Einrichtung um, in der Vicente besser aufgehoben wäre, und seither lebt er im Instituto Mental von Nou Barris. Eine Krankenschwester betreut ihn besonders intensiv, er hat dort viele Menschen, die ihn mögen, und beim Parchís-Spielen ist er unschlagbar. Nach wie vor sammelt er alle möglichen Steine, und er onaniert andauernd. Ich denke, er ist glücklich.«

Julia beendete ihre Geschichte mit einem Lächeln.

Nina runzelte die Stirn. Trotz Julias Ausführungen und allem, was sie bereits wusste, konnte Nina das gerade Gehörte nicht mit ihrer Lebenserfahrung in Einklang bringen. Wieder einmal war Nina die Einzige, die den Mut aufbrachte nachzufragen.

»Aber …« Sie schüttelte den Kopf und kniff die Augen zusammen. »Warum hast du das alles für ihn getan?«

»Ja, diese Information bin ich euch noch schuldig.« Julia legte eine Pause ein. »Vicentín ist mein Bruder.«

Alle schwiegen geschockt, und selbst Julia erschrak.

»Soll ich es noch einmal wiederholen?«, fragte sie.

Nina hielt sich eine Hand vor den Mund und versuchte erfolglos, ihre Tränen zurückzuhalten.

»Jetzt verstehe ich«, sagte sie.

Olgas Unterlippe bebte, und ihre Hände zitterten. Erstarrt presste sie die Beine zusammen. Sie brachte kein Wort heraus.

Marta war inzwischen eingeschlafen, ihr Kopf war nach hinten gerutscht, und ihr Mund stand ein wenig offen. Julia lächelte bei dem Anblick verschmitzt.

»Hast du gewusst, dass er dein Bruder ist?«, stammelte Nina.

»Madre Rufina hat es mir in jener Nacht gesagt, bevor sie mich für meine furchtbare Sünde bestrafte und in dieses grausame Internat schickte, in dem ich so viel Zeit zum Nachdenken hatte.«

Julia spürte, dass ihre ehemaligen Schulkameradinnen weitere Erklärungen benötigten. »Meine Mutter hatte zwei uneheliche Kinder, zwei in Schande geborene Kinder. Zwei Bastarde mit einem Altersunterschied von fünf Jahren, die vor der Welt verborgen gehalten werden mussten. Die Geburt des zweiten Kindes, also meine Geburt, hat sie das Leben gekostet. Die arme Frau. Das ist alles. Und, habe ich euch gelangweilt?«

Man hörte, wie jemand energisch an die Tür klopfte. Julia rief: »Herein!«

María betrat mit aufgeschlagenem Terminkalender und Stift in der Hand das Krankenzimmer, entschlossen und eifrig, wie es ihre Art war.

»Julia! Du hast mir vielleicht einen Schrecken eingejagt! Warum habt ihr mich nicht früher benachrichtigt?«, fragte sie empört.

Julia wollte ihre Mitarbeiterin beruhigen, indem sie versuchte die Sache herunterzuspielen: den Unfall, ihre Verletzungen, den Umstand, dass sie im Krankenhaus war. Sie stellte ihre Freundinnen vor: Nina, Olga, die schlafende Marta. María holte etwas aus ihrem Aktenkoffer, das in Alufolie verpackt war.

»Ich habe dir ein Sandwich mitgebracht, ich dachte, vielleicht hast du Hunger. Es ist Thunfisch mit Tomate, um diese Zeit gab es nichts anderes mehr. Aber iss es heimlich, ich glaube, das sieht man hier nicht gern. Übrigens, ich habe auch Nachrichten von Antonio, dem Fahrer. Es geht ihm gut. Er hat nur ein gebrochenes Bein, aber er wird wieder völlig genesen. Man hat ihn schon entlassen, wahrscheinlich ist er längst zu Hause, wenn er nicht zu weit draußen lebt. Die Versicherung kümmert sich um alles, vor allem um die Reha. Der Wagen ist vollkaskoversichert. Außerdem habe ich noch Du-weißt-schonwen angerufen und ihm von dem Unfall erzählt. Er nimmt das erste Flugzeug nach Barcelona, den Flieger um halb sieben, ich werde ihm noch beim Buchen behilflich sein. Ich habe ihm ein Zimmer im *Majestic* reserviert, falls es dir lieber ist, dass er dort übernachtet. Morgen früh werde ich als Erstes deine Termine für die nächsten drei Tage absagen. Ich habe mit dem diensthabenden Arzt der Notaufnahme gesprochen und ihn angewiesen, nicht mit der Presse zu sprechen, falls es zu Anfragen kommen sollte. Außerdem habe ich noch die persönliche Sekretärin des Ministers kontaktiert und sie darüber informiert, dass du auf unbestimmte Zeit arbeitsunfähig bist. Sie wünscht dir gute Besserung. Fehlt noch was?« María warf einen prüfenden Blick auf ihre Notizen. »Ach so! Deine Freundin Lola hat ein Baby bekommen. Es wurde hier im Krankenhaus unter dem Namen Lolita registriert. Ich habe ihr in deinem Namen einen Strauß Teerosen geschickt. Habe ich etwas vergessen?«

María blickte auf. Sie hatte etwas Übermenschliches.

»Ist die Frau immer so?«, fragte Nina beeindruckt.

»Immer. Sie ist der Glücksfall meines Lebens«, scherzte Julia und wandte sich an ihre Assistentin. »Nein, natürlich hast du nichts vergessen, María, wie immer. Nur noch eine klitzekleine Sache. Du kannst Du-weißt-schon-wem meinen Wohnungsschlüssel geben. Für den Fall, dass ich nicht da sein sollte, wenn er ankommt.«

»Gut.« María schrieb etwas in den Terminkalender. »In dem Fall storniere ich das Hotelzimmer.«

»Danke, dass du an alles gedacht hast, sogar an die Blumen für Lolita«, sagte Julia.

»Gern, das ist mein Job.«

Nina nutzte die plötzlich aufgetauchte Informationsquelle für eine Frage in eigener Sache.

»Sie wissen nicht zufälligerweise, in welchem Zimmer unsere Freundin Lola liegt?«

María musste nicht einmal auf ihre Notizen blicken.

»217.«

»Ich denke, ich werde den beiden einen Besuch abstatten, wenn ihr nichts dagegen habt«, entschuldigte Nina sich mit einem Lächeln. »Danach komme ich wieder und schaue, wie es Marta geht.«

»Ich würde dich gern begleiten, aber ich fürchte, im Moment lassen sie mich hier nicht raus.«

»Ich bleibe bei dir«, sagte Olga, »wenn es dir recht ist.«

Nina machte eine Handbewegung, die bedeuten sollte, dass es ihr nichts ausmachte. Sie ging lieber ohne Olga. Sie wollte versuchen, ihre Freundschaft mit Lola wiederaufleben zu lassen, die im Laufe der Zeit auf der Strecke geblieben war. Sie hatte das Gefühl, dass die Phase der Veränderungen, in die sie beide gerade eingetreten waren, dafür eine großartige Chance bot. Außerdem verspürte sie das dringende Bedürfnis, sich jemandem anzuvertrauen und vielleicht sogar um Rat zu bitten. Nina war sich inzwischen sicher, dass Álex Baudet in ihrem Leben keine wichtige Rolle spielen würde. Schlimmer noch: Wenn sie die Wahl zwischen Álex Baudet und Marta Viñó hätte, würde sie sich für Marta entscheiden. Sollte sie ihm das tatsächlich irgendwann sagen, würde er sie für verrückt erklären.

»María, kannst du meine Freundin zur Entbindungsstation bringen? Bei den hohen Absätzen wird sie sich sonst womöglich noch den Hals brechen«, bat Julia.

»Natürlich«, meinte María, die genau spürte, wann sie entbehrlich war. »Gehen wir! Ich weiß, wo es ist.«

Nina und María verließen das Krankenzimmer, und man konnte den Rhythmus ihrer klackernden Absätze hören.

Marta schlief noch immer, und zwar so tief und fest, dass sie zu schnarchen anfing.

Nun waren Olga und Julia auf sich allein gestellt.

»Olga, sei doch bitte so gut und reich mir die Strohtasche«, bat Julia und deutete auf den Fuß des Metallgestells für den Tropf.

Olga gehorchte und sah zu, wie Julia in der Tasche nach etwas kramte, das anscheinend sehr klein war, denn sie fand es nicht auf Anhieb.

»Soll ich dir helfen?«, bot sie an.

»Ach, nein. Das ist nicht nötig. Ich hab's. Olga, komm, bitte, setz dich zu mir. Hier, aufs Bett.«

Olga tat wie geheißen.

Julia sah ihr direkt in die Augen. Es war seltsam, dass eine einfache Sache ihr so schwerfiel, dabei hegte sie keinen Groll gegen diese Frau, die so ungemein künstlich war, mit ihrem lächerlichen Kleid und ihrer Bräune wie aus dem Katalog. Aber sie hatte das Gefühl, dass die Rollen, die sich während der Kindheit entwickeln, die gleichen bleiben, trotz aller Veränderungen, die das Leben mit sich bringt. Olga war nach wie vor die gemeine Zeremonienmeisterin, böse und kugelrund, wie vor dreißig Jahren. Und Julia war immer noch das arme Mädchen mit dem löchrigen Nachthemd, das die anderen Schülerinnen bei Tisch bedienen musste. Die eine blieb das dicke Mädchen, das alles in sich hineinfraß, weil sie nicht verkraftete, dass ihre Mutter sie im Stich gelassen hatte. Und die andere war das kluge und starke Mädchen, das zwar einen schlechten Start ins Leben hatte, aber alle Schwierigkeiten zu überwinden verstand.

Olga griff mutig nach Julias Hand.

»Sag mir, was du willst, lass alles raus«, forderte sie Julia mit zitternder Stimme und ihrem üblichen Sinn für Dramatik auf. »Ich denke seit vielen Jahren darüber nach, was du mir sagen wirst.«

Julia zuckte mit den Schultern und schüttelte den Kopf.

»Ich habe dir nichts zu sagen.«

»Ich verstehe, dass du mich hasst.«

»Ich hasse dich nicht.«

Julia hätte Olga fragen können, wegen welcher Fehltritte sie glaubte, ihren Hass verdient zu haben, doch sie ließ es bleiben. Sie hatte den Eindruck, dass Olga allzu bereitwillig ihre Sünden bekannte. Es wäre sinnlos, die Sache noch mehr zu dramatisieren, vor allem, da ihre ehemalige Schulkameradin ohnehin schon mit den Tränen kämpfte. Julia graute allein bei dem Gedanken an eine Olga, die in ein Stadium der Selbstauflösung glitt.

Nein, das wollte sie nicht. Also beschloss Julia die Schlussszene in eine andere Richtung zu lenken. Sie hatte sich selbst – und Ramona – versprochen, die Schubladen ihres Lebens von Grund auf zu reinigen, und irgendwo musste sie anfangen.

Julia öffnete die Hand ihrer ehemaligen Schulkameradin und legte etwas auf ihre feuchte Handfläche.

»Ich möchte dir das hier zurückgeben«, sagte sie.

Olga traute ihren Augen nicht. Sie nahm sich Zeit, den kleinen Gegenstand zu betrachten, den sie nach so vielen Jahren zurückbekommen hatte: die zierliche goldfarbene Stickschere mit den hübschen floralen Verzierungen auf dem Griff. Bei dem Anblick musste Olga sofort an ihre Mutter denken. Und an jene Julinacht im Jahr 1950. Sie spürte wahre Reue, vielleicht zum ersten Mal in ihrem Leben, und nun trat doch ein, was beide befürchtet hatten: Sie fing zu weinen an.

Bevor ihr Make-up verlief, fragte sie: »Warum hasst du mich nicht? Was ich getan habe, ist unverzeihlich.«

»Deshalb«, sagte Julia. »Genau deshalb.«

ANMERKUNG DER AUTORIN

Am 10. Juli 2015 haben sich bei mir zu Hause 27 Frauen im Alter von etwa 45 Jahren getroffen. 31 Jahre zuvor hatten wir die achtjährige Primarstufe am Colegio de la Inmaculada Concepción in Mataró abgeschlossen.

Bei dem Treffen versprach ich meinen ehemaligen Klassenkameradinnen, über sie zu schreiben, über uns und über unsere Erziehung, die uns heute vorsintflutlich vorkommt.

Ich habe mein Versprechen nicht ganz eingelöst, denn die Hauptfiguren dieses Romans sind Frauen aus der Generation unserer Mütter, und die Geschichte, die ich erzähle, spiegelt nicht unsere Geschichten wider, aber ich bin mir sicher, dass die Teilnehmerinnen des Abendessens sehr wohl erkennen, welche Facetten Nina, Marta, Julia, Lola und Olga von dem Abend und – wenn auch in geringerem Maße – von unserer Kindheit in sich tragen.

Ohne dieses Treffen hätte ich den Roman nicht geschrieben, deshalb möchte ich ihn der eigenwilligen Gruppe widmen und meinen Dank für all die Geschichten ausdrücken, die an dem Abend erzählt wurden. Und das waren nicht wenige. Authentische, unvergessliche Geschichten.

Das köstliche Menü, mit dem Marta ihre Gäste verwöhnt, wurde speziell für den Roman von der Köchin und Autorin Ada Parellada zusammengestellt, der ich nicht nur für ihre Professionalität und für das gute Gelingen danke, sondern auch für ihre große Hilfe beim Lösen von kleinen und großen Problemen. Alle kulinarischen Höhepunkte in dem Roman stammen von ihr. Ich bedanke mich bei meinem Verleger Luigi Spagnol in Italien für die wertvollen Informationen über seinen Vater, den Verleger Mario Spagnol – dem ich auf diesen Seiten eine bescheidene Hommage erweise – und seine Mutter, Elena Spagnol, eine einflussreiche Kochbuchautorin in Italien.

Zuweilen verfolgt die Fiktion das Leben, noch ohne es zu wissen, wie in diesem Fall. Die philosophische Theorie über die Vergebung, für die im Roman die Figur der Julia steht und die das Gerüst der ganzen Geschichte bildet, verdanke ich der Lektüre einiger Werke des katalanischen Philosophen und Schriftstellers Joan-Carles Mèlich. Der Auslöser war *La lectura como plegaria* (Fragmenta, 2015), später kamen noch *La lliçó d'Auschwitz* (Serra d'Or, 2001) sowie sein Artikel »Paradojas (Una nota sobre el perdón y la finitud)« hinzu. Aus erstgenanntem Werk stammt das Zitat, das dem Roman als Motto vorsteht, mit dem der katalanische Autor den französischen Philosophen Jacques Derrida paraphrasiert.

Die Geschichten um die Studierenden der Medizinischen Fakultät in den 1950er Jahren erhielten ihre Anregung durch die Berichte meines Vater Antonio Santos über die ersten Jahre seines Medizinstudiums an der Universität Sevilla. Ich habe mir die Freiheit genommen, seine Erinnerungen auf die Universität von Barcelona zu übertragen, an der er einige Jahre später sein Studium abschloss.

Die Interviews, die die Zeitschrift *El Español* in meinem Roman mit Studentinnen an der Universität führt, beruhen auf realen Beispielen aus den 1950er Jahren, die die Schriftstellerin Carmen Martín Gaite in ihrem Essay *Usos amorosos de la postguerra española* (Anagrama, 1987) gesammelt hat.

Die Kenntnisse im Kartenlegen, über die Nina Borrás verfügt, stammen aus dem Handbuch *El mapa del destino en la palma de la mano* von Elena Fortún (Aguilar, 1936).

Weitere Quellen für den Roman sind: *Els internats de la por* von Montse Armengou und Ricard Belis (Ara Llibres, 2016); *Stultifera Navis. La locura, el poder y la ciudad* von Josep María Comelles (Milenio, 2006); *Presas en las Ventas, Segovia y Les Corts* von Tomasa Cuevas Gutiérrez (RBA, 2006); *Historia y sociología del divorcio en España* von Inés Alberdi (Centro de Investigaciones Sociológicas, 1978) sowie *The Beatles en España* von José Luis Álvarez (Quarentena, 2013).

Abschließend möchte ich mich bei Claudia Torres bedanken, die mir die Nonnen ihrer Kindheit geborgt hat, für die unendlich vielen Details, Geschichten, Erinnerungen und auch für die Korrekturen; bei Angelita Bermúdez und María Rodrigo Aroca, die mir ihr ausgezeichnetes Gedächtnis geliehen haben; bei Sandra und Berta Bruna für ihren Glauben an mich und für die vergangenen und die zukünftigen Jahre; bei Diane Nakamura, Sara Cavarero und Sílvia Cantos für die Umstände, die sie auf sich genommen haben. Und selbstverständlich bei Ángeles Escudero, die meine Romanfiguren fast so sehr mag wie mich.

INHALTSVERZEICHNIS

Drei Leben. Zwei Welten. Ein Neuanfang

Luca Di Fulvio
ALS DAS LEBEN
UNSERE TRÄUME FAND
Roman
Übersetzt von Barbara
Neeb, Katharina Schmidt
768 Seiten
ISBN 978-3-404-17600-7

Es ist das Jahr 1913, und eine Schiffsreise nach Buenos Aires verheißt eine zweite Chance für drei junge Menschen.

Der Sizilianer Rocco hat den Zorn der Mafia auf sich gezogen, als er sich weigerte, sein Leben in den Dienst der ehrenwerten Gesellschaft zu stellen.

Rosetta hat in einem sizilianischen Dorf dem Don die Stirn geboten und nur knapp eine Vergewaltigung überlebt.

Die russische Jüdin Raquel ist die einzige Überlebende eines Pogroms, ihre kostbarste Habe ist die Erinnerung an die Liebe ihrer Eltern.

Doch das Leben in der Neuen Welt stellt sie vor schier unüberwindbare Hindernisse …

Bastei Lübbe

Drei Geschwister, drei Hoffnungen, eine neue Zeit – der große Berlin-Roman zum Gründungsjubiläum der Weimarer Republik

Michaela Saalfeld
WAS WIR ZU HOFFEN
WAGTEN
Roman
576 Seiten
ISBN 978-3-404-17707-3

Berlin, 1912: Felice träumt davon, Rechtsanwältin zu werden, doch das ist Frauen im Kaiserreich verwehrt. Ihren Bruder Willi fasziniert die Welt des Films, doch er muss das väterliche Bankgeschäft übernehmen. Die Jüngste schließlich, Ille, lebt in einer Traumwelt, doch sie ist in einer Ehe mit einem brutalen Mann gefangen. Drei Geschwister, drei Lebensentwürfe, die bei Ausbruch des Großen Kriegs völlig auf den Kopf gestellt werden. Werden sich Felice, Willi und Ille in den Trümmern ihrer Heimat neu finden? Ist die junge Republik auch für sie der Weg in eine neue Zeit?

Bastei Lübbe

»Man kehrt nicht nach vierzig Jahren in sein Dorf zurück, nur um einen Spaziergang zu machen.«

Jordi Sierra i Fabra
DAS ZWEITE LEBEN
DES SEÑOR CASTRO
Roman
Aus dem Spanischen
von Sabine Giersberg
432 Seiten
ISBN 978-3-404-17766-0

Rogelio Castro ist tot, und zwar seit über vierzig Jahren. Jeder in seinem Heimatdorf glaubt das. Doch keiner spricht über jenen tragischen Tag im Jahr 1936.

Und dann kehrt Rogelio unerwartet wieder zurück. Ein reifer Mann mit Frau, Tochter und einer Menge Geld. Vier Jahrzehnte Schweigen haben ein Ende …

Die Geschichte eines kleinen Dorfes – und zugleich die Geschichte ganz Spaniens, vom Bürgerkrieg bis zu den Anfängen der Demokratie

Bastei Lübbe